윌랜드

탈바꿈: 미국 이야기

한국연구재단 학술명저번역총서 서양편 · 769

윌랜드
탈바꿈: 미국 이야기

Wieland: The Transformation: An American Tale

찰스 브록덴 브라운(Charles Brockden Brown) 지음
황재광 옮김

한국문화사

머리말

『월랜드: 탈바꿈 - 미국 이야기』(*Wieland: or, The Transformation: An American Tale*)는 미국 고딕 소설의 아버지로 불리는 찰스 브록덴 브라운(Charles Brockden Brown)이 1798년에 발표한 최초의 장편 소설이자 그의 대표작이다. 이 소설은 브라운이 성취한 문학적 업적의 진원지이며 미국 문학의 본격적인 출발을 알리는 신호탄이다.

미국의 최초 전업 작가인 브라운은 생전에 7편의 장편 소설을 발표했다. 그중에서도 『월랜드』는 영미 독자들에게 널리 알려진 소설로서, 우리나라 영미문학 전공자와 문학 비평가에게도 잘 알려져 있는 소설이다. 최근 외국 서적의 번역물이 넘치고 있는 우리나라의 현실을 감안할 때, '미국 고딕 소설의 원조'이자 문학사적 의의가 깊은 이 소설이 아직까지 우리말로 번역되지 않았다는 사실에 안타까움을 느끼고, 누군가는 이 작업을 해야 한다는 생각이 들었다.

『월랜드』는 1781년 뉴잉글랜드에서 어느 광신적인 남성이 신의 계시를 받았다는 망상에 빠져 자신의 일가족을 무참하게 살해한 실제 사건을 바탕으로 한 이야기다. 이 소설의 중심인물인 시오도어 월랜드(Theodore Wieland)는 정체불명의 목소리를 신의 음성으로 확신하고 자신의 가족을 참혹하게 살해한다.

브라운은 이 소설을 통해 이성적인 분별력을 마비시키는 종교적 광기의 위험에 대한 경종을 울린다. 그는 당시 인간의 이성(理性)을 강조하던 계몽주의 사상을 가진 인물들이 어떻게 자신들의 이성(理性)에 기만당하는지를 윌랜드 일가에서 일어난 불가사의한 사건을 통해 드러낸다. 또한 브라운은 복화술로 악행을 저지르는 카윈(Carwin)을 통해 인간 내면의 어두운 진실과 폭력성을 파헤친다.

『윌랜드』는 고딕 소설이라는 형식을 취하고 있지만, 흥미 위주의 공포 소설이나 진기한 경험의 세계에 천착하는 낭만 소설과는 차별되는 특징이 있다. 브라운은 윌랜드 일가에서 일어나는 괴이한 사건을 통하여, 식민지 시대에서 공화국 시대로 새롭게 '탈바꿈'하는 전환기 미국인들이 당면했던 정치적, 철학적, 심리적 갈등 양상을 알레고리 형식의 중층적인 서사 구조로 재현한다. 이것은 작가의 첨예한 역사의식이 작동한 결과로, 이 부분에 대해서는 본서 마지막에 있는 <작품 소개>를 참고하기 바란다.

『윌랜드』에 숨겨진 다양한 함의를 밝히려는 노력과 연구는 현재에도 진행되고 있다. 그러나 『윌랜드』는 작품에 대한 배경지식 없이도 읽는 이의 마음과 생각을 움직이고 '탈바꿈'시키는, 설명하기 어려운 특별한 힘을 가지고 있다. 이것이 이 소설이 처음 출판되었을 당시 대다수 비평가들이 혹평을 했음에도 불구하고, 일반 독자들에게는 인기가 있었던 이유가 아닌가 한다.

이 번역서의 저본은 2011년 노튼(Norton) 출판사가 출간한 *Wieland and Memoirs of Carwin The Biloquist*이다. 번역 과정에서 영어 원서를 직역하는 데 집중하기보다 우리말 문법과 표현에 맞춰 가독성을 높이고자 노력하였다. 그럼에도 현대 영어에서 사용하지 않는 원서의 모호한 표현이나 특이한 문장 구조를 우리말로 어떻게 옮겨야 할지 몰라 난감했던 적도 많았다.

 주체적인 외국 문학 수용이 어느 때보다 절실하게 요구되는 현실에서 이 책은 국내 독자들에게 격동기 시대의 미국인의 이념, 시대 상황 등을 살펴보는 데에 도움을 주고, 더 나아가 이 책이 국내에 번역됨으로써 미국 문학 작품에 대한 정보 공유와 대중화가 되기를 기대한다.

 끝으로 이 책이 나오기까지 많은 도움을 주신 한국문화사 관계자님들께 감사한 마음을 전한다.

2017년 6월
황재광

| 차례 |

서문 · 5

Chapter I	13	Chapter XV	193
Chapter II	26	Chapter XVI	203
Chapter III	34	Chapter XVII	213
Chapter IV	42	Chapter XVIII	222
Chapter V	57	Chapter XIX	228
Chapter VI	74	Chapter XX	244
Chapter VII	90	Chapter XXI	255
Chapter VIII	103	Chapter XXII	268
Chapter IX	112	Chapter XXIII	286
Chapter X	133	Chapter XXIV	300
Chapter XI	145	Chapter XXV	308
Chapter XII	160	Chapter XXVI	320
Chapter XIII	170	Chapter XXVII	328
Chapter XIV	180		

작품 소개 · 342
작가 연보 · 351

거짓된 자는 반드시
선하고 복된 길에서 벗어나 헤매게 된다.
선은 앞을 향해 바로 걷는 여정이며
비뚤어진 길은 악으로 향하는 여정일 뿐이다.

찰스 브록덴 브라운

Chapter I

　네 요청에 응하기를 주저할 마음은 없다.[1] 너는 내가 왜 이처럼 비통에 잠겨있는지, 그 전모를 완전하게 알고 있지 않다. 너는 나만큼 깊은 고뇌에 빠져 본 적이 전혀 없다. 그러니 나를 애써 위로하려 해도 아무 소용 없을 것이다. 지금부터 내가 하고자 하는 이야기는 네 동정심을 사려고 하는 건 아니다. 이처럼 절망에 빠져 있을지언정, 사람들에게 도움이 될 수 있다면 나는 아무리 사소한 일이라도 마다하지 않겠다. 최근 우리 집안에 일어난 일들에 대해 네가 알 권리가 있다는 데 나도 동의한다. 뭐든 네가 적절하다고 생각하는 대로 받아들여라. 만약 세상 사람들에게 이 이야기가 알려진다면 기만은 반드시 멀리해야 한다는 교훈을 얻게 될 것이다. 처음 갖게 된 생각의 힘, 그리고 그릇되고 섣부른 규율이 초래할 수 있는 엄청난 해악에 대한 그 좋은 본보기가 될 것이다.

---

[1] 이 1인칭 소설의 내레이터는 클라라 윌랜드(Clara Wieland)이다. 그러나 누구를 상대로 이야기하는 것인지는 분명치 않다. 다만 클라라의 가까운 친지 중 한 사람이거나 외사촌임을 짐작하게 하는 부분이 뒷부분에 잠시 언급될 뿐이다.

나는 평안함에 목말라하고 있는 상태가 아니다. 내 기분이나 생각이 마음속에 품고 있는 어떤 희망의 지배를 받고 있는 것도 아니다. 미래에 대한 기대도 내 마음에 아무런 영향을 끼치지 못한다. 앞으로 어떤 일을 당하게 될지, 나는 거기에 대해 철저히 무덤덤하다. 나 자신에 관한 한, 이제 두려워할 것은 아무것도 없다. 이미 나는 운명이 가져다 줄 수 있는 최악의 일을 겪었다. 그래서 이제 불운이라면 굳은살이 박였다.

나는 신에게 애원하지도 않는다. 사람 사는 일을 다스리는 그 힘은 이미 자신의 길을 선택했다. 내 삶의 조건을 결정지은 섭리는 반납을 허용하지 않는다. 의심의 여지없이 그것은 영원한 평등이라는 금언과 잘 맞아떨어진다. 그건 내가 의문을 제기하거나 부정할 문제가 아니다. 이미 지난 과거는 바뀌지 않는다는 사실만으로도 족하다. 우리의 행복을 갈기갈기 찢어 비극으로 바꾸어 버리고, 아름답게 피어나는 우리 존재의 모습을 모질게 할퀸 그 돌풍은 섬뜩한 정적으로 잠잠해졌다. 하지만 그 피해자는 이미 살점이 찢기고 사지가 떨어져 나갔고, 모든 장벽은 그 격노에 산산조각이 나서 흩어져 버렸고, 남아 있는 선한 조각마저 우리 손아귀에서 빼앗겨 파괴되어 버렸다.

내 이야기에 너와 네가 아는 사람들은 얼마나 경악할까. 오로지 충격이라는 생각밖에 들지 않을 것이다. 만약 내가 하는 말들을 증명해 줄 수 없었다면 너는 아마 못 믿을 이야기라며 부인할 것이다. 이 세상 많은 사람 가운데 나에게, 그 어떤 사례도 찾아볼 수 없고 사정도 봐 주지 않는 그런 운명이 주어졌다는 사실을! 내 이야기를 잘 들어라. 그리고 무엇이 나로 하여금 그렇게 유별나게 끔찍한 운명을 겪을 수밖에 없게 했는지 말해 보거라. 만약 내가 아직도 죽지 않고 살아서 그 이야기를 해 줄 수 있다는 사실이 정말 너무나 놀라워서 모든 감각이 다 마비되어 버리지 않는다면.

우리 아버지 가문은 부계 쪽으로 지체 높은 집안이었다. 하지만 아버지의 어머니는 장사꾼의 딸이었다. 우리 할아버지는 작은 아들이었는데, 작센[2] 토박이였다. 나이가 차자 집안에서는 그를 어느 독일 대학으로 보냈다. 방학이 되면 할아버지는 가까운 지역으로 여행을 다니곤 했다. 그러던 중 운명적으로 함부르크[3]를 방문하게 되었다. 그 도시에서 상인인 레너드 와이스와 아는 사이가 됐고, 자주 그의 집을 방문했다. 그 상인에게는 외동딸이 있었는데, 할아버지는 그녀를 좋아하게 되었고, 할아버지 부모님들의 협박과 반대에도 불구하고 결국 그녀와 결혼했다.

할아버지의 이런 행동은 친척들의 격한 노여움을 샀다. 그 이후로 그는 가족과 친지에게 의절당하고 버림받은 몸이 됐다. 할아버지의 가족은 그에 대한 모든 지원을 끊었다. 모든 연락이 끊어졌고, 그들은 할아버지를 전혀 모르는 사람이나 철천지원수 대하듯 할 뿐이었다.

이에 할아버지는 처갓집에서 잠시 살게 됐는데, 그의 장인은 성격이 온순할 뿐만 아니라 할아버지를 사위로 받아들이게 된 데 뿌듯해했다. 할아버지가 가난하지만 지체 높은 집안 자식이라는 사실을 만족스러워했기 때문이었다. 와이스 씨는 모든 것을 따져 볼 때 그렇게 자식을 시집보낸 것은 아주 현명한 처사라고 여겼다. 우리 할아버지는 어떤 식으로든 스스로 생계를 해결해야겠다는 책임감을 느꼈다. 젊은 시절에 그는

---

[2] 작센(Saxon) 지방: 독일 동남부 지역에 있는 여러 영토를 합한 구역을 일컬음.
[3] 함부르크(Hamburg): 독일 북부 엘베 강 하류에 위치한 항구 도시.

문학과 음악에 몰두했었다. 이제까지 이러한 것들은 단지 취미로 했을 뿐이었지만, 이제는 그 취미가 생계 수단으로 바뀌었다.

당시 작센 방언[4]으로 된 괜찮은 예술 작품이 거의 없었다. 우리 가문은 독일 극장의 창립자라고 할 수 있었다. 집안에서 같은 이름을 가진 현대 시인이 배출되었고, 작품 수준이나 작품 활동 면에서 할아버지는 그 시인에 크게 뒤지지 않는 편이었다.

할아버지는 평생을 소나타나 연극 작품 창작에 바쳤다. 그의 작품들은 인기가 없진 않았지만, 그 일로는 겨우 입에 풀칠하고 살 만한 돈을 벌 수 있을 뿐이었다. 그는 꽃다운 나이에 사망했고, 그의 아내 역시 머지않아 뒤를 이어 죽고 말았다. 그들 사이에 난 단 한 명의 자식은 런던에 사는 어느 상인이 데려갔다. 어린 나이에 그는 그 상인의 보호 아래 도제로 장사를 배우게 되었고, 칠 년 세월을 이렇게 상노(床奴) 생활을 하며 보냈다.

아버지는 자신의 보호자가 된 그 상인의 성격 탓에 고생이 심했다. 그 상인은 매사 아버지를 엄하게 대하고 혹독하게 일을 시켰다. 그에게 맡겨진 일은 힘을 많이 써야 하는 단순한 일이었다. 아버지는 그 일이 으레 그런 것이라고 배웠기에 채워지지 않는 욕망으로 고통스러워하지 않았다. 아버지는 현재 하는 일이 자신의 더 화려하고 평탄한 삶을 가로막는다는 이유로 혐오한 것은 아니었지만, 쉴 틈을 주지 않는 노동과 주인의 몰인정함은 충분히 불만의 빌미가 된다고 생각했다. 그는 자신이

---

[4] 작센 방언(Saxon Dialects): 18세기 독일의 과학과 문학 서적 대부분이 독일 동남부 작센 지방의 언어로 쓰인 탓에 작센 방언이라는 말은 고급 학문과 예술을 상징한다고 해도 무난하다.

현재 하는 일에 염증을 느끼며 애착을 갖지 못했다. 왜냐하면 그 일은 더 화려하고 평탄한 삶을 가로막으며 노동에 시달리게 했고, 주인의 혹독한 대우로 인해 불만이 끊이지 않았기 때문이다. 놀 기회는 전혀 허락되지 않았다. 그는 시간이 날 때면 어두침침한 방에 구부정하게 앉아 있거나, 좁고 붐비는 길거리를 돌아다녔다. 거친 음식을 먹고, 누추한 곳에서 잠을 잤다.

점점 비참하고 우울하다는 생각을 하는 버릇이 들었다. 무엇이 부족해서 행복을 느끼지 못하는 것인지 꼭 집어 말할 수는 없었다. 자신의 처지와 남의 처지를 비교하는 것으로 괴로워하는 것은 아니었다. 자기 나이에 다 겪을 수 있는 상황이었고 그의 신세에 마땅한 처지였다. 그는 특별히 지나치게 유별나거나 억울한 대접을 받는다고 여기지 않았다. 이런 점에서 보면 자기처럼 단순한 일을 하는 사람들의 처지는 다 자기와 엇비슷할 것이라는 생각이 들었다. 그렇지만 하는 일마다 짜증스럽고 흘러가는 시간은 늘 지루할 뿐이었다.

이런 상태로 지내던 그는 우연히 알비파[5] 교사, 혹은 프랑스 신교도 중 한 사람이 쓴 책을 접하게 되었다. 그는 독서를 그다지 즐기는 사람이 아니었고, 책이 지닌 계몽과 훈육의 힘에 대해 전혀 알지 못하는 사람이었다. 이 책은 다락방 한구석에 반쯤 먼지와 잡동사니에 파묻힌 채 몇 년 동안 그냥 놓여 있었다. 필요에 따라 여기 있던 것을 저기로 내던지는 등 책에 손을 대긴 했으나, 그 내용이 뭔지 한번 살펴볼 마음도 들지

---

[5] 알비파(Albigenses): 11~12세기에 걸쳐 프랑스 남부 알비 지방에서 일어난 반로마 교회. 우주의 역사는 빛과 어둠 사이 투쟁이라고 13세기 무렵 십자군에게 전멸되었다.

않았고, 그것이 다루는 주제가 무엇인지 알아볼 생각조차 하지 않았다.

그러던 어느 일요일 오후, 다락방에 잠시 쉬러 갔다가 이 책의 어느 한 페이지에 눈길이 갔는데, 마침 무슨 우연인지 그 페이지가 그의 눈앞에 활짝 펼쳐져 있던 것이다. 그는 침대 모퉁이에 앉아서 옷에 난 구멍을 부지런히 수선하던 중이었다. 하지만 하는 일에 집중하지 않고 간혹 다른 곳으로 한눈을 팔곤 했는데, 바로 그 페이지에 적혀 있는 문장 한 줄에 눈이 갔다. 그의 눈에 제일 먼저 들어온 글귀는 '구하라 그러면 찾을 것이다'는 말이었다. 이 글귀에 갑자기 호기심이 발동한 나머지 그는 책을 마저 읽고 싶은 충동이 들었다. 그는 하던 일을 마치자마자 책을 집어 들어 첫 페이지를 넘겼다. 읽으면 읽을수록 더 읽고 싶은 마음이 들었기 때문에 해가 점점 기울어져 책을 일단 덮을 수밖에 없게 된 것이 애통할 정도였다.

그 책은 카미자르 교리[6]에 대한 설명과 그 기원에 대한 역사적 사실을 다루고 있었다. 그는 심리적으로 이러한 종교적 정서에 기울 만한 상태에 있었다. 그동안 뭔지 모르지만 뇌리에서 떠나지 않은 막연한 갈망이 마침내 그 대상을 찾은 것이었다. 그의 마음은 명상의 주제에 완전히 몰두했다. 주중에는 새벽같이 일어났고, 밤늦게야 자신의 방으로 취침하러 갔다. 그는 촛불까지 따로 준비해서 밤 시간과 일요일 시간을 이 책을 공부하는 데 전념했다. 이 책은 성경을 많이 원용하고 있었다. 책에서 내리는 결론들도 역시 성서를 근거로 추론되었다. 이 책이야말로 그에게

---

[6] 카미자르 파(Camissards): 세벤(Cevennes) 산맥 지방에 살던 프랑스의 신교도를 일컫는 말로, 18세기 초 루이 14세에 대항하는 반란을 일으켰다.

샘물 같았으며, 종교적 진리의 흐름을 다 추적해 볼 필요 없이 이 책을 읽는 것만으로도 충분했으련만, 그는 그 내용이 성서에 근거하고 있다는 사실까지 추적했던 것이다.

어렵지 않게 성경책 한 권을 마련한 그는 열심히 성경 공부에 매달렸다. 그가 갖고 있는 이해에 따라 특정한 방향이 정해졌다. 그의 종교적 교리의 기반은 빠른 속도로 형성되어 갔다. 그의 머릿속에 떠오르는 모든 사고(思考)는 하나의 똑같은 틀 속에 빚어졌다. 성경에 나오는 모든 사실과 신앙적 정서는 카미자르 교인이 쓴 글을 매개체로 해서 그에게 전달되고 받아들여졌다. 그는 책 내용을 편협한 기준을 바탕으로 성급하게 이해하고 받아들였다. 모든 것을 논리적인 맥락이 뒤죽박죽 한 상태로 받아들였다. 한 가지 행동과 한 가지 개념이 있다면, 이 두 가지는 서로 연결되어 또 다른 한 가지 내용의 의미를 설명해 주거나 어떤 다른 행동을 하지 못하게 하거나, 해 주지 못했다. 이런 과정을 통해 지금까지 전혀 알지 못한 수천 가지 불안함이 생겨났다. 마침내 그는 공포와 흥분 사이를 오가며 초조해지기 시작했다. 마치 영적인 원수의 덫에 완전히 사로잡힌 것 같았고, 끊임없이 조심하고 기도를 하지 않으면 자신의 신변마저 위험하다고 느꼈다.

지금까지 그의 도덕관은 한 번도 느슨한 적이 없었으나, 이제는 엄격한 기준에 따라 틀이 단단히 잡혔다. 종교적 의무감은 그의 모습, 행동, 말투에까지 드러나 보였다. 허튼소리나 조심성 없는 행동 같은 것들을 모두 금기시했다. 그는 침통하고 뭔가 깊은 생각에 잠긴 듯한 분위기를 풍겼다. 그는 두려움과 경외심을 불러일으키는 신의 존재에 대한 믿음이 살아 있도록 애썼다. 여기에 상관없는 생각은 모두 철저히 배제했다.

그러한 것에 물들어 고통받는다는 것은 전능하신 신에게 저지르는 속죄할 수 없는 죄였으며, 수많은 날 동안 가장 아픈 고통을 가져다주는 근원이었다.

그렇게 이 년이 지나는 동안 물질적인 변화는 없었다. 매일같이 그는 자신의 사고와 행동 양식을 그대로 고수했다. 벅차오르는 감정은 때로는 사그라지리라는 것도, 침통함과 의심의 순간이 오리라는 것도 예상할 수 있는 일이련만, 이러한 것들은 시간이 지날수록 점점 더 찾아보기 힘들어졌고, 마침내 그는 이런 면에서 확실하게 일관적인 상태에 도달했다.

그러는 가운데 도제 생활도 거의 끝나고 있었다. 할아버지가 유언에서 지정한 나이가 되자 그는 약간의 유산을 받을 수 있게 되었다. 현재 처지에서 완전히 한 사람의 상인으로서 독립할 수 있을 만한 금액은 아니었고, 주인이 아량을 베풀어 뭘 보태줄 것이라고 기대할 건덕지도 없었다. 더구나 그의 종교적 신념 때문에 영국에 있는 집에서는 거의 살 수 없게 되었다. 새로운 삶의 보금자리를 찾아야 하는 이런저런 이유 외에도 절박하고 거부할 수 없는 필연성이 있었다. 믿음이 없는 국가에 복음의 진리를 퍼뜨리는 것이 자신의 의무라는 깊은 믿음을 갖게 된 것이다. 처음에는 선교를 하며 생길지 모르는 위험과 시련을 생각하면서 공포에 떨었다. 겁이 난 그는 온갖 반대와 변명거리를 열심히 만들어 보았지만, 결국 그러한 행동은 자신의 의무를 기피하는 행위라는 생각을 완전히 떨쳐 버릴 수 없었다. 종교적 열망에 매번 충돌하다가 그의 믿음은 새로운 힘을 얻었다. 그리고 마침내 그는 하늘의 뜻이라 여기는 일에 응하기로 마음을 굳혔다.

이러한 선교의 첫 번째 대상으로 자연스레 떠오른 것은 북미대륙 원주민들이었다. 도제 생활이 끝나자마자 그는 보잘것없는 재산을 모두 돈으로 바꾼 뒤 필라델피아로 떠났다. 필라델피아에 도착하자 예전의 그 공포심이 다시 되살아났고, 주변 사람들의 야만적인 방식을 보자 결심이 흔들렸다. 한동안 그는 본래 목적은 뒤로 밀쳐 둔 채 필라델피아에서 몇 마일 거리에 있는 스컬킬 강[7] 가까이 있는 농장을 사서 농사꾼으로 자리를 잡았다. 유럽에서 가난하게 살았던 그는 값이 싼 땅과 쉽게 구할 수 있는 흑인 노예를 사 농사를 지으며 부자들이 누리는 모든 혜택을 누릴 수 있었다. 절약하고 근면하게 일하며 그는 십사 년을 그렇게 보냈다. 이즈음 새로운 문제, 새로운 일, 그리고 새로이 사귄 사람들 등으로 젊은 시절의 그 열망은 거의 완전히 잊어버리고 있었다. 이때쯤 어느 여인을 만나 사귀게 되었는데, 그 여인은 순종적이고 순한 심성을 지녔고, 그와 마찬가지로 배운 것이 미천한 여인이었다. 그는 그녀에게 청혼했고, 그녀는 그의 청혼을 받아들였다.

이제 그는 예의 근면성실함을 자신의 삶을 위해 수고하는 데 바칠 수 있었고, 자신에 대한 일로 관심을 돌렸다. 생활에 여유가 생기자 예전의 그 종교적인 상념이 새로이 찾아 들었다. 그는 성서나 그 외 종교 서적을 읽는 일에 다시 낙을 붙였다. 야만인들을 개종시켜야 한다는 과거의 믿음이 다시 유별난 열정으로 되살아났다. 과거에도 장애물에 부닥쳤지만, 지금은 자식과 아내에 대한 간절한 사랑이 그 위에 더해졌다. 그의 마음

---

[7] 스컬킬(Schuylkill): 미국 펜실베이니아 주 동부에서 동남으로 흘러 델라웨어 강에 합류되는 211km 강줄기.

고생은 오랫동안 매우 심했지만, 소명 의식은 꺾이거나 약해지지 않았기에 마침내 모든 방해물을 이겨냈다.

그의 노력에는 성공이 뒤따라 주지 않았다. 그의 권유는 가끔 추진력을 얻는 듯하기도 했지만 번번이 모욕과 조롱으로 그 힘이 꺾이곤 했다. 이 목표를 추구하는 과정에서 그는 최악의 위기 상황에도 부닥쳤고, 말로 표현할 수 없는 고단함, 굶주림, 질병, 그리고 고독을 겪었다. 미개한 열정의 만연함, 도덕적으로 타락한 시골 사람들의 온갖 술책 등이 모두 그의 진척을 가로막았다. 결코 용기를 잃은 적은 없지만, 끝내 성공에 대한 희망을 가져도 좋을 만한 근거는 전혀 보이지 않았다. 그렇게 버티다가 결국은 모든 걸 참고 견디겠다는 초심을 버리고 말았다. 마침내 그는 상처받은 모습으로 가족에게 돌아왔다. 잠깐의 평온이 그 뒤를 이었다. 그는 검소했고, 규칙적이었으며, 집에서 자신이 해야 할 일을 철저히 해냈다. 그는 어떤 교파에도 몸을 담지 않았다. 완전히 동의할 만한 교파를 찾지 못했기 때문이다. 여럿이 드리는 예배에 따라 교파가 구분되었지만, 이는 그의 교리상 받아들일 수 없었다. 그는 언제 예배를 드려야 하는지, 언제 독거에 임해야 하는지, 언제 사회에서 벗어나야 하는지, 이러한 모든 것을 규정하는 성서의 원칙들을 엄격하게 해석해서 지켰다.[8] 그에 따르면 종교에 헌신하는 것은 침묵의 기도여야 할 뿐만 아니라, 혼자서 하는 일이어야만 했다. 이리하여 그는 정오에 한 시간, 자정에 한 시간을 할애하기로 했다.

---

[8] 마태복음 6장 6절: 너는 기도할 때에 네 골방에 들어가 문을 닫고 은밀한 중에 계신 네 아버지께 기도하라. 은밀한 중에 보시는 네 아버지께서 갚으시리라.

집에서 약 삼백 야드 떨어진 곳에 키 작은 삼나무와 울퉁불퉁한 지형에 둘러싸인 거칠고 가파른 바위가 있는데, 그는 그 꼭대기에 여름 별장 같은 집을 하나 지었다. 이 절벽의 동쪽 모퉁이에서 약 육십 피트 아래에는 강이 흐르고 있었다. 거기서 내려다보면 맑은 강줄기가 울퉁불퉁한 바위 협곡을 따라 격랑을 이루며 굽이쳐 흐르고 있었고, 그 주변에는 옥수수 밭과 과수원들이 보였다. 그 집은 조그맣고 황량해 보였다. 그냥 지름이 약 십이 피트 정도인 둥그런 공간에 불과했다. 바닥은 잔 나무나 이끼를 걷어 내어 평평하게 다듬은 바위가 그대로 드러난 형태였고, 그 주변에 석조 원형 기둥 열두 개를 세운 뒤 말았다 폈다 할 수 있는 둥근 지붕을 덮은 것이었다. 아버지는 치수와 윤곽만 대충 그려 주고, 구조물 자체는 고용한 사람에게 완전히 맡겼다. 의자나 테이블, 혹은 장식물 따위는 아무것도 없었다.

이것이 아버지의 신을 모시는 성전이었다. 하루에 두 번 아버지는 그 누구도 대동하지 않은 채 이곳으로 향했다. 육체적으로 움직일 수 없는 상태가 되지 않는 한, 그 무엇도 아버지의 예배당 방문을 연기하거나 방해할 수 없었다. 가족들에게 자신의 본을 따르라고 강요하려 들지도 않았다. 진지한 신앙심이 있는 사람들 가운데 아버지만큼 타인의 행동거지에 대한 비난과 제한을 자제하는 사람은 본 적이 없다. 어머니도 이에 못지않게 독실한 편이었으나, 어머니 자신이 배운 것에 따라 다른 형태의 예배에 안주했다. 사는 곳이 워낙 외진 곳이다 보니 정규 교회 모임에 참여할 수 없었지만, 어머니는 친첸도르프 파[9] 교리에 따라 기도하는 일

---

[9] 친첸도르프(Nicolaus Zinzendorf): 독일 작센 출신의 법률가, 종교가, 시인이자 종

과 구세주 찬송하는 일에 열심이었다. 아버지는 어머니의 종교 생활에 간섭하려 들지 않았다. 정확히 말하자면 아버지 자신의 방식이 최선이기 때문이 아니라, 그것이 아버지에게 주어진 방식이었기 때문이었다. 다른 방식의 종교 생활도 다른 사람들이 실천한다면 아마 아버지는 순순히 인정했을 것이다.

다른 사람을 대하는 아버지의 태도는 자비심과 온순함으로 넘쳤다. 아버지의 모습에는 항상 슬픔이 깔려 있었지만, 거기에는 냉혹함이나 불만이 섞이지 않았다. 아버지의 어조, 몸짓, 발걸음 등은 모두 평온한 합일을 이루고 있었다. 그의 행동은 인내와 겸손이 특징을 이루었는데, 이러한 것들은 아버지의 교리를 아주 못마땅해하는 사람들도 아버지를 존경하게 했다. 사람들은 아버지를 두고 광신도니 몽상가니 불렀을지 모르지만, 굽힐 줄 모르는 진실성과 변함없는 인품에 대한 존경심은 부정할 수 없었다. 아버지의 행복의 근원은 바로 이 올바른 도리에 대한 자신의 믿음이었다. 하지만 이것은 머지않아 종말을 맞을 운명이었다.

어느 순간부터 아버지를 끊임없이 따라다니던 슬픔이 깊어졌다. 한숨을 쉬거나 심지어 눈물까지 간혹 보였다. 어머니의 충고에도 거의 아무런 반응이 없었다. 무슨 대화를 나누고자 할 때는 그냥 자신의 의무를 소홀히 한 탓에 마음의 평화가 달아나 버렸다는 말을 넌지시 비췄다. 자신에게 명령이 내려졌는데, 그 명령을 받들어 수행하는 일을 미루기만 해 왔다는 것이다. 마치 일정 기간 동안은 망설이고 미루는 것이 허용됐지만, 이제

교 개혁가. 작센 지방에서 추방된 후 단신으로 영국, 스위스, 미국, 캐나다 등지를 순회하면서 종교 개혁 활동을 했다.

그 기간이 만료되어 버렸다고 하는 것 같았다. 자신에게 내려진 명령을 이행하는 것이 더 이상 허용되지 않았던 것이다. 아버지의 불순종으로 아버지에게 주어진 의무가 다른 사람에게 넘겨졌으며, 남아 있는 것은 그에 따른 처벌을 받는 일뿐이라고 느끼고 있었다.

아버지는 이 벌이 무엇인지 설명하지 않았다. 한동안 그 벌이란 죄책감 그 이상은 아닌 듯해 보였다. 그 죄책감이란 것은 충분히 뼈아픈 것이었고, 자신이 저지른 잘못은 속죄할 수 없을 것이라는 믿음 때문에 그 아픔은 더더욱 깊어만 갔다. 아버지를 괴롭히던 그 고통을 생각하면 깊은 동정심이 우러나지 않는 사람은 없었다. 시간이 지나면서 그 짐은 가벼워지는 대신 더더욱 무거워지는 듯했다. 마침내 아버지는 자신의 종말이 가까워졌음을 어머니에게 넌지시 털어놨다. 아버지의 머릿속에는 죽음의 시간이나 그 형태가 어떤 것인지 구체적으로 예견되지는 않았으나, 자신의 죽음이 다가오고 있다는 엄연한 사실이 머릿속을 가득 채우고 있었다. 아버지는 또한 자신을 기다리고 있는 그 죽음은 기이하고 끔찍한 것이라는 믿음에 사로잡혔다. 따라서 아버지의 예견은 지극히 모호하고 불분명한 것이었지만, 살아 숨 쉬는 모든 순간을 죽이고 멈추지 않는 고통 속에서 허덕이게 하기에 충분한 것이었다.

Chapter II

팔 월 어느 후덥지근한 여름 아침 일찍이 아버지는 시내에 가려고 메팅겐[10]을 떠났다. 아버지는 오하이오 강변 지역에서 돌아온 이래로 집 밖에서 하루를 보낸 일이 거의 없었다. 그런데 이번에는 더는 지체할 수 없는 급한 볼일이 생겼다. 아버지는 저녁에 돌아오셨고, 피곤 탓인지 몹시 지쳐 보였다. 과묵함과 슬픈 표정이 평소보다 훨씬 뚜렷했다. 우리 외삼촌은 직업이 의사였는데, 이날 우연히 우리 집에서 밤을 보내게 됐다. 이후에 벌어진 통탄스러운 참사에 대한 정확한 설명을 종종 듣게 된 것도 이 외삼촌을 통해서다.

밤이 깊어 갈수록 아버지의 불안 증세는 점점 더 심해졌다. 평소와 다름없이 가족과 함께 앉아 있긴 했지만 대화에는 전혀 끼어들지 않았다. 자신만의 생각에 완전히 빠져들어 있는 듯했다. 가끔 아버지의 표정에는 뭔가 경종의 그림자가 얼핏 드러나 보이곤 했다. 천장을 하염없이

---

[10] 메팅겐(Mettingen): 윌랜드 가족이 소유한 농장이 있는 필라델피아 외곽의 지역 이름. 독일 북서지방에도 같은 이름의 마을이 있음.

빤히 바라보기도 했고, 주변 사람들이 시도를 해 본들 아버지를 생각을 방해하기에는 충분치 못했다. 아버지는 이런 상태에서 정신을 차렸을 때 조금도 놀란 기색을 보이지 않았고, 대신 손으로 머리를 짓누르며 공포에 질린 떨린 목소리로 자신의 두개골이 불에 타 재가 되어 버리고 말았다고 하소연했다. 그러고는 견디기 힘들 만큼 고통스러운 표정을 지어 보였다.

외삼촌은 아버지의 맥박을 짚어 보더니 아버지가 편찮기는 하지만 염려할 정도는 아니라며 그런 증상은 모두 심리적인 이유 때문이라고 설명했다. 외삼촌은 침착하게 안정을 취하라고 당부했으나 소용이 없었다. 취침 시간이 되자 아버지는 선뜻 침실로 물러났다. 어머니의 설득으로 옷을 갈아입고 잠자리에 들었다. 그 무엇으로도 아버지의 초조함은 덜어 줄 수 없었다. 아버지는 부드럽게 타이르는 어머니의 말을 다소 준엄한 말투로 가로막았다. "아무 말도 하지 마시오." 하고 아버지는 입을 막았다. "내가 느끼는 것을 치료할 방법은 단 하나밖에 없는데, 그것이 곧 올 것이오. 당신이 도울 수 있는 건 아무것도 없소. 당신 몸이나 잘 돌보고, 당신을 기다리고 있는 재앙을 맞이할 때 당신을 강인하게 해 달라고 하나님께 기도하시오." 하고 말했다. "내가 두려워해야 할 게 뭔가요?" 하고 어머니는 대답했다. "어떤 무서운 재앙을 지금 생각하는 건가요?" "평화. 아직 나는 그게 뭔지 모르지만, 그래도 머지않아 평화가 찾아올 거요." 어머니는 질문을 계속했지만, 아버지는 입을 다물라는 엄한 명령으로 갑작스레 하던 대화를 중단시켰다.

어머니는 아버지의 이런 모습을 한 번도 본 적이 없었다. 지금까지 아버지의 태도는 자상할 뿐이었다. 이처럼 변한 아버지의 모습에 어머니는 가슴이 아파 찢어지는 듯했다. 어머니로서는 도저히 이해할 수 없었고, 앞으로 다가올 그 재앙이 어떤 것인지 짐작 할 수 없었다. 보통 때와 달리 등잔은 벽난로 선반 위가 아닌 테이블 위에 놓여 있었다. 등잔 뒤의 벽에는 조그만 벽시계가 걸려 있었는데, 이 시계는 여섯 시간마다 아주 세차게 괘종을 울렸다. 아버지가 자신의 종교의식을 행하는 예배당으로 가야 할 시간이 왔음을 벽시계가 알려 줄 때가 다가오고 있었다. 오랜 습관에 따라 아버지는 이 시각이면 늘 깨어 있었고, 괘종이 울리면 어김없이 이를 지켰다.

아버지는 불안한 시선으로 자주 시계를 바라보았다. 시곗바늘의 단 한 움직임도 놓치지 않는 것 같았다. 열두 시가 가까워 오자 아버지의 초조함은 눈에 띄게 깊어졌다. 아버지의 불안감에 어머니도 따라 불안해했다. 하지만 어머니는 아무 소리도 못 하고 입을 다물고만 있었다. 어머니가 할 수 있는 일이라고는 아버지의 모습에서 나타나는 모든 변화를 지켜보고, 그의 심정에 공감하며 눈물을 흘리는 것뿐이었다.

마침내 때가 되어 종이 울렸다. 그 시계 종소리는 아버지의 몸 구석구석에 충격을 준 듯했다. 아버지는 벌떡 자리에서 일어나 헐렁한 가운을 걸쳤다. 이 일마저도 힘겨운 듯했다. 뼈마디마다 흔들리고 공포심에 이빨이 떨렸다. 이 시간에 그는 의무적으로 예배당에 가야 하고, 어머니는 당연히 아버지가 거기 가는 것이려니 하고 받아들였다. 그럼에도 이러한 일은 워낙 흔치 않은 일이어서 어머니의 가슴은 놀람과 불안한 예감으로 가득 찼다. 어머니는 아버지가 방을 나가는 것을 보았고, 계단을 내려가는 아버지의 발소리를 들었다. 어머니는 자기도 일어나 뒤따라가고 싶은 생각이 들었지만 그렇게 한다는 것이 얼마나 정신 나간 짓인지 깨달았다.

아버지가 가는 그곳은 이 세상에 그 어떤 힘으로도 동반자를 데려가게 할 수 없는 곳이었다.

어머니 방의 창문은 바위 쪽으로 나 있었다. 공기는 맑고 잠잠했지만, 어둠 속에서 그 정도로 떨어져 있는 예배당 건물은 보이지 않았다. 어머니는 초조한 마음에 제 자리에 가만히 앉아 있을 수가 없었다. 어머니는 일어나 창가에 앉았다. 그 원형 예배당과 그곳으로 이어지는 길을 보려고 눈에 힘을 주었다. 예배당은 그럭저럭 어머니의 눈에 보이는 듯했지만 건물을 받치고 있는 바윗덩어리와는 구분이 잘 되지 않았다. 길은 그럭저럭 대충 보였지만, 그는 이미 그 길을 지나갔거나 아니면 다른 방향을 택한 듯했다.

어머니가 두려워한 것은 무엇이었을까? 어떤 재앙이 남편이나 자기 자신에게 임박해 있었다. 아버지는 나쁜 일이 일어날 것이라고 예견했지만, 그게 어떤 본질의 나쁜 일인지는 모른다고 했다. 그 재앙은 언제 올까? 이날 밤, 아니면 이 시각에 그 재앙의 닥침을 목격하게 될까? 어머니는 초조함과 불확실성으로 마치 고문을 당하는 듯했다. 지금 어머니의 모든 두려움은 아버지에게 연결되어 있었으며, 그 다음 시간이 오기를 기다리며 아버지가 한 것과 똑같이 뚫어지게 벽시계를 들여다보았다.

이런 불안한 상태에서 약 삼십 분이 흘렀다. 어머니의 눈은 바위에 박혀 있었다. 갑자기 바위가 환해졌다. 건물에서 한 줄기 빛이 치솟더니 모든 주변 풍경이 환하게 보였다. 그 불빛이 주변으로 퍼지는 것과 동시에 마치 탄광이 폭발하는 듯한 거대한 굉음이 이어졌다. 어머니의 입에서 자신도 모르게 비명이 터져 나왔고, 어머니가 받은 충격은 어머니의 귀에 닿은 새로운 소리에 곧 파묻혔다. 귀를 찢는 듯한 비명이 잠시의 쉴 틈도 없이 들려왔다. 넓게 퍼진 그 밝은 빛은 금세 사라지고 대신 건물 내부가 빛줄기로 가득 찼다.

제일 먼저 든 생각은 총이 발사되고 건물에 불이 붙었다는 것이었다. 하지만 다른 생각이 들 겨를도 없이 어머니는 현관으로 달려가 외삼촌이 자고 있는 방문을 두드렸다. 우리 외삼촌은 이미 굉음을 듣고 잠에서 깨어나 즉시 창가로 달려가 있었다. 외삼촌도 자신이 화재를 목격하고 있다고 생각했다. 최초의 폭발에 이어 들린 크고 절박한 비명은 도움을 요청하는 것으로 생각했다. 정말 불가해한 사고였지만, 일단 사고 현장으로 서둘러 달려가 어떻게 된 것인지 알아보아야 했다. 그래서 외삼촌이 막 문을 열고 나가려던 찰나, 밖으로 빨리 나와 보라는 어머니의 목소리가 들려왔던 것이다.

외삼촌은 어머니가 부르는 소리에 최대한 빠르게 밖으로 달려 나왔다. 어머니에게 물어볼 여유도 없이 서둘러 계단을 내려가 집과 바위 사이에 있는 목초지를 가로질러 갔다. 비명은 더는 들리지 않았지만, 예배당 기둥 사이로 나오는 환한 불빛만은 뚜렷이 볼 수 있었다. 바위를 쪼아 만든 들쑥날쑥한 계단을 따라 정상으로 올랐다. 이 예배당은 삼면이 절벽과 맞닿아 있었다. 정면이라고 할 수 있는 나머지 한쪽 면만 조그맣게 튀어나와 있었는데, 계단은 여기로 이어져 있었다. 외삼촌은 서둘러 여기에 다다랐다. 너무나 급히 달려오는 바람에 주춤거렸다. 잠시 멈추고 숨을 돌렸다. 그러는 가운데 자기 눈앞에 있는 예배당 건물을 주의 깊게 살펴보았다.

기둥 속에서 그가 본 것은 빛을 품은 구름하고 비슷하다고밖에 더는 표현할 수 없었다. 불꽃이 내는 밝은 빛이 보이긴 했지만, 보통 불꽃처럼 위를 향해 타고 있지는 않았다. 그것은 공간 전체를 장악하고 있지 않았고, 바닥에서 단 몇 피트 정도만 올라와 있었다. 그 건물의 다른 부분에는 화재의 흔적이 없었다. 그 모습은 놀라울 따름이었다. 그는 예배당으로 다가갔다. 앞으로 다가가자 불꽃이 스러지기 시작하더니, 건물 안에 발을 들여놓았을 때는 완전히 불꽃이 사라져 없어졌다. 이 갑작스러운 변화 때문에 어둠은 약 열 배 정도 더 깊어졌다. 두려움과 경외감으로 그는 온몸에 힘이 쭉 빠졌다. 순수하게 종교적인 목적으로 지은 건물에서 벌어지는 이런 일을 보면 아무리 강심장을 가진 사람이라도 놀라지 않을 수 없을 것이다.

그는 생각의 갈피를 잡지 못하고 헤매다가 옆에서 들려오는 신음소리에 정신을 차렸다. 눈이 어둠에 점점 익숙해지자 바닥에 엎어져 있는 아버지의 모습을 알아볼 수 있었다. 그 순간 어머니와 하인들이 등불을 들고 나타났기 때문에 현장을 더 자세히 살펴볼 수 있었다. 아버지는 집을 나설 때 헐렁한 가운에 셔츠와 바지를 입고 있었다. 그런데 지금은 벌거벗은 모습이었고, 전신의 상당 부분이 불에 타거나 멍들어 있었다. 그의 오른쪽 팔에는 마치 뭔가 육중한 것으로 가격당한 듯한 자국들이 있었다. 그의 옷이 벗겨져 있었지만, 그 옷들이 전부 재로 타 버렸다는 것은 금방 알아차릴 수 없었다. 왜냐하면 아버지의 슬리퍼와 머리는 말짱했기 때문이었다.

아버지는 즉시 침실로 옮겨졌고, 치료를 받았지만 상처는 점점 더 심해졌다. 가장 심하게 다친 팔 쪽에 괴사 현상이 급속하게 나타났다. 조금 후 다른 상처 부위에도 비슷한 현상이 나타났다.

일을 당하고 난 뒤 아버지는 거의 무감각 상태가 된 것 같아 보였다.

어떤 조처를 해도 가만히 있었다. 아버지는 거의 눈을 뜨려하지도 않았고, 무슨 일이 일어났는지 물으면 겨우겨우 대답을 했다. 불완전하나마 아버지의 설명에 따르면 묵도를 하며 머릿속이 온통 혼란과 초조함으로 가득 차 있을 때, 희미한 빛이 갑자기 건물을 가로질러 날아왔다. 순간적으로 그는 어떤 사람이 등불을 들고 오는 거라고 생각했다. 그것은 뒤에서 오고 있는 듯했다. 누가 찾아왔는지 보려고 몸을 돌리려는 순간 육중한 방망이가 오른쪽을 강타했다. 동시에 아주 밝은 불꽃이 옷 위에 떨어지는 것이 보였다. 순식간에 모든 것이 재로 변해 버렸다. 아버지가 들려준 이야기는 이게 전부다. 그것이 다가 아니라는 것은 아버지의 태도에서 알아차릴 수 있었다. 우리 외삼촌은 절반쯤의 진실이 가려진 것이라고 믿었다.

한편 병은 놀랄 정도로 진행되어 더 끔찍한 증상을 보였다. 고열이 나고 정신이 혼미해지다가 무기력하게 혼수상태에 빠지더니, 그로부터 두 시간 후 죽음이 찾아왔다. 그사이 역겨운 냄새와 살이 썩는 끔찍한 모습을 견디지 못하고 일 때문에 묶여 있는 사람 외에 다른 집안 식솔들은 모두 그의 침실에서 벗어나다 못해 집에서 달아나 버린 후였다.[11]

이것이 우리 아버지의 종말이었다. 아마 이보다 더 미스터리한 일은 분명 없을 것이다. 아버지가 한 끔찍한 예견과 떨쳐 버릴 수 없었던 초조함, 아버지의 성격, 살았던 장소, 그리고 그 시대 상황을 두고 볼 때 사람들의

---

[11] 인체 자연발화 현상(spontaneous combustion): 살아있는 인간의 신체가 뚜렷한 외부의 발화 원인이 없어 연소되어버리는 현상을 보여주고 있다. 이와 인체 자연발화 현상은 1776년 10월호 플로렌스 저널지(Journals of Florence)에 소개되었다. 1783년 2월과 5월호 의학 저널지(Journal de Medicine)에도 유사한 사건들이 보도되었다.

원한을 사게 될 이유는 없었다는 점. 구름 한 점 없이 청명한 대기 상태를 두고 볼 때 번개가 원인이었을 가능성은 없다는 점. 이런 것들을 두고 생각해 볼 때, 우리는 어떤 결론을 내려야 했을까?

사건의 전조를 알리는 듯한 그 불빛, 그의 팔을 내려친 몽둥이, 치명적인 불꽃, 멀리까지 들린 폭발음, 건물 주변은 전혀 건드리지 않고 아버지 주변만을 감싼 불구름, 외삼촌이 다가가자 갑자기 사라져 버린 그 구름, 이러한 사실에서 우리는 어떤 추론을 할 수 있었을까? 이 사실은 의심할 여지가 없다. 외삼촌의 증언은 특히 신빙성을 지닌다고 볼 수 있는데, 왜냐하면 외삼촌은 그 누구보다 논리적인 성격이어서, 이 사건의 원인을 자연적인 것이라고 생각하기 때문이다.

나는 이때 나이가 여섯 살이었다. 그때 내가 받은 충격은 결코 지워질 수 없다. 그 당시에는 무슨 일이 일어나고 있는 것인지 판단할 식견이 없었지만, 나이가 들어가면서 이러한 사실들을 더욱더 완전히 이해하게 되었고, 점점 더 거기에 대해 많은 생각을 하게 되었다. 최근에 이와 유사한 사건들이 벌어지다 보니 내 머릿속에 그 기억이 새삼 다시 살아났고, 꼭 설명을 할 수 있었으면 하는 생각이 더 들게 되었다. 이것은 과연 불복종에 대한 형벌이었을까? 보이지 않는 손으로 가차 없이 내려친 그 몽둥이는? 그것은 전지전능한 지배자께서 인간사에 간여하고 있으며, 종말을 중재하고 그의 대리인을 선택해 자신의 의지에 복종할 것을 명령하고, 그렇게 하지 않으면 벌을 내린다는 생생한 증거였을까? 아니면 그런 생각으로 가득 찬 정신 상태로 인해, 혹은 그 전날 피로로 인해 체액이 비정상적으로 증가해 심장과 혈액에 화기를 더해준 탓에 벌어진 일이었을까?

Chapter III

이런 끔찍한 일을 당한 충격으로 어머니는 병을 얻어 앓다가 몇 달 후에 돌아가셨다. 오빠와 나는 이때 어린아이였는데, 이로써 고아 신세로 전락하고 말았다. 우리 부모님이 남기신 재산은 절대 적지 않았다. 그 재산은 우리 남매가 적절한 나이가 될 때까지 믿을 만한 손에 맡겨졌다. 한동안 우리는 도시에 사는 미혼 이모 손에 맡겨졌는데, 이모의 자상함 덕에 우리는 머지않아 부모님을 잃은 슬픔에서 벗어날 수 있었다.

그 이후 몇 년간은 평온하고 행복했다. 우리는 어린 시절에 양육받으며 흔히 겪는 어려움을 거의 겪지 않았다. 의도적이라기보다는 천성적으로 이모는 인내하고 너그러운 성격에 단호하고 확고부동한 성격까지 함께 타고난 사람이었다. 이모는 지나치게 엄격하거나 지나치게 관대한 쪽으로 치우치는 경우가 거의 없었다. 친구들과 어울려 즐겁게 노는 데도 터무니없는 제약을 두지 않았다. 우리는 쓸모 있는 학문은 거의 다 배웠고, 대학이나 기숙학교 같은 곳에 들어가 나쁜 물이 들거나 억압적인 교육을 받지 않아도 됐다.

우리는 이웃집 아이들을 주로 친구로 사귀었다. 그 가운데 한 아이는 우리 오빠와 금세 친해져 가까운 사이가 되었다. 그 여자아이의 이름은 캐서린 플레옐이었다. 그 아이는 부자인데다 예쁘기도 했고, 또 너무나 밝고 활달한 성격과 사람의 마음을 끌어들이는 온화함을 함께 지니고 있었다. 오빠와 그 여자아이 사이가 떼놓을 수 없이 가까워지자 그 아이에 대한 내 우정까지도 더 깊어졌고, 그 아이 역시 이에 못지않게 나를 절친하게 대해 주었다. 그 아이와 나 사이에는 우정을 만들고 쌓을 모든 조건이 다 갖추어져 있었다. 그 아이와 나는 성별도, 나이도 같았다. 우리는 서로 지척에 살고 있었다. 우리는 성격이 너무나 서로 잘 맞았으며, 우리 교육을 담당한 선생님들은 같은 교과 활동을 하게 해 주었을 뿐만 아니라, 그 교과들을 같이 배울 수 있게 배려해 주었다.

우리 세 사람은 날마다 가까워졌다. 우리는 점점 더 다른 아이들의 무리에서 떨어졌고, 서로 어울리지 못하게 될 때는 짜증이 났다. 오빠의 나이도 우리 사이에는 아무런 변화를 주지 못했다. 오빠의 직업은 농업에 종사하는 것으로 결정되었다. 오빠는 재산이 있었기 때문에 직접 노동을 해야 할 필요는 없었다. 오빠가 해야 할 일은 그저 감독하는 일 정도뿐이었다. 이 일에 필요한 기술이란 이론적인 것뿐이었고, 이따금 방에서 공부하는 것 정도로 배울 수 있는 일이었다. 이 공부에 신경을 쓰느라 우리에게서 오랜 시간 떨어질 일도 없었다. 우리에게 시간이란, 오래 떨어져 있을수록 빨리 보고 싶어서 안달이 나는 것 외에는 아무런 의미가 없었다. 과제를 하든, 산책을 하든, 음악을 하든, 누구 한 사람이 빠진 가운데 이러한 것들을 하는 일은 거의 없었다.

캐서린과 오빠가 천생연분이라는 것은 너무나 뻔히 알아볼 수 있었다. 두 사람이 서로를 너무나 애틋하게 사랑한 나머지 나이가 너무 어리다는 것은 전혀 문제 되지 않았다. 두 사람 사이에 고백이 오갔고, 결혼은 오빠가 미성년자 나이를 벗어날 때까지 보류하기로 했다. 끊임없이 알뜰하게 사랑을 키우는 가운데 이 년이라는 시간은 금방 지나갔다.

아, 우리 오빠! 하지만 나는 흔들림 없이 이 일을 해내기로 나 스스로 다짐했다. 그 시절의 행복에는 앞으로 다가올 먹구름 같은 전조는 전혀 비치지 않았다. 미래는 현재와 마찬가지로 평탄하기만 했다. 시간은 오로지 새로운 즐거움을 품고 있는 것만 같았다. 난 그 이후 일어난 큰 사건들을 설명하는 데 필요 이상으로 과거 일들에 빠져들지 않을 작정이다. 이윽고 결혼식 날이 되었다. 오빠는 자기가 태어난 집을 소유하기로 했고, 그 집에서 오랫동안 기다려왔던 결혼식을 치렀다.

아버지의 재산은 우리 두 남매 사이에 똑같이 나뉘었다. 강둑 가까이 있고 오빠 집에서 삼분의 일 마일 떨어진 깨끗한 집은 이제 내가 살게 되었다. 이 지대는 원래 주인의 이름을 따서 메팅겐이라고 불렸다. 내 집에서 오빠와 함께 살기를 거부한 이유는 설명하기 힘들다. 쾌락을 절제하고자 했던 기질 탓이나 할 수 있을까. 자신의 욕망을 억제하는 것은 적절하게 잘 써 먹기만 한다면 우리의 만족감을 드높여 줄 수 있다.

더구나 나는 돈을 관리하고, 나만의 가정을 꾸미고 다스리기를 원하고 있었다. 가까운 거리 탓에 우리는 얼마든지 원할 때마다 서로 방문할 수 있었다. 이 집에서 저 집으로 가는 산책 또한 방문에 앞서 빼놓을 수 없는 낙이었다. 때로는 내가 그들을 방문했고, 그들 또한 이에 못지않게 나를 찾아 주는 손님이 되었다.

우리는 어떤 종교적 기준에 맞추도록 교육받지 않았다. 우리는 알고 있는 수준에 따라, 혹은 사회에서 이리저리 받은 인상에 따라, 알아서

길을 찾아가도록 내버려두는 편이었다. 이런 면에서 나나 내 친구는 무엇인가로 크게 고뇌하는 성격은 아니었다. 종교가 없어도 된다는 말은 절대 아니지만, 우리에게 있어서 종교란, 행복감에 가슴이 벅차오를 때, 혹은 자연의 장대함을 보며 가슴이 뛸 때와 같이, 그런 생생하고 살아 있는 감정에서 자연스레 우러나오는 것이었다. 우리는 증거를 이리저리 저울질하거나, 혹은 교리를 분석하는 일에서 우리 신앙의 근거가 뭔지 따지려 들지 않았다. 우리의 신앙심은 이리저리 뒤섞이고 격식 없는 정서였으며, 이를 말로 표현하거나, 신중하게 교리를 추구하거나, 혹은 조심해서 계율을 지키는 경우가 거의 없었다. 우리는 현재의 즐거움 가운데 미래를 걱정하거나 하지 않았다. 종교는 재난 중에 받는 위로로서 소중한 것이긴 하지만, 이때까지만 해도 우리는 재앙과는 거리가 먼 편이었다. 다만 우리가 누리는 즐거움과 행복이 종교로 인해 고조되는 경향이 있긴 했지만, 어차피 종교에 의지하지 않아도 우리는 하고 싶은 것을 다 하며 행복을 즐길 수 있었다.

 오빠의 경우는 좀 달랐다. 오빠는 진중하고, 신중하고, 생각이 많은 편이었다. 오빠가 이러한 기질을 가지게 된 것은 오빠가 우리보다 고지식한 탓인지의 여부는 따지지 않겠다. 그의 생각에 따르면 인간의 삶은 가변적 요인들로 이루어져 있으며, 의무의 원칙은 쉽사리 설명할 수 없는 것이었다. 죽기 전이든, 죽은 후이든, 미래라는 것은 거기에 맞는 준비와 비축이 필요한 것이었다. 이러한 입장을 틀렸다고 할 수는 없지만, 오빠에게서 특별한 점은 이러한 진리에 대한 묵상에 너무 깊이 빠져든다는 것이다. 우리 머리에 떠오르는 영상들은 쾌활하고 유쾌한 것이었지만, 그에게 가장 낯익은 것들은 그 정반대 색조를 가진 것이었다. 그의 머릿속에 든 이런 어두운 생각은 오빠를 고통스럽게 하거나 두려움에 떨게 할 정도는 아니었지만, 그의 행동에 어떤 신중하고 진지한 분위기를 자아냈다. 이는 왠지 섬뜩한 애수의 그림자가 드리워진 듯한 그의 태도와 어조에서 가장 뚜렷하게 드러나 보였다. 나는 오빠가 웃는 걸 본 적이 거의 없다. 친구들과 함께 어울리긴 해도, 친구들이 미친 듯이 웃어대면 오빠는 살짝 미소만 내비칠 뿐이었다.

그는 우리와 어울려 무슨 일을 하거나 놀이를 할 때면 우리에게 뒤지지 않는 열성을 가지고 함께 하긴 했지만, 오빠의 열성은 우리와 종류가 다른 것이었다. 그러나 우리 사이에 성격 차이가 불화의 씨앗이 되는 경우가 전혀 없었고, 그 때문에 후회를 하는 일도 거의 없었다. 오빠의 별난 성격은 풍경을 알록달록하게 했지만, 그것은 전체 풍경을 난잡하게 하거나 무질서하게 하는 그런 알록달록함이 아니었다. 그것은 우리가 뭘 같이 하든 밋밋하고 정체된 상태에 빠지는 일이 없도록 해 주었다. 인간의 지성을 제대로 활용하려면, 어느 정도의 동요와 격동은 필수적인 법이다. 그는 학문에 있어서 고행의 길을 추구했다. 그는 종교 사상의 역사에 대해 훨씬 더 많이 알고 있었고, 그러한 것들을 검증하고 확인하는 데 수고를 아끼지 않았다. 그는 자신의 믿음에 대한 근거를 연구하고, 동기와 행동 사이의 관계를 밝히고, 가치를 따지고, 증거의 종류와 본질을 밝히는 일이 절대적으로 필요하다고 생각했다.

어떤 특정의 화두 혹은 명상 주제를 중요하게 여기는 것이나 인간사의 굴곡을 조명하는 관점 등에 있어서 오빠와 아버지는 뚜렷한 유사성이 있었다. 두 사람의 성격도 서로 비슷했지만, 아들은 사고방식이 풍부한 과학 지식에 더 토대를 두고 있었고, 문학적으로 더 세련되어 있었다.

예배당은 더는 옛날처럼 사용되지 않았다. 오빠는 어느 이탈리아인 모험가에게서 키케로[12]의 흉상을 하나 사들였다. 이 이탈리아 사람은 미국에서 자신의 기술에 맞는 일을 찾을 수 있으며, 자기가 만든 조각품을 팔 수 있으리라는 착각에 빠져 있는 사람이었다. 이 이탈리아 사람은 모데나[13] 인근에서 자기 손으로 직접 골동품을 뒤져 찾아낸 작품을 그대로 복사한 것이라고 밝혔다. 그의 주장이 사실인지 아닌지 우리는 알아낼 수 없다. 하지만 그 대리석은 정갈하게 잘 빚어졌으며, 전문가의 검증을 기다릴 필요도 없이 그 작품에 감탄하는 데 만족했다. 우리는 그 작가에게 비슷한 광물로 적당한 받침대도 만들어 달라고 주문했다. 그리고 이 받침대를 예배당에 놓은 뒤 그 위에 흉상을, 반대편에는 하프시코드[14]를 놓고, 궂은 날씨에서 보호하기 위해 임시지붕을 얹었다. 이 건물은 여름날 저녁 휴식을 취하는 곳이 되었다. 여기서 우리는 노래도 하고, 이야기도 나누고, 책도 읽고, 가끔은 연회도 열었다. 나에게 가장 소중한 즐거움과 아름다운 순간의 기억은 모두 이 건물과 연결되어 있다. 이곳에서 우리는 선조들의 음악과 시를 공연했다. 이곳에서 오빠의 아이들은 기초적인 교육을 받았고, 학문과 예술에 대한 지적인 대화를 수천 번이나 즐거이 나누었다. 또한 이곳에서 사람들과의 애정을 키웠고, 기쁜 공감대의 눈물을 흘렸다.

오빠는 지칠 줄 모르는 학구열을 갖고 있었다. 수많은 작가의 책을

---

[12] 키케로(Marcus Tullius, B.C. 106~43): 고대 로마의 정치가·철학자·웅변가
[13] 모데나(Modena): 이탈리아 북부에 있는 도시로, 옛 모데나 공국의 수도 역할을 했다.
[14] 하프시코드(Harpsichord): 피아노 비슷한 중세 악기로, 현을 뜯어 소리를 낸다.

읽었지만, 그 가운데 키케로를 가장 존경했다. 그의 작품을 암송하고 시연하는 데 지치는 법이 없었다. 그는 키케로의 작품을 공부하고 이해하는 데만 만족하지 않았다. 그의 작품을 어떤 몸짓과 리듬으로 전달되어야 하는지 그것을 알아내는데도 열심이었다. 그는 아주 까다롭게 라틴어 발음의 정석을 골라 그것을 자기가 가장 좋아하는 작가의 언어에 맞추었다. 그가 가장 좋아하는 일은 올바른 몸짓과 발음으로 키케로의 수사들을 아름답게 꾸미는 것이었다.

더 나아가 그는 그 문장의 순수함을 회복해 복구하는 데 열중했다. 이를 위해 구할 수 있는 서적이나 해설서를 있는 대로 다 수집해 모아들였고, 그것을 열심히 탐구하고 서로 비교해 보는 데 수개월을 보냈다. 이런 발견을 할 때 그는 그 무엇보다 만족스러운 표정을 지어 보였다.

오빠는 내 친구의 유일한 오빠인 헨리 플레옐을 만난 후부터 이 로마 웅변가에 대한 열정과 취향을 함께 공유하고 키울 수 있는 친구가 생겼다. 이 젊은이는 유럽에서 몇 년간을 지냈었다. 우리는 아주 어릴 때 헤어졌고, 그는 이제 여생을 우리와 함께 보내려고 귀국한 것이다.

새 친구의 영입으로 우리 사이는 훨씬 활기가 살아났다. 그가 하는 이야기는 신기한 내용으로 풍부했다. 그의 쾌활한 성격은 에너지가 넘쳤고, 필요할 때는 아주 진중한 태도를 지킬 줄도 알았다. 그의 분별력은 예리하지만, 그는 모든 대상을 그저 즐거움을 제공하는 것으로 보는 경향이 있었다. 그의 사상은 열정적이지만 재미있었고, 그의 기억은 그가 솔직히 밝힌 대로 자기의 꾸며낸 이야기도 조금 보탤 수만 있다면 무궁무진한 즐거움을 자아내줄 수 있었다.

그는 도시 아래쪽에 살았는데, 도시 위쪽에 사는 우리와 도시에서의 거리는 거의 비슷했다. 그래도 우리는 거의 하루도 빠짐없이 서로의 집을 방문하는 것을 즐겼다. 우리 오빠와 헨리는 둘 다 라틴어 작가를 좋아했다. 종교의 형이상학과 지식 면에서도 플레옐은 우리 오빠의 수준에 뒤지지 않았다. 하지만 그들의 교리는 여러 면에서 서로 반대였다. 한 사람은 자신의 신앙에 대한 확신만 있는 반면, 다른 사람은 의심해야 할 이유밖에 찾지 못했다. 우리 오빠는 윤리적 필연성과 칼뱅주의[15] 교리만이 올바른 바탕이어야 한다고 생각했다. 플레옐은 지성적 자유의 옹호자였으며, 자신의 이성 이외에 다른 길잡이를 모두 부정했다. 그들은 자주 토론을 벌였지만, 솔직함과 언변을 지닌 탓에 우리는 언제나 그들의 말을 열심히 듣고 많은 것을 배웠다.

우리와 마찬가지로 플레옐은 음악과 시를 좋아했다. 그래서 우리의 콘서트는 두 개의 바이올린, 한 개의 하프시코드, 그리고 세 개의 목소리로 구성되었다. 우리는 행복은 역시 여러 사람이 함께 모이는 곳에서 온다는 사실을 거듭 재확인했다. 하지만 이 새 친구가 오기 전까지 우리는 텅 빈 느낌 따위는 알지 못했는데, 이제는 그가 없으면 살 수 없을 지경이 되었다. 그가 어디 가고 없으면 그 무엇으로도 채울 수 없는 공허함과 견딜 수 없는 안타까움이 생겼다. 오빠와 플레옐은 키케로에 관한 의견 차이로 서로 말다툼하긴 했지만, 오빠는 플레옐에게 완전히 매료되었고, 플레옐을 알게 된 후부터 예전의 침통하고 무거운 분위기도 어느 정도 벗은 듯했다.

---

[15] 칼뱅주의(Calvinism): 개혁주의라고도 불리는 이 사상은 장 칼뱅이 주창한 기독교의 사상 및 신학 사조로서 종교 개혁을 통해 체계화되어 개신교의 주요 신학으로 자리 잡았다.

Chapter IV

 오빠가 결혼한 후 별다른 일 없이 행복하게 육 년이 흘렀다. 전쟁 소식이 들려오긴 했지만,[16] 워낙 먼 곳의 일이다 보니 우리의 평온한 생활과 비교거리가 되어 오히려 상대적으로 즐거움을 더해 줄 뿐이었다. 한쪽에서는 인디언들이 격퇴당하고 한쪽에서는 캐나다가 정복에 성공하고 있었다. 전쟁이 현지 사람들에게 얼마나 큰 재앙인지는 모르지만, 혁명과 전투는 어떤 면에서 우리의 행복을 더해 주었다. 호기심에 마음을 졸이게 하고, 애국심으로 기뻐하게 하는 원인이 되었기 때문이다.

 네 명의 자녀 가운데 세 명은 오빠의 따뜻한 보살핌 아래 신체적으로나 정신적으로나 무럭무럭 잘 자라 주었다. 네 번째는 귀여운 아기로 어머니를 많이 닮았으며, 아주 건강했다. 여기에 열네 살짜리 여자아이가 하나 더 있었는데, 우리 모두에게 부모 이상의 애정과 귀여움을 한 몸에 다 받았다.

---

[16] 프렌치-인디언 전쟁(French and Indian War, 1755~1763): 유럽에서 7년 전쟁이 일어나고 있을 때, 북미 대륙 오하이오 강 주변 인디언 영토를 둘러싸고 일어난 영국과 프랑스의 식민지 쟁탈 전쟁.

이 소녀의 어머니 이야기는 아주 비극적이었다. 젖먹이 아기를 데리고 영국에서 이곳으로 혼자서 돈도, 친구도 없이 건너왔다. 서둘러 몰래 도망 온 것 같았다. 그녀는 우리 이모의 보호 아래 외롭고 불쌍하게 삼 년을 살다가 비통함을 안고 죽었다. 그 비통함의 원인이 무엇인지는 아무리 물어도 대답을 듣지 못했다. 학식이나 예의범절로 볼 때 미천한 출생은 아닌 것 같았다. 그녀는 우리 이모에게 딸아이는 그동안 돌본 것과 마찬가지로 잘 돌봐 주겠다는 약속을 받은 후 마지막 순간은 평온하게 눈을 감았다.

오빠가 결혼할 때 그 아이를 오빠네 식구로 받아들이자는 의견이 모였다. 나는 어떤 말로도 이 소녀의 매력을 제대로 설명해 낼 수가 없다. 아마도 그녀가 보여준 그 온순한 성격은 우리 기억에 생생하게 남아있던 그 불쌍하게 살다 죽은 어머니의 성격을 닮은 탓이었을 것이다. 그녀는 늘 뭔가 골똘히 생각에 잠겨 있었고, 그런 모습을 바라보고 있자면 사람들은 친구도 하나 없는 그녀의 신세를 떠올리곤 했다. 하지만 친구가 없다는 이 말은 맞는 말이 아니다. 소녀는 지금 함께 사는 사람들에게 말로 다 표현할 수 없는 소중한 존재였기 때문이다.

우리는 그녀의 마음을 넓혀 주고 교양을 쌓아 주려고 할 수 있는 모든 노력을 다 기울였다. 그녀의 안전을 위해 신중한 정도를 넘어서는 수준의 배려를 아끼지 않았다. 그녀의 훌륭한 점을 보자면 우리가 아무리 애정을 쏟아도 지나치지 않았다. 그녀와 내 눈이 마주치거나 그녀의 생각을 할 때면 언제나 가슴 속에서 뜨거운 감정이 솟아났다. 이 소녀보다 더 한 부드러움, 지성, 침착성은 결코 찾아볼 수 없을 것이다. 그 아이가 내게 다가올 때, 너무나 사랑스러워 내 가슴에 안아줄 때는 기쁨의 눈물도 나는 자주 흘렸다.

하루가 다르게 아름다움을 더해 가고 정신이 강건해져 가던 어느 날, 그 아이를 잃어버리게 될지도 모를 일이 일어났다. 퀘벡에서 부상을 당해 불구가 된 어느 장교가 있었는데, 그는 평화협정이 맺어지자 식민지 지역을 여행하기로 마음먹었다. 그는 필라델피아에서 상당 기간 머물렀고, 마침내 떠날 준비를 하고 있었다. 이 장교가 가장 많이 찾은 사람은 베인톤 부인이었는데, 우리 식구와 잘 알고 있는 부인이었다. 이 장교가 부인에게 작별 인사를 하며 떠난다는 이야기를 하고 있을 때, 마침 나와 소녀가 그 집을 찾아 들어섰던 것이다. 내가 데리고 온 소녀에게 그 남자의 눈이 와 꽂힐 때 보여준 감정은 거의 설명할 수 없을 정도다. 그는 너무 놀라 그 자리에 얼어붙은 듯했다. 자신의 감정을 감출 수 없었지만, 가만히 앉아 눈앞에 있는 소녀를 조용히 바라다보았다. 마침내 그는 베인톤 부인에게 고개를 돌려 표정과 몸짓으로 지금 자기가 보고 있는 상황을 설명해 달라고 부탁했다. 그가 소녀의 손을 잡자 소녀는 그의 이런 행동에 깜짝 놀랐다. 장교는 손을 잡고 소녀를 자기 쪽으로 당기며 진지하게 떨리는 목소리로 물었다. "이 소녀는 누굽니까? 언제 여기 왔습니까? 이름은 무엇입니까?"

대답을 들은 그는 오히려 더 혼란스러워했다. 곧이어 그는 그 소녀가 루이자 콘웨이라는 여인의 딸이며,[17] 그 여인이 언제 이곳으로 와서 우리

---

[17] 루이자 콘웨이(Louisa Conway): 이 부분에서는 소녀의 어머니 이름이 루이자 콘웨이라고 적혀 있지만, 소설의 뒷부분에 가면 소녀의 어머니 이름은 제인 콘웨이인 것으로 나온다. 책 전반에 걸쳐 루이자 콘웨이는 소령의 딸 이름으로 쓰이고 있다.

동네에 살게 되었는지 설명을 들었다. 그녀는 부모가 누군지, 왜 여기로 오게 됐는지 철저히 숨겼으며, 치유될 수 없는 슬픔을 안고 살다 결국 죽고 말았으며, 그 딸은 아는 사람의 보호 아래 맡겨졌다는 대답도 들었다. 이런 이야기를 들은 그는 눈물을 흘리며 소녀를 자기 품에 안더니 자기가 바로 소녀의 아버지라고 말했다. 뜻밖의 만남 때문에 일어난 흥분이 어느 정도 가라앉은 후 그는 우리의 호기심을 풀어 주는 사연을 다음과 같이 들려주었다.

미스 콘웨이는 런던에 있는 은행가의 외동딸로, 그 은행가는 딸을 사랑해 부모로서 할 수 있는 것은 뭐든 다해 주었다. 그는 우연히 그녀를 알게 됐는데, 그녀의 매력에 반해 청혼을 하게 되었고, 부모님과 그녀에게 흔쾌히 결혼을 허락받았다. 아내는 그에게 아낌없는 애정의 표현을 다해 주었다. 엄청난 부를 소유한 그녀의 아버지는 그를 아주 존중해 주었고, 필요한 것은 다 마련해 주며 그들의 결혼에 한 가지 조건을 내걸었다. 데릴사위로 자기 집에 들어와 산다는 것이 그 조건이었다.

두 사람은 삼 년간 행복한 결혼 생활을 했으며, 그사이에 이 소녀가 태어나 행복을 더해 주었다. 그때 그는 독일로 파병 명령을 받았고, 아내는 전쟁의 위험과 어려움을 무릅쓰고 어디든 남편을 따라가겠다며 떼를 쓰고 몸부림쳤지만, 결국 그 생각을 포기하도록 설득당했다. 이보다 더 괴로운 이별은 없었다. 그들은 자주 편지를 주고받으며 이 가혹한 운명의 고통을 달래 보려 애썼다. 아내의 편지에는 남편의 안전을 바라는 간절한 마음과 떠난 남편이 빨리 돌아오기를 바라는 마음뿐이었다. 마침내 부대를 새로 배속받아 그는 웨스트팔리아[18]에서 캐나다로 가게 되었다. 여기에는 한 가지 장점이 있었다. 가족을 만날 기회가 주어진 것이었다. 아내는 남편

못지않게 간절히 그 만남을 기대했다. 그는 런던으로 서둘러 간 뒤, 마차에서 내리자마자 콘웨이 씨 집으로 전력을 다해 달려갔다.

가보니 집은 거의 초상집 같은 분위기였다. 그의 장인은 슬픔을 이기지 못해 그가 물어 봐도 대답조차 할 수 없었다. 슬픔에 잠겨 입을 열지 못하는 하인들 역시 마찬가지였다. 그는 집을 구석구석 뒤지며 아내와 딸의 이름을 불렀지만 아무런 대답이 없었다. 마침내 무슨 일이 있었는지 그는 설명을 들을 수 있었다. 그가 도착하기 이틀 전, 아내의 침실이 텅 빈 상태로 발견되었다는 것이다. 아무리 근심스러운 마음으로 열심히 찾아봐도 아내의 흔적을 찾아낼 수 없었다. 그렇게 사라져야 할 이유도 찾아낼 수 없었다. 아내가 아기를 데리고 함께 달아나 버린 것이었다.

또다시 그들을 찾으려 침실과 캐비닛까지 다 뒤져보았지만, 왜 그렇게 달아나 버렸는지, 스스로 떠난 것인지 아닌지, 영국이나 혹은 세상 어디에 숨어 있는 것인지 짐작할 만한 실마리는 찾아낼 수 없었다. 남편의 슬픔과 놀람을 어찌 말로 표현할 수 있겠는가? 불안한 마음, 공포로 변해 버린 희망, 그리고 그 깊은 절망을? 그는 미 대륙으로 복무를 명령받았다. 그는 미 대륙에서 복무 중에 이 도시에 온 적이 있었고, 그 당시 아내가 살던 그 집 문 앞도 자주 지나다녔었다. 그녀의 아버지는 딸과 손녀의 행방을 찾기 위해 미친 듯이 백방으로 수소문하고 다녔지만, 아무런 결실도 얻지 못했다. 절망감으로 인해 그는 마침내 죽고 말았다. 그 때문에 루이자의 아버지는 엄청난 재산을 소유하게 됐다.

이 이야기는 상당히 많은 추측을 해볼 만한 내용이었다. 스튜어트

---

[18] 웨스트팔리아(Westphalia): 베스트팔렌. 독일 서북부의 옛 주명(州名).

부인이 자기의 나라를 등지게 한 동기에 대해 우리 가족 사이에서는 수천 가지 질문이 제기되고 토론되었다. 누군가에 의해 강제적으로 그런 행동을 한 것은 아닌 것 같았다. 우리가 본 것 가운데 조금이라도 특이한 점은 모두 다 도마 위에 올라 검토되었다. 이 가운데 실마리를 찾을 수 있는 것은 하나도 없었다. 상상할 수 있는 최대한의 분석을 다 해 본 후에도 그녀의 행동은 여전히 불가해한 비밀로 남아 있었다. 가까이서 지켜 본 스튜어트 소령은 더할 나위 없이 인품이 다정한 사람이었다. 루이자에 대한 그의 애정은 시간이 지날수록 더 깊어졌다. 그녀는 소령의 설명으로 인해 드러난 정체와 잘 맞아떨어지는 소녀였다. 그녀는 아버지와 함께 영국으로 돌아가자는 제안을 기꺼이 받아들일 수밖에 없었다. 하지만 소령이 그녀에게 한 제안은 미루어야 했다. 그렇게 큰 변화에는 준비 기간도 필요하고, 우리와 괴로움 없이 헤어질 수 있도록 마음의 준비를 할 시간이 필요했던 것이다.

이 달갑지 않은 계획을 그의 아버지가 완전히 포기하도록 설득할 수 있다는 희망을 나는 포기하지 않았다. 한편, 소령은 남부 식민지로 여행을 계속했고, 그의 딸은 계속 우리와 살았다. 루이자와 오빠 앞으로 소령에게서 자주 편지가 왔는데, 편지 내용으로 보아 그는 평범한 사고방식을 지닌 사람이 아니었다. 편지는 온갖 놀라운 내용과 심오한 사고로 가득했다. 이곳에 머무는 동안 그는 저녁 시간에 우리와 함께 예배당에서 자주 이야기를 나누곤 했고, 떠난 후에는 서신을 통해 자주 이야깃거리를 제공해 주었다.

어느 오 월의 오후, 포근한 날씨와 화사한 초목들의 유혹에 이끌려 우리는 보통 때보다 이른 시각에 예배당에 모였다. 우리 여자들은 부지런히 바느질을 하고, 오빠와 플레옐은 어록이나 삼단 논법으로 논쟁을 벌이고 있었다. 논쟁의 요지는 클루엔티우스[19]를 위한 항변이 지닌 장점이었는데 첫째, 그것이 설득력 있는 천재적인 웅변이라는 것, 둘째, 그 시대의 방식을 잘 설명해 주고 있다는 점, 이런 것이었다. 플레옐은 이 두 가지 장점을 다 경시한다는 주장을 열심히 펼치며, 그 웅변가는 나쁜 대의를 포용했거나, 혹은 최소한 의문스러운 대의를 포용했다고 주장했다. 그는 어느 한 옹호가의 과장됨에 의존하거나, 혹은 한 가족의 모습을 모델로 삼아 한 국가의 조건을 그려내는 것은 말도 안 된다고 주장했다. 이 과정에서 어록을 잘못 인용하는 바람에 두 사람의 대화는 갑자기 새로운 방향으로 바뀌어 버렸다. 플레옐은 오빠가 "폴리세레투르"라고 해야 할 말을 "폴리시아투르"라고 말했다고 꼬집었다. 책을 찾아보지 않는 한, 누가 맞는 건지 결정이 내려질 수 없는 문제였다. 그래서 오빠는 책을 찾으러 집으로 갔는데, 그 길에 스튜어트 소령에게서 왔다는 편지를 들고 온 하인과 마주쳤다. 그는 즉시 우리가 있는 곳으로 돌아와 다 함께 있는 자리에서 그 편지를 읽었다.

그의 편지에는 우리에 대한 애정 어린 칭찬과 루이자에 대한 축복 말고도 머낭거힐러 강[20]에 있는 폭포에 대한 설명을 담고 있었다. 그런데 갑자기 빗줄기가 쏟아져 우리는 집 안으로 자리를 옮겨야 했다. 폭풍이

---

[19] 클루엔티우스(Cluentius): 로마의 웅변가 키케로가 변호를 맡은 사건의 의뢰인 이름. 클루엔티우스를 위한 키케로의 변호 진술은 "프로 클루엔티오"라는 제목으로 알려져 있다.
[20] 머낭거힐러(Monongahela) 강: 미국 웨스트 버지니아 주 북부에서 시작되어 필라델피아 서남부를 지나 오하이오 강과 합류하는 길이 206km의 강.

지나고 환한 달빛이 비쳤다. 예배당에 다시 가야 할 이유도 없고 해서 그냥 있던 자리에 앉아 활발하게 대화를 나누기 시작했다. 가장 최근에 도착한 편지가 자연스럽게 화제로 올랐다. 플레옐이 그 편지에서 설명하고 있던 폭포가 알프스 글라루스에서 발견한 폭포와 비슷하다는 것이다. 전자에 대한 특정한 내용이 편지에서 언급되어 있었는데, 그게 사실인지 의심스럽다는 말이 나왔다. 이 논쟁의 답을 찾으려면 편지가 필요하다는 제안이 나왔다. 오빠는 편지가 들어 있는지 주머니를 뒤져보았지만, 아무 데도 없었다. 그는 예배당에 편지를 놔두고 왔다는 기억을 해냈고, 그 편지를 찾으러 예배당에 가겠다고 했다. 캐서린, 플레옐, 루이자, 그리고 나는 있던 자리에 남아 있었다.

몇 분 후에 오빠가 돌아왔다. 나는 그 논쟁에 어느 정도 흥미가 있었기 때문에 오빠가 돌아오기를 애타게 기다리고 있었다. 하지만 오빠가 계단을 올라오는 소리를 듣자, 나는 정말 빠른 속도로 다녀왔다는 생각을 하지 않을 수 없었다. 오빠가 집에 들어설 때 내 눈은 오빠를 응시하고 있었다. 떠날 때의 표정과는 전혀 다른 모습이었다. 놀라움, 그리고 약간의 불안감이 그 표정에 섞여 있었다. 오빠의 눈은 뭔가를 찾고 있는 듯했다. 그의 눈은 이 사람에서 저 사람으로 재빨리 옮겨가다가 마침내 자기의 아내에게 머물렀다. 캐서린은 아까와 같은 자리 소파에 편안한 자세로 앉아 있었다. 손에는 모슬린을 들고 있었는데, 거기에 온통 집중하고 있는 중이었다.

캐서린을 보자마자 오빠의 당혹감이 눈에 띄게 커졌다. 얼른 자리에 앉더니 바닥을 뚫어지게 바라보는 모습이 마치 깊은 생각에 잠긴 듯했다. 이런 이상한 행동들 때문에 나는 편지에 대해서는 말도 꺼내지 못했다.

잠시 후, 사람들은 이야기 나누던 것을 멈추고 시오도어 윌랜드에게 관심을 돌렸다. 사람들은 대화가 잠시 중단될 때 편지를 내놓으려고 기다리고 있는 거라고 생각했다. 마침내 플레옐이 말했다. "어디, 편지는 가져왔겠지?" 오빠는 심각한 모습이 전혀 가시지 않은 표정으로 "아니." 하고 대답하고 계속 빤히 아내를 바라봤다. "나는 언덕에 올라가지 않았어." "왜?" "캐서린, 당신 내가 방에서 나간 후로 그 자리에서 움직이지 않았소?" 캐서린은 오빠의 심각한 태도를 눈치채고, 하던 일감을 내려놓은 뒤 놀란 어조로 대답했다. "움직이지 않았어요. 왜 그런 질문을 하는 거죠?" 오빠는 다시 바닥을 응시했고, 곧바로 대답을 하지 않았다. 마침내 그는 우리를 둘러보며 말했다. "캐서린이 나를 따라 언덕에 올라오지 않은 것이 사실이야? 지금 금방 방에 돌아온 것이 아니라는 게?" 우리는 한목소리로 그렇다고, 단 한 순간도 자리를 떠난 적이 없다고 대답해주고, 왜 그런 질문을 하는지 반문했다.

"너희는 한목소리로 확실하다고 하지만, 난 너희들의 확신을 받아들일 수도 없고, 내 감각이 내게 해 주는 말을 믿지 않을 수도 없어. 내가 잘못 들은 게 아니라면, 내가 언덕을 반 정도 올라갔을 때 캐서린은 언덕 아래쪽에 있었어."

우리는 그 말에 어리둥절했다. 플레옐은 우스꽝스러운 몸짓을 하며 그를 놀렸다. 그는 친구의 말을 가만히 듣고 있었지만, 몸짓만은 전혀 바꾸지 않았다.

"한 가지는 사실이야" 하고 오빠는 강조했다. "내가 언덕 아래에서 들려오는 내 아내의 목소리를 들었거나, 아니면 지금 내가 너희들의 말을 듣지 못하거나."

플레옐이 끼어들었다. "진정으로 자네는 슬픈 딜레마에 빠졌군. 우리의 눈이 자네 아내가 자네가 없는 동안 바로 저 자리에 앉아 있었음을 확신한다면 그건 확실한 거지. 근데 자네는 저 언덕에서 그녀의 목소리를 들었다고 하는데, 보통 자네 아내의 목소리는 그녀의 성격과 마찬가지로 완전히 부드러운 편이지. 방 밖까지 들리게 하려면 아주 힘을 줘야 한단 말이지. 내가 잘못 알고 있는 게 아니라면, 자네가 가고 없는 동안 자네 아내는 단 한 마디도 내뱉지 않았어. 클라라와 나만 말을 했으니까. 그래도 자네 아내가 자네와 언덕에서 뭔가 속삭이며 대화를 나눈 것인지도 모르니, 어떤 말을 주고받았는지 말해 봐."

오빠가 말했다. "그 대화는 아주 짧은 것이었고, 전혀 속삭이는 식으로 이루어지지 않았어. 내가 뭣 때문에 이 집을 나갔던 건지 자네는 알잖아. 언덕 쪽으로 반쯤 올라갔는데, 달이 잠시 구름에 가려 보이지 않았어. 공기도 그렇게 부드럽고 조용할 수 없었어. 그런데 그 중간에 예배당을 바라봤는데, 기둥 사이로 뭔가 희끗한 게 보이는 것 같았어. 아주 희미한 빛이었는데, 달이 가려지지 않았다면 아마 전혀 보이지 않았을지도 모를 만큼. 다시 봤더니 아무것도 안 보였어. 나는 이 건물을 혼자, 혹은 밤에 찾아올 때마다 우리 아버지의 운명을 기억해내지 않을 수 없었어. 이상하게 보인 건 전혀 없는데, 그래도 똑같은 곳에 있었던 단순한 적막과 어둠 그 이상의 무엇이 있음을 암시하고 있었어.

계속 가던 대로 걸어갔지. 내 뇌리를 떠나지 않던 영상들은 예사롭지 않은 것이었고, 나는 알지 못할 호기심에 마음이 두근거리긴 했지만, 이 물체의 본질에 대한 공포심은 없었어. 언덕을 반 이상 올라갔을 때, 내 뒤에서 나를 부르는 목소리가 들렸어. 그 말의 어조는 분명하고, 뚜렷하고,

힘이 있었어. 내가 믿기로는 분명 우리 아내 입에서 나오는 말이었어. 내 아내의 목소리는 대체로 그렇게 크지 않아. 목소리를 크게 내는 법이 거의 없지. 하지만, 그래도, 간혹 목소리에 힘을 주어서 크게 부르는 소리를 들었어. 내 귀가 잘못된 것이 아니라면, 내가 들은 건 분명 내 아내의 목소리였어.

"멈춰요. 더는 가지 말아요. 가는 길에 위험이 도사리고 있어요." 예기치 못한 갑작스러운 경고, 그 경고하는 목소리에 담긴 경종의 느낌, 그리고 무엇보다도 그 말을 하는 것이 내 아내였다는 데서 느껴지는 절박성, 이러한 모든 이유로 나는 당황했고 멈칫했어. 나는 혹시 잘못 들은 게 아닌가 싶어서 확인하려고 뒤로 돌아서서 들어보았어. 그냥 깊은 정적만이 이어졌지. 마침내 내가 말을 했지. "누가 나를 불렀지? 캐서린, 당신이오?" 말을 멈추고 귀를 기울였더니 대답이 들려왔어. "맞아요. 나예요. 올라가지 마세요. 즉시 돌아가세요. 집에서 기다리고 있어요." 그건 여전히 캐서린의 목소리였고, 그 목소리는 여전히 계단 아래쪽에서 들려오고 있었어.

내가 뭘 할 수 있겠어? 그 경고는 기이한 것이었어. 캐서린이 이런 시간, 이런 곳에서 그런 말을 한다는 것이 더더욱 그 경고의 미스터리를 더해 주었지. 나는 그 말을 듣지 않을 수 없었어. 그래서 발걸음을 재촉해서 돌아오면서 언덕 아래에서 캐서린이 나를 기다리고 있을 것으로 예상했지. 언덕 아래 도착했더니, 아무도 보이지 않았어. 달빛이 다시 나와서 환해졌는데도, 아무리 멀리 보아도 사람은커녕 움직이는 것이라고는 하나도 눈에 띄지 않았어. 만약 집으로 되돌아간 것이라면, 벌써 이렇게 내 시야에서 멀어진 것을 보니 놀랄 만한 속도로 돌아간 게 분명했어. 나는 소리를 질러 보았지만, 아무 소용없었어. 계속 소리를 거듭해 보았지만, 아무 대답도 들려오지 않았어.

 이 일을 생각하면서 나는 여기로 돌아온 거야. 내가 내 아내의 목소리를 들었다는 사실에는 의심의 여지가 없어. 무슨 사정으로 나보고 집으로 돌아오라고, 나를 기다리고 있다고 했는지 그 목소리는 분명하게 설명하지 않았지만, 여기 너희들은 내가 다시 돌아와야 할 급한 일이 없었다고 하고, 또 내 아내는 앉아 있는 자리에서 움직이지 않았다고 내게 말하고 있는 거야."

 이것이 오빠가 한 말이었다. 그 말을 듣는 우리는 각자 다른 감정을 느꼈다. 플레옐은 모든 것은 그냥 감각의 속임수라는 것을 의심하지 않았다. 아마 어떤 목소리를 듣긴 했는데, 윌랜드의 상상이 자기 아내의 목소리와 닮은 것이라는 착각을 하게 했고, 그 소리에 그렇게 중요한 의미를 주는 것이었겠지, 하는 것이다. 그의 평소 습관대로 머릿속 생각이 있으면 그걸 그대로 말로 내뱉었다. 때로 그는 그것을 심각한 토론 주제로 삼기도 했지만, 대부분은 그것을 농담처럼 취급했다. 그는 진중하고 이성적인 말로 친구를 설득할 수 있다고 생각하지 않았다. 이런 종류의 일이 생기면, 오빠 같은 사람은 마음속으로 이걸 심각하게 받아들이는 사람인데, 플레옐은 이처럼 우스갯소리를 하면 오빠가 덜 심각하게 받아들이도록 할 수 있다고 여겼던 것이다.

 플레옐은 편지를 찾으러 가자고 제안했다. 그는 나갔다가 손에 편지를 든 채 금방 되돌아왔다. 그는 그 편지가 받침대 위에 펼쳐져 있는 것을 찾았고, 어떤 목소리나 얼굴이 나타나 자기가 하는 일을 방해하지 않았다고 말했다.

캐서린은 낙천적인 성격을 보기 드물게 넉넉히 타고난 사람이었지만, 이런 경우에는 무섭고 겁이 나지 않을 수 없었다. 불가사의하고도 뜬금없이 자기 목소리가 들렸다는 것은 여간 마음의 동요를 일으키는 것이 아니었다. 플레옐이 열심히 증명하려고 한 대로 이것은 청각의 속임수에 불과한 것일지 모른다는 생각을 받아들이려고 했지만, 남편에게 눈을 돌려 보았을 때 플레옐의 주장이 남편에게는 전혀 먹혀들어 가지 않은 것을 보고 이 확신도 여지없이 흔들리고 말았다.

내 입장을 말한다면, 나는 이 사건에 온통 관심이 사로잡혔다. 그 일과 아버지의 죽음 사이에 꼭 집어 말할 수 없는 유사성이 존재함을 알아차렸다. 아버지의 죽음에 대해서 나는 자주 깊이 생각해 보았는데, 아무리 생각해 봐도 뭔가 확실하게 얻어지는 것은 없었다. 하지만 그 일을 둘러싼 의혹들 때문에 괴로워하지는 않았다. 그 사건이 두려운 사건이었음을 부인할 수 없었지만, 나는 그런 해결 방식에는 철저히 거부감이 있었다. 그 원인의 불가사의함 때문에 놀라움이 증폭되긴 했지만, 그렇다고 나의 감정에 애통함이나 공포가 들어 있지는 않았다. 그것이 내게 던져 준 것은 충격이었지, 달갑지 않은 침통함이 아니었다. 최근 이 사건에 대한 내 반응도 이런 것과 비슷했다.

하지만 그 사건이 우리 오빠의 머릿속에 끼친 영향은 아주 중대한 것이었다. 단지 바라는 것이 있다면 오빠가 그 일을 무덤덤하게 받아들이고 말아 주었으면 하는 것이었다. 사실 그 일로 인해 무슨 큰일이 생기기야 하겠는가만은, 그래도 나는 오빠가 엉뚱한 망상에 사로잡혀 감각적 판단력을 손상하게 될지도 모른다는 생각을 견딜 수 없었다. 그렇게 될 경우 정신 상태를 병적으로 악화시켜 차후 더욱더 위험한 증상으로 나타나게 될지도 몰랐다. 의지는 이해의 수단이며, 이는 감각을 통한 인식을 바탕으로 그 결론을 이끌어 내야만 하는 것이다. 만약 이 감각이 타락한다면 이해에 따른 결론적 추론으로부터 헤아릴 수 없는 해악이 빚어지게 된다.

나는 생각했다. 이 사람은 집요하고 멜랑콜리 한 성격의 사람이다. 다른 사람에게는 대수롭지 않고 막연한 생각, 그러니까 공상에 잠기거나 혼자 있는 순간에 몰두하다가 주변 상황이 바뀌면 쉽사리 빠져나와 버릴 수 있는 그런 생각이 그의 경우에는 뇌리를 사로잡고 놓아주지 않는다. 오랜 습관을 통해 익숙해진 결론들, 오빠가 명백하다고 믿고 있는 결론들은 아주 심오한 사고의 과정을 거쳐 얻어진 것이다. 그의 모든 행동과 실제 사고방식은 모두 신의 통치, 그리고 인간 지식의 구성 법칙에 대해 오랫동안 생각해 본 끝에 얻어진 난해한 추론들과 연결되어있다. 어떻게 보면 그는 광신자라고 할 수 있지만, 그의 신앙은 숱한 논쟁과 잡다한 이론들로 탄탄히 쌓아올린 것이다.

그는 아버지의 죽음이 직접적이고 초자연적인 섭리에서 나온 것이라고 항상 믿었다. 그는 나보다 더 자주 아버지의 죽음에 대해 골몰했고, 그의 뇌리에 더욱더 침울하고 영구적인 흔적을 남겼다. 그런 와중에 일어난 이 목소리 사건으로 인해 그는 눈에 띄게 더욱더 심각해졌다. 그는 예전처럼 대화를 나누거나 책을 읽으려 들지 않았다. 그의 머릿속 생각을 들춰보면 대개는 그 사건과 어느 정도 연관성이 있음을 알 수 있었다. 그것이 오빠에게 어떤 깊은 인상을 심어 놓았는지 확신하기 어려웠다. 오빠는 그 주제를 대화에 끌어들이는 일이 결코 없었고, 플레옐이 빈정대는 투로 말을 지껄여 대도 말없이 쓴웃음을 지으며 들을 뿐이었다.

그러던 어느 날 저녁, 예배당에서 단둘이 있을 일이 생겼다. 나는 이 기회를 이용해 오빠가 무슨 생각을 하고 있는지 알아보기로 했다. 방해받고 싶지 않은 듯 한동안 침묵을 지키고 있던 오빠에게 말했다. "어둠이 너무나 손에 잡힐 듯 뚜렷해. 하지만 위에서 빛이 한 줄기만이라도 내려오면 어둠은 사라져 버리겠지." "그래." 윌랜드가 격정적으로 말했다. "물리적인 어둠뿐만 아니라 도덕적인 어둠도 사라져 버리겠지." "하지만, 왜 신의 의지는 그 계율을 눈을 통해서만 보여주려 할까." 그는 의미심장한 미소를 지으며 말했다. "맞는 말이야. 다른 방법으로도 이해시키는 길이 있는데 말이야." 내가 오빠에게 좀 더 다가가며 말했다. "오빠는 한 번도, 한 번도, 최근에 있었던 그 기이한 일에 대해 어떻게 생각하는지 내게 말을 해 준적이 없어." "그 문제를 어떻게 받아들여야 하는지에 대해 정해진 방법이 있는 건 아니야. 결과는 있는데 원인은 완전히 불가해한 일이지. 착각이었다고 가정할 일도 아니고. 그렇다 할 수 있지만, 그 가정보다 더 가능성이 큰 열두 가지 다른 가정이 있거든. 착각이었다는 결론에 도달하려면 우선 그 열두 가지 가정들이 모두 다 배제되어야만 하겠지." "그 열두 가지 가정이 뭔데?" "그건 이야기할 필요도 없는 일이야. 플레옐의 말보다 조금 더 말이 안 되는 소리일 뿐이야. 시간이 지나면 그중 하나가 확실해지게 될지 모르지. 그때까지는 그 가정들을 자세히 논한다는 것은 쓸데없는 일이야."

Chapter V

얼마간의 시간이 지난 뒤 그보다 더 놀라운 일이 벌어졌다. 플레옐이 유럽에서 돌아오는 길에 우리 오빠와 관련된 꽤 중요한 사실을 알아 온 것이다. 우리 선조들이 작센 지방 귀족 출신이며, 루사티아[21]에 꽤 큰 영토를 소유했다는 것이다. 그동안은 그 사유지에 대한 우선권이 있는 사람들이 있어서 오빠에게 소유권이 닿지 않았는데, 그 토지에 대한 권한을 가진 사람들이 프로이센[22] 전쟁[23] 때 다 죽고 말았다는 것이었다. 플레옐이 알아본 결과 그것이 분명하고, 장자 상속권 법에 따라 생존자 중 그 누구보다도 오빠에게 그 사유지에 대한 최우선 권한이 있음을 플레옐이 알게 되었다. 아무것도 필요 없고 다만 그 나라에 거주하고, 소유권을 주장하기 위한 법적 신청만 하면 된다는 것이었다.

---

[21] 루사티아: 독일 동부와 폴란드 서남부에 걸치는, 엘베 강과 오데르 강 사이의 지방.
[22] 프로이센: 독일 북부의 주(1701~1918).
[23] 프로이센-오스트리아 전쟁이라고도 함. 이 전쟁은 독일주의로 통일을 추구하던 프로이센과 대독일주의를 지향하던 오스트리아의 합스부르크 왕조 간에 독일 연방 내의 주도권을 둘러싸고 벌어졌다.

플레옐은 이렇게 하라고 적극적으로 권했다. 여기에 따르는 이익은 수도 없이 많으며, 그걸 포기한다는 것은 더할 나위 없이 바보 같은 짓이라고 그는 생각했다. 그러나 플레옐의 기대와 달리 오빠는 거기에 부정적인 생각을 갖고 있었다. 플레옐은 처음에는 약간 노력을 기울이면 그의 생각을 꺾을 수 있으리라 생각했지만, 그 계획에 대한 오빠의 반대는 약간의 노력으로 바꿀 수 있는 게 아니라는 걸 알게 됐다. 친구와 친구 누이의 행복에 대한 자신의 관심, 자신의 출신이기도 하고 한때 젊은 시절을 보내기도 한 작센 지방에 대한 애착 등으로 그는 오빠의 동의를 얻어내려고 노력했다. 이 목적을 달성하려고 그는 머리로 짜낼 수 있는 모든 논거를 다 동원했다. 그는 그 나라의 생활양식이나 정부, 안정된 민권, 그리고 종교적 정서에 대한 자유 등을 잔뜩 미화해서 그려 보였다. 많은 재산과 높은 지위가 가져다줄 특혜도 강조하고, 자신의 주장에 힘을 싣기 위해 집단 노예로 전락하고 만 특정 계층 사람들도 거론하며, 독일에 있는 그 재산과 힘을 좋은 일에 쓸 여지가 너무나 많다고 주장했다. 선하게 이를 사용한다면 권력에서 비롯되는 악행에 뒤지지 않은 많은 선행을 베풀 수 있다는 것이었다. 그러므로 윌랜드가 자신의 재산에 대한 소유권 청구를 포기한다면 가신들에게 가져다줄 모든 긍정적인 행운을 빼앗아 가는 셈이 될 것이며, 계몽되지 않은 주인 때문에 불행의 나락으로 떨어지게 하는 셈이 될 것이라고 주장했다.

오빠는 어렵지 않게 이러한 주장을 다 반박하고, 세상 그 어디에도 자신이 현재 살고 있는 곳에서 누리는 안정과 자유를 누릴 수 있는 곳은 없음을 보여주었다. 즉, 부패한 정부에게서 작센 가문이 두려워할 것이 아무것도 없다손 치더라도, 혼란과 긴장을 초래할 외적인 요인들은 얼마든지 존재할 뿐만 아니라, 그 징후가 너무나 뚜렷하다는 것이었다. 최근 프로이센 사람들이 저지른 공격으로 새로운 혼란과 긴장 요인들이 발생했다. 독일이 오스트리아와 프로이센 독재자들에게 점령 분할되기 전에는 전쟁의 위험이 항상 도사릴 것이며, 오빠가 보기에는 그런 일은 결코 멀지 않은 장래에 벌어질 것 같았다. 이런 가능성은 제쳐 두고, 부와 권력이 비록 손에 닿는 곳에 있다고 그것을 거머쥐는 것이 과연 잘하는 짓일까? 부와 권력은 부패와 타락의 주된 원인이 아닌가? 내가 그곳으로 이사 가서 떵떵거리는 부자로 살게 되면 폭정을 부리는 쾌락주의자로 타락하게 되지 않을 것이라고 누가 보장할 수 있겠는가? 오빠는 부와 권력은 부패와 타락의 주된 원인이라는 이유만으로도 강한 거부감을 느끼는 것이 당연하다고 주장했다.

　그는 이러한 것들이 다른 이들뿐만 아니라 그것을 얻는 자신에게도 불행을 가져다주는 수단이 되기 때문에 그것을 경멸했다. 더구나 부유함이란 상대적인 것이며, 그런 면에서 볼 때 자신은 이미 부유한 사람이 아니었던가? 그는 지금 안정되고 넉넉한 삶을 누리고 있었다. 자신의 이성과 사고에 비추어 볼 때 가치 있는 것들은 죄 다 자신의 손길이 미치는 곳에 있었다. 그런데 불확실한 이익을 얻는 것만 믿고 이 모든 것을 포기해야 한다. 자신의 가진 부에 더 많은 부를 쌓는다는 막연한 상상을 쫓으려면 윌랜드는 자신이 빈곤하다고 인정해야 하고, 현재 가지고 있는 확실한 것을 멀리 있는 막연한 그 무엇인가와 바꿔야만 한다. 생각해 보라. 법적인 절차라는 것은 비용이 드는 일이고 시간도 끄는 일이며 불확실성을 담보하고 있다는 것을 모르는 사람이 어디 있는가? 만약 자신이 이 계획을 받아들이기로 한다면 유럽으로 항해를 떠나야 할 것이고,

일정 기간 가족과도 떨어져 있어야만 한다. 바다의 위험과 불편함을 감수해야만 하고, 가정에서의 모든 즐거움을 포기해야 하고, 아내는 한동안 남편을 빼앗기게 되고, 아이들은 아버지와 가정교육을 해 줄 사람을 잃게 될 것이거늘, 이렇게 해서 뭘 얻겠다는 것인가? 극악무도한 폭정과 부가 가져다주는 막연한 이익? 격동과 전쟁으로 얼룩진 나라에 있는 위태로운 재산? 확실하게 얻게 되는 이익도 없고, 그 이익을 확실하게 얻게 된다고 해도 그것은 불가피하게 시간이 많이 걸리는 일이었다.

플레옐이 그 계획에 현혹된 것은 계획 자체가 지닌 각종 혜택 때문이기도 했지만, 그에 못지않은 다른 이유도 있었다. 라이프치히[24]에 자신의 집이 있었으므로 그곳이 마치 자신의 고향처럼 느껴졌던 것이다. 그는 그곳 많은 사람과 인연을 맺고 있었다. 거기 사는 동안 그는 호색적인 분위기에서 벗어날 수 없었다. 그곳에는 플레옐을 사랑하고 있지만 다른 사람과의 결혼을 강요당하고 있는 여자가 있었다. 그런데 예비 신랑의 사망으로 장애물은 사라졌고, 이제 이 여인은 그에게 돌아와 달라며 플레옐을 기다리고 있었다. 물론 플레옐은 그러려고 마음먹고 있었지만, 월랜드와 반드시 함께 가기를 간절히 바라고 있는 것이었다. 현재의 친구들과 영원히 헤어진다는 생각을 견딜 수 없었기 때문이었다. 그곳으로 가는 것이 자신 못지않게 친구들에게도 좋을 것이라고 플레옐은 생각했다. 그래서 그는 끈질기게 지치지 않고 자신의 주장을 펼치며 졸라대는 것이었다.

그는 나나 자신의 누이가 이 계획에 기꺼이 찬성하기를 바랄 수 없음을

---

[24] 라이프치히: 독일 중동부의 도시.

알고 있었다. 그 말이 나오기만 하면 우리는 한통속이 되어 그에게 대들었고, 여간해서는 고집을 꺾으려 들지 않는 오빠도 더 강하게 반대하도록 했다. 그러므로 그는 자신의 속셈을 철저히 우리에게서 숨기고 있었다. 만약 월랜드가 그의 대의를 먼저 따라 주었더라면 우리의 반대를 꺾기가 덜 힘들었을 것이다. 오빠는 이 문제에 대해 말이 없었다. 자신의 생각이 바뀔 염려가 없다고 믿고 있었고, 우리가 괜한 불편함을 겪도록 하지 않을 작정이었기 때문이다. 그 계획에 대한 말이 입 밖에 나오기만 해도, 그리고 그가 그것을 받아들이려는 가능성이 조금 비치기만 해도, 우리가 상당히 평정을 잃곤 한다는 것을 그는 알고 있었다.

그 기이한 일이 있은 지 약 삼 주 정도 지난 어느 날, 식구들이 우리 집에 놀러 오기로 했다. 이보다 더 평온하고 즐거운 날은 있을 수 없었다. 플레옐은 자기도 참석하겠노라고 약속했지만, 해가 거의 다 저물어서야 모습을 드러냈다. 그의 표정에는 실망과 분노가 잔뜩 깔려 있었다. 플레옐은 우리가 물어볼 틈도 주지 않고 금방 그 이유를 털어놓기 시작했다. 이틀 전에 함부르크에서 소포가 도착했는데, 서신이 들어 있을 거라고 잔뜩 기대를 걸고 열어보았지만 서신이 한 통도 들어 있지 않았다는 것이다. 나는 예상치 못한 일 때문에 그처럼 실망하는 모습을 한 번도 본 적이 없었다. 그의 머릿속에는 친구들이 왜 이렇게 편지를 보내지 않았을까, 하는 생각뿐이었다. 그는 자신의 마음을 바친 여인이 부정한 행위를 한 탓이라고 의심하며 질투심으로 괴로워했다. 다들 작당해서 입을 다물고 있는 것이 틀림없다는 것이다. 그녀가 아프거나, 어디 가고 없거나, 혹은 죽었거나 하면 분명 누군가가 자신에게 연락해 주었을 가능성이 더더욱 컸다. 그의 연인이 자신에게 무관심해졌거나, 자기 마음을 다른 사람에게 주었거나 하는 의혹 외에는 그 어떤 다른 상황을 생각해 낼 수 없었다. 편지가 중간에 분실되거나 훼손되었을 가능성도 거의 없었다. 라이프치히에서 함부르크까지, 그리고 함부르크에서 그다음 이어지는 곳까지는 서한 전달에 따른 위험 요소가 없었다.

그가 미국에 그렇게 오래 발이 묶여 있었던 것은 무엇보다도 자신이 내놓은 계획을 오빠가 반대하고 있었기 때문이었다. 이제 그는 유럽으로 돌아가고 싶은 생각이 더 간절해졌다. 자신이 지체하는 바람에 연인의 사랑을 빼앗기고 만 건지도 모른다는 생각을 하면 화가 치밀었다. 그가 할 수 있는 일은 이제 즉시 출국해서 관계를 회복시키거나, 혹은 견딜 수 없이 불행한 일이 일어나는 것을 미리 막거나 하는 일뿐이었다. 그는 이미 몇 주 후에 귀항하는 대로 떠날 예정이라는 그 배를 타고 떠날 결심을 거의 굳히고 있었다.

그사이 그는 오빠를 다시 설득해 결심을 하도록 새로운 방법을 시도할 작정이었다. 그가 오빠에게 같이 산책을 하자고 불러낸 것은 상당히 늦은 오후 시각이었다. 오빠는 플레옐이 하자는 대로 캐서린, 루이자, 그리고 나는 우리가 하고 싶은 대로 같이 놀도록 놔두고 플레옐과 함께 산책에 나섰다. 플레옐은 자신이 마음속에 담아 두었던 가장 절실한 문제를 또다시 꺼냈다. 그는 예전에 내세운 모든 주장을 다시 내세워 더욱 강력하게 오빠를 설득했다.

두 사람은 금방 돌아올 것이라고 약속했지만, 몇 시간이 지나도록 나타나지 않았다. 즐겁게 수다를 떨며 노니는 동안 우리는 시계 종소리가 열두 시를 가리키는 소리를 듣고서야 얼마나 많은 시간이 흘렀는지 깨달았다. 아직 그들이 돌아오지 않았음을 알고 걱정이 되기 시작했다. 우리가 걱정을 하며 무슨 일일까 추측을 하고 있을 때 두 사람이 함께 집을 들어섰다. 두 사람의 표정을 본 나는 입을 다물었다. 두 사람의 표정을 눈치채지 못한 캐서린은 깜짝 놀라며 두 사람이 무슨 일로 그렇게 오랫동안 산책을 했는지 궁금하다고 열심히 조잘댔다. 그녀의 말을 듣는 두 사람의 모습을 보며 그들도 우리 못지않게 놀란 표정을 하고 있음을 나는 알아차렸다. 그들은 말없이 서로를, 그리고 캐서린을 뚫어지게 바라보았다. 나는 그들의 표정을 살펴보고 있었지만, 그 표정이 담고 있는 감정을 이해할 수 없었다.

그들의 이런 모습을 본 캐서린은 이제 다른 질문을 퍼붓기 시작했다. 캐서린은 왜 그렇게 말이 없는지, 왜 그렇게 뚫어지게 서로를 바라보는지, 왜 자기를 그렇게 바라보는지 물어 댔다. 플레옐은 그제야 짐짓 아무렇지도 않은 척하며, 적당한 변명을 둘러댔고, 그러는 중에도 마치 윌랜드에게 사실대로 말하지 말라고 주의를 주는 듯 윌랜드 쪽으로 의미심장한 눈길을 쏘아 댔다. 우리 오빠는 아무 말도 하지 않았고, 그 대신 깊은 생각에 잠겼다. 나 역시 입을 다물고 있었지만, 도대체 이것이 무슨 영문인지 몰라 마음이 초조해졌다. 오빠와 그의 아내, 루이자는 일단 집으로 돌아갔다. 플레옐은 자진해서 그날 저녁 우리 집에서 머물겠노라고 했다. 금방 있었던 일에 이어 벌어지는 이 상황은 내게 새로운 궁금증을 더해 주었다.

우리 두 사람만 남겨지자 금방 플레옐의 표정이 심각해질 뿐만 아니라 심한 충격의 표정까지 나타났는데, 나는 그의 이런 모습을 한 번도 본 적이 없었다. 그는 심란한 마음을 진정시키려는 듯 방 안을 어슬렁거렸다. 나는 손님에게 성가시게 하지 않고도 내가 알고 싶은 대답을 듣게 되기를 바라며 질문하고 싶은 마음을 참고 있었다. 잠시 기다렸지만, 그의 머릿속에 든 혼란은 가라앉지 않는 것으로 보였다. 한참 후 나는 두 사람이 이상하게 오랫동안 사라지고 없어서 걱정했다는 말을 했고, 그들이 돌아온 후 하는 행동을 보고 더 걱정이 깊어졌다며, 설명을 해 달라고 졸랐다. 내가 말을 시작하자 그는 발걸음을 멈추고 나를 빤히 바라보았다. 내가 말을 마치자 그는 격한 감정으로 떨리는 목소리로 내게 물었다. "우리가 없는 동안 너희들 뭘 하고 있었지?" "델라 크루스카 사전도 뒤적거리고, 이런저런 주제로 이야기도 하고 했지. 하지만 너희가 돌아오기 바로 전까지는 두 사람이 아직 안 돌아온 것을 알고 온갖 불길한 생각과 조짐으로 걱정을 하고 있었어." "그동안 캐서린은 계속 너하고 같이 있었니?" "그럼." "확실해?" "분명 확실해. 단 한 순간도 자리를 비우지 않았어." 그는 마치 내 말이 사실인지 저 스스로 확인해 보려는 듯 자리에서 일어섰다. 그리고 두 손을 꽉 쥐고 머리 뒤로 거칠게 올리더니 "맙소사!" 하고 소리 질렀다. "네게 해 줄 말이 있어. 스톨베르그 남작부인이 죽었대."

그 남작부인은 플레옐이 사랑하는 여인이었다. 그가 동요하는 건 내가 놀랄 일이 아니었다. "하지만 그 소식을 어떻게 알게 됐어? 그리고 이런 소식이 캐서린이 우리하고 내내 같이 있었다는 상황하고 무슨 연관이 있는 거지?" 그는 잠시 내 질문에 대답하지 않았다. 다시 플레옐이 입을 열었을 때도 단지 자신이 깊게 빠져 있던 상념의 연장일 뿐인 것 같았다.

"단지 착각일 뿐인지도 몰라. 하지만 그렇다면 우리 둘 다 함께 착각을 일으킬 수 있을까? 아주 드물고도 놀라운 우연의 일치로 말이야! 아주 있을 수 없는 일은 아니겠지. 그렇지만, 그 말이 신탁의 목소리였다면,

테레사는 죽었어. 아, 이럴 수가." 그는 두 손으로 얼굴을 가린 채, 울먹이는 목소리로 말을 이었다. "믿을 수 없어. 서신을 보내지 않기는 했지만, 만약 그녀가 죽었다면, 충실한 우리 베르트랑이 즉시 그 소식을 전해줬을 거야. 하기야 그가 자신의 주인을 제대로 알고 있다면 그런 기별이 내게 어떤 충격을 줄 것인지 쉽사리 짐작할 수 있었겠지. 아마 나를 가엾게 여겨 입을 다물고 있었던 게지.

클라라. 미안해. 내 이런 행동이 네게는 이상해 보이겠지. 최대한 내가 설명해 줄게. 하지만 캐서린에게는 단 한 마디도 입 밖에 내지 마. 그녀는 너처럼 강심장이 아니니까. 더구나 너보다 더 큰 충격을 받을 만한 이유가 있으니까. 그녀는 월랜드의 천사 같은 아내잖아."

그제야 처음으로 플레옐은 우리 오빠에게 너무나 절실하게 강요하고 있었던 계획에 대해 내게 말을 해주기 시작했다. 그는 월랜드가 내세운 모든 반대 의견을 일일이 열거했고, 자신이 얼마나 열심히 그 반대 의견이 틀렸음을 입증하려 애썼는지 이야기했다. 서신을 받지 못하자 자신이 어떤 결심을 하게 됐는지도 이야기했다. 그는 이어 말했다. "늦은 시각에 산책하는 동안 내게 가장 절실한 문제를 꺼냈어. 나는 예전에 내가 펼쳤던 주장을 다시 꺼내 그를 설득하려 들었고, 더욱더 강력하게 내 주장을 펼쳤지. 월랜드는 여전히 끄떡도 하지 않았어. 그는 부와 권력의 위험성, 남편으로서 그리고 부모로서의 신성한 의무, 그리고 평범한 것들이 주는 행복, 이런 이야기들을 장황하게 늘어놓았지.

그러니 우리가 시간 가는 줄 잊고 있었던 게 당연하지. 우리 두 사람은 온통 여기에 정신이 빠져 있었으니까. 몇 차례나 우리는 바위 아랫부분까지 걸어갔는데, 그걸 알아차리면 즉시 발길을 돌렸어. 그런데 장황하게 말다툼을 하다 보면 반드시 다시 이 지점에 돌아와 있는 거야. 한참 후에 오빠가 말하기를 "마치 어떤 피할 수 없는 운명이 우리를 자꾸만 여기로 데려오는 것으로 보이는군. 이미 이렇게 가까이 왔으니, 저기 올라가서 잠시 쉬도록 하지. 만약 이 논쟁으로 자네가 아직 지치지 않았다면, 거기서 다시 논쟁을 벌이도록 하세."

나는 말없이 동의했지. 우리는 계단으로 올랐고, 강 앞에 있는 소파를 끌어들여 앉았어. 아까 하다 만 이야기를 내가 다시 끄집어냈어. 나는 그가 바다를 그렇게 싫어한다는 사실, 그리고 가정에 그렇게 집착하는 사실을 두고 비웃었지. 나는 내 입장에 대해 충실하며 한참 이런 말을 하고 있었는데, 그는 끼어들려 하지 않았어. 한참 뒤에 그가 말했어. "아무리 뭐라고 해도 자네 주장에 설득당하지 않은 내가 지금 비웃음에 굴복한다고 치세. 그래서 자네 계획이 타당하다고 동의를 한다고 가정해 보기로 하세. 그럼 자네가 얻게 될 것이 뭐지? 아무것도 없어. 자네에게는 나 말고도 대적해야 할 적들이 있잖아. 자네가 나를 무찌른다고 해도 자네의 고생은 아직 시작조차 하지 않았어. 우선 내 누이와 아내도 자네가 계속 맞서 설득해야 할 상대들이고. 그리고 내 말 믿어. 자네가 아무리 힘을 쓰고 술수를 부려도 그 두 여자는 넘어가지 않을 자네의 적군들이니까." "나는 두 여자는 자네의 의지에 따라 움직일 것이라고, 캐서린은 아내로서의 순종 의무를 생각할 것이라고 언질을 주었지. 그랬더니 즉시 그가 말하기를 "그건 자네가 잘못 생각한 거야. 반드시 그들의 동의가 있어야 해. 나는 이런 일에 희생을 강요하는 그런 사람이 아니거든. 나는 그들을 위한 보호자이자 친구로서 사는 사람이지, 그들에게 폭군이나 적군 행세를 하는 사람이 아니야. 만약 내 아내가 여기 남는 것이 자신의 행복과 아이들의 행복에 가장 좋은 것이라고 생각한다면 아내는 여기 남을 것일세." 그래서 내가 말했지. "하지만, 만약 자네가 좋아하는 일이라면 거기에 따르지 않을까?" 그때, 친구 입에서 이 질문에 대한 대답이 떨어지기도 전에 어디서 난데없이 "그렇지 않아요" 하는 목소리가 분명하고 똑똑하게 들리는 거야. 우리 왼쪽이나 오른쪽도 아니고, 우리 앞이나 뒤쪽도 아닌 곳에서 말이야. 그게 어디서 들려온 목소리였을까? 누가 낸 목소리였을까?

구체적인 내용에 관해 긴가민가한 부분이 있으면 또다시 신중하고도 변함없이 분명하게 "아니에요"라는 한 마디 말이 반복해 들려와서 미심쩍은 마음을 싹 날려 주었어. 그 목소리는 내 여동생 목소리였어. 지붕에서 들려오는 듯했지. 나는 놀라서 벌떡 일어나며 "캐서린, 너 어디 있니?" 하고 물었어. 대답이 없더군. 나는 예배당 안과 그 앞을 살펴보았는데, 아무 소용이 없었어. 네 오빠는 의자에 옴짝달싹 않고 앉아 있었어. 나는 네 오빠에게 다가가서 그 옆에 앉았지. 나도 그에 못지않게 놀랐거든.

잠시 후 그가 말했어. "글쎄. 어떻게 생각하나? 이건 내가 예전에 들은 바로 같은 목소리야. 내 귀가 그걸 못 알아먹을 리 없다는 건 자네도 확신하지?"

"그래." 내가 말했지. "이건 상상이 빚어낸 공상이 아니라는 건 확실해." 우리는 둘 다 입을 다문 채 깊은 생각에 잠겼어. 시간도 늦었고, 우리가 너무 오래 자리를 비웠고 해서 집으로 돌아가자고 제안했지. 그래서 우린 자리에서 일어났어. 이렇게 하는 가운데 나는 내가 처한 상황으로 다시 생각의 방향을 돌렸어. "그래." 내가 크게 말했어. 하지만 반드시 윌랜드더러 들으라고 의도한 것은 아니었어. "나는 이미 결심했어.

너희를 함께 데리고 가게 되기를 바랄 수 없어. 너희는 스컬킬 강변에서 여유롭게 노닐겠지만 나는 다음에 오는 배를 탈 거야. 그리고 그녀에게 달려갈 것이고, 왜 이처럼 아무 소식도 없는지 추궁할 거야."

내가 미처 말을 끝내기도 전에 그 기이한 목소리가 말하기를, "당신은 가면 안 돼요. 그녀의 입술에 죽음의 봉인이 찍혀 있어요. 그녀의 침묵은 무덤의 침묵이랍니다." 이 말이 내게 어떤 충격을 줬는지 한번 생각해 봐. 나는 그 말을 들으며 전율했지. 최초의 충격에서 정신을 차린 후 내가 말했어. "말하고 있는 자는 누구인가? 어디서 그런 암울한 소식을 입수한 것인가?" 그러자 금방 그 목소리가 대답했어. "오류가 없는 근원에서지요. 수긍하세요. 그녀는 죽었답니다."

이런 소식을 듣는 상황에서, 그런 소식을 전해 준 목소리의 주인공에 대한 의문에도 불구하고, 우리의 원래 대화 주제에 내가 완전히 집중할 수 있었다는 사실에 너는 놀랄지도 몰라. 나는 간절하게 물었지. 언제 어디서 그녀가 죽었지? 그녀의 사인은 뭐지? 그녀가 죽었다는 것이 확실해? 이 질문 가운데 마지막 질문에 대한 대답만 돌아왔어. "그렇답니다," 라고 같은 목소리가 대답하더군. 하지만 이제 목소리는 종전보다 더 멀어져 있는 듯했고, 그 뒤에 이어진 내 모든 질문에 되돌아온 것은 더더욱 깊어진 침묵뿐이었어.

그것은 내 누이의 목소리였어. 하지만 내 누이가 그런 말을 했을 리가 없어. 하지만 만약 그것이 내 여동생이 아니었다면, 그 목소리는 누구의 목소리였단 말이지? 그 뒤 우리가 집으로 돌아왔고, 너희들이 같이 있다는 것을 알게 됐고, 그래서 그전까지 긴가민가하던 의심이 사라졌지. 그 무서운 소리는 캐서린에게서 나온 게 아닌 건 분명해. 그렇다면, 그 말이 캐서린에게서 나온 말이 아니라면, 그게 누구 입에서 나온 말이라는 거지? 이 소식에 관련된 모든 정황은 그 소식이 사실이라는 증거일까? 아, 정말 그 소식이 사실이 아니어야 할 텐데."

이 말을 마친 플레옐은 초조한 모습으로 입을 다물었고, 나는 이 설명할 수 없는 사태에 대해 곰곰이 생각해 볼 틈을 가질 수 있었다. 그것이 나에게 준 충격은 어떻게 말로 표현할 길이 없다. 나는 환영을 두려워하지 않는다. 귀신이나 마법 따위 이야기에 흥미를 느끼거나 마음이 동요하는 사람도 아니다. 나는 그런 이야기들은 무지하고 바보 같은 이야기라고 생각하고, 그런 이야기들이 무섭지도 않은 사람이다. 하지만 이 사건은 지금까지 내가 알고 있던 그 무엇과도 다른 것이었다. 그것은 분명 감각을 가지고 지성을 가진 존재에 관한 증거들이었고, 이는 부인할 수 없는 사실이었다. 그 정보는 의심의 여지없이 초인간적인 대리인을 통해 얻어지고 전달된 것이었다.

우리 자신 외에 다른 의식적인 존재가 실존하고 있으며, 그 존재의 행동 방식과 지식이 우리 수준을 능가하고 있다는 것은 거의 부인할 수 없는 사실이었다. 우리가 이러한 초월적 존재의 세계를 들여다볼 방법이 과연 있을까? 그처럼 엄청난 생각을 소화해 낼 수 있을 만큼 내 심장은 강하지 못했다. 엄숙한 경외감이 내 전신을 감미롭게 휩쌌다. 이 경외감은 플레옐을 두고 내 방으로 돌아올 때까지 나를 떠나지 않았다. 그 충격으로 잠을 잘 수 없었다. 깊은 생각에 잠긴 채 그 밤을 뜬눈으로 지새웠다. 나는 그것이 불가사의하긴 하지만 악의가 없는 선한 대리인이라는 인상을 받았다. 지금까지 이 가공의 목회자는 선한 목적이 아닌 악한 목적을 행하며 돌아다니는 존재라고 믿을 만한 일은 전혀 일어나지 않았다. 오히려 내 마음속에서 우월한 힘이라는 것은 항상 우월한 선하심이라는 말과 연결되어 있었다. 지금까지 들려진 경고의 목소리는 선한 의도에서 나온 것 같았다. 이 목소리는 윌랜드가 언덕에 오르는 것을 금지했다. 그는 길 앞에 위험이 도사리고 있다는 말을 들었으며, 아마 이 경고에 따름으로써 오빠는 아버지와 같은 운명에서 벗어날 수 있었는지도 모른다.

플레옐 역시 동일한 그중재 때문에 그를 괴롭히고 있던 불확실성, 그리고 결실 없는 항해에 따르는 위험과 피로 등에서 벗어났다. 그중재는 그가 테레사의 죽음을 확실한 것으로 받아들이게 했다.

그렇다면 이 여인은 죽은 것이다. 만약 그 소식이 사실이라면, 이를 확인해 주는 내용이 곧 도착할 것이다. 그렇다면 이 확인은 빨리 도착하기를 바라야 할 반가운 소식이 아니었을까? 그녀의 죽음 때문에 유럽에 대한 플레옐의 집착이 사라졌으니까. 그 이후 이런저런 이유로 그는 본국에 남게 되었고, 우리는 그가 우리를 속절없이 떠나 버렸다면 감당해야 했을 깊은 슬픔을 겪지 않아도 되었으니까. 그렇다면 이러한 소식들을 전해 준 그 영령이 얼마나 고마운 존재인가. 만약 그 영령이 그녀의 죽음에 대한 통지를 만들어 전달하는 데 중요한 역할을 했다면, 그는 감사해야 할 존재였을 것이다. 그 존재는 우리에게 고마운 존재였다. 왜냐하면 플레옐의 친구들인 우리로서는 그와 함께 지내는 즐거움을 잃지 않게 되었으니까. 플레옐에게도 이 건 고마워해야 할 일이 아니라고 할 수 없었다. 비록 그가 사랑의 대상을 죽음에 빼앗기긴 했어도, 그를 대신해 줄 대상, 그리고 그의 슬픔을 기꺼이 달래 줄 친구들이 곁에 있지 않은가?

이런 일이 있은 지 스무날 후, 또 다른 배가 같은 항구에서 출항해 도착했다. 그사이 플레옐은 대부분 시간을 오랜 친구들과 소원한 상태로 지냈다. 그는 침통하고 무뚝뚝한 슬픔에 빠져 있었다. 집 밖을 나가더라도 델라웨어 강둑 정도를 벗어나지 않았다. 이 강둑은 인공으로 만든 것이다. 한쪽에는 갈대밭과 강이 있었고, 다른 쪽에는 질퍽한 습지가 있었는데, 홀랜더스 만 어귀에서 스컬킬 강어귀까지 펼쳐진 이 습지는 플레옐이 소유한 땅에 접해 있었다. 자연의 풍광을 사랑하는 사람이라면 이보다 더 흉물스러운 풍경은 상상하지 못할 것이다. 강변은 진흙으로 울퉁불퉁하고 갈대로 뒤엉켜 있었다. 강 주변 들판은 거의 사철 내내 질퍽거렸고, 간혹 발을 디딜 정도로 단단하게 굳는 경우가 있더라도 그 주변을 둘러싼 도랑들이 녹색 해감으로 뒤덮인 채 심한 악취를 풍겼다. 즐거움은 고사하고 건강조차 위협할 지경이었다. 봄이나 가을철이면 어김없이 학질이나 이장열[25] 같은 질병이 들끓을 것이 뻔한 그런 곳이었다.

반면 메팅겐에 있는 우리 집 주변 경치는 이것과 완전히 반대였다. 이 지점의 스컬킬 강은 맑고 투명한 물살을 이루며 흐르다가 기암괴석에 부딪히면 콸콸 하며 쉼 없는 음악 소리를, 모래사장 주변에 이르면 졸졸거리는 소리를 냈으며, 그 수면으로는 온갖 높이와 경사를 이루는 다채로운 영상들을 비추었다. 강변은 짙은 초록빛 잎사귀와 기이한 형태의 흰 대리석 덩어리들이 장식하고 있었고, 그 주변에는 향나무 숲과 이 계절에 맞춰 꽃을 피우기 시작하며 온갖 향을 풍기는 과실수들의 화사함으로

---

[25] 이장열: 체온의 변화가 2°F 이상의 차이를 보이고 좀처럼 떨어지지 않는 증상을 보이는 열병의 일종.

둘러싸여 있다. 강에서 벗어나 펼쳐지는 땅은 계곡이나 골짝으로 굽이지고 있었다. 이에 우리 오빠의 원예 기술로 아름다움이 더해졌는데, 오빠는 이 절묘한 경사지와 비탈 부분을 거대한 참나무 줄기와 덩굴, 인동초 등 온갖 종류의 식물로 꾸몄다.

플레옐이 건강에 해로운 공기에서 벗어날 수 있도록 그가 우리와 함께 봄철 몇 달을 지내도록 하자는 의견이 나왔고, 플레옐도 이 의견을 받아들이는 듯했다. 그러다 최근에 그런 일을 겪은 후 플레옐은 그렇게 하려던 생각을 바꾸고 말았다. 그는 칩거 중인 거기 찾아가야만 얼굴을 볼 수 있었다. 그의 쾌활함은 어디론가 사라지고 없고, 그는 남은 모든 열정을 작센 지방 사람들에게서 오는 소식을 열심히 기다리는 데 쏟고 있었다. 나는 엘베 강[26]에서 또 다른 배가 도착한다는 사실을 이야기해 주었다. 그는 어느 이른 아침 강 주변을 지나다가 배 한 척을 보게 되었다. 독일로 가는 첫 항해 때 자신이 탔던 배였기 때문에 그는 그 배를 쉽게 알아볼 수 있었다. 그는 즉시 배 위에 올라갔지만, 자신에게 오는 편지는 없었다. 편지는 비록 못 받았지만 그나마 라이프치히에 최근까지 살았던 오랜 지인을 승객 가운데 만나 볼 수 있게 되었다. 이 지인에게서 테레사의 죽음과 장례에 대한 구체적인 이야기를 들은 후, 테레사에게 일어난 일에 대한 모든 궁금증은 그것으로 끝이 났다.

이렇게 하여 앞서 들은 통보의 진실은 확인되었다. 플레옐은 더 이상 테레사의 생사에 대한 궁금증에 시달리지 않아도 되었고, 주변 사람과 어울리는 사이 그의 슬픔도 머지않아 사라졌다. 그는 다시 한번 우리와

---

[26] 엘베 강: 북해로 흘러드는 독일의 강.

어울리게 되었다. 예전의 활달한 성격은 확실히 한풀 꺾였지만, 그래도 (슬픔에 빠져있을 때보다는) 훨씬 더 쉽게 어울릴 수 있는 친구로 돌아왔다. 심각한 생각에 잠길 때도 이제는 아예 입을 닫아버리거나 시무룩해 하지 않았다.

그 사건들은 한동안 우리의 뇌리를 떠나지 않았다. 내 경우 그로부터 일어난 감정은 즐거운 기분을 방해하는 것도 아니었고, 내 친구들보다 더 일찍부터 다른 이야기들과 섞어 이야기할 수 있을 정도였다. 우리 오빠는 이 사건들로 특히 영향을 받았다. 그의 명상 대부분에 이 근원에 대한 생각이 기저를 이루고 있음을 쉽사리 알아차릴 수 있었다. 당시 오빠는 펜을 들었다 하면 소크라테스의 다이몬[27]이라는 그 기이한 존재에 관련된 사실을 수집하고 조사하고 하는 데 열중했는데, 그 이유가 바로 이것 때문이었다고 할 수 있었다.

우리 오빠의 그리스어와 라틴어 지식을 따라갈 사람은 거의 없었으니, 오빠가 이 주제에 관해 쓴 논문은 세상에서 열광적으로 받아들였을 것은 의심의 여지가 없다. 하지만 애석하게도 모든 행복과 영예를 누릴 수 있었던 그의 창창한 미래 앞에 갑작스러운 재앙과 비통한 종말의 운명이 기다리고 있었다.

---

[27] 소크라테스의 다이몬: 초경험적인 내심의 소리라고도 하고 일종의 귀신이었다고 하는 것으로, 소크라테스는 이 다이몬의 목소리를 경청하고 깊은 명상에 잠기기도 한 것으로 알려진다.

Chapter VI

　나는 이제 어떤 사람에 대한 말을 하고자 하는데, 이름만 들어도 격한 감정을 불러일으키는 사람이다. 이 남자를 설명하자니 거부감에 진저리가 난다. 이제야 나는 내가 착수한 일의 어려움을 깨닫게 되는데, 여기서 움츠러들어 포기한다면 그건 나약한 짓일 것이다. 그의 모습을 떠올리면 피가 엉겨 붙고 손가락이 뻣뻣해진다. 겁쟁이 같고 병약한 내 심장이 부끄럽기 짝이 없구나. 나는 어느 정도 차분한 태도로 여기까지 이야기를 진행해 왔지만, 지금은 잠시 멈추어야겠다. 끔찍한 기억 때문에 내 용기가 꺾인다거나 내 계획이 흔들리거나 한다는 뜻은 아니지만, 이 나약함은 금방 극복될 수 있는 것이 아니다. 나는 잠깐 중단하지 않을 수 없다.

　나는 내 방에서 몇 번 왔다 갔다 하면서 이야기를 계속할 힘을 모았다. 나는 스스로 감당해내기에 힘에 부치는 일에 도전하지 않았던가? 그런데 바로 이 부분에 들어가기도 전에 내 무릎이 흔들려 주저앉아 버린다면, 지금까지 그 어떤 심장도 감당해 본 적이 없는, 그 어떤 입에서도 나와 본 적이 없는, 그러한 공포의 도가니 속으로 뛰어들 때는 나 자신을 어떻게 감당해낼 것인가? 지금부터 할 이야기는 생각만 해도 역겹고 오금이 저려 오지만, 그래도 내가 이처럼 선뜻 이야기를 꺼내지 못하고 망설이는 것은 일시적인 일이다. 나는 가벼운 생각으로 이 일을 시작한 게 아니었고, 비록 내가 때로는 멈추고 지체할지라도, 거기서 절대 물러서는 일은 없을 것이다.

인간 중에 가장 치명적이고 가공할 짓을 저지를 수 있는 자! 내가 당신을 어떻게 설명해야 할까? 당신이라는 인물을 제대로 묘사하는 데 적절한 단어는 무엇일까? 당신이 어떻게 그처럼 불가해한 짓을 남몰래 저지를 수 있었는지, 그 이야기를 내가 어떻게 낱낱이 털어놓을 수 있을까? 하지만 나는 앉아서 기다리고만 있진 않겠다. 가능하다면 냉정을 되찾도록 하자. 나를 경솔하고 나약하게 만드는 이 격정의 홍수를 잠재우도록 하자. 당신의 이름만 생각해도 나를 엄습하는 이 극도의 고통을 억누르도록 하자. 잠시, 당신이 끔찍한 속성을 지니지 않은 존재로 여기도록 하자. 당신이 바로 장본인이라고 믿어 의심치 않는 그 악랄한 사건들에 대한 생각에서 잠시 벗어나, 당신이 무대에 등장할 때 보여준 그 악의 없는 모습에만 내 시각을 한정하도록 하자.

어느 밝은 날 오후, 우리 집 문 앞에 서 있는데, 바로 앞에 있는 강둑 언저리를 지나가는 누군가가 눈에 띄었다. 그의 발걸음은 태평스럽게 어정어정했는데, 그 사람이 광대 같은 사람이 아니라 어느 정도 교육을 받은 사람이라는 인상을 줄 만한 우아함이라든가 자연스러움 같은 건 없는 그런 걸음이었다. 그의 걷는 모습은 촌스럽고 어색했다. 그의 몸은 볼품없고 균형이 잡혀 있지 않았다. 어깨는 넓게 사각으로 벌어졌으나, 가슴 부분은 움푹하고, 머리는 축 처져 있고, 너비가 일정한 일자형 몸통을 길쭉한 다리가 떠받치고 있는, 그런 모습을 한 사람이었다. 옷차림도 그런 신체에 딱 어울리는 차림이었다. 오래되어 변색된 챙이 처진 모자, 마치 시골 재단사가 만든 것 같은 두꺼운 회색 외투, 털실로 짠 푸른색 양말, 끈으로 잡아맨 신발 차림이었는데, 신발은 한 번도 솔로 닦은 적이 없는 듯 먼지가 잔뜩 끼어 변색되어 있었다.

이러한 모습에서 특별히 눈에 띄는 것은 없었다. 이런 모습은 길거리나 추수철 들판에서 자주 볼 수 있는 모습이었다. 이때 내가 왜 그렇게 특별히 관심을 기울이며 그 모습을 지켜보고 있었는지 설명할 수 없다. 아마 길거리나 밭이 아닌 곳에서는 그런 모습을 거의 본 적이 없기 때문이었는지도 모르겠다. 이 풀밭은 산책을 즐기거나 장엄한 풍광을 즐기는 남자만이 주로 지나는 곳이었다.

그는 마치 풍경을 더욱 진지하게 감상하는 듯 자주 멈추며 천천히 지나가고 있었다. 하지만 집 쪽으로는 한 번도 눈길을 주는 적이 없어서 그의 얼굴을 볼 기회는 없었다. 그러다 그는 멀지 않은 곳에 있는 수풀 속으로 들어가는가 하더니 사라지고 말았다. 시야에서 사라질 때까지 나는 눈으로 그를 쫓고 있었다. 그가 사라진 이후 그의 모습이 내 기억 속에 얼마 동안 계속 남아 있었다면, 그건 그 장면을 대체할 만한 다른 볼거리가 나타나지 않았기 때문이었다.

나는 삼십 분 동안이나 그 나그네의 모습을 막연하게 생각해 보고, 겉으로 드러난 모습에서 일반적인 경험을 토대로 이 사람의 지적 수준에 대한 추측을 해 보며 계속 그 자리에 있었다. 나는 농사일과 무지함 사이에 흔히 존재하는 연계성을 곰곰이 생각해 보고, 진보적인 지식은 이 연계성을 사라지게 하는 데 어떻게 영향을 주는지, 왜 시인이 되고 싶다는 꿈을 꾸도록 하는지, 이런 데 대한 막연한 추측을 해 보고 있었다. 나는 왜 쟁기와 괭이가 모든 사람의 일이 될 수 없는지, 그리고 농사를 지으며 지혜와 언변을 습득할 수 있게 되거나, 아니면 최소한 그런 것을 습득한 사람과 비슷해지게 될 수도 있지 않을까, 하는 생각을 하고 있었다.

이런 생각을 하다 지친 나는 부엌으로 돌아와 집안일을 하기 시작했다. 나는 하인을 단 한 사람 두고 있었고, 그 하인은 내 나이 또래였다. 나는 굴뚝 주변에서 바쁘게 일하고 있었고, 하녀는 집 문 쪽에서 일 하고 있었는데, 누군가가 문을 노크했다. 하녀가 문을 열자마자 누군가가 그녀에게 말했다. "부탁합니다, 착한 아가씨, 목이 마른데 버터밀크 한 잔 주실 수 있겠습니까?" 하녀는 집에 버터밀크가 없다고 대답했다. "아, 저기에 저렇게 낙농장이 있는데. 하긴 당신은 비록 헤르메스[28]에게서 배운 바 없으나, 나도 알고 당신도 아시다시피 모든 낙농장은 집이 될 수 있어도 모든 집은 낙농장이 될 수가 없지요." 하녀는 이 말을 대충 부분적으로만 알아들었고, 줄 수 있는 버터밀크가 없다는 말을 되풀이했다. "아, 그렇다면," 나그네가 다시 말했다. "따듯한 자비를 베푸시어, 저에게 찬 물 한 잔 주시겠습니까?" 하녀는 샘에 가서 퍼 오겠노라고 말했다. "아닙니다. 그냥 컵을 주시면 내가 물을 떠먹지요. 내가 쇠고랑 찬 몸도 아니고 병신도 아니거늘, 그 일마저 당신에게 떠맡긴다면 그건 살 파먹는

---

[28] 헤르메스(Hermes): 그리스 신화에 나오는 신의 전령이자 인간과 신을 연결시켜 주는 매개자 역할을 한다. 그는 소통, 통상, 여행, 도둑 행위를 다스리는 신으로도 알려지고 있으며, 태어난 후 처음으로 한 행위가 아폴로의 재산인 불사의 소를 훔치는 행위였다.

까마귀의 구렁텅이에나 묻힐 짓이요." 하녀는 컵을 가져다주었고 그는 샘으로 갔다.

나는 가만히 이 대화를 듣고 있었다. 밖에 있는 사람의 입에서 나오는 말은 뭔가 특이하다는 느낌을 받았지만, 제일 특이한 점은 그 단어를 내뱉는 어투에 있었다. 그것은 아주 새로운 어투였다. 우리 오빠의 목소리나 플레옐의 목소리는 듣기 좋고 힘이 느껴졌다. 이 점에서 나는 두 사람을 따를 자가 없다고 늘 확신하고 있었다. 그런데 내가 잘못 생각하고 있었던 것이 드러났다. 그 어조가 내게 남긴 인상을 제대로 설명할 수도, 그 어투 속에 얼마만큼의 힘과 다정함이 함께 섞여 있는지도, 감히 묘사할 수 없다. 내가 한 번도 들어본 적이 없는 특이함을 뚜렷하게 지닌 어투였다. 하지만 그게 전부가 아니다. 그 목소리는 감미롭고 청명할 뿐만 아니라, 아주 적절한 강세가 들어 있었으며, 조음이 워낙 자극적이어서 돌 심장을 가진 사람이라도 그 목소리에 감동을 받을 것 같았다. 그 목소리는 나도 모르게 주체할 수 없는 어떤 감정을 불러일으켰다. 그가 "따뜻한 자비를 베푸시어"라고 말을 하는 부분에서 나는 손에 쥐고 있던 행주를 떨어뜨렸고, 내 가슴은 동정심으로 가득 찼으며, 나도 모르게 눈물이 고였다.

이런 내 설명이 네게 하찮아 보이거나 혹은 거짓말같이 들릴지 모른다. 이러한 상황이 왜 중요한지는 나중에 네가 저절로 알게 될 것이다. 이 상황이 나에게 끼친 영향은 우려스러울 만큼 놀랄 일이었다. 그 어투는 정말 내가 한 번도 들어 본 적이 없는 것이었지만, 사실 이 어투가 나로 하여금 눈물을, 그것도 즉시 흘리게 했다는 사실은 다른 사람들은 믿기 어려울 것이고, 나 역시도 거의 이해가 되지 않는다.

예상할 수 있겠지만, 나는 우리 집을 찾은 이 방문객의 정체와 그의 거동에 대해 꽤 궁금해졌다. 잠시 머뭇거리다가 나는 문으로 가 그의 뒷모습을 보았다. 바로 삼십 분 전에 강둑에서 보았던 바로 같은 인물을 발견했을 때 내가 얼마나 놀랐는지 상상해 보라. 그는 내가 상상한 모습과 아주 다른 모습이었다. 그와 같은 언변에 어울리는 체격, 태도, 옷차림 등이 즉시 머릿속에 그려졌는데, 정작 눈에 보이는 모든 면에서 이 사람은 그 상상의 인물과 정반대였다. 이상하게 보일는지 모르지만, 나는 이 실망감을 재빨리 떨쳐 버리지 못했다. 하던 일로 되돌아가는 대신 나는 문 반대쪽에 있는 의자에 털썩 앉은 채 사색에 잠겼다.

몇 분 후에 손에 빈 컵을 들고 돌아온 이 나그네 때문에 나는 깊은 사색에서 깨어났다. 나는 이런 상황을 미처 생각하지 못했다. 만약 했더라면 다른 곳에 앉았을 것이다. 그의 모습이 나타나자마자 적절치 못했던 내 행동에 대한 당황, 그리고 준비 없이 갑작스레 이루어진 그와의 대면 등으로 나는 즉시 너무나 괴로운 수치심에 사로잡혔다. 그는 차분한 표정이었지만, 그의 눈이 나에게 닿는 순간 얼굴이 내 얼굴만큼이나 화끈 달아올랐다. 그는 의자에 컵을 내려놓고, 감사하다는 말을 내뱉은 후, 자리를 떴다.

한참 후에야 나는 평소의 자세를 되찾았다. 나는 그의 얼굴을 한번 훔쳐볼 수 있었다. 그 얼굴이 남긴 인상은 생생하고 쉽사리 지워질 수 없는 것이었다. 그의 뺨은 창백하고 볼품없었고, 눈은 움푹 파였고, 이마는 억세고 헝클어진 머리에 가려져 있었으며, 이빨은 튼튼하고 하얗게 반짝였지만 크고 일정치 않았고, 턱은 마른버짐으로 변색되어 있었다. 그의 피부는 표면이 거칠고 누른 병색을 보이고 있었다. 모든 인상착의는 아름다움과는 거리가 있었고, 그의 얼굴 윤곽은 뒤집은 옥수수를 연상시켰다.

비록 그의 이마가 덥수룩한 머리칼에 가려 잘 보이지 않긴 해도 검은 눈은 총기로 반짝였고, 행색은 초췌해도 설명하기 힘든 힘과 평온함의 광채를 지니고 있었다. 나머지 모습은 제대로 설명할 수 없지만, 그 누구보다 교양이 높은 사람일 것 같은 인상을 지니고 있었다. 이러한 것들이 그의 얼굴에 나타나는 핵심적인 인상이었다. 이것이 내게 남긴 영향은 나는 살면서 겪은 가장 기이한 일 가운데 하나로 손꼽는다. 잠시 살짝 훔쳐본 그 얼굴은 내 머릿속에 있는 모든 장면을 다 밀어내고 몇 시간이나 떠날 줄 모르고 남아 있었다. 그날 저녁 우리 오빠와 시간을 같이 보내기로 했지만, 이 모습을 종이 위에 스케치로 남기고 싶다는 생각을 떨쳐 버릴 수 없었다. 내 손이 어떤 특이한 영감에 따른 것이었는지, 혹은 내가 받은 긍정적인 인식에 내가 홀렸든지, 어쨌든 허겁지겁 그리긴 했어도 이 초상화는 내 취향에 비춰 볼 때 그저 평범한 그림이었다.

나는 이 그림을 가까이서도 보고 멀리서도 보고, 여러 가지 조명 아래서 보기도 했다. 내 눈은 그 초상화에 꽂혀 떠날 줄 몰랐다. 밤이 한참 깊었지만, 나는 잠을 못 이루고 그림 생각에만 몰두했다. 인간의 마음이란 얼마나 유연하고 한편으로는 집요한 것인가. 그처럼 잠시 스쳐 간 충동에 이렇게 사로잡히다니, 그리고 그것이 지정해준 방향만을 이처럼 흔들림 없이 바라볼 수 있다니! 이것이 첫 고리가 된 인연의 사슬이 어떤 종말을 맞게 될지, 나는 왜 그때 전혀 짐작조차 할 수 없었을까?

그다음 날은 새벽부터 어두컴컴하니 폭우가 몰아쳤다. 억수 같은 비가 종일 내리는 가운데 간혹 천둥이 동반했는데, 천둥소리는 반대쪽에 있는 비탈에 부딪혀 으스스한 메아리를 일으켰다. 이처럼 궂은 날씨 때문에 나는 밖에 나가 돌아다닐 수 없었다. 사실 집을 나서고 싶은 생각도 없었다. 나는 이 초상화에 대해 더 생각해 볼 작정이었다. 초상화에 대한 끌림은 시간이 갈수록 사라지기는커녕 더 깊어졌다. 평소 하던 일을 제쳐두고 나는 창가에 가 앉아, 하루 종일 내 앞의 테이블에 놓인 그림과 폭우를 번갈아 바라보며 보냈다. 아마도 너는 내 이러한 행동이 기이하다고 생각할지도 모르고, 어떤 특이한 성격 탓으로 돌릴지도 모르겠다. 나는 내 성격에 특이한 부분이 있는지, 있다면 그게 뭔지, 전혀 모른다. 다만 내가 이 그림에 집착하는 이유를 설명하자면, 그 구성요소들이 극히 드물고 놀라운 것이었기 때문이 아니었을까, 생각할 수 있을 뿐이다. 아마도 너는 그것이 바로 그런 방식으로, 혹은 그보다 더욱 가볍게, 더욱 별난 방식으로 모든 여인의 가슴속을 파고드는 첫 열정이었다고 생각할지 모르겠다. 나는 그런 의심을 반박하려 들기보다는 네가 내 말을 듣고 네 마음대로 어떤 결론이든 내리고 싶은 대로 결론을 내리도록 내버려두기로 하겠다.

  얼마 후 밤이 되었고, 폭풍이 그쳤다. 공기는 한층 맑고 고요해졌고, 앞서 있었던 자연의 우렁찬 외침과 뚜렷한 대조를 이루고 있었다. 낮에 그랬던 것과 마찬가지로 깜깜한 밤이 되어서도 나는 창가에 앉아 생각에 잠긴 채 시간을 보냈다. 그런데 내 마음은 왜 불길하고 무서운 생각에 잠겨 있었던 것일까? 왜 내 가슴이 깊은 한숨으로 들썩거렸으며, 왜 내 눈에서는 눈물이 흘러넘쳤을까? 바로 앞서 지나간 그 거친 폭풍은 내 앞에 곧 다가올 파국의 전조였던 것일까? 나는 우리 오빠와 내 조카들의 사랑스러운 모습을 떠올려 보았지만, 내 마음속 슬픔은 더 깊어지기만 했다. 예쁜 아기들의 미소는 예전과 다름없이 티 없이 맑았고, 오빠의 이마에는 예전과 다름없는 위엄이 깃들어 있었지만, 왠지 그런 모습을 생각하는 내 마음에는 불안감이 깃들어 있었다. 우리가 지금 누리는 행복은 언제 변할지 모르는 토대 위에 세워진 것이라고 무엇인가 소곤거렸다. 누구에게나 죽음은 찾아온다. 바로 내일 우리의 행복이 죽음 때문에 무너질지, 오랜 세월과 추억을 간직하고 있는 우리의 머리를 땅에 뉘라는 엄명이 내려지게 될지, 이것은 그 누구도 답할 수 없는 문제다. 이런 생각이 내 머릿속을 파고든 적은 거의 없었다. 나는 모든 인간에게 주어진 운명에 대한 생각을 멀리하려 들거나, 생각을 하더라도 다른 긍정적인 생각을 함께 떠올려 그에 대한 공포를 씻으려던 사람이었다. 그런데 지금은 삶의 불확실성이 예전처럼 어두운 면을 잊게 해 주는 밝은 면을 전혀 동반하지 않은 채로 머릿속에 떠오르는 것이었다. 나는 마음속으로 말했다. 우리는 다 죽어야 한다. 조만간에 우리는 이 지구상에서 다 사라져야만 한다. 우리를 이 삶에 묶어 두고 있는 모든 인연의 고리를 끊어야만 한다. 삶의 현실은 모든 면에서 재앙의 씨를 품고 있다. 수많은 사람은 불행에 시달리고 있으며, 복으로 충만한 사람들조차 자신이 가진 것들은 곧 종말을 맞게 될 것임을 알고 있으니, 그들이 누리고 있는 행복도 얼마나 무상한 것인가.

한참이나 나는 이런 우울한 생각에 저항 없이 잠겨 있었다. 결국 그런 생각 때문에 견딜 수 없이 괴로웠다. 나는 음악을 들으며 그런 생각을 떨쳐 버리려 했다. 나는 할아버지가 지은 모든 음악과 시를 암송하고 있었다. 그중 발라드 작품이 하나 생각났다. 이 발라드는 부용의 고드프레이[29] 지휘 아래 니스[30]가 점령당했을 때 쓰러져 간 한 독일 기사의 운명을 기리는 것이었다. 하지만 이것은 잘못된 선택이었다. 거칠고도 강렬하게 표현된 폭력과 살상 장면들은 전쟁의 비참함에 대한 새로운 주제를 내 머릿속에 던져 주었을 뿐이었다.

나는 잠으로써 이런 생각들을 떨쳐 보려 했지만, 그것도 소용이 없었다. 내 머릿속은 생생하고도 혼란스러운 장면들이 복잡하게 얽혀 있었고, 그 어떤 노력도 그런 생각들을 내 머릿속에서 지워 버리기에 충분하지 않았다. 이런 상태에서 나는 방 안에 걸려 있는 시계가 자정을 알리는 소리를 들었다. 그 시계는 예전에 아버지의 방에 걸려 있던 시계로, 아버지가 손수 만들었다는 이유로 가족 모두가 소중하게 여기고 있던 것이었다. 아버지의 유물을 정리할 때 이 시계가 내 손에 들어왔고, 내가 여기에 보관하고 있었던 것이다. 그 시계 종소리 때문에 아버지의 죽음에 관한 생각들이 꼬리를 물고 떠올랐다. 그 생각에 한참 골몰하고 있는데, 시계 종의 여운이 채 가시기도 전에 어떤 속삭이는 소리가 내 주의를 끌었다. 처음에 그 소리는 내 귀에 아주 가까이 있는 입에서 나오는 소리 같았다.

이 일로 내가 놀란 것은 당연하다. 처음에는 공포에 질려 작게 비명을 지른 뒤 침대 반대쪽으로 웅크렸다. 하지만 금방 나는 공포심에서 벗어났다. 대개 사람들은 이런 일이 생기면 쉽사리 두려움에 사로잡히지만, 나는 이런 일에 습관적으로 무덤덤했다. 나는 귀신이나 도둑 따위로 불안해하지 않는 사람이었다. 그런 것 때문에 평온이 깨진 적도 없었고,

---

[29] 부용의 고드프루아: 십자군 전쟁 중 1차 십자군의 지도 중 한 명으로 시온 수도회의 설립자라고 한다.
[30] 니스: 프랑스 남동부의 휴양지.

그런 것이 나타날까 대비하거나 예방할 조처도 나는 전혀 하지 않았다. 이 경우, 나는 신속하게 평정심을 되찾았다. 그 속삭임은 분명 내 침대 곁에 있던 누군가의 입에서 나온 것이었다. 처음 떠오른 짐작은 우리 집에 함께 사는 내 하녀의 입에서 나온 속삭임이라는 것이었다. 아마도 뭔가 그녀를 놀라게 했거나, 혹은 아프거나 해서 내 도움을 받으러 온 건지 모른다. 나를 놀라게 하지 않으려고 귀에 속삭였던 것이다.

그게 틀림없다고 확신한 나는 "주디스" 하고 불러 보았다. "너니? 뭐가 필요하니? 무슨 일이 생겼어?" 아무런 대답이 없었다. 똑같은 질문을 되풀이해 보았지만, 소용없었다. 대기는 구름으로 가려져 있었고, 내 침실은 커튼이 내려져 있어서 아무것도 보이지 않았다. 나는 커튼을 열고 얼굴을 팔꿈치에 뉜 채 주의를 기울이며 새로 들리는 소리를 포착하려 정신을 집중했다. 그러고 있는 가운데 내 추측을 뒷받침해줄 수 있는 상황과 이유를 다 떠올려 보았다.

우리 집은 나무로 지은 이층집이었다. 층마다 방이 두 개 있고, 두 개의 방은 입구나 중간 복도로 나누어져 있었는데, 이를 통해 서로 마주하고 있는 방끼리 소통이 이루어졌다. 아래층에 있는 복도는 양쪽 끝에 문이 달려 있고 계단이 있었다. 위층에는 문 대신 창문이 달려 있었다. 이 집의 동편에는 부속 건물이 달려 있었고, 이 부속 건물도 아래층 방과 위층 방으로 이루어져 있었다. 그중 방 하나는 부엌으로 쓰였고, 그 위에 있는 방은 하녀가 살고 있었으며, 아래층 위층 방 사이 소통은 모두 아래에 있는 응접실과 위층에 있는 방을 통해 이루어졌다. 그 반대 방향에 있는 부속 건물은 규모가 조그만 것이었는데, 각 방은 팔 제곱피트 정도를 넘지 않았다. 아래층에 있는 방은 가재도구를 보관하는 창고로 쓰였고,

위층 방은 책이나 문서 따위를 보관하는 벽장으로 사용하고 있었다. 두 방으로 들어가는 입구는 단 하나뿐이었는데, 옆에 붙어있는 방에 달려 있었다. 아래층 방에는 창문이 없었고, 이층 방에는 빛과 공기가 들어올 수 있도록 작은 구멍이 나 있었는데, 사람은 들락거릴 수 없는 크기였다. 이곳으로 연결되는 문은 내 침대 머리맡 가까이 있었고, 이 문은 내가 그 방에 있을 때를 제외하면 항상 잠겨 있었다. 그 아래 있는 통로들은 늘 잠겨 있었고 밤이면 자물쇠가 항상 채워져 있었다.

나와 같이 살던 사람은 내 하녀뿐이었고, 내 하녀가 내 방에 오려면 반대편에 있는 방과 중간 복도를 지나야 하는데 이 복도의 양쪽 문은 대개 열려 있었다. 만약 하녀가 그 소리의 장본인이었다면, 내가 연거푸 부르는 소리를 들었을 것이다. 그러므로 나는 내가 그 소리를 잘못 들은 것이며, 내 머릿속의 상상이 어떤 별것 아닌 소리를 사람이 내는 목소리로 착각하게 만들었다는 결론에 도달할 수밖에 없었다. 이렇게 문제를 해결한 뒤 만족해하며 귀를 기울이는 자세에서 벗어나려고 하는 찰나, 또 새로운 속삭임 소리가 조금 전보다 더 크게 내 귓전을 때렸다. 그 속삭임은 조금 전과 마찬가지로 내 베개에 닿은 입에서 나오는 소리같이 들렸다. 다시 살펴 본 결과 그 소리는 내 베개에서 불과 팔 인치 정도밖에 떨어져 있지 않은, 그 벽장으로 통하는 문 안에서 나는 것이 틀림없었다.

두 번째로 이 일을 당했을 때는 첫 번째 때보다 충격이 덜했다. 놀라서 벌떡 일어나긴 했지만, 비명을 지르거나 할 정도는 아니었다. 나는 내 감정을 워낙 잘 다스리고 있었기 때문에 들려오는 소리에 계속 귀를 기울일 수 있었다. 그 속삭이는 목소리는 분명하고 거칠었는데, 말투로 봐서는 곁에 있는 누군가가 들을 수 있도록 하는 동시에 그 외의 다른 사람들

귀에는 들어가는 일이 없도록 조심하고 있었다.

"그만둬, 그만두라고, 이 미친 작자야. 그보다 더 나은 방법이 있단 말이야. 빌어먹게 경솔하기는! 총을 쏠 필요는 없단 말이야."

내 베개 가까이 있는 곳에서 화가 나서 펄펄 뛰는 목소리로 들려온 말이 바로 이런 말이었다. 내가 이 말을 어떻게 받아들여야 한단 말인가. 나는 알 수 없는 위험에 대한 두려움으로 심장이 펄떡거리기 시작했다. 그런데 나에게 가까운 곳에서 또 다른 목소리가 대답하는 것이 들렸다. "왜 없어? 나는 이 여자에게 총을 쏘긴 하겠지만, 그 이상의 짓을 하면 내가 지옥에 떨어지겠지." 이 말이 끝나자 첫 번째 목소리가 대답했다. 속삭임보다는 약간 더 격앙된 목소리였다. "겁쟁이! 저리 비켜. 내가 하는 걸 지켜봐. 나는 그녀의 모가지를 거머쥘 거니까. 즉각 그녀를 해치울 거야. 그녀는 비명을 지를 틈조차 없을 거야." 이런 끔찍한 소리를 듣고, 내가 얼마나 자지러지게 놀랐는지! 살인마들이 내 벽장에 숨어들어 있었다. 그들은 나를 해치울 방법을 음모하고 있었다. 한 사람은 총으로 쏴 죽일 작정을 하고, 다른 한 사람은 목을 졸라 죽일 작정을 하고 있었다. 어떻게 죽일지 방법이 결정되면 이들은 문을 부수고 쳐들어올 것이다. 이처럼 절체절명의 위기에 내가 할 수 있는 최선은 도망가는 일이라는 생각이 퍼뜩 떠올랐다. 단 한순간도 생각해 볼 여지없이 겁에 잔뜩 질린 채 나는 침대에서 벌떡 뛰쳐나왔다. 나는 얇은 잠옷 바람으로 그대로 방을 뛰쳐나와 계단을 후다닥 내려와 마침내 바깥으로 도망쳐 나왔다. 내가 어떻게 열쇠를 돌려서 자물쇠를 열었는지 그 과정은 거의 기억할 수 없다. 공포에 질린 나는 거의 무의식적인 충동으로 앞으로 곧장 내달렸다. 그길로 곧장 앞으로만 달린 나는 오빠의 집 문 앞에 도달해서야 멈추었다. 방문에 발이 닿기 전에 나는 극도의 흥분과 전속력으로 뛰어온 탓에 그만 퍽 쓰러지고 말았다.

내가 얼마나 이런 상태로 있었는지는 나도 모른다. 정신이 들었을 때 보니 나는 침대에 늘어져 있었고, 내 침대 주변에 모여 있는 캐서린과 그녀의 하녀들이 보였다. 내 앞에 펼쳐진 장면에 놀랐지만, 점차 무슨 일이 일어났었는지 기억이 되살아났다. 그들은 성가시게 질문을 해 댔고, 나는 할 수 있는 최대한 질문에 답해 주었다. 플레옐은 그 전날 폭풍 때문에 오빠 집에 발이 묶여 있었는데, 그와 오빠는 무슨 일이 있었는지 구체적인 내용을 듣자 등불과 무기를 들고 내가 도망쳐 나온 우리 집으로 곧장 달려갔다. 그들은 내 침실과 벽장에 들어가 보았지만, 모든 것은 다 제자리에 제대로 놓여 있었다. 벽장문은 잠겨 있었고, 내가 없는 동안 누가 연 것처럼 보이지도 않았다. 두 사람은 주디스가 있는 건물로 갔다. 그녀는 무사하게 잘 자고 있었다. 플레옐은 걱정이 되어 하녀를 깨워 나오게 했지만, 하녀가 무슨 일이 있었는지 전혀 모른다는 것을 알고는 괜히 놀라게 할 필요 없이 다시 방으로 보내 주었다. 그 뒤 두 사람은 문을 단단히 잠그고 되돌아왔다.

내 친구들은 이 일을 내가 꾼 꿈으로 받아들였다. 당시 상황을 두고 볼 때, 안에서나 밖에서나 들어갈 수 없는 이 벽장 속에 실제로 사람이 들어가 있었다는 그 말을 친구들은 심각하게 받아들이거나 믿을 수 없었던 것이다. 도둑질 정도의 음모를 꾸미며 숨어 있던 것이라면 몰라도, 누군가가 나를 살해할 계획을 하고 있었다는 것을 그들은 믿지 못했다. 집안이나 벽장 안의 집기나 가구의 온전한 상태를 두고 볼 때, 그런 시도는 전혀 없었던 것이 명백하다고 그들은 생각했다.

나는 일어난 모든 일을 되새겨 보았다. 내 모든 감각은 내가 겪은 모든 일이 다 사실이라고 확신하고 있었지만, 내가 생각해 보아도 그처럼 뜬금없고 있을 수 없는 사건이 실제로 벌어졌다고 믿기 어려웠다. 이 일은 내 뇌리에 워낙 꽉 박혀 있었기 때문에 나는 오빠네 집에 피신해 있은 지 일주일 후에야 살던 곳으로 되돌아가기로 마음을 먹을 수 있었다. 그런데 이 사건에 더더욱 기이함을 더해 주는 또 다른 정황이 있었다. 내가 정신이 들었을 때 왜 우리 식구들이 내 상태에 대해 그렇게 관심을 보이며 질문을 해 댔는지 그 이유가 확실해졌다. 나는 오빠의 집 문지방에 다다르기 전에, 그리고 집 안 사람들에게 내가 왔음을 알려주기 전에 쓰러졌다. 우리 오빠가 들려준 말에 따르면, 내 침실에서 이런 일이 벌어지는 동안 오빠는 약간 몸이 불편한 탓에 잠이 들지 못하고 깨어 있었고, 평소 습관대로 침대에 누워 자기가 좋아하는 주제에 대한 생각에 잠겨 있었다. 그런데 갑자기 그 깊은 침묵을 깨며 귀가 찢어질 듯한 날카로운 비명이 들렸다는 것이다. 누군가가 자기 침실 바로 아래 있는 현관에서 내지른 비명 같았다. "일어나요! 일어나요!" 그 목소리가 말했다. "당신의 문 앞에 누가 죽어 가고 있으니 얼른 서둘러 도와주세요."

그 경고는 실제였다. 집에 있던 사람 가운데 이 소리에 잠이 깨지 않은 사람이 없었다. 플레옐이 제일 먼저 이 경고의 지시에 따랐고, 그 뒤 오빠가 달려 나와 현관에 다다랐다.

친구가 문밖 잔디에 창백하게 죽은 사람처럼 쓰러져 있는 것을 발견했을 때 그들이 얼마나 놀랐을지 상상해 보라!

이것이 우리에게 도움을 주었던 세 번째 목소리 사건이었다. 이 사건은 이전에 일어난 사건과 마찬가지로 여간 불가사의한 것이 아니었다.

이 사건을 되새겨 보면 나는 경외감과 궁금증에 사로잡혔다. 정말 내가 들은 벽장 속 대화는 내 상상이 빚어낸 허구였을까? 언덕에서 우리 오빠를 불렀던 그 목소리, 애인의 죽음을 플레옐에게 알려준 그 경고, 그리고 최근에는 나를 도우려 나타난 그 경고가 실제 있었던 일인지 아닌지에 대해서는 더는 의문의 여지가 없었다.

하지만 그 한밤중의 대화는 어떻게 받아들여야 할까? 그와 같은 시각에 내 침대에서 너무나 가까운 거리에서 거칠고 남자 같은 목소리로 나를 죽일 방법을 의논하던 그 두 목소리! 그 사건으로 인해 나는 더 이상 집에 있어도 안전하다는 생각을 할 수 없었다. 지금까지 그 누구도 침범할 수 없는 피난처였던 그 집은 이제 내 목숨에 대한 위험이 잔뜩 감돌고 있었다. 그전에는 조용히 혼자 사는 것을 소중히 사랑했건만, 이제는 더는 견딜 수 없었다. 봄철 몇 달 동안 우리와 함께 지내기로 동의한 플레옐은 내 불안감을 잠재우려고 우리 집 빈 침실에서 지내기로 했다. 그는 내가 별일 아닌 일을 가지고 겁을 내고 있다고 여겼고, 머지않아 내 두려움도 거의 흔적을 남기지 않고 사라졌다. 플레옐의 입장에서는 우리 오빠 집에서 지내거나 우리 집에서 지내거나 전혀 상관없는 일이었지만, 이렇게 거처를 정하게 된 것은 잘된 일이었다.

Chapter VII

 이 사건에 관련된 다양한 의문과 추측을 반복하지 않겠다. 우리 모두 노력해 보았지만 우리는 그 사건이 남긴 의문에서 조금도 헤어나지 못했고, 해답을 찾아내기는커녕 의혹만 자꾸 쌓여 갈 뿐이었다. 이런 사건들을 겪은 후 여러 가지 생각으로 머리가 복잡한 가운데서도 나는 그 나그네와 대면한 일을 잊지 않고 있었다. 나는 내 친구들에게 이 이야기를 들려주며 초상화를 보여주었다. 플레옐은 내가 그린 그림과 유사한 인물을 읍내에서 만난 적이 있다고 기억해냈지만, 그의 얼굴이나 차림 어디에서도 내가 받은 인상과 같은 인상을 받지 못했다. 그것을 빌미로 내가 그 사람에게 호감이 있다는 말이 나왔고, 그는 자기가 여행하면서 주워들은 수천 가지 웃기는 일화로 우리를 웃겨 주었다. 그는 조금도 주저함 없이 내가 사랑에 빠졌다고 억지를 부렸고, 그 남자를 다시 만나게 되면 그 남자에게 자기가 행운아라는 사실을 알려주겠노라고 겁을 주었다.

 플레옐은 성격상 어떤 생각을 오랫동안 담아 두는 사람이 아니었다. 그는 대화를 나누다가 가끔 과거의 활달한 성격을 반짝 비치곤 했다. 비록 그의 다혈질이 때로는 불편하긴 했으나, 그가 나쁜 뜻을 품고 무슨 짓을 할지 걱정해야 할 필요는 전혀 없었다. 나는 내 인격과 품위가 플레엘의 손에 훼손되리라고 두려워한 적이 없으며, 내가 그 나그네를 처음 만났을 때 일을 빌미로 삼아 그를 우리에게 소개하겠노라는 나타낼 때도 그다지 언짢게 생각하지 않았다.

이 일이 있은 지 몇 주일 후, 나는 힘든 하루를 보냈고, 해가 지자 산책을 하며 마음의 안정을 찾고 싶어졌다. 내가 있는 강둑의 이 지점에서 위쪽으로는 상당한 부분이 험준하고 가파른 절벽이라 오르내리기가 쉽지 않았다. 이 내리막길 절벽 가운데 내 소유지인 땅 남쪽 모퉁이 구석진 곳에는 격자창과 의자를 갖춘 조그만 건물이 있었다. 이 건물에 접해 있는 바위의 틈 사이에서는 아주 맑은 물이 솟아 나오고 있었는데, 이 물은 절벽의 튀어나온 부분에 여기저기 부딪히며 약 육십 피트 높이를 흘러내렸다. 이 폭포가 뿜어내는 신선한 공기와 졸졸거리는 물소리는 너무나 감미롭고 마음을 진정시켜 주었다. 여기에 더해 그 위에 늘어선 향나무의 향기, 그리고 격자 창문 주변에 넝쿨을 이루고 있는 인동초의 향기가 더해져 이곳은 여름철 내가 가장 좋아하는 피서지였다.

그날도 나는 이곳으로 갔다. 오랫동안 긴장한 상태로 일을 한 탓에 정신적으로나 신체적으로 완전히 지친 상태로 나는 의자 위에 몸을 던졌다. 잠을 부르는 폭포수 소리, 숲의 향기, 그리고 석양의 빛 등으로 점점 나는 마음이 잔잔해졌고, 머지않아 곧 잠이 들었다. 내 자세가 불편했던 탓인지, 내 몸이 약간 아팠던 탓인지 몰라도, 자는 동안 절대 유쾌하지 않은 꿈에 시달렸다. 꿈속에서 뒤죽박죽 앞뒤가 맞지 않는 여러 가지 일들이 일어났다가 마침내 나는 석양빛을 받으며 오빠가 사는 집을 향해 걸어가고 있었다. 가는 길 앞에 내가 생각하기에 누군가가

파 놓은 구덩이가 있었는데, 나는 이걸 모르고 있었다. 그래서 조심성 없이 길을 가고 있는데, 저 앞 먼 곳에 우리 오빠가 서 있고, 얼른 서둘러 오라고 손짓하고 있는 것을 본 것 같았다. 오빠는 구덩이 반대쪽 언저리에 서 있었다. 나는 발걸음을 서둘렀다. 단 한 발짝만 더 떼면 이 심연의 구덩이 속으로 빠져 버리기 직전, 누군가가 내 뒤에서 갑자기 내 팔을 움켜잡으며 으스스하고 간절한 목소리로 내게 외쳤다. "멈추라! 멈추라!"

이 소리에 나는 잠에서 깨어났고, 벌떡 깨어나 일어나자마자 내가 깊고 깊은 어둠에 둘러싸여 있다는 것을 알게 되었다.

꿈에서 본 너무나 끔찍하고 강렬한 장면들 때문에 나는 잠시 꿈과 현실을 구분할 수 없었고, 지금 내가 실제로 어떤 상황에 있는지도 알 수 없었다. 최초의 공황상태에 이어 놀란 가슴이 동요하기 시작했고, 내가 확 트인 곳에 홀로 선 채, 깊은 어둠에 삼켜져 있다는 것을 알게 되었다. 조금씩 나는 그날 오후 있었던 일들, 그리고 내가 어떻게 해서 여기까지 오게 된 것인지 기억해 냈다. 시간을 짐작할 수 없었지만, 우선 서둘러 집으로 돌아가는 것이 급선무라는 것을 깨달았다. 모든 신체 감각이 아직 혼란스러운 상태였고, 또 어둠이 너무나 깊었기 때문에, 금방 비탈길을 올라 우리 집으로 가는 길을 찾을 수 없었다. 그리하여 나는 나 자신을 추스르고자 주저앉은 뒤, 곰곰이 내 상황을 생각해 보았다.

내가 막 이러고 있을 때 앉아 있는 자리 옆에 있는 격자창에서 저음의 목소리가 들려왔다. 바위와 격자창 사이에는 틈이 나 있는데, 이 틈은 사람이 한 사람 들어가지 못할 정도 너비에 불과했음에도 나에게 말을 하는 그 남자는 이 틈 사이에 자리 잡고 있는 것처럼 들렸다. "주의하라! 주의하라! 하지만 겁에 질리지는 말라."

나는 놀라서 소리 질렀다. "어머나! 거기 있는 게 뭐지? 넌 누구야?" "친구. 너를 해치러 온 것이 아니라 너를 구하려고 온 친구다. 두려워 말라."

나는 즉시 이 목소리가 내가 얼마 전 벽장에서 들은 그 목소리와 같다는 것을 알아차릴 수 있었다. 이 목소리는 내 목을 졸라 죽인다고 한 목소리가 아니라 총으로 쏴 죽이겠다고 한 목소리였다. 공포로 순간 나는 몸이 뻣뻣하게 굳고 말문이 막혀 버렸다. 그는 계속 말했다. "나는 너를 살해하고자 모의했다. 나는 회개한다. 내 말을 새겨듣고 화를 면하도록 하라. 이 지점을 피하라. 주변에 죽음의 올가미가 도사리고 있다. 다른 곳에서는 위험이 멀리 있지만, 이 지점만은 네 목숨이 아깝거든 피하도록 하라. 그리고 이 말도 새겨들어라. 이 경고를 새겨듣되 이것을 누설하지는 말라. 단 한 마디라도 입 밖으로 낸다면 죽음을 면치 못할 것이다. 네 아버지를 생각하라. 그리고 충실하라."

이 말을 남긴 뒤 목소리는 사라졌고, 나는 경악에 사로잡혔다. 여기 머무는 순간마다 내 목숨이 위태롭다는 생각이 퍼뜩 들었지만, 절벽 아래로 떨어질 위험 없이 올라가려면 어디에 발을 디뎌야 할지 알 수 없었다. 정상에 이르는 길은 꽤 가까운 거리였지만, 아주 험준하고 꼬불꼬불한 곳이었다. 나무 그늘 아래는 별빛조차 닿지 않았고, 내가 디딜 수 있는 자리를 비춰 주는 빛이라고는 조금도 찾아볼 수 없었다. 어떻게 해야 하지? 여기에서 벗어나는 것도, 여기에 머물러 있는 것도, 둘 다 똑같이 대단히 위험한 일이었다.

이처럼 갈팡질팡하는 가운데 나는 어둠 속에 빛줄기가 번쩍 비쳤다 사라지는 것을 보았다. 이어 더욱더 강렬한 빛이 나타나더니 잠시 머물렀다.

그 빛은 입구 쪽에 흐드러진 관목 위를 비추었고, 한 빛에 이어 또 다른 빛이 이어져 몇 초 동안 계속 반짝이다가 칠흑같은 어둠 속으로 사라졌다.

처음 목격한 이 빛은 내 마음속에 공포를 불러일으켰다. 이 자리에 파괴가 임박하고 있다. 후에 들은 목소리는 자리를 피하라고 경고했고, 내가 그것을 거부하면 아버지와 같은 운명을 당할 거라고 나를 위협했다. 그 경고를 따르고 싶었지만, 나는 그럴 수가 없었다. 이 빛은 아버지를 쓰러뜨린 그것에 앞서 전조로 비쳤던 바로 그런 빛이었다. 아마 시각도 같은 시각일 것이다. 나는 처형의 칼날이 바로 내 위에 걸린 것을 보는 듯이 덜덜 떨었다.

그때 더욱더 강렬하고 새로운 빛이 오른쪽에 있는 격자창을 뚫고 나오더니, 바로 위에 있는 절벽 언저리에서 나를 부르는 목소리가 들렸다. 플레옐이었다. 나는 그 반가운 목소리를 금방 알아차릴 수 있었다. 하지만 너무나 혼란스러워 갈팡질팡하다 보니 플레옐이 여러 번 내 이름을 불러도 대답을 할 여력조차 없었다. 마침내 나는 그 죽음의 지점에서 서둘러 빠져나왔고, 플레옐이 들고 있는 등불에 의지해 언덕을 올라갈 수 있었다.

창백하고 숨도 제대로 못 쉬는 상태에서 자신을 지탱하기조차 힘들었다. 그는 내가 왜 그렇게 공포에 질려 있는지, 뭣 때문에 그렇게 나답지 않게 종적을 감추고 있었는지 걱정스레 물었다. 그는 우리 오빠 집에 갔다가 늦은 시각에 집으로 돌아왔는데, 내가 해가 지기 전에 밖으로 산책하러 나갔다가 아직 돌아오지 않고 있다는 말을 주디스에게서 들었다. 이 말을 들은 그는 걱정이 되기 시작했고, 한참 기다려도 내가 돌아오지 않자 나를 찾으러 나섰던 것이었다. 주변에 사는 사람들을 찾아다니며 물어봐도 내 행방을 찾아내지 못하자 우리 오빠에게 이 일을 알려야겠다고 생각하고 갈 준비를 하던 중 문득 이 여름 피서지를 떠올렸고, 내가 거기 있다가 무슨 사고를 당한 것으로 생각했다는 것이었다. 그는 또다시 내가 여기 그렇게 발이 묶여 있었던 이유, 그리고 왜 그렇게 내 표정이 혼란스럽고 놀란 표정인지 추궁했다.

나는 플레옐에게 오후에 산책하며 거기 갔다가 앉아 있는 자리에서 잠이 들어 버렸으며, 그가 나타나기 불과 몇 분 전에야 깨어났었노라고 말해 주었다. 그 이상의 말은 해 줄 수 없었다. 겁에 잔뜩 질린 상태에서 나는 우리 오빠가 나를 끌어들이려 애쓰던 그 구덩이, 그리고 격자창을 통해 들려온 그 목소리도 같은 꿈의 일부분이 아니었을까 하는 의구심이 들었다. 마찬가지로 나는 그 일을 비밀로 해야 한다는 명령, 그리고 내가 경솔하게 들은 내용을 발설하면 벌을 받으리라는 그 엄중한 경고도 기억하고 있었다. 이런 이유로 나는 그 문제에 입을 다물고 있었고, 내 방에 콕 틀어박힌 채 깊은 생각 속에 빠져들었다.

내가 네게 들려준 이야기는 지어낸 이야기처럼 들릴 것이다. 재앙으로 인해 내가 이성을 잃었으며, 실제 있었던 일을 사실대로 말하는 게 아니라 내 머릿속에 들어 있는 키메라[31]가 너를 놀리고 있는 것이라고 생각할 것이다. 네가 그렇게 의심을 해도 나는 놀라거나 기분 나쁘게 받아들이지 않을 것이다. 그런 생각이 어떻게 안 들 수 있는지 나도 모르겠다. 왜냐하면, 직접적인 증인인 내가 보기에도 이런 일들은 의문스럽고 혼란

---

[31] 키메라: 사자의 머리에 염소 몸통에 뱀 꼬리를 단 그리스 신화 속 괴물. 이 소설에서는 겉과 속이 다른 인물. 여기서는 이중인격자 등을 상징하는 존재를 의미한다.

스러운데, 내 입을 통해서 이런 이야기를 듣는 사람들에게는 오죽하겠는가? 내 감각이 나를 속이지 않았음을 의심의 여지없이 확인하게 된 것은 그다음에 벌어진 일들 때문이었다.

이런 일이 벌어지는 동안 내가 무슨 생각을 했을 것 같은가? 나는 내 목숨을 앗아가려는 계획을 누가 세우고 있다고 확신했다. 악당들이 작당해서 나를 살해하려 하고 있었다. 그럼 내가 누구의 원한을 샀단 말인가? 내가 교류했던 사람들 중에 이처럼 끔찍한 의도를 품을 수 있는 사람이 도대체 누구란 말인가?

내 성격은 잔인함이나 오만함 같은 것과는 정반대였다. 나는 어린이들이 무슨 나쁜 일을 당하면 가여워서 마음 아파하는 사람이었다. 이 마음은 빈 마음이 아니었다. 비록 두둑하지 못할지언정 내 지갑은 항상 열려 있었고, 재난을 당한 사람을 보고도 가만히 있는 성격이 아니었다. 내가 개인적으로 베푼 손길 때문에 어려운 지경이나 질병을 이겨낼 수 있었던 불쌍한 사람들, 그리고 내게 감사를 표한 사람들은 아주 많았다. 내가 다가가면 나를 못 본 척하는 사람이 없었고, 그 누구도 내가 있는 자리에서 내게 욕하는 사람이 없었다. 내가 조금이라도 도와 준 사람들, 나에 대한 평판을 통해 나를 알고 있던 사람들 가운데 나를 웃음으로 맞으며 인사하지 않는 사람, 나에 대한 존경을 표시하지 않는 사람은 단 한 사람도 없었는데, 내 감각에 따르면 누군가가 내게 원한을 품고 나를 죽이려는 음모를 꾸미고 있는 것이 확실하지 않은가?

나는 용기가 없는 사람이 아니다. 나는 위기에 처했을 때 신중하고 침착한 모습을 보여준 사람이다. 나는 다른 사람을 살리려고 내 목숨이 위태로운 것도 마다하지 않는 사람이었건만, 이런 황당한 일을 당하고 보니 혼란스럽고 크게 당황스럽지 않을 수 없었다. 나는 여태껏 죽음을 두려워하지 않았지만, 아무런 영문도 모르는 채, 어디서 튀어나온 살인마의 칼에 난자당해 죽고 만다는 생각을 하면 전신이 덜덜 떨렸다. 도대체 내가 무슨 일을 저질렀다고 그런 악랄한 살인사건의 희생자가 되어야 한단 말인가?

하지만 가만히 생각해 보라! 그 목소리의 경고에 따르면 다른 모든 장소에서는 안심해도 되지만 단 한 군데에서만은 내 목숨이 위험했다. 왜 그 위험은 그 장소에만 한정되어 있는 걸까? 나는 아무 걱정 없이 어디든 다녔다. 내 침실이나 우리 집 현관문은 늘 열려 있었다. 그런 가운데 위험이 항상 도사리고 있었고, 누군가가 여전히 피비린내 나는 살인 음모를 꾸미고 있었는데, 그 일을 저지를 손은 단 한군데 장소 외에 다른 곳에서는 전혀 힘을 쓰지 못했다니!

그 자리에 나는 지난 네다섯 시간을 아무런 저항이나 호신용 수단도 없이 머물고 있었지만, 공격을 당하지 않았다. 내 존재를 알고 있는 어떤 사람이 가까운 곳에 있으면서, 지금부터 이 피서지를 피하라고 경고를 주었다. 그 목소리는 전혀 처음 듣는 목소리는 아니었지만, 그 목소리는 과연 내가 예전에 딱 한 번 밖에 들은 적이 없는 목소리였던가? 하지만 왜 이 이야기를 남에게 하지 말라고 그는 금지했으며, 그 말을 지키지 않으면 나를 어떤 식으로 죽이겠다는 말인가?

그는 우리 아버지 이야기를 했다. 발설하면 그와 똑같은 파멸이 내 머리에 떨어질 것이라고 겁을 주었다. 그렇다면, 그처럼 놀랍고도 불가사의한 아버지의 죽음이 결국 인간이 꾸민 계략의 결과였단 말인가? 이 존재는 아버지에게 일어난 사건의 진정한 본질을 알고 있었고, 또 어떻게 해서 그런 일이 일어나게 된 것인지 알고 있는 것으로 짐작할 수 있었다. 똑같은 일이 내게 일어나느냐 마느냐 하는 것은 내가 침묵을 지키느냐 마느냐에 달려 있다. 아버지에게 그처럼 끔찍한 벌이 내려진 것은 똑같은 명령을 아버지가 거역했기 때문이었을까?

밤새 이런 생각들이 내 뇌리에서 떠나지 않고 나를 괴롭히는 바람에 나는 잠을 설치고 말았다. 그다음 날 아침, 플레옐은 내가 사라지는 바람에 그 전날 밤 내게 하지 못한 말이 있다고 했다. 플레옐에 따르면 그는 그 전날 오전에 일이 있어서 읍내에 나갔다가 한 한 시간가량 들른 커피숍에서 어떤 사람을 보았는데, 그 차림새를 보자마자 우리 집에 황망하게 들렀다가 사라졌다는, 그 특이한 인상착의와 목소리가 내게 아주 강렬한 인상을 남겼다는 그 사람이 틀림없다는 생각이 들었다. 알고 보니 그는 플레옐이 유럽에서 만난 적이 있는 사람이었다. 그걸 핑계 삼아 플레옐은 그에게 다가가 잠시 이야기를 나누었고, 그가 내 마음속에 깊은 인상을 남겼다는 그 나그네가 틀림없다는 생각에 메팅겐에 한번 놀러 오라고 초대를 했다. 그는 플레옐의 초대를 흔쾌히 받아들였고, 그다음 날 오후에 놀러 오기로 약속을 했다는 것이었다.

이 사실을 알고 내 마음이 크게 동요한 것은 아니다. 물론 나는 그 두 사람 사이에 과거 어떤 인연이 있었는지 너무나 궁금했다. 언제, 어디서 만났을까? 그는 이 남자의 삶이나 성격에 대해 어떤 것을 알고 있을까?

내 친구가 내 질문에 답해 말하기를, 그는 삼 년 전 스페인을 여행하고 있었다. 그때 그는 도시 곳곳에서 찾아볼 수 있는 찬란한 로마의 문화 유적을 구경해 볼 목적으로 발렌시아에서 무르비에드로[32]로 잠시 여행을 간 적이 있었다. 그는 고대 사군툼 극장[33]이 있던 자리를 지나다가 어떤 남자를 보게 되었는데, 그 남자는 바위에 앉아 마르티 부제[34]의 작품을 정독하는 중이었다. 두 사람 사이에 짧은 대화가 이어졌고, 대화를 통해 플레옐은 그가 영국인이라는 것을 알게됐다. 두 사람은 함께 발렌시아로 되돌아왔다.

그의 복장, 면모, 행동거지 등은 영락없는 스페인 사람이었다. 스페인에 삼 년을 살며 끈기 있게 그 나라 언어에 관심을 쏟고 철저하게 그 나라 사람들의 풍습에 동화하려 하다 보니 마음만 먹으면 본토인과 구분이 되지 않을 정도로 스페인 사람 같아진 것이었다. 플레옐은 그 남자가 그 도시의 저명한 상인들과 때로는 친구 사이로, 때로는 존경하는 사이로, 인맥을 맺고 있음을 알게 되었다. 그는 가톨릭을 받아들였고, 자신의 원래 이름 대신 카윈이라는 스페인 이름으로 개명했으며, 스페인의 문학과 종교에 심취했다. 그는 직장을 구하지 않고 영국에서 오는 돈으로 최저한의 생계를 유지하고 있었다.

플레옐이 발렌시아에 머무는 동안 카윈은 두 사람이 친분을 쌓는 데 대해 전혀 거부감을 보이지 않았고, 플레옐도 새로 사귄 친구에 대해 적잖은 호감을 느꼈다. 일반적인 대화 주제가 나오면 카윈은 아는 것도

---

[32] 무르비에드로(Murviedro): 현재 이름은 사군토. 지중해 연안에 있는 도시로 고대 로마의 도시 사군툼 위에 세워졌다.
[33] 사군툼(Sagungum): 기원전 5세기 무렵 켈티베리아인들이 건설한 성곽도시. 8세기 초 이슬람 세력이 이 도시를 장악한 후 후우마이야 왕조의 지배를 받는 동안 세계적 도시로 성장했다.
[34] 마누엘 마티 사라고사(Manuel Martí y Zaragoza, 1663~1737): 스페인의 신학자이자 인문학자, 작가, 그리스 문명 숭배자.

많고 할 말도 많았다. 그는 스페인 곳곳을 많이 다녀 봤으며, 스페인 각 지방의 과거는 물론 현재에 대한 상세한 내용을 정확하게 설명할 수 있었다. 그러나 스페인 사람으로 '탈바꿈'[35]하기 전까지의 개인사나 종교에 관한 이야기가 나오면 그는 어김없이 말문을 닫았다. 그가 영국인이라는 사실, 그리고 영국 주변국에 대해 잘 알고 있다는 사실은 그가 하는 말에서 짐작할 수 있을 뿐이었다.

플레옐은 그를 옆에서 지켜보면서 이 사람의 정체를 상당히 궁금해했다. 이런저런 상황에서 그가 증명해 보여준 지식이며 능력을 볼 때, 왜 그가 로마 가톨릭으로 개종했는지 쉽게 이해되지 않았다. 다만 어떤 정치적인 목적 때문에 가톨릭을 가장하고 있는 것이 아닌가 하는 의심이 들긴 했다. 그러나 아무리 자세히 관찰해 보아도 아무 근거도 찾아내지 못했다. 그의 예의범절은 인위적이거나 남에게 해를 끼칠 의도가 전혀 없었고, 사색과 은둔을 좋아했다. 그는 플레옐을 좋아하게 된 것 같았고, 플레옐 역시 그에 못지않게 금방 그를 좋아하게 되었다. 플레옐은 한 달간 그 도시에 머물다가 프랑스로 돌아왔고, 그 이후로는 아무런 소식도 듣지 못하다가 카윈을 메팅겐에서 마주치게 된 것이었다.

그런데 웬일인지 카윈은 예전과 달리 상당한 거리감과 무거움이 느껴지는 모습으로 플레옐을 대했다. 카윈이 평생을 보낼 작정이라고 그토록 장담한 스페인을 왜 떠났는지 플레옐이 물어도 대답을 회피했다. 플레옐이 이런저런 화젯거리를 내놓아도 애써 관심을 회피했지만, 예전과 마찬

---

[35] 탈바꿈(Transformation): 이 소설의 소제목이기도 한 이 말은 이 부분에 처음 등장한다.

가지로 어떤 주제에도 언변과 판단력이 좋은 것은 예전과 다름없었다. 왜 카원이 그처럼 누추한 옷차림을 하고 있는지, 플레옐은 짐작할 수 없었다. 아마도 빈곤한 탓일 수도 있고, 숨기고 싶은, 하지만 자기에게는 너무나 중요한 사정이 있었는지 모른다.

플레옐에게서 전해 들은 이야기는 이것이 전부였다. 나는 그날 온종일 아무 일도 하지 않아도 아무런 거리낌이 없었다. 만사가 다 귀찮아서 생각을 당최 정리할 수가 없었다. 이제 생각을 집중해야 할 새 주제가 등장했다. 저녁시간이 다가오면 나는 그와 자리를 함께 하게 될 것이고, 그가 말하는 것을 듣게 될 것이다. 이전에 만났을 때 그의 목소리는 내 마음을 흔들어놓을 만큼 신비스러웠지만, 이번 만남에서는 내게 어떤 인상을 심어주게 될까?

카원은 가톨릭을 신봉하고 있었지만, 영국인으로 태어났고, 아마도 신교도 교육을 받았을 것이다. 그는 스페인을 자기 나라로 삼아 그곳에서 살려고 했지만, 지금은 이곳에서 유별나게 초라한 행색으로 지내며 살았다. 무엇이 그의 젊은 시절의 생각을 지워버리고 자신의 종교와 모국을 버리게 했을까? 그 뒤에는 어떤 일이 일어나서 그 계획을 완전히 뒤바꾸게 되었을까? 스페인을 떠난 뒤에는 조상 때부터 믿어온 종교로 다시 귀의했을까, 아니면 과거에 다른 종교로 개종한 것은 속임수에 불과했고, 그의 기이한 행적 이면에는 숨기고 싶은 어떤 동기가 있는 것일까?

이런 생각을 하는 가운데 시간이 흘렀다. 생각에 너무나 깊이 몰두한 나머지 여기서 깨어났을 때는 내가 처한 상황을 생각해 보며 기가 막혔다. 부모님이 돌아가신 후부터 올해 초까지 내 인생은 보통 사람들보다 평온하고 은혜로웠다. 하지만 이제 내 가슴은 온통 초조함으로 가득했다.

나는 끔찍하고 신원이 불명한 위험을 겪었으며, 미래에는 천둥을 동반한 검은 먹구름이 몰려오고 있는 듯했다. 원인과 결과를 따져 보았지만, 서로 균형이 맞지 않았다. 나는 아무런 연유도 없이 흔들리지 않는 고귀한 위치에서 갑자기 문제투성이 바다로 떠밀려 내던져지고 말았다.

나는 그날 저녁 오빠의 집에 방문하기로 마음먹었지만, 내 결심은 아직 흔들리고 주저함이 있었다. 플레옐이 나보고 사랑에 빠졌다고 넌지시 말하는 것은 조금도 내 결심에 영향을 주지 않았지만, 이것이 그와 인사를 나누게 될 때 그 자리에 함께 있는 사람의 생각이라는 것을 의식하다 보면 심란한 내 마음에 더더욱 혼란을 부추기게 될 것이다. 이렇게 되면 플레옐은 자기의 그릇된 생각이 맞았다는 확신을 하게 될 것이고, 새로운 놀림거리를 그에게 주게 될 것이다. 이 문제에 관해 그가 놀려대는 말은 내게 더할 나위 없이 쓰라린 짜증의 원인이었다. 그것이 내 행복에 미치는 영향을 플레옐이 안다면 그의 성격상 그는 끈질기게 물고 늘어지지 않겠지만, 나는 그 영향을 무엇보다 철저히 숨기려 하고 있었다. 나를 괴롭히는 진짜 원인은 내 마음을 다른 사람에게 주었다고 플레옐이 믿고 있으며, 이런 믿음이 터무니없는 생각만 불러일으키고 있다는 것이었다. 하지만 이 사실을 그가 알게 된다면, 안 그래도 괴로운 내 마음이 말로 표현하기 어려울 만큼 더더욱 심하게 괴로워지게 될 것이다.

Chapter VIII

저녁이 되자마자 나는 오빠 집에 갔다. 카윈도 자리를 함께 했다. 그의 모습은 내가 예전에 본 것과 똑같았다. 그는 여전히 아무런 신경을 쓰지 않은 누추한 옷차림을 하고 있었다. 나는 새로운 호기심으로 그의 안색을 살펴보았다. 내게 주어진 여건상, 이번에는 천천히 그의 모습을 뜯어볼 수 있었다. 더 여유를 두고 살펴보아도 그의 알쏭달쏭한 면모는 전혀 다를 바 없었다. 그의 인상에서 풍기는 지성에 대한 나의 존경은 부인할 수 없지만, 이 사람을 두려워해야 할 대상인지 좋아해야 할 대상인지, 그가 가진 힘은 악한 것인지 선한 것인지는 전혀 알 수 없었다.

그는 말을 아꼈지만, 어쩌다 말을 할 때면 그 말 속에는 의미가 함축되어 있었고, 분명한 어조로 말하려는 신중함이 있었으며, 그를 알게 되기 전까지는 내가 느껴보지 못했던 강조의 힘이 들어 있었다. 그의 옷차림이 주는 투박함에도 그의 예의범절은 천하지 않았다. 어떤 화젯거리가 나와도 그는 능변으로 꾸밈이나 과장 없이 대화를 나누었다. 가식적인 태도로 나쁜 인상을 남기는 법이 없었으며, 오히려 그의 의견을 듣고 있노라면 그가 대범하고 의기 있는 자라는 느낌이 들었다. 그의 언사에는 허풍이 없었고, 그 열의에는 진실성이 엿보였다.

그는 밤늦은 시간까지 있다가 자리를 떴다. 그는 그날 밤 자고 가라는 권유는 거절했지만, 또다시 방문하라는 요청에는 기꺼이 그러겠노라고 응했다. 이후 그는 자주 오빠 집을 방문했다. 날이 갈수록 우리는 그가 어떤 생각을 갖고 있는 사람인지 더 잘 알게 되었지만, 우리가 가장 궁금해하는 부분에 대해서는 여전히 오리무중이었다. 그는 시내에서 어디에 사는지조차 우리에게 숨겼다.

이런 면에서 우리의 생활 반경은 어느 정도 한정적인데다가, 이 남자의 지식은 반박의 여지없이 훌륭했기 때문에, 다른 사람이 보기에는 경우에 지나치다 싶을 정도로 우리는 그의 행실을 부지런히 새기고 거기에 관해 많은 이야기를 나누었다. 우리끼리만 있을 때면 그의 몸짓, 시선, 말투 등 그 어느 것도 빠짐없이 토론을 나누었고 거기에서 뭔가를 추론해 보았다. 오랫동안 많은 기회를 통해 정확하게 관찰을 했는데도 그에 대한 만족스러운 정보를 얻어내지 못했으니, 그의 행동은 다른 기준을 본보기로 했으리라는 생각을 할 수도 있을 것이다. 그는 그럴듯한 추측을 해볼 만한 근거조차도 전혀 제공해주지 않았다.

자주 만나 어울리다 보면 서로 친해져서 처음 사귈 때 깍듯이 지켜야 하는 이런저런 격식을 좀 무시해도 괜찮아진다. 우리가 잘 지내고 있는지 어떤지 별다른 사심 없이 걱정 되어서 물어보는 것도 허용이 되고, 그런 질문은 용납이 될 뿐만 아니라 친구라면 정당하게 요구할 수도 있는 것이다. 그러나 그의 행동이 주는 무게감과 고상함 때문에 우리의 경우에는 그 정도로 가까운 사이에 이르기까지 다른 사람들보다 훨씬 더 오래 걸렸다.

그런데 플레옐이 마침내 이 목적을 달성하려고 상습적인 방법을 쓰기 시작했다. 그는 과거에 두 사람이 만났던 때 이야기를 가끔 넌지시 꺼내며 영국 토박이들과 스페인 사람들의 종교와 습성에서 찾아볼 수 있는 차이점에 대해 이야기를 했다. 스페인에서 헤어질 당시 자기는 카원이 그 나라를 결코 떠나지 않을 것이라고 알고 있었는데, 그 사실 때문에 이 넓디넓은 세상 가운데서도 하필 이곳에서 카원을 마주치게 되어 정말 놀랐다는 말도 했다. 플레옐은 어떤 이례적이고도 중대한 이유로 그처럼 계획이 크게 바뀐 게 틀림없으리라는 투의 말도 했다.

이처럼 플레옐이 넌지시 떠보는 말을 해도 카원은 그에 응답하지 않았고, 응답을 해도 전혀 무관한 말을 할 뿐이었다. 그는 영국인과 스페인 사람들은 동일한 신을 믿는 숭배자들이며, 동일한 계율에 따라 신앙을 지키고 있다고 말했다. 즉, 두 나라 사람들은 동일한 문헌에 그 사고의 뿌리를 두고 있으며, 동일한 언어에서 갈라져 나온 방언을 쓰고 있으며, 두 나라 정부와 법 사이에는 차이점보다 유사한 점이 더 많으며, 과거에는 공민적으로, 최근까지는 종교적으로도 동일한 하나의 제국 아래 있는 각기 다른 행정구였다는 것이었다.

그는 사람들이 자신의 거주지를 바꾸는 문제에 있어서 일시적이거나 유동적인 동기가 있기 마련이라고 말했다. 가족이나 결혼 때문에, 혹은 생계 문제가 달린 직장 때문에 한 곳에 발이 묶여 있지 않는 한, 거주지를 옮기는 그 반대보다 훨씬 더 많고 강력하다는 것이 그의 대답이었다.

그는 마치 플레옐이 어떤 의도로 자기에게 그런 말을 하는지 눈치채지 못하고 있는 척 말을 했지만, 속내를 애써 숨기고 있다는 표시는 분명히 드러나 보였다. 그 표시는 그가 하는 말이 아니라, 표정에서 읽을 수 있었다. 우리가 궁금해하는 말이 나오기만 하면 그의 심각한 안색은 더욱 심각해졌고, 고개를 떨어뜨렸고, 눈에 띌 정도로 애를 써야 평상시 분위기로 되돌아올 수 있었다. 그러므로 그가 살면서 겪은 어떤 사건이 그에게 깊은 상처를 남겼으며, 그 사건이 무엇이었든 그가 조심스럽게 숨기며 거기에서 비롯된 슬픔을 애써 억누르고 있었으므로, 그 사건은 단순히 사고를 초래하기만 한 것이 아니었다고 당연히 추론할 수 있었다. 우리가 눈치로 알아챈 그 비밀은 궁금해하는 사람들을 자극하거나 당혹하게 하려는 의도가 아니라, 치욕이나 죄책감에서 비롯된 것 같았다.

플레옐과 우리 오빠, 그리고 나까지 이런 생각을 똑같이 가지게 되었기 때문에 뭘 캐물어 알아내려고 직접적인 방법을 쓰는 것을 자제했다. 질문을 할 때는 오해의 여지가 없도록 주의했고, 예의에 어긋날 수 있는 질문은 아예 하지 않았다. 하지만 숨겨진 과거가 그에게 고통과 수치를 초래하게 된다면, 그것을 굳이 알아내려고 하는 것은 비인간적인 짓이라고 우리는 생각했다.

그가 있는 자리에서 여러 가지 화젯거리를 두고 토론이 이루어지는 가운데 자연스레 최근에 일어났던 불가해한 사건에 관한 이야기도 나왔다. 그럴 때마다 나는 이 남자의 말투와 표정에 특별히 주목했다. 그 주제는 아주 특이한 것이었고, 따라서 누구라도 자신의 경험이나 의견으로 그 사건을 어떤 식으로도 재조명할 수 있게 해준다면 나는 감지덕지한 입장이었다. 이 남자는 독서와 여행을 통해 깨우친 사람이었기 때문에 나는 그가 하는 말이라면 열심히 경청했다.

처음에는 일종의 우려도 있었다. 그 사람이 내 이야기를 믿으려 들지 않거나, 속으로 비웃거나 할지도 모른다는 생각 때문이었다. 나 역시 이와 유사한 상황의 이야기들을 예전에 들은 적이 있지만, 대개는 조소의 반응을 보였기 때문이다. 나는 그도 속으로 나와 같은 반응을 보이지 않을까 우려했지만, 그런 불안은 기우에 불과했다.

그는 내 이야기를 아주 진지하게 들었고, 놀라거나 의심하는 말도 하지 않았다. 그는 그런 이야기에 자연스레 따르기 마련인 갑론을박에 눈에 띌 만큼 즐거운 태도로 참여했다. 그의 논거는 탁월하게 풍부하고 열정적이었고, 그는 인간은 때때로 자연이 빚어낸 현상과 감각적인 경험을 나누기도 한다는 주장으로 우리를 설복시키지는 못 했더라도, 최소한 그 원인에 대해 우리의 귀가 솔깃하게 했다. 그는 논리적인 설명을 통해 그러한 경험이 있을 수 있다고 했다. 다만, 자기는 우리가 들려준 것과 비슷한 사건을 많이 알고 있기는 하지만, 그 가운데 인간의 개입 의혹이 완전히 배제된 경우는 단 한 건도 없었다고 털어놓았다.

자신이 알고 있다는 그 사례들에 관해 이야기해 달라고 우리가 요청하자 그는 신기한 세부사항까지 들려주어 우리의 귀가 쫑긋하게 했다. 그는 빼어난 묘사 실력으로 너무나 정성을 다해 시연해 주었기 때문에 그가 들려주는 이야기에는 극적인 효과가 자주 나타났다. 너무나 논리적이고 구체적이어서 신빙성이 떨어지는 이야기들도 이 수사학자의 빼어난 화술로 인해 충분히 있을 수 있는 이야기인 것처럼 만들었다. 어떤 난해한 질문이 나와도 그는 즉각적이고 그럴듯한 해답을 제시했다. 어떤 정체불명의 목소리가 원인이 되어 참사가 벌어진 경우가 몇 번 있지만, 이런 목소리는 기교를 부리거나 튜브를 통해 말을 하는 등, 이미 알려진 원리로 얼마든지 설명이 가능하다는 것이었다. 그가 설명한 내용은 놀라운 데다가 내가 잘 모르는 내용이었다. 그러나 그것은 우리가 겪은 사건들과 유사한 경우는 거의 없었고, 그 해답이 우리가 겪은 사건에 적용될 수 있는 경우도 없다는 말을 할 수밖에 없었다.

우리 오빠가 훨씬 더 설득력 있는 논리를 펼쳤다. 오빠는 카윈이 거론한 일부 사실에 대해서조차도 천상의 개입 가능성을 여전히 고수했고, 카윈은 그것을 부인하며 자기 생각에는 인간의 개입 흔적이 발견된다고 말했다. 플레옐 역시 결코 만만하게 설득당하지 않았다. 그는 자신의 감각 말고는 그 어떤 증언도 믿지 않았고, 자신이 직접 귀라는 감각을 통해 경험하고 확인한 사건조차도 믿음의 근거가 아니라 의혹을 불러일으키는 원인으로 받아들일 뿐이었다.

머지않아 카윈도 어느 정도 유사한 차이를 받아들였다. 그는 다른 사람이 들려준 이런 종류의 이야기를 믿기는 하지만, 단 그것이 기존 법칙을 통해 설명할 수 있어야 하며, 실제로 고차원의 존재가 알려준 통보라면, 그 어떤 것으로도 설명되어질 수 없는 방식으로 자기의 귀에 들렸을 때만 믿겠다는 것이다. 그는 예의상 우리 오빠나 내 말에 반박하지는 않았지만, 마음속으로는 우리의 증언에 동의하기를 거부했다. 더구나 그는 예배당에서 들린 목소리, 언덕 아래에서 들린 목소리, 그리고 내 벽장 안에서 들린 목소리 등이 실제 인간의 장기에서 나온 것이 아닌가 하는 의문을 품고 있었다. 이 가정에 대해 우리는 어떻게 그런 효과가 나올 수 있는지 설명해 달라고 그에게 요청했다.

그가 대답하기를 흉내 내는 기술은 아주 흔하다는 것이었다. 캐서린의 목소리는 언덕 아래 있는 어떤 사람이 쉽게 흉내 낼 수 있으며, 그자는 도망을 가 버림으로써 쉽게 오빠의 수색을 피할 수 있었으리라는 것이다. 작센 여인의 사망 통보에서도 누군가가 우연히 그 대화를 듣고 그녀의 사망을 추측했으며, 그 추측이 어쩌다 보니 들어맞게 된 경우라고 했다. 천장에서 들려오는 것 같았던 그 목소리는 상상이 빚어낸 허구로 간주해야 한다고 했다. 내가 사건을 당한 날 현관에서 들려온 도움을 요청하는 소리는 실제로 현관에 서 있던 어떤 사람 입에서 나온 말이라고 했다. 그 신호를 보낸 사람이 무슨 연유로 거기에 있었는지 우리가 설명할 수 없는 것은 별로 대수로운 일이 아니라고 그는 말했다. 우리는 우리 주변에 있는 존재들의 상황과 의도에 대해 얼마나 불완전하게 알고 있는가? 지척에 도시가 있으며, 거기 사는 수천 명의 사람이 지니고 있을 능력이나 의도 등으로 이 사건의 어떤 불가해한 부분도 쉽게 설명이 될 것이라고 했다. 벽장 속에서 있었던 대화의 경우, 그것은 내 상상이 빚어낸 허구이거나, 아니면 실제로 벽장 속에 있던 두 사람 사이에 이루어진 대화였거나, 둘 중 하나가 틀림없다고 했다.

이것이 이러한 현상에 대한 카윈의 설명 방식이었다. 상식이 통하는 대부분 사람에게는 가장 납득이 가는 설명이었을지 모르지만, 우리에게 확신을 심어주기에는 부족했다. 나에 대한 음모에 관한 한, 그것이 실제였든지 혹은 상상이었든지 둘 중에 결론은 하나라는 것은 의심의 여지가 없었다. 하지만 그것이 실제였다는 것은 여름 별장에서 들었던 그 불가사의한 경고의 목소리로 증명이 되었고, 이것은 나 혼자만이 가슴 속에 담고 있던 비밀이었다.

이런 식의 교류를 나누는 가운데 한 달이 지났다. 카윈의 정체와 속에 든 생각에 대해서 우리는 여전히 거의 알지 못했다. 외적으로 보이는 것은 한결같았다. 그는 그 누구보다 지식이 풍부했고, 그 지식을 남들과 나누고 전달하는 능력이 빼어났다. 그 때문에 카윈은 우리에게 더없이 귀중한 친구가 되었다. 그가 저녁 시간을 우리와 함께할 때는 도시에서 우리 오빠 집까지의 거리를 고려해 자고 가라는 요청을 자주 받았다. 그는 이틀이 멀다 하고 우리를 만났고, 따라서 그 집에 사는 사람이나 다름없었다. 그는 격의 없이 왔다가 떠나곤 했다. 그는 방문할 때마다 변함없이 환영을 받았고, 그가 가겠다고 할 때는 계속 남아있으라고 성가시게 조르는 일도 없었다.

우리가 주로 어울리는 곳은 예배당이었다. 이 망명지에 모일 때 맛본 행복은 과거에 우리가 나눴던 햇살 같은 행복에 비하면 미미한 한줄기 빛에 불과했다. 카윈은 늘 심각한 모습이었다. 그의 알 수 없는 정체, 그리고 그와 가까이 지내는 것이 좋은 것인지, 나쁜 것인지에 대한 불확실성은 우리 뇌리에서 거의 떠나는 법이 없었다. 이 상황은 우리를 슬프게 하는 데 지대한 영향을 미쳤다.

내 마음속에서는 나날이 동요가 커지고 있었다. 한때 활기찬 성격이 특징이었던 내게서 나타난 이 변화를 다른 친구들은 모두 눈치채고 있었다. 우리 오빠는 한결같이 침통한 모습이었고, 캐서린은 주어진 상황에 따라 이렇게도 변하고 저렇게도 변하는 진흙 같았다. 타고 난 밝은 성격으로 우리의 행복에 여전히 중요한 영향을 미친다고 할 수 있는 사람은 단 한 사람뿐이었다. 그런데 플레옐마저도 예전의 그 명랑한 성품을 버리고 만 것일까?

그는 예전과 다름없이 여전히 짓궂고 변덕스럽기는 했지만, 행복하진 않았다. 여기에 관한 진실은 내게 너무나 중요했기 때문에 나는 그를 열심히 관찰해야만 했다. 그가 웃을 때 그것이 억지웃음이라는 것을 쉽게 알아차릴 수 있었다. 그의 생각이 우리에게서 벗어나 다른 곳을 헤맬 때면 그의 모습에는 불만과 초조한 분위기가 역력했다. 예전처럼 시간을 잘 지키거나 방문하는 일도 줄었다. 바로 이런 이유로 내 마음이 더 안절부절못했으리라 짐작할 법하다. 이상하게 들릴지 몰라도 이런 내 마음에 위안을 가져다준 것은 다름 아니라 플레옐의 기분이 좋지 않다는 확신이었다.

내게 중요한 것은 그의 우울함의 원인이 무엇인가 하는 것이었다. 그 원인은 작센 여인의 죽음이 아니었다. 윌랜드나 카윈의 안색에서 풍기는 우중충한 분위기에 전염된 것도 아니었다. 그 외에 원인이 될 만한 것은 단 하나. 내 모호한 태도가 그의 우울함의 원인이라는 증거가 새롭게 나타날 때마다 형언할 수 없는 환희의 전율이 내 전신을 휘감았다.

Chapter IX

우리 오빠는 독일에서 새 책을 한 권 받았다. 그것은 작센 출신 시인이 처음으로 시도한 비극으로, 오빠는 그 책에 많은 기대를 하고 있었다. 보헤미아의 영웅 지스카[36]의 활약상이 극적으로 연속되는 내용이었다. 독일 문학답게 세세하고 방대한, 그리고 모험적이고 무법적인 내용으로 가득 찬 비극이었다. 대담한 활약상과 듣도 보도 못한 사건이 연속적으로 이어지고, 강으로 둘러싸인 성벽과 덤불, 잠복과 전투, 그리고 저돌적인 충돌 등이 풍부하게, 그리고 박진감 넘치게 그려진 작품이었다. 우리는 이 작품을 어느 날 오후 시연해 보기로 결정했다. 우리는 모두 이 작품의 언어에 능통하지만 카윈은 그렇지 못하다 보니, 카윈은 여기서 제외했다.

예정된 시연이 있기 전날 아침, 나는 집에서 시간을 보내고 있었다. 내 마음은 온통 내 현재 상황에 대한 생각으로 가득 차 있었다. 내 마음

---

[36] 지스카(John Zisca): 체코의 장교이자 후스 파 리더로, 보헤미아 왕국의 조그만 도시 출생.

속에 가장 집요하게 자리 잡은 것은 플레옐과 연관된 것이었다. 이처럼 괴로워하는 가운데서도 내게 전혀 위안이 없는 것은 아니었다. 최근 보여준 그의 행동은 내게 일말의 희망을 가져다주었다. 곧 다가올 시간은 나를 그 누구보다도 행복한 사람으로 만들어 줄 시간이 아닐까? 그는 내가 카웬에게 호감이 있다고 의심하고 있었다. 그 때문에 그의 마음이 동요하고 있는 것이었고, 그는 그런 사실을 숨기려고 애쓰고 있었다. 그는 나를 사랑하고 있었지만, 자신의 사랑을 이루지 못할 것이라고 낙담하고 있었다. 그 잘못을 내가 바로잡아 주어야 하는 것이 아닐까? 하고 나는 자문했다. 하지만 어떤 식으로 그렇게 해야 할까? 내 행동을 바꾸어야만 그렇게 할 수 있으련만, 이 목적을 이루려면 나는 어떻게 행동해야만 하는 것일까?

말로 해서는 안 된다. 눈이나 입으로 그 사실을 알게 해서는 안 된다. 플레옐이 먼저 자신의 감정을 고백하기 전에 내가 자기에게 내 마음을 주었음을 확신하게 해서는 안 된다. 내가 다른 사람에게 마음을 준 것이 아니라는 확신을 주는 한편, 내가 진정으로 플레옐을 사랑하고 있는지 아닌지, 의심을 품을 여지를 남겨두어야 한다. 이것은 아주 아슬아슬한 경계선에 걸린 문제였다. 부족해서도 안 되고 지나쳐도 안 되는, 너무나 어려운 일이었다.

그날 오후 우리는 예배당에서 만나게 될 것이다. 우리는 밤늦은 시간까지 헤어지지 않을 것이다. 그가 나를 집까지 당연히 데려다 줄 것이다. 하늘은 단 한 점의 얼룩도 없이 활짝 펼쳐져 있다. 바람은 대개 잔잔한 편이며, 따라서 구름 한 점 없이 온화한 저녁을 기대해도 좋을 것이다. 달은 열한 시에 뜰 것이며, 우리는 강둑을 따라 걸을 것이다. 아마 이 시간이 내 운명을 결정지을 것이다. 적절하게 용기가 생기면 플레옐은 마음을 내게 털어놓을 것이고, 나는 이 문 앞에 도착하기 전에 가장 행복한 사람이 되어 있을 것이다. 아, 이 행복이 정말 내 것이 된다는 말인가? 저녁 시간이여, 날개를 달아 좀 더 빨리 서둘러 오라. 달이여 네게 명하노니, 네 빛으로 나의 플레옐이 사랑을 속삭이는 순간을 휘감아라. 그 순간, 불붙은 듯 빨갛게 달아오르는 내 뺨과 넘치는 희열은 무슨 일이 있어도 절대 들키지 않으리라.

그러나 어떻게 그가 그런 용기를 내도록 할 것인가? 나는 넘어서는 안 될 선을 염두에 두어야만 했다. 하지만 두 사람의 마음이 진실된 감정으로 통하고 있다면, 말이나 표정은 불필요한 것이 아닐까? 내 마음속의 이러한 감정은 몸짓이나 손길만으로 충분히 전달되지 않을까? 그의 손길이 와 닿는 순간마다 내가 어쩔 줄 몰라 하는 것을 그는 눈치채고 사랑 때문에 나온 그 격한 반응을 벌컥 화를 내는 것으로 오해하지는 않았을까?

그러나 모든 결정은 시시각각 다가오고 있는 그 저녁 시간에 내려질 것이다. 그 시간이 오기만 한다면! 그런데도 나는 저녁이 다가오는 것을 느끼며 떨고 있었다. 결단이 내려질 그 만남을 나는 분명 고대하고 있기는 했지만, 거기에 두려움이 없는 것은 아니었다. 아, 시간이여, 어서 왔으면!

나는 이제 아무런 주저함을 느끼지 못하니, 내 친구들은 다 알게 될 것이다. 한때 이러한 감정을 나는 다른 사람들의 눈에서 애써 감추어 왔다. 하지만, 이제는 사랑의 충동을 수치스럽게 여기거나 애써 숨기고 싶은 마음도 사라졌다. 내가 마음에 품은 사랑의 충동이란 음탕스럽고 못된 것이었다. 내가 마음속에 품고 있는 생각은 죄다 삐뚤어지고 저속한 사람들이나 품을 만한 것이었다. 얼마 후 내게 그런 비극이 찾아오지 않았다면, 플레옐에 대한 이런 음탕한 충동이 여전히 내 마음속에 자리 잡고 있었을 것이다.

연극 시연은 네 시로 예정되어 있었다. 나는 그 시간을 애타게 기다리고 있었고, 시간은 때로는 너무 빨리, 때로는 너무 느리게 흘렀다. 내 감정이 너무나 애간장을 태우는 바람에 밥을 먹어도 밥맛을 느낄 수 없었고, 아무 일도 손에 잡히지 않았고, 단 한 순간도 차분히 있을 수가 없었다. 정해진 시간이 되자 나는 후다닥 오빠네 집으로 향했다.

플레옐은 그 자리에 있지 않았다. 그는 아직 도착하지 않았던 것이다. 이런 일이 있을 때마다 그는 시간을 잘 지키기로 유명했다. 그는 이 작품 시연이 너무나 기대된다고 아주 열정적으로 말했었다. 그는 오빠와 일을 분담하기로 했고, 이런 일을 할 때면 유별난 열정을 보이며 참여하는 사람이었다. 그의 발성은 달콤하다기보다 낭랑한 편이었고, 따라서 오빠의 나긋나긋한 발성보다는 이 연극의 용맹스러움에 더 잘 어울렸다.

무엇의 그의 발목을 잡았을까? 아마도 깜빡했는지도 몰랐다. 그러나 이것은 신빙성이 낮았다. 아무리 사소한 경우라도 그는 깜빡 잊어버리는 경우가 한 번도 없었다. 이 모임에 흥미를 잃어서, 그래서 와 본들 만족을 얻을 수 없어서 그냥 집에 있기로 했을 리도 없었다. 그런데 왜 우리는 그가 제 시간에 딱 맞춰 도착해야만 하는 것으로 생각할까?

삼십 분이 지났지만, 여전히 플레옐은 도착하지 않았다. 행여 약속 시간을 착각했는지도 모른다. 이 공연을 오늘이 아니라 내일 하는 것으로 알고 있는 건지도 모른다. 하지만 그것도 아니다. 이전에 있던 일을 되짚어 생각해 보면 그런 착오는 있을 수 없는 일이었다. 왜냐하면 플레옐 자신이 오늘, 바로 이 시간에 연극 공연을 하자고 제안 했으니까. 오늘은 다른 데 전혀 신경을 쓰지 않기로, 하지만 내일은 피치 못할 선약이 있어서 시간을 전혀 낼 수 없다고 했으니까. 그렇다면 플레옐은 예기치 못한, 아주 특별한 사유가 있어서 오지 못하는 것이 틀림없었다. 우리는 이런저런 막연한 추측을 하며 불안해하고 또 때로는 두려운 마음이 들었다. 그는 덜컥 병이 들었거나 죽었기 때문에 못 오는 것일 수 있었다.

불안하고 초조한 마음으로 애간장을 태우며 우리는 서로를 바라보기도 하고 길을 내다보기도 했다. 말을 탄 사람이 지나갈 때마다 행여 플레옐이 아닐까 하고 생각했다. 한 시간이 지나고 또 한 시간이 흐르고, 해도 서서히 저물기 시작하다가 마침내 완전히 사라져 버렸다. 그가 오는 것 같은 기척에 거듭 실망만 하다가 우리의 희망도 마침내 다 사라지고 말았다. 내 친구들은 그가 모습을 드러내지 않은 것에 그다지 크게 걱정스러워하지 않았다. 그들은 이 연극을 내일로 미루는 것이 좋지 않겠느냐, 내일이면 아마도 그가 나타나 이 초조한 궁금증을 완전히 해소해 주지 않겠냐고 했다. 분명 걱정할 필요가 없는 일이 갑자기 생겨서 약속을 지키지 못하고 있는 게 틀림없고, 아침이 되면 만족스러운 해명을 들을 수 있을 것이라고 그들은 믿었다.

그가 모습을 나타내지 않아 내가 얼마나 실망했는지 쉽게 짐작이 갈 것이다. 나는 눈물을 감추려고 고개를 돌렸다. 나는 그 자리에서 뛰쳐나와 혼자서 아무런 방해 없이, 눈치를 볼 필요도 없이, 마음껏 그를 책망했다. 내 가슴은 억울함과 슬픔으로 터질 것만 같았다. 화도 치밀었다. 그러나 내 분노는 플레옐만을 향한 것이 아니었다. 마음 깊은 곳에서 나는 나 자신의 잘못을 나무랐다. 이렇게 화사하게 차려입은 것은 헛고생이 되고 말았고, 이렇게 하여 내 황금빛 꿈은 공기 중으로 사라지고 말았다.

플레옐이 내 연인이 되기를 얼마나 행복하게 꿈꾸었던가! 그가 진정 내 연인이었다면, 그 어떤 장애가 앞을 가로막고 있다 한들, 그가 내게 오는 것을 막을 수 있었을까? 이 아둔한 사람 같으니라고, 하고 나는 내 자신을 나무라며 울부짖었다. 넌 행복을 가지고 장난을 치고 있었어. 네게 주어진 행복을 걷어차는 오만함과 실수를 저지르고 있었던 거라고. 그래. 나도 이제부터는 내게 주어진 행복은 그 누구도 아닌 나 자신만을 위해 챙길 거야.

이 실망감이 가져다준 괴로움 때문에 나는 이성적이거나 올바른 판단을 할 수 없었다. 플레옐이 내게 마음을 두고 있다고 믿었던 모든 근거가 다 사라져 버리는 듯했다. 나는 너무나 빤한 착각에 빠져 이런 그릇된 생각을 갖게 된 것 같았다.

나는 사소한 변명을 대고 예정한 것보다 훨씬 일찍 집에 돌아오고 말았다. 잠자리에 일찍 들기는 했으나 잠을 잘 생각을 한 것은 아니었다. 나는 창가에 앉아 깊은 생각에 잠겼다.

온통 나를 지배했던 미움과 원망의 감정은 어느 정도 사그라졌다. 대신 이번에는 낙담하는 마음이 들었지만, 그 낙담의 원인은 나의 최근 행적이었다. 사람의 판단력을 흐리고 사람으로 하여금 엉뚱한 생각을 품게 하는 그런 열정의 감정은 분명 혐오해 마땅한 것이었다. 내가 무슨 권리로 그가 와 주기를 기대했단 말인가? 나는 마치 플레옐의 행복에 무관심한 사람처럼 행동하고, 내 마음을 다른 사람에게 준 것처럼 행동하지 않았던가? 그가 모습을 드러내지 않기로 한 이유는 사랑 때문인지도 모른다. 그가 오지 않은 것은 바로 그가 내 사랑을 원하고 있다는 증거라고 생각하고 있었으므로. 나와 함께 있는 자리에서 내가 자기에게 냉정하게 대하거나 외면하는 모습을 보면 절망감을 느끼게 될 것이기 때문에 그는 오지 않았던 것이다. 나는 왜 이렇게 겉과 속이 다른 행동을 하거나 내 진심을 자꾸만 숨기려 들어서 나 자신은 물론 플레옐까지도 괴로움에 시달리게 하는 걸까? 왜 직접 그와 담판을 지어서 내 진심을 확인시켜 주지 않는 걸까?

믿기 어렵겠지만, 나는 이런 후회를 하며 당장 내 마음을 고백하는 편지를 쓰려고 잠자리에서 불을 켜기 위해 일어났다. 그런데 다시 생각해 보니 그것은 너무나 경솔한 행동이었고, 내가 무슨 나약한 마음에 잠시나마라도 그런 생각을 했나 싶었다. 그런 종류의 고백은 용서받지 못할 비난거리가 될 뿐 아니라, 나 같은 여자의 품위나 내 마음을 온통 사로잡고 있는 열정에도 아무 도움이 되지 않는다는 것을 분명하게 깨달았다.

나는 다시 자리에 앉아 플레옐이 왜 오지 못했을까, 생각해 보았다. 플레옐이 그 자리에 참석할 수 없도록 발목을 잡았을 만한 모든 가능성을 다 생각해 보았다. 내가 어렸을 때 플레옐과 캐서린과 어떤 놀이를 하려고 했다가, 그가 오지 않아 무척 속이 상했던 적이 있었다. 그러나 그때 플레옐은 강에 빠져 거의 익사할 뻔해서 오지 못했었다. 그가 나타나지 않아 그때와 같이 우리를 실망시킨 것은 이번이 두 번째였다. 혹시 나 같은 원인으로 오지 못한 것은 아닐까? 그는 (뉴)저지에서 필요한 물건을 사려고 강을 건널 계획을 하고 있지 않았던가? 저녁을 먹을 시간까지는 집으로 돌아오기로 예정했는데 어떤 사고가 난 것인지 모른다. 나는 경험을 통해 카누는 안전하지 않다는 것을 아는데, 플레옐이 유일하게 사용하는 배가 바로 카누였고, 나 역시 선천적으로 물을 싫어했다. 이런 상황을 종합해 볼 때 이 추측은 상당히 타당성이 있었다. 하지만 이런 사고가 정말 일어났다면, 우리 오빠에게 신속하게 그 소식이 왔을 거라는 데 생각이 미치자 이 걱정은 사라졌다. 하지만 이 생각이 주는 위안도 잠시뿐이었다. 사고가 실제로 났는데, 그 가족이 아직 사고 소식을 통보받지 못했을 수도 있지 않은가 하는 생각이 들었기 때문이다. 결국은 물살에 실려 해안에 떠밀려온 끔찍한 시신을 발견하고서야 그가 죽은 사실을 처음으로 알게 될지도 모른다.

이렇게 하여 나는 또 그 반대의 추측으로 괴로워했고, 나 자신이 지어낸 괜한 걱정으로 괴로워했다. 항상 이런 식은 아니었다. 나는 내가 우매함의 제물이 된 날을 기억한다. 아마 그것은 내가 치명적인 열병에 걸렸던 날과 때를 같이했을 것이다. 내가 절대 예찬할 수 없는 그 열병은 재앙의 씨앗이 되어 행복을 앗아가 버리고 때 이른 무덤을 파게하는 위력을 가진 것이었다.

내 정신 상태가 이렇다 보니 자연스럽게 한 인간이 피할 수 없는 모든 위험과 근심걱정에 대한 생각이 꼬리를 물고 이어졌다. 그리고 굳이 애쓰지 않아도 아버지의 파란만장했던 삶과 불가해한 최후에 대해 깊이 생각해 보게 되었다. 나는 아버지에 대한 기억을 소중히 간직하고 있었고, 아버지의 생애에 관련된 유물은 하나도 빠짐없이 모두 정성을 다해 보관하고 있었다. 이 가운데는 아버지가 자신의 삶을 회고한 내용이 담긴 원고도 포함되어 있었다. 그 책은 절대 남에게 읽어보라고 권하고 싶을 만큼 문장력이 빼어난 것도 아니고, 그 저자와 내가 부녀지간이라는 사실 때문에 그 원고가 특히 내게 소중했던 것도 아니다. 그 글에는 꾸밈없이 아름다운 소박함이 있었다. 그 책이 내 소장품 가운데 가장 소중한 이유는 다양한 사건들과 그에 대한 설명, 그리고 한 인간의 행동

양식과 열정을 묘사한 자료로서 그것이 지니는 본질적인 중요성 때문이었다. 늦은 시각이었지만 자려고 해도 잠이 올 것 같지도 않고 해서 나는 그 원고를 찬찬히 한번 읽어보기로 마음먹었다.

이렇게 하려면 불이 있어야 했다. 하녀는 이미 자기 방으로 가고 없었기 때문에 혼자서 불을 마련해야 했다. 등에 불을 붙일 수 있는 도구는 부엌에 가야만 찾을 수 있었다. 거기 가서 불을 가져오려고하다가 가만 생각하니 불은 단지 책을 읽는 데 필요할 뿐이었다. 나는 그 글이 책장 어느 지점에 있는지 알았다. 그것을 찾아 부엌으로 내려가든지, 아니면 우선 등불을 먼저 준비하는 것은 크게 중요한 문제 같지 않았다. 책부터 먼저 찾는 게 좋겠다는 생각에 나는 자리를 떠나 서적과 문서들을 보관한 벽장 쪽으로 갔다.

그때 갑자기 이 벽장 속에서 일어난 일이 기억났다. 자정이 가까워지고 있는지, 이미 지났는지, 알지 못했다. 지금 나는 그때와 마찬가지로 혼자였고, 무방비 상태였다. 쥐 죽은 듯한 자연의 정적과 더불어 바람은 마치 내 귀에 좔좔거리는 폭포수 소리처럼 들렸다. 이 소리는 소나무 잎 사이를 스치는 바람이 내는 침통하고 고혹적인 소리와 어울렸다. 그 알 수 없는 대화에서 오간 말들, 그 단어들의 무시무시한 의미, 그리고 내가 공포에 질려 혼비백산했던 일 등이 주마등처럼 뇌리를 스쳐 지나갔다. 내 발이 휘청거려 잠시 자세를 회복하려고 멈추어야 했다.

가까스로 몸을 추스른 나는 벽장을 향해 다가갔다. 자물쇠에 손을 대긴 했지만 내 손가락에는 힘이 다 빠지고 없었다. 떨쳐 버릴 수 없는 두려움이 새롭게 밀려왔다. 문득 저 벽장 속에 어떤 존재가 사악한 의도를 품고 숨어 있으리라는 생각이 뇌리를 스쳤다. 이러한 두려움과 씨름을 하기 시작하다가 문득 벽장문을 열기 전에 불을 먼저 가져오는 게 당연하다는 생각이 들었다. 나는 몇 발자국 물러났다. 하지만 방문에 다다르기도 전에 또다시 내 생각은 다른 방향으로 흘렀다. 조금이라도 몸을 움직일 때마다 거의 반사적으로 가슴이 조여드는 것 같았다. 나는 나 자신의 나약함이 수치스러웠다. 더구나 불이 있다고 해서 내게 무슨 도움이 될 것인가?

나는 내가 두려워하고 있는 대상이 구체적으로 뭔지 알지 못했다. 나를 집요하게 따라다니며 괴롭히는 그 허깨비가 무엇으로 이루어졌으며 어떤 형태를 하고 있는지 말로 설명도 할 수 없었다. 이 눈에 보이지 않는 무서운 존재에 대해 내가 알고 있는 것은 겨우 그것이 초자연적인 능력을 발휘할 수 있다는 것, 그리고 격한 감정을 품고 내 목숨을 노리고 있다는 정도에 불과했다. 이 원수는 어디든지 가지 못하는 곳이 없었다. 이 원수의 활약 무대가 어느 특정 지역에 한정되어있더라도 그 경계가 어딘지 나로서는 도무지 헤아릴 수 없는 것이었다. 하지만 나는 이 적과 한패인 어떤 자에게서 강둑 주변의 별장 외에 모든 곳은 위험하지 않다는 말을 듣지 않았던가? 나는 다시 벽장으로 돌아와 자물쇠에 손을 대었다. 아, 그때 들려온 너무나 무서운 비명소리! 그 소리가 닿기 전에 내 귀가 감각을 잃었더라면! 그 소리는 내 인지력을 억누를 뿐만 아니라, 마치 강철 모서리로 내 신경을 강타하는 것 같았다. 또한 내 뇌의 모든 조직을 산산조각내고 뼈를 깨부수는 것 같았다.

귀청을 찢을 듯한 그 고음의 비명은 어쨌든 인간이 지르는 소리였다. 더할 나위 없이 분명한 어조였다. 소리를 지른 자의 숨결이 내 머리카락에 닿지는 않았지만, 상황을 종합해 볼 때 그 소리를 내뱉은 입술이 분명 내 어깨에 와 닿았다는 확신이 들었다.

이 가공할 만한 경고의 목소리는 마치 혼을 쥐어짜듯, 모든 힘을 다 공포와 열성으로 바꾼 듯한 어투로 외쳤다. "멈추라! 멈추라!"

나는 후들후들 떨리는 몸을 날려 즉시 벽에 기댔고, 반사적으로 고개를 뒤로 돌려 침입자가 누군지 알아보려 했다. 달빛이 각 창문으로 흘러들어 방 구석구석을 환하게 비추었지만, 아무것도 보이지 않았다.

그 경고는 인위적으로 계산된 것이라고 하기에는 말 사이 간격이 너무나 짧았다. 나는 그 소리가 나온 쪽을 세심히 살펴보았다. 만약 사람이 거기 있었다면 눈에 띄지 않을 리 있을까? 내 감각 가운데 어느 감각이 이처럼 치명적인 환상을 일으킨 것일까? 그 소리로 받은 충격은 내 전신 곳곳에 여전히 느껴졌다. 그러므로 이 소리는 실제로 난 소동이었다고밖에 할 수 없었다. 하지만 내가 분명 그 소리를 들었고, 그 소리를 낸 작자는 내 오른쪽 귀가 있는 방향에 있는 것이 분명한데도, 침입자는 전혀 내 눈에 띄지 않았다.

그 순간 내 정신 상태는 말로 표현할 수 없다. 내 모든 감각기능이 충격으로 마비된 듯했다. 온몸이 후들거리고 피가 엉겨 붙었다. 내가 의식할 수 있는 것은 격렬하게 반응하는 내 감각뿐이었다. 이런 상태가 계속되게 할 수는 없었다. 갑자기 높이 치솟았다가 서서히 잦아드는 파도처럼 내 혼란스러운 마음도 서서히 진정되었고, 놀란 가슴도 점차 차분히 가라앉았다. 나는 정신을 차렸고, 움직일 수 있었다. 발을 떼어 방 한가운데를 향해 걸어갔다. 위로, 뒤로, 그리고 양 사방으로 뚫어지게 바라보았다. 만족스러운 결과는 전혀 찾을 수 없었다. 그때 이런 생각이 들었다. 지금은 내 눈에 띄지 않으려고 숨어있지만, 조만간 원래 먹었던 마음을 바꿀지 모른다. 그래서 다시 한번 더 살펴보면 분명하게 내가 알아볼 수 있게 될지도 모른다.

 혼자 있다 보면 온갖 공상의 고리가 더 쉽게 풀어지는 법이다. 희미한 달빛은 칠흑 같은 어둠보다 어둑어둑한 형상들을 더 많이 어지럽게 만들어낸다. 당시 나는 혼자였고, 벽에는 그림자가 빚어낸 온갖 형상이 어른어른했다. 달이 구름 뒤로 숨었다가 다시 그 모습을 드러내자 이 형상들은 마치 생명을 얻은 듯 움직여 댔다. 열린 창문으로 바람이 솔솔 불어와 커튼이 제 자리에 있지 않고 나부끼며 펄럭펄럭 소리를 냈다. 나는 주변을 두리번거리며 움직이는 기척과 더불어 소리가 날 때마다 귀를 쫑긋 기울였다. 나를 지켜보고 있는 자가 가까이 있으며, 힘이 센 사람이라고 믿고 있던 나는 즉각 이런 모습들을 그가 있다는 증거로 받아들였지만, 여전히 내가 식별할 수 있는 것은 아무것도 없었다.

 마침내 예전에 있었던 일을 되새겨 볼 여유를 찾았을 때, 제일 먼저 떠오른 생각은 방금 들은 목소리가 여름 별장에서 잠들었을 때 꿈에서 들은 그 소리와 유사하다는 것이었다. 우리에게는 실체와 그림자, 현실과 꿈의 환영을 분간 지을 수 있는 인식 수단이 있다. 구덩이, 나에게 오라고 하던 오빠의 손짓, 내 팔을 잡은 그 힘, 뒤에서 들린 목소리, 이런 것들은 분명 허구였다. 이런 일들이 내가 자고 있을 때 일어났음은 내 인식 수단을 통해 입증되었고, 똑같은 인식 수단에 따르면 이번에는 내가 깨어 있음이 분명하지만, 그 말과 목소리는 동일했다. 그 당시 나는 그 위험의 존재를 전혀 모르는 사람처럼 생각하고 행동하는 가운데 불가해한 개입으로 내가 위험에 처해 있음을 알게 됐다. 지금의 경우에도 내 인식과 내 행동은 그때와 똑같이 서로 상충되고 있지 않은가? 누군가가 나쁜 의도를 품고 벽장 속에 도사리고 있다고 믿으면서 실제로는 근거 없이 안전한 것처럼 행동하고 있지 않았던가? 내가 섣불리 행동하다가 화를 당하지 않게 하려고 이번에도 예전의 그 목소리가 제재하고 나선 것이었다.

내 꿈속에서 나를 파멸로 유혹하던 자는 우리 오빠였다. 내 앞길에 죽음이 도사리고 있었다. 지금 내가 어떤 화를 당하기 직전인 것일까? 이 벽장에는 무슨 사악한 짓이 숨어있는 것일까? 내가 감히 문을 열고 들어가면 숨이 끊어질 듯 내 목을 졸라댈 자는 누구일까? 천벌을 받아 마땅한 짓을 저지르려고 벽장 속에 숨어있는 자는 과연 누구란 말인가? 이런 생각 끝에 벽장 속에 숨어있는 사람은 바로 우리 오빠라는 생각이 번뜩 떠올랐다.

아니다. 상처를 주는 것이 아니라 보호를 해 주는 것이 오빠의 도리다. 기이하고도 끔찍한 두 얼굴의 키메라여! 하지만 이는 갑작스럽게 사라지지 않을 것이다. 내가 두려워하던 것이 무엇이었는지 이렇게 깨닫게 해 준 그 목소리는 분명 범상한 존재에게서 나온 목소리가 아니었다. 나를 해치려 노리고 있는 자는 현재만 생각하고 뒷일은 생각하지 않는 것이 틀림없었다. 생명은 소중한 것이다. 그것을 내가 포기하고 싶은 생각은 없었다. 나는 본능적으로 내 목숨을 지키고 싶었고, 그것이 인간으로서 지켜야 마땅히 지켜야 할 도리이기도 했다. 내 목숨이 위태로운 상황에서 어떻게 떨리지 않을 수 있겠는가? 하지만 나를 해치려는 손이 오빠의 손이라면 나는 어떤 감정에 사로잡힐까?

내 머릿속에 들어 있는 생각은 상식으로는 설명할 수 없는 것이었다. 나는 왜 우리 오빠가 내 원수라는 꿈을 꾼 것일까? 내 운명의 불길한 징조에 대해 미리 경고를 받은 것이 아니고서야 왜 그랬겠는가? 하지만 그것이 내게 무슨 도움이 되었던가? 그것은 내게 주어진 불행을 견뎌낼 수 있거나, 혹은 이를 피할 수 있도록 조심하게 해 주었는가? 지금 내가 이런 생각을 하게 된 것은 의심의 여지없이 이러한 사건들과 꿈에서 일어난 일들 사이에 존재하는 희미한 유사성 때문이었다. 분명 내 행동을 좌지우지하는 것은 격앙된 감정이었다. 벽장 속에 흉악범이 숨어 있다는 생각이 들었을 당시, 나는 거기에 맞서 싸울 생각을 했다. 그 전까지는 그것이 내게서 나온 당연한 반응이었다. 지금 만약 내가 이 생각에만 빠져 있다면, 똑같은 충동을 경험했을 것이다. 하지만 이번은 경우가 달랐다. 그 목소리의 경고를 통해 나는 벽장 속에서 나쁜 짓을 꾸미고 있는 자가 틀림없이 오빠라고 믿고 있었다. 이런 믿음은 내 공포나 내 위기감을 경감시키지 못했다. 그렇다면 벽장으로 다가가 자물쇠를 다시 열어보지 그래? 이런 결심이 생긴 나는 즉시 이를 행동으로 옮겼다.

문은 가벼운 재질로 만들어졌다. 단순한 구조로 된 열쇠는 쉽사리 떨어져 나갔다. 문은 방 쪽을 향해 열리게 되어 있고, 대개는 내가 별로 힘을 주지 않아도 풀면 경첩에 연결된 상태에서 쉽게 움직였다. 그런데 이번에는 어찌 된 일인지 힘을 주어야 했다. 문을 잽싸게 열 작정이었는데, 어쩐지 힘을 주어도 효과가 없었다. 문이 열리지 않았다.

다른 때 같았으면 이런 일이 있어도 별로 이상한 생각이 들지 않았을 것이다. 어디에 뭐가 걸렸거나 몇 번 더 힘을 주면 해결될 거라고 생각했을 것이다. 그러나 지금 내가 추측할 수 있는 가능성은 단 한 가지뿐이었다. 어떤 인간의 힘이 문이 열리는 것을 막고 있다는 것이었다. 두말할 필요 없이 이것은 내게 새로운 두려움의 원인이 되었다. 이것으로 내가 해야 할 행동이 무엇인지 분명해졌다. 망설여야 할 이유가 다 사라졌다. 이 마당에 내가 방이며 집이며 다 팽개치고 도망갔으리라는 추측 외에 무슨 다른 추측을 할 수 있겠는가? 최소한 문을 열려는 시도를 더는 하지 않았으리라는 추측 외에는?

내 행동은 극도로 흥분한 상태에서 나온 것이었다고 내가 말했던가? 한동안 내 이성은 내가 한 결심대로 하라고 떠밀기도 하고, 내 결심이 흔들리게도 했다. 나는 문을 열려는 시도를 다시 재개했다. 전력을 다해 장애물을 이겨보려고 했지만 소용이 없었다. 그 문이 열리지 않게 잡고 있는 힘은 내 힘보다 훨씬 우위였다.

그냥 아무 생각 없이 이 광경을 구경하는 사람이라면 이 대담한 행동에 찬사를 보냈을지도 모른다. 위험에 고집스레 저항하는 습관이 아니면 그런 집념이 어디에서 나올 수 있었겠는가? 나는 이미 그 원인에 대해 내가 할 수 있는 최대한 분명하게 확신하고 있었다. 우리 오빠가 그 속에 들어 있으리라는 광적인 생각, 내가 문을 열고자 하는 시도에 강하게 저항하고 있는 사람이 오빠라는 생각은 이미 내 마음속에 깊이 뿌리를 내리고 있었다. 모든 시도가 허사로 돌아가자 이번에는 고함을 지르기로 마음을 먹었으니, 너는 내가 얼마나 집요하게 설쳤는지 이해가 갈 것이다. 분명 나는 제정신이 아니었다.

나는 내 운명의 위기에 도달해 있었다. "문 여는 것을 방해하지 마!" 하고 나는 소리를 질렀다. 그 목소리에는 두려움보다 애조가 더 깔려 있었다. "난 널 잘 알고 있어. 밖으로 나와. 하지만 나를 해치진 말아 줘. 제발 부탁할게, 나와 줘."

나는 자물쇠에서 손을 떼고 문에서부터 몇 발자국 뒤로 물러났다. 내가 그 말을 내뱉기가 무섭게 경첩에 달린 문이 활짝 열리더니 벽장 속이 내 시야에 펼쳐졌다. 그 안에 있는 자가 누구든, 그는 완전히 어둠에 가려져 있었다. 잠시 침묵이 흘렀다. 내가 뭘 기대해야 할지, 내가 두려워해야 하는 건지, 나는 알지 못했다. 내 눈은 그 구석진 곳에서 떨어질 줄 몰랐다. 그때 깊은 한숨 소리가 들렸다. 그 소리가 들려 온 부분을 뚫어지도록 살펴봤다. 그 구석의 깊은 끝부분에서 누군가가 나에게 다가왔다. 즉시 인간의 형상임을 알아차렸다. 그 걸음은 힘이 없고 느렸다. 그것이 다가올 때 나는 오금이 저렸다.

그 형상이 방까지 마침내 나오자 나는 그를 뚜렷이 알아볼 수 있었다. 내가 예상했던 인물이 전혀 아니었다. 모습을 드러낸 사람은 이 시각에 이런 곳에서 만나게 되리라고는 전혀 예상치 못했던 얼굴이었다. 놀라움은 곧 두려움으로 바뀌어 나를 짓눌렀다. 이 구석진 곳은 살인마들이 숨어 있었던 곳이다. 어떤 신성한 목소리가 이 순간 나를 기다리고 있는 위험을 경고했다. 나는 그 위협을 무시하고 나의 원수에게 정면으로 도전했다.

나는 카윈의 불가해한 얼굴 표정과 베일에 가려진 성격을 기억했다. 가증스러운 의도가 아니고서야 무슨 의도가 있어 그의 발걸음이 여기까지 그를 오게 했을까? 나는 혼자 있었다. 나는 밤늦은 시각, 침실이라는 장소, 그리고 계절의 온화한 기온에 맞는 옷차림을 하고 있었다. 그 어떤 도움도 멀리 떨어져 있었다. 그는 나와 문 사이에 서 있었다. 격렬한 불안감에 전신이 떨렸다.

하지만 나는 나 자신에 대한 통제력을 완전히 상실하지 않았다. 나는 열심히 그의 얼굴을 살펴보았다. 그의 표정은 무거웠고, 동요한 기색이 있었다. 어떤 마음의 동요로 이런 짓을 하게 된 것인지, 불빛이 충분치 않아 알아낼 수 없었다. 그는 가만히 서 있었지만, 눈동자는 여기저기로 왔다 갔다 했다. 그 무시무시한 눈이 내게 꽂힐 때 나는 움츠러들었다. 마침내 그가 침묵을 깼다. 그의 목소리에는 수치스러움보다는 간절함이 들어 있었다. 그는 내게 다가오며 말했다.

"조금 전 당신에게 말을 한 것은 무슨 목소리였소?"

그는 내 대답을 기다리느라 잠시 말을 멈췄다. 그러나 내가 안절부절 못하고 있는 모습을 보고는 다시 예전과 다름없는 무거운 목소리로 말을 했다.

"두려워하지 마시오. 그자가 누구였든지 간에 그는 당신에게 은혜를 베풀었소. 그 목소리가 아는 사람의 목소리였는지 내가 물어볼 필요는 없소. 그 소리는 인간의 장기가 낼 수 있는 소리가 아니었으니까. 그 목소리는 불가사의한 방법으로 벽장 속에 누가 들어 있는지 알고 당신에게 경고할 수 있었으니까.

당신은 내가 거기 있는 줄 알았소. 당신은 그가 뭘 의도하고 있는지 몰랐소? 그 힘은 이런 사실은 물론 저런 사실도 알려줄 수 있었소. 이것을 알고도 당신은 버티었소. 참 대담한 여자! 아마도 당신은 그가 당신을 지켜줄 것으로 믿었겠지. 그렇게 확신하는 것이 맞았소. 이런 도움이 당신 가까이 있으니, 당신은 나에 대해 안심해도 되오.

그는 내 영원한 원수이며, 내가 최선을 다해 꾸며내는 음모를 무산할 수 있는 자요. 당신은 그의 개입으로 두 번 구원을 받았소. 그자가 아니었다면, 나는 벌써 당신의 정조를 더럽히는 짓을 하고 말았을 것이오."

그는 이전보다 더 뚫어지게 나를 바라보았다. 나는 계속해서 내 안전이 더더욱 염려되었다. 당장 이 방에서 나가 주든지, 아니면 내 손으로 직접 쫓아내게 하든지 하라고 겨우겨우 어렵게 말을 더듬으며 간청했다. 그는 내 간청을 묵살하고 더욱 무덤덤한 태도로 말을 이었다.

"당신은 뭘 두려워하고 있소? 당신은 안전하다고 내가 말하지 않았소? 당신이 분별 하여 신뢰를 준 그자도 그걸 당신에게 확신시키지 않았소? 내가 원래 의도한 행동을 실천에 옮긴들, 당신이 무슨 피해를 보겠소? 당신은 선입견 때문에 그걸 강간이라고 부르겠지만, 그것은 아무 근거 없는 일이오. 나는 당신의 명예를 위한다는 생각으로 이 일을 저질렀고, 그 때문에 내 행동이 정죄될 것이오. 하지만 그것이 무엇이었든, 당신은 이제 안전하오. 이 키메라[37]는 여전히 존중될 것이니, 나는 그것을 더럽히는 짓을 하지 않을 것이오."

그의 말이 지닌 어조와 몸짓은 나의 모든 용기를 깡그리 앗아가 버렸다. 나는 이렇게 겁쟁이같이 군 적이 단 한 번도 없었다. 나는 속수무책 상태였다. 내 운명은 완전히 이 자의 자비에 달려 있었다. 어디로 눈을 돌려봐도 도망갈 수 있을 만한 구석이 보이지 않았다. 이 상황에서 빠져나가게 해 줄 힘도, 재간도 없었고, 구슬려서 빠져나갈 만한 언변도 없었다. 나는 정조를 소중한 가치로 여겨왔고, 진실의 힘을 믿어왔다. 나는 진실의 힘은 어떤 장애도 극복할 수 있다고 자주 호언장담했다.

나는 지금까지 건전한 정신의 소유자에게는 어떤 나쁜 일도 결코 일어나지 않는다고 믿었다. 굳은 절개를 가진 자에게는 그 어떤 사악함도 물리칠 수 있는 힘이 있으며, 생명만큼이나 소중한 것은 그것을 빼앗으

---

[37] 키메라(chimera): 여기서는 처녀성, 순결을 의미한다.

려는 자를 죽임으로써 스스로 그것을 지켜낼 수 있다고 믿어왔다. 그런데 어찌하여 나는 이처럼 절망 같은 감정에 사로잡혀 허둥거리고, 우연의 힘으로 보호를 받거나, 침입자의 동정심을 사서 위기를 벗어나게 되기를 기대하는 처지가 되고 말았다는 말인가?

그가 한 말로 보아 그는 어떤 피해를 줄 의도가 있었다. 그런데 그는 자신의 뜻을 방해한 장애물이 나타났다는 말을 했고, 원래 품었던 의도를 포기했다. 이러한 것들은 크게 위안이 되지 않았다. 그가 여기 있는 한, 안전을 보장할 수 없었다. 내 옷차림, 그리고 그 시각과 장소를 생각했을 때 나는 공포와 절망에 사로잡혔다.

그는 말없이 생각에 잠겨 있었고, 내 상황에는 무관심했지만, 그래도 떠날 생각을 하지 않았다. 나 역시도 이제는 입을 닫았다. 내가 무슨 말을 할 수 있었겠는가? 이 상황에서는 이성이 별 힘을 쓸 수 없다는 확신이 들었다. 이 남자가 한 말에 내 안전을 기대해야만 했다. 그가 처음에 무슨 의도로 여기까지 왔든지 간에, 그는 이제 마음을 돌렸다. 그렇다면 왜 아직 가지 않고 이렇게 남아 있는 것인가? 그의 결심이 흔들릴지도, 그리고 말을 멈춘 몇 분 동안 원래 결심대로 마음을 바꿀지도 모를 일이었다.

그러나 이 남자는 우리가 한결같이 친절하게 대한 자가 아니었던가? 그의 고귀한 지성과 소양 때문에 우리는 그와 함께 있는 것을 너무나 소중히 여기지 않았던가? 가치의 유용성과 아름다움에 대해 수천 번이나 함께 이야기 나눈 자가 아닌가? 그런 사람을 왜 내가 두려워해야 하는가? 만약 이 만남이 이런 상황에서 이루어진 게 아니었다면, 아마도 나는 그의 말을 농담으로 받아들였을 것이다. 이때 그가 다시 입을 열었다.

"나를 두려워하지 마시오. 우리는 비좁은 곳에 있고, 가시적인 도움의 손길은 멀리 떨어져 있지만, 당신은 내가 무슨 짓을 할지 모른다고, 당신이 파멸 직전 상태에 놓여 있다고 믿고 있소. 그것은 당신의 근거 없는 두려움이오. 나는 손가락 하나로라도 당신을 해칠 수 없소. 내가 당신을 해치는 것을 막는 것보다 달이 흐르는 것을 막는 게 더 쉬울 것이오. 내가 조금이라도 당신의 안전을 해칠 생각을 품는다면, 당신을 보호하는 권력은 내 힘줄을 끊을 것이고, 순식간에 나를 잿더미로 만들어 버릴 것이오. 이제 외면적인 문제는 마침내 다 해결되었소. 이런 일이 벌어질 줄은 전혀 몰랐소. 당신에게 주어진 운명이 무엇인지 몰라도, 당신에게 경고를 해 준 그 존재의 눈이 지켜보고 있는 한, 당신이 가는 길에는 당신을 삼킬 구덩이도, 당신의 휘어잡을 올가미도 없을 것이오. 그 존재의 보호 아래 있는 한, 모든 계략이 좌절되고 모든 악의가 물리쳐지게 될 것이오."

이 말을 마친 뒤 그는 다시 입을 다물었다. 나는 여전히 몸짓, 표정, 그 어느 것도 놓치지 않고 지켜보고 있었다. 그의 얼굴에 깔린 잔잔한 심각함은 사라지고 새로운 표정이 나타났다. 이제는 두려움과 초조함의 표정이 가득했다.

"이제 나는 가야만 하오" 하고 그는 떨리는 목소리로 말했다. "내가 왜 여기 더 머물겠소? 나는 당신의 용서를 구하지 않겠소. 당신이 지금 공포를 떨쳐 버릴 수 없다는 것을 알겠소. 만약 당신이 용서한다면 그것은 공포 때문이지 동정심 때문은 아닐 것이오. 나는 이제 당신에게서 영원히 사라져야 마땅하오. 당신의 순결을 짓밟을 음모를 꾸민 자는 당신과 당신의 친구에게 벌을 받아 죽어 마땅하오. 나는 나 스스로 끝없는 망명의 길에 오르는 비운의 처벌을 내리겠소."

이 말을 마친 뒤 그는 서둘러 방을 떠났다. 나는 그가 계단을 내려가 바깥 문 빗장을 열어젖히고 밖으로 나가는 소리를 귀 기울여 들었다. 달빛이 있어 그가 사라지는 것을 눈으로 확인할 수도 있었지만, 그렇게 하지 않았다. 그가 마침내 사라져 안심이 되었지만, 두려움에 떠느라 지친 나는 의자에 털썩 주저앉았고, 이런 일을 겪으면 누구라도 그러하듯이 혼란한 생각에 온통 사로잡혔다.

Chapter X

나는 쉽사리 제정신을 차릴 수 없었다. 그 목소리는 여전히 내 귓가에 울리고 있었다. 카원이 내뱉은 말 한 마디 한 마디가 모두 내 기억 속에 생생히 남아 있었다. 예기치 못한 침입, 침입자가 그였음을 알았을 때 받은 충격, 서둘러 떠난 모습, 이 모든 것이 말할 수 없이 마음을 어지럽혔다. 나는 좀 더 찬찬히 생각을 정리해 보려고, 이제는 고통스럽기까지 한 이 혼란을 진정시켜 보려고 애썼지만, 아무 소용없었다. 생각을 입으로 내뱉거나 정리할 기력도 없이 나는 손으로 눈을 가린 채 한참 앉아 있었다.

그렇게 홀로 남은 상태에서 몇 시간을 보낸 것 같다. 나는 내 신상이 위험하다는 생각으로 평정을 잃지 않았고, 나 자신을 방어하려고도 하지 않았다. 무엇이 아버지의 원고를 읽어봐야겠다는 생각을 하게 했었지? 만약 원고를 읽을 생각 대신 침대로 가서 그냥 자 버렸더라면 어떤 운명이 나를 기다리고 있었을까? 분명 들키지 않게 숨소리조차 죽이고 있었던 괴한은 내가 잠든 것을 알아차렸을 것이고, 나는 공포에 사로잡힌 채 일을 당하고, 나 자신을 혐오하게 되었을 것이다. 내가 어떤 위기에 처했는지 전혀 모를 수 있지 않았을까? 그런 치명적인 범행을 당하고도 아무 일 없듯이 잤을 수도 있지 않았을까?

그리고 나를 파괴하겠다고 위협한 자는 누구였던가? 어떤 방법으로 그는 이 벽장 속에 숨을 수 있었다는 말인가? 분명 그는 비상한 능력을 타고났음이 틀림없다. 내가 사전에 경고를 받은 위험한 자는 바로 카윈이었다. 나는 거의 매일같이 그를 만나고 이야기를 나누었다. 그 무엇으로도 그를 가리고 있는 이중성의 베일을 뚫고 속을 들여다볼 수 없었다. 나를 위협하고 있는 이 악랄한 범행의 주인공이 누굴까 추측하느라 정신이 없는 와중에 단 한 순간도 그가 범인이라는 생각을 떠올리지 못했다. 그렇지만 그는 스스로 내 원수라고 고백하지 않았는가? 나쁜 짓을 계획하지 않았다면 그가 왜 여기 있었겠는가?

그는 이번이 자신의 두 번째 시도라고 털어놨다. 그 전에 한 범행은 어떤 것이었단 말인가? 내가 들은 목소리는 그가 아니었던가? 내가 속은 것일까, 아니면 내 목을 비틀어 단번에 내 목숨을 끊어 놓고 말겠다던 그 목소리와 이 남자의 목소리 사이에는 희미한 유사성이 존재하고 있지 않은가? 그렇다면 범행 동료가 있다는 말인데, 지금 그는 혼자였다. 그때 그가 의도하는 것은 살인이었지만, 지금 그가 의도한 것은 죽는 것보다 더 끔찍한 범행이었다. 여기에 개입해 나를 구해준 그 힘은 얼마나 고마운가!

그 힘은 눈에 보이지 않는다. 그것은 내 감각 가운데 하나가 어떻게 인지하느냐에 달린 문제다. 그것의 본질이 무엇인지 어떤 방법으로 알아낼 수 있단 말인가? 그 힘은 나에게 소중한 모든 것을 파괴하려는 카윈의 가증스럽기 짝이 없는 범행 시도를 막으려 나섰다. 그의 손아귀에서 나를 구해 줄 사람은 아무도 없었다. 나는 경솔한 행동으로 이 작자로 하여금 자신의 범행을 오히려 더 서두르도록 했고, 그가 생각해 볼 여유조차 빼앗아 버렸다. 나는 그가 회개하고 충동을 억누를 가능성조차 그에게서 빼앗았다. 내가 그 위험을 인식했더라면, 도망가려는 내 시도가 불가능함을 알아차렸을 것이다. 내 눈에 보이지 않는 보호자도 그것을 우려한 것 같다. 그러지 않고서야 왜 나보고 벽장문을 열지 말라고 간청을 했겠는가? 무슨 가당치도 않은 미친 생각으로 나는 일을 저지르고 만 것일까?

하지만 내가 한 행동은 현명한 것이었다. 내 이런 잘못을 알아차리지 못한 카윈은 내가 다 알고 그런 행동을 취한 것으로 생각했다. 그는 사전에 발각된 것으로 믿었고, 그렇게 발각된 것은 천상적 존재인 '나의' 친구이자 자기에게는 원수인, 그자만이 할 수 있는 것이라고 믿었기 때문에 그렇게 겁을 먹은 것이다.

그는 이 존재의 본질과 의도를 알고 있다. 행여 그는 인간일지도 모른다. 하지만 그렇게 가정하면, 그가 해낸 일은 정말 가공할 만한 것이다. 그는 왜 나를 자신의 보호 대상으로 선택한 것일까. 행여 그가 보통 사람이라면, 서로 도움을 주고받는 사이 나를 사랑하게 된 그 누구인 것으로 내가 알아차리지 않았을까? 그는 얼마나 오랫동안 어느 한계까지 나를 보호해 주는 것일까? 나는 신의 자비에 따라 이 운명을 타고난 것일까? 인간의 능력으로 내가 받은 것보다 더 강력하고 무한히 자애로운 영적 존재의 증거를 받을 수 있을까?

하지만 그의 공범은 과연 누구였을까? 카윈과 한패가 되어 음모를 꾸민 그 목소리는 내게 여름 별장을 피하라고 경고했다. 내 안전이 위협받는 유일한 곳이 그곳이라고 일러주었다. 그런데 지금 알고 보니 그 경고는 그릇된 것이었다. 그의 경고에는 속임이 없었던가? 그의 약속은 정말 무효인 것일까? 아마도 내가 다시는 그곳을 찾지 못하도록 막아서 어떤 목적을 달성한 건지도 모른다. 이 경고가 독단적이고 범죄 목적이 아니고야 왜 내게 그 문제에 대해 다른 사람에게 입을 다물라고 했겠는가?

거기 가는 데 익숙한 사람은 나 말고는 없었다. 그곳은 뒤쪽으로는 바위에 가려 먼 곳에서 보이지 않고, 앞쪽으로는 우거진 초목과 삼나무 가지에 가려 아무것도 보이지 않는 곳이었다. 이보다 더 비밀이 보장되는 아지트가 어디 있겠는가? 옛날 그곳은 순수하고 즐거움이 가득 찬 곳이었다. 어린 시절의 추억, 그리고 미래에 대한 가슴 벅찬 상상으로 가득 찬 신성한 서원 같은 곳이었다. 이 이방인의 불길한 발길이 닿은 이래 그곳은 너무나 끔찍한 곳으로 뒤바뀌고 말았다. 아마도 그곳은 이제 그가 명상하는 곳이 되었는지도 모른다. 빛을 막고 순수함을 더럽힐 궁리를 하는, 그런 끔찍한 의도가 거기서 싹을 틔우고, 길러지고, 무르익는 것인지도 모른다.

이러한 생각이 그 밤 온통 내 머릿속에서 빙빙 돌며 나를 괴롭혔다. 나는 카윈이 있는 자리에서 이루어진 모든 대화를 되새겼다. 이제까지 그가 보여준 행동과 한 말에서 그의 과거 행적과 그의 본래 모습을 추론해 보려고 애썼다. 벽장 속에서 들린 대화 내용을 이야기해 주었을 때 그가 한 말도 곰곰이 되씹어 보았다. 이렇게 해도 새롭게 집히는 내용은 없었다. 내가 이 이야기를 털어놨을 때 내 예상과는 달리 그는 별로 놀라지도 않았다. 내가 들은 목소리의 본질이 뭔지 자신의 의견을 분명하게 밝힌 적도 전혀 없고, 그 목소리들이 진짜인지 허깨비인지도 분명하게 결론짓지도 않았다. 그는 어떤 주의나 예방 조치를 취하라는 권고도 하지 않았다.

하지만 이젠 어떤 조치를 해야 할까? 나를 위협한 그 위험은 이제 끝난 것일까? 이제 아무것도 두려워하지 않아도 될까? 나는 혼자였고, 방어 수단도 없었다. 나는 이 사람의 의중을 짐작하지도, 그의 발길을 막을 수도 없었다. 그가 다시 제 목적을 채우려는 마음을 먹고, 즉시 그걸 위해 행동을 재개할 가능성은 얼마나 있는 것일까?

이 생각에 나는 다시 치를 떨었다. 나는 내가 혼자인 것이 너무나 후회스러웠고, 날이 밝기를 너무나 간절히 원하고 있었다. 하지만 이따위 후회와 불편한 심정은 문제를 해결하지 못했다. 처음에는 하녀를 불러서 내 침실에서 같이 밤을 보낼까 하는 생각도 했지만, 이렇게 한다고 해서 내 안전에 별로 큰 도움이 되지 않는다는 것은 너무나 뻔했다. 이 집을 벗어나 오빠 집에 갈까 하는 생각도 한번 들었지만 그 생각도 곧 포기했다. 그렇게 하기에 적절한 시간도 아니고, 내가 가면 사람들이 놀랄 것이며, 내가 이런 시각에 나타나면 사람들이 무슨 일이냐고 당연히 물을 텐데 그러면 설명도 해야 하고, 그리고 가는 길에 어떤 위험이 도사리고 있을지도 모르기 때문이었다. 더불어 나는 카원이 되돌아와 나를 추행할 가능성은 아주 낮다는 생각이 들기 시작했다. 그는 저 스스로가 자신의 원래 계획을 버렸고, 강요하지도 않았는데 스스로 떠났다. 분명 카원 같은 사람이 마음을 돌린 배후에는 전지전능한 힘의 영향이 있다고 나는 스스로 타일렀다. 그의 음모에서 나를 보호해 준 신성한 힘이 앞으로도 내 안전을 올바르게 지켜줄 것이다. 그러므로 내가 두려움에 굴복한다면, 나는 그런 일을 실제로 당해 마땅할 것이다.

이 말을 입 밖에 내놓기가 무섭게 발소리가 들려와 나는 화들짝 놀랐다. 발소리로 보아 누군가가 우리 집 앞마당으로 걸어오고 있었다. 조금 전 내가 품은 확신은 순식간에 사라져 버렸다. 나는 카윈이 떠난 것을 후회하고 서둘러 되돌아온 것이라고 생각했다. 내 안전이 염려되어 그가 되돌아왔다는 가능성은 내가 전혀 고려할 가치도 없는 것이었다. 또다시 살인과 폭력에 대한 두려움이 나를 휘어 감았고, 이에 따른 공포 때문에 몸이 뻣뻣하게 굳어져 나 자신을 방어할 그 어떤 조치도 취할 수 없었다. 나는 정신없이 본능적으로 자물쇠를 꽉 잠그고 침실 빗장도 걸어 잠갔다. 이렇게 한 뒤 나는 의자에 몸을 던졌다. 도저히 서 있을 수 없을 정도로 온몸이 벌벌 떨리고, 그 발소리에 온 신경이 집중되어 있어서 다른 신체 감각이 거의 얼어붙었기 때문이었다.

아래층 문의 경첩에서 삐걱거리는 소리가 들렸다. 문은 다시 잠기지 않고 열려 있었던 것 같았다. 발소리가 집에 들어와 현관을 지나 계단을 올라오고 있었다. 그가 떠나는 것을 직접 확인한 뒤 바깥문을 걸어 잠그지 않은 내 부주의가 얼마나 어리석은지! 그는 그것을 내 수호신이 나를 버리고 간 증거라고 믿고, 범행 의도를 더욱 굳힌 것은 아니었을까?

발소리가 계단을 올라 내 침실로 가까워질수록 나는 점점 더 깊은 절망의 나락으로 빠져들고 있었다. 나를 위협하고 있는 이 재앙을 나는 어떤 방법을 쓰든 피해야만 한다. 이런 상황에 처했을 때 당연히 취했어야 할 안전 조치를 나는 왜 생각하지 못했을까? 절박한 상황에서 가만히 잘 생각해 보면 누구나 똑같은 행동을 취하게 될 것이라고, 그리고 망설임 없이 자신이 할 수 있는 최선의 자기방어 수단을 선택할 것이라고 너는 생각할 것이다. 내 탁자 위에 주머니칼이 놓여 있었다. 나는 그 칼이 거기 있다는 것을 기억하고 그것을 움켜잡았다. 무슨 작정을 하고 그렇게 했는지 물어보지 않아도 너는 알 것 같다고 생각할 것이다. 내 마지막 방어 수단으로 그것을 쓸 작정이라고, 다른 모든 방법이 실패한다면, 강간범의 심장을 그 칼로 푹 찌를 작정이었다고 너는 금방 짐작할 것이다.

나는 사람이 하는 확고한 결심에 대한 모든 믿음을 다 버렸다. 그리하여 나는 좀 진정이 되었을 때 행동을 개시하기로 마음먹었다. 폭행을 당한 여자가 그 폭행을 당하기 전에 괴한을 죽이는 것이 아니라, 다른 방도가 없을 때 자살하는 그런 겁쟁이 같은 짓을 나는 치가 떨리게 싫어했다. 그러나 지금 상황에서는 이 칼로 나 자신을 파괴함으로써 침입자를 혼란스럽게 해서 그의 범행을 막는 데 이 칼을 쓴다는 생각 이외, 다른 용도를 생각할 수 없었다. 그런 상황에서 깊은 생각을 한다는 것은 불가능한 일이긴 했지만, 그처럼 머릿속에서 수많은 생각이 어지럽게 떠올라도 그 칼로 나 자신을 직접 방어해야겠다는 생각은 단 한 번도 해 보지 못한 것 같다.

이제 발소리는 위층에 다다랐다. 그 발이 계단에 닿을 때마다 의심의 여지없이 끔찍한 일이 곧 닥칠 것이라는 확신이 더더욱 굳어가고 있었다. 문이 단단히 잠겨 있다는 생각, 그리고 나와 위험 사이에 문이 있다는 생각에 약간의 위안을 받기도 했다. 나는 창문 쪽으로 눈을 돌렸다. 이것도 내 머리에 새로 떠오른 생각이었다. 만약 문이 지탱을 못 하고 뚫린다면 창문 밖으로 몸을 내던지겠다는 것이 내가 한 새로운 결심이었다. 그 높이에서 벽돌 바닥으로 떨어지면 분명 내 몸이 부서지겠지만, 나는 거기까지 생각하지 못했다.

그 발소리는 내 문 맞은편에서 멈추었다. 그는 내가 마음을 풀고 방심하고 있는지 엿듣고 있던 걸까? 불시에 나를 습격하려고 하는 것일까? 만약 그런 생각을 품고 있었다면, 왜 그처럼 소리를 내며 자신이 오고 있다는 것이 다 드러나도록 했을까? 이제 그 발자국이 다시 문을 향하고 있는 소리가 들렸다. 괴한이 자물쇠를 잡는 소리, 그리고 걸쇠를 잡아당기는 소리가 들렸다. 내가 문을 단단히 잠그지 않았다고 그는 생각하고 있었던 것일까? 그는 문을 열려고 살짝 밀었다. 마치 모든 빗장이 풀려 있어 약간만 힘을 주어도 문을 열 수 있다고 생각하고 있는 듯이.

그 소리를 즉시 나는 창문 쪽으로 후다닥 달려갔다. 카원은 근육이 단단하게 붙은 몸을 가지고 있었다. 그가 얼마나 엄청난 힘과 행동을 할 수 있는지 여러 기회를 통해 나는 익히 보아온 터였다. 그 힘을 조금만 써도 문은 쉽사리 부서질 것이다. 그는 힘을 쓸 것인가? 그럴 가능성은 너무나 확실했지만, 만약 이 문이 무너진다면, 그리고 그가 내 침실로 쳐들어온다면, 나는 창문 밖으로 뛰어내릴 결심이었다. 내 모든 신경이 이 생각에만 집중되어 있었다. 이제 언제라도 그가 쳐들어올 것을 예상하며 나는 문을 뚫어지게 지켜보았다. 잠잠한 상태가 계속됐다. 밖에 있는 자는 결단을 내리지 못하고 미동도 없이 서 있었다.

문득, 카원은 내가 도망간 것으로 생각할지도 모른다는 생각이 들었다. 아마도 내가 도망가지 않았으리라는 생각은 전혀 하지 않는지 모른다. 침실의 문은 잠겼는데 아래층 문은 잠기지 않은 것으로 이런 생각을 확신했음이 틀림없다. 계속 그가 그렇게 생각하도록 두는 게 현명한 처사가 아닐까? 내가 끽소리도 내지 않고 조용히 있으면, 다른 정황과 더불어 이런 믿음을 더 굳히고 다시 발길을 돌릴지도 모른다. 아무리 생각해 봐도 이게 제일 합리적이었다. 이 생각의 가닥을 굳히고 있을 때 나는 발소리가 내 문에서 멀어지고 있음을 알아차렸다. 피가 다시 심장으로 흘러들기 시작하고, 기쁜 마음이 고개를 들기 시작했다. 하지만 그 기쁨도 잠시. 그는 아래층으로 내려가지 않고 반대쪽 침실의 문으로 가서 그 문을 열고 들어가더니, 온 집이 흔들리도록 쾅 하고 세게 문을 닫았다.

이 상황은 나는 어떻게 해석해야 했을까? 무슨 목적으로 그는 그 침실에 들어갔다는 말인가? 그 문을 그렇게 거칠게 쾅 닫은 것은 그가 얼마나 깊이 분노하고 있는지 말하는 것일까? 그 방은 주로 플레옐이 머물던 곳이었다. 카윈은 오늘 밤 플레옐이 그 방에 없다는 것을 알고 있었을까? 그는 추악하게 약탈을 하려는 것이었을까? 만약 그것이 그의 속셈이었다면, 내 힘으로 그걸 막을 재간은 전혀 없었다. 기회가 포착되는 순간, 즉시 도망가야겠다는 생각은 했지만 나의 원수가 이미 내가 도망간 것으로 믿고 있다면 지금처럼 꼼짝 않고 있는 것이 그 어느 도피처보다 안전했다. 내가 도망가는 소리를 듣고 괴한이 나를 쫓아올지도 모르거늘, 어떻게 아무 소리도 내지 않고 집에서 빠져나갈 수 있단 말인가?

그가 플레옐의 방에 침입한 이유를 도무지 이해하지 못한 채, 나는 그가 방에서 빠져나오는 소리가 들리기를 기대했다. 그러나 모든 것이 잠잠하기만 했다. 상당한 시간 동안 귀를 쫑긋한 채 그 문이 다시 열리는 소리를 포착하려 했지만, 소리는 들리지 않았다. 그가 달아날 수 있는 유일한 길은 하녀의 침실 쪽으로 난 방문을 통해서였다. 그러다가 우리 하녀가 무슨 봉변을 당하는 것이 아닐까?

이렇게 하여 또 걱정이 꼬리를 물기 시작했다. 이런 걱정들은 안 그래도 이미 오만가지 생각으로 괴로운 나를 더욱 고통스럽게 할 뿐이었다.

하녀에게 어떤 사악한 일이 닥쳐오고 있더라도 내게는 그것을 막을 힘이 없었다. 이 치명적인 밤의 위기에서 나를 구할 수 있는 유일한 방편은 문을 꼭 걸어 잠근 채 가만히 있는 것뿐이었다. 내가 살아남아 다시 한번 빛을 보게 된다면 하늘에 맹세코 두 번 다시 이 집 문에 발을 들여놓지 않으리라!

일 분이 지나고 이 분이 지나고 시간이 흘렀지만 카윈이 하녀의 침실 쪽으로 들어서는 기척은 없었다. 나는 또 무엇이 그를 그 방에 묶어 두는 것인가, 자문했다. 혹시 그가 되돌아왔다가 전혀 들키지 않고 살며시 빠져나갔을 가능성이 있었을까? 그렇게 하는 것이 얼마나 어려운 일인지 나는 즉시 깨달았다. 그러나 나는 그랬을 가능성이 있을지 모른다고 믿고 행여가 그를 발견할 수 있을까 싶어 초조한 마음으로 창문 밖을 내다보았다.

그때 제일 먼저 내 시선을 사로잡은 것은 강둑 언저리에 서 있는 사람의 형상이었다. 아마도 내가 마음속으로 카윈이 집을 떠난 것을 간절히 확인하고 싶어 했기 때문에 그 형상이 내 눈에 띈 것인지도 모르겠다. 어쨌거나 나는 카윈의 형상을 뚜렷이 식별할 수 있었다. 내가 있는 곳은 어둠에 가려져서 그가 나를 알아차리는 것은 불가능하긴 했지만, 그런데도 그는 교묘하게 내 눈을 피해 도망을 갔다. 그는 발길을 돌려 이쪽에서 내려가기 쉬운 벽을 타고 내려갔다.

그렇다면 내 추측이 맞았다. 카윈은 조용히 문을 열고 계단을 내려가 곧장 달아난 것이었다. 그의 발소리를 내가 듣지 못했다는 것도 믿기 어려웠지만, 내 눈이 나를 속였다는 것은 더더욱 믿기 어려웠다. 이제 해야 할 일은 무엇인가? 마침내 이 혐오스러운 침입자는 집에서 사라졌다.

다시 침입할 수 있는 통로는 단 하나. 아래층 문을 걸어 잠그는 것이 현명할까? 혹시나 부엌문을 통해 나갔을지도 모른다. 그렇게 하려면 그는 주디스의 침실을 통과해야만 했다. 이런 출입구들은 내가 혼자 사는 것을 고려해 최대한 안전을 보장하려고 자물쇠로 걸어 완전히 잠겨 있었다.

이런 조처를 하는 것이 상식적으로 당연한 일이었기 때문에 나는 어떻게든 두려운 마음을 극복해야 했다. 하지만 여전히 카윈이 플레엘의 방 안에 숨어 있기라도 한 듯, 나는 최대한 조심스럽게 소리를 내지 않으면서 내 방문을 연 뒤 계단을 내려갔다. 바깥문은 활짝 열려 있었다. 나는 덜덜 떨며 그 문은 물론 거기에 달린 걸쇠도 단단히 걸어 잠갔다. 그 뒤 등불을 들고 조금은 덜 떨리는 걸음으로 응접실을 지났는데, 놀랍게도 부엌문은 단단히 잠겨 있었다. 카윈이 출입문을 통해 도망쳤을 거라는 처음 추측을 받아들이지 않을 수 없었다.

이제 내 심장을 짓누르던 불안함은 조금 경감되었다. 나는 다시 내 침실로 돌아와 침실 문을 조심스레 잠갔다. 안정을 취할 여유는 없었다. 새벽이 다가오는지 달빛이 이미 기울었다. 평소와 다름없이 아침이 다가옴을 알 수 있었다. 나는 이날 밤 일어난 일을 곰곰이 생각해 보고, 이제부터는 오빠 집에서 지내야겠다는 마음을 먹었다. 무슨 일이 일어났었는지 오빠에게 말을 할 것인가 말 것인가 하는 것은 좀 더 생각해 볼 문제였다. 내 안전을 위해서 현재 집을 버리는 것은 의심의 여지없이 당연한 조처였다.

조금은 마음이 놓인 상태에서 생각이 술술 꼬리를 물고 다시 흐르는 가운데, 플레엘의 모습, 그리고 알쏭달쏭한 그의 행적에 대한 생각이 다시 떠올랐다. 그 전날 그가 오지 못한 가능한 이유들을 다시 짚었다. 우울한 마음이 들었다. 왠지 설명할 수는 없지만 그가 죽었다는 생각이 집요하게 들었다. 그가 풍랑을 만나 허둥대는 모습, 그리고 그의 마지막 모습 등이 떠올랐다. 한밤중에 해안을 거닐다가 물결에 떠밀려온 그의 시체를 발견하는 상상을 했다. 이런 끔찍한 상상 때문에 나는 눈물까지 흘렸다. 나는 눈물을 멈추려고 하지 않았다. 눈물을 흘리자 뜻밖에 속이 후련해졌다. 눈물을 펑펑 쏟으면 쏟을수록 내 마음이 잔잔해졌고, 안절부절못하던 나는 곧 차분해졌다.

이렇게 한바탕 울고 난 후 속이 후련해진 나는 아마도 나는 그동안 밀린 잠 때문에 정신없이 곯아떨어졌을 것이다. 새로운 경종이 울리지 않았더라면 말이다.

Chapter XI

혼이 빠진 듯했던 나는 분명 옆방에서 들려오는 소리에 정신이 번쩍 들었다. 강둑에서 내가 본 형상은 내가 착각한 것일까? 아니면 카윈이 귀신처럼 아무런 인기척 없이 다시 이 침실을 침입한 것이었을까? 반대편 문이 열리고 발자국이 다가오더니 누군가가 내 방 앞에 와서 문을 두드렸다.

너무나 예기치 못한 일에 혼비백산한 나는 나도 모르게 "거기 누구야?" 하고 소리 질렀다. 문밖 사람은 즉시 대답을 했다. 그 목소리는 너무나 놀랍게도 플레옐의 목소리였다.

"나야. 일어났어? 아직 안 일어났으면 얼른 일어나. 응접실에서 삼 분 동안만 이야기를 나누고 싶어. 거기서 기다릴게." 이 말을 한 뒤 그는 방문에서 물러갔다.

내 귀의 증언을 내가 믿어야 하는 것일까? 만약 사실이라면, 맞은 방에서 지금 뭐라고 말을 한 사람은 플레옐이었다. 온갖 끔찍한 상상으로 귀신같고 참혹한 형상으로 내가 머릿속에 그려 댔던 그 사람, 그토록 애타게 발소리를 듣고 싶었던 그 사람! 인간이란 무슨 존재이기에, 왜 그렇게 자신이 알고 것에 대한 신념이 부족한 것일까? 자신의 안전이 철옹성에 둘러싸여 있는데도 왜 그렇게 가슴을 애태워야 하며, 왜 그 육신은 두려움에 얼어붙어야만 하는가? 인간은 어디까지 어리석을 수 있는 것일까! 내 원수에 대해 내게 경고했던 그자는 왜 애태우지 않도록 경고해 주지 않았단 말인가.

하긴 플레옐이 이런 시각에 나타날 줄 누가 상상이나 할 수 있었겠는가? 그의 목소리는 초조하고 풀이 죽어 있었다. 그는 왜 이렇게 생뚱맞게 나를 불러내는 것일까? 그리고 왜 그렇게 조급하게 떠나려 하는 것일까? 아마도 이상하고 반갑지 못한 소식을 갖고 온 것인지 모른다.

나는 안달이 나서 이런저런 생각으로 시간을 더 소비할 수 없었다. 나는 속히 아래층으로 내려갔다. 플레옐은 눈을 아래로 깔고 팔짱을 낀 채 창가에 서서 깊은 생각에 잠겨 있었다. 그의 얼굴에는 깊은 우수가 켜켜이 잠겨 있었다. 거기에다 지치고 병약한 기색까지 보였다. 내가 마지막으로 본 그의 모습과 완전히 정반대였다. 나는 그의 변한 모습에 깜짝 놀랐다. 제일 먼저 든 생각은 무슨 일인지 물어보는 것이었다. 하지만 그렇게 묻고 싶은 충동은 플레옐을 사랑하는 마음에서 우러나오는 것이며 그것을 플레옐도 쉽사리 눈치챌 것임을 깨닫고 이를 자제했다. 나는 입을 꾹 다물었다.

그는 눈을 들어 나를 빤히 바라봤다. 나는 그의 눈 속에서 형언할 수 없는 비통함을 읽었다. 플레옐의 이런 모습은 단 한 번도 본 적이 없었다. 사실 이처럼 비통함이 역력하게 드러내는 사람을 나는 한 번도 본 적이 없었다. 그는 애써 말을 해 보려 애를 썼지만, 소용이 없었다. 그는 머리를 흔들며 내게서 등을 돌려버렸다.

나는 안절부절못해서 더는 가만히 있을 수 없었다. "도대체 무슨 일이야?" 하고 나는 말했다.

그는 내 목소리에 화들짝 놀랐다. 한순간 비통함과는 아주 다른 감정으로 경련을 일으키는 것 같았다. 그는 너무나 분노해 말도 제대로 하지 못했다.

"무슨 일이냐고? 아, 천성적으로 타고난 품위와 너무도 경이롭고 순수한 매력을 다 가진 듯했던 자의 방탕함이란! 어떻게 너는 그렇게 추락할 수 있단 말인가? 그 높은 곳에서 그처럼 철저하게 추락을 할 수 있었단 말인가?"

그는 감정을 주체하지 못해 다시 목이 메었다. 그의 모습에는 또다시 비통함과 안쓰러움이 섞여 있었다. 그는 목멘 소리로 다시 말했다.

"내가 뭐하러 널 질책해야 하지? 네가 잃어버린 것을 다시 찾을 수 있다면, 이 저주스러운 얼룩을 지울 수 있다면, 이 나쁜 놈의 아귀에서 너를 빼앗아 올 수만 있다면, 나는 진정 그렇게 할 거야. 하지만 내가 뭘 어떻게 할 수 있겠어? 그처럼 철저하고 끔찍스러운 타락에 맞설 수 있는 무기도 없는데 말이야.

증거가 조금이라도 부실했더라면 아마 화를 냈거나 경멸하고 말았겠지. 너의 정조에 흠을 낼 의혹을 심은 그 나쁜 놈에 대해서 화낼 필요도 없었겠지. 증오나 질투로 그런 짓을 저지른 게 아니라 단지 미쳐서 그런 짓을 저질렀다고밖에 볼 수 없을 테니까. 바로 내 눈으로, 내 귀로, 네가 그렇게 추락하는 것을 목격해야만 했다니! 이 끔찍한 확신이 다름 아닌 내 눈과 귀를 통해 이루어져야만 했다니.

내가 왜 너를 여기서 보자고 했냐고? 나 자신을 왜 네 조롱거리가 되도록 했냐고? 이제 보니 책망이나 간청 따위는 아무 소용이 없군. 넌 이미 그 작자가 살인마이자 도둑놈이라는 것을 알고 있었어. 난 그의 악명을 내가 제일 먼저 네게 알려줄 것이라고, 그래서 네가 서둘러 제 발로 빠져들려는 소굴에서 너를 구할 것이라고 생각했지. 하지만 너는 눈을 뜨고 있어도 아무 소용이 없어. 아, 이 추잡스럽고 참을 수 없는 수치스러움이여!

단 한 가지 길밖에 없어. 나는 너희 둘이서 사라질 것을 알고 있어. 네 탈선은 수많은 사람의 행복과 명예가 걸린 문제니까! 하지만 그렇게 해야만 해. 그의 존재 때문에 이 상황을 더는 더럽힐 수 없어. 물론 너는 그 애인이란 혐오스러운 작자를 곧 만나겠지. 한밤중의 밀회로 다시 이 상황은 더럽혀지겠지. 그에게 자기가 어떤 위험에 처해 있는지 말해 줘. 그 작자의 범행이 다 들통났다고. 아일랜드에서 그를 기다리고 있는 운명을 피하고 싶으면 당장 이곳에서 멀리 사라져 버리라고.

그리고 뒤에 남아 있지 않겠느냐고? 내가 이렇게 연약해서 미안하지만, 난 더는 무슨 말을 해야 할지 모르겠어. 나는 내가 마음먹은 말은 다 했어. 더는 여기 남아서 훈계하고, 간청하고, 네가 저지른 짓의 귀결을 조목조목 다 대어 본들, 네 불량함이 더 뚜렷이 드러나고 우리의 고뇌를 더 쓰라리게 하는 것 외에 무슨 도움이 되겠어? 그리고 더 늦기 전에 생각해 봐. 네가 도망을 치고 나면 우리에게 남겨지게 될 그 고통을. 네 정조를 팔아먹은 그 작자의 거짓되고 치가 떨리는 인간성을. 하지만 이게 뭐야? 너는 우렁이 속 같은 너무나 뻔뻔스러운 자가 아닌가? 그리고 네 가슴은 철저히 병들지 않았는가? 아, 허울만 그를 듯한, 너무나 방탕한 여인이여!"

이 말을 마친 그는 후다닥 집을 뛰쳐나가 버리고 말았다. 잠시 후 나는 그가 우리 오빠 집으로 서둘러 가는 것을 보았다. 나는 그를 붙잡을 힘도, 그를 부를 힘도, 그를 따라 갈 힘도 없었다. 내가 들은 그 말은 너무도 황당하고 어리둥절한 말이었다. 나는 이게 실제로 일어나고 있는 일인지 확인하려고 주변을 둘러봤다. 내가 지금 꿈을 꾸고 있는지, 깨어 있는지 의심을 떨쳐 버리려고 몸을 움직이기도 했다. 이런 어마어마한 질책이 플레엘의 입에서 나오다니! 이렇게 허무맹랑하고 방탕하며 악에 가득 찬 누명을 뒤집어씌우다니! 정조를 잃어버렸다고 비난을 하다니! 살인마이자 도둑놈으로 알려진 나쁜 놈과 한밤중의 밀회를 나누었다니? 그리고 그와 함께 도망칠 궁리를 하고 있다니!

　내가 들은 말은 분명 제정신이 아닌 사람이 지껄인 말이거나, 아니면 어떤 치명적이고 불가해한 오해에 근거한 것이 분명했다. 밤새 공포에 떨며 카윈 때문에 목전에 닥친 위기를 겨우 모면한지 얼마나 되었다고 이번에는 플레엘로부터 이런 황당무계한 비난을 듣다니. 그리고 카윈이 내게 저지르려고 한 짓에 대한 응답으로 죽음을 택하는 대신 내가 그의 천한 인간을 가슴에 품고, 내 정조, 내 깨끗한 이름, 내 우정, 내 운명을 다 희생해 바쳤다고 플레엘이 믿고 있다니! 아무리 미쳐버렸다고 해도 그가 내게 이런 비난을 할 수 있다는 것이 믿어지지 않았다.

　도대체 무슨 증거를 가지고 그렇게 황당무계한 생각을 갖게 된 것이었을까? 내 침실에서 카윈과의 그 예기치 않은 만남이 있은 후에 카윈은 내 방에서 물러났다. 플레엘은 카윈이 떠나는 것을 목격한 것일까? 그 후에 플레엘 자신이 들어왔다. 그는 이 일을 근거로 그런 끔찍한 결론을 내린 것이었을까? 그토록 오랫동안 내가 하는 행동과 사고방식을 알고 지내 왔는데도, 내가 그런 역겨운 짓을 했다는 의혹을 어떻게 떨쳐 버리지 못했단 말인가? 카윈의 의도가 악한 것이었다고, 플레옐이 무슨 수로 알아냈는지 모르지만, 도둑놈이고 살인자로 밝혀진 그 사람의 광기 때문에 내 목숨이 위태로웠다고, 그리고 내 정조가 달콤한 사랑의 말이 아니라 폭력에 유린되었다고 생각하는 것이 더 당연한 논리가 아니었을까?

그는 내 말은 들어보지도 않고 제멋대로 나를 심판했다. 어정쩡한 외관만 보고 그는 너무도 가증스럽고 억울한 결론을 내렸다. 그는 내게 오만가지 험한 소리를 다 퍼부었다. 그는 나를 창녀나 도둑과 같은 무리로 취급했다. 이 부당한 짓에 대해 나는 너를 용서하지 않을 거야, 플레옐. 너는 분명 제정신이 아닌 게 틀림없어. 그렇지 않고 정신이 똑바로 박힌 상태에서 그런 생각을 했다면, 그처럼 혐오스럽고 치졸하게 내게 분통을 터뜨린 너를 나는 절대 용서할 수 없어.

이런 생각을 하다가 나는 점점 다른 생각을 하기 시작했다. 플레옐은 어떤 일시적인 광기에 사로잡혀 있었다. 겉으로 드러난 모습만 보고 뻔한 실수를 저지르게 된 것이다. 그처럼 총명하던 사람이 어디서 이렇게 눈이 멀었단 말인가? 그것은 사랑이 아니었던가? 전에 내가 카윈을 좋아하는 줄 알고 비통함과 질투로 정신을 잃은 나머지, 그리고 그 늦은 시각에 어떤 알지 못할 충격을 받은 나머지, 그는 상상 속에서 그림자를 괴물로 둔갑시켰고, 그처럼 개탄스러운 큰 실수를 저지르고 만 것이었다.

이런 생각이 들자 마음에 위안이 되기도 했다. 내 마음은 그가 억울하게 덮어씌운 누명 때문에 분한 마음, 그리고 플레옐이 그런 엄청난 착각을 하게 된 원인은 그가 나를 사랑하고 있기 때문이라는 기쁨, 이 두 가지 마음으로 나뉘어 있었다. 한동안 그 밖의 생각은 전혀 머릿속에 들어오지 않았다. 놀라움은 사람에게 활기를 불어넣기보다 무력하게 만드는 감정이다. 내 모든 생각의 근저에는 궁금함이 깔려 있었다. 나는 알 수 없는 소리를 중얼거리거나, 최근 일어난 일들이 플레옐에게 어떤 어처구니없는 오해를 하게 했는지 그 생각에만 골몰했다.

점차 나는 플레옐의 오해가 가져다줄 귀결, 그리고 카윈의 손아귀에서 나를 지키기 위한 조처 등을 생각해 보았다. 시간이 지나면서 저절로 이 오해가 풀리도록 해야 할까? 그의 격정이 사그라지면 자신의 잘못을 깨닫고 서둘러 용서를 빌지 않을까? 내 성격상 그처럼 상스러운 언사와 대접에는 분노를 표시해야 하는 게 아니었을까? 내게 아무 죄가 없다는 의식에 사로잡혀, 그리고 시간이 약이라는 생각과 그처럼 터무니없는 누명은 전혀 사실이 아니라는 것을 입증하겠다는 생각을 믿고 나는 수동적으로 가만히 있기로 했다.

카윈이 의도하고 있는 범행, 그리고 그것을 피할 방법에 있어서 내가 택할 길은 분명했다. 나는 이 이야기를 오빠에게 털어놓고 그의 조언을 따르기로 했다. 아침이 어느 정도 밝았을 때 나는 이런 작정을 하고 그의 집으로 향했다. 캐서린은 평소 하던 집안일에 열중하고 있었다. 내가 나타나자마자 내 안색이 달라진 것을 두고 캐서린이 한마디 했다. 내가 오빠에게 털어놓기로 작정하고 찾아온 그 이야기로 캐서린을 놀라게 하고 싶지 않았다. 더구나 캐서린의 몸은 그런 끔찍한 이야기를 들으면 평상시보다 더 불안해할 수 있는 그런 상태였다.[38] 나는 그녀의 질문에 직접적인 대답을 하는 것을 회피하며, 오빠가 어디 있는지 물었다.

---

[38] 올케가 임신 중임을 의미하고 있다.

"아니, 도대체 오늘 아침에 무슨 이상하고 불미스러운 일이 일어났는지, 우리가 채 잠자리에서 겨우 일어날까 말까 하는 시각에 플레옐이 우리 집을 찾아왔더라고. 무슨 연유로 그렇게 이른 시각에 찾아왔는지 나는 알 수가 없었어. 옷을 아무렇게나 챙겨 입은 것이나, 안색으로 봐서 뭔가 심상찮은 일이 일어난 것 같기는 한 것 같은데. 내게는 그냥 지난밤에 잠도 한숨도 못 자고 옷을 갈아입지도 않았다는 말밖에 안 하는 거야. 그러고는 오빠를 데리고 산책을 하겠다고 나갔어. 무슨 심각한 이야기를 나누었는지, 윌랜드는 아침 먹을 시간이 지나도록 돌아오지 않았고, 혼자 돌아왔어. 눈에 띄게 동요한 기색이었지만, 내가 끈질기게 졸라 물어도 내 말은 듣지도 않고, 무슨 일이 일어났는지도 말해주지 않았어. 눈치로 봐서는 어쩐지 너의 상태에 관한 것 같았는데. 하지만 오빠는 네가 자기 집에 건강하게 멀쩡히 있다고 하더라고. 오빠는 음식도 한 술 뜨는 듯 마는 듯하고는 아침을 먹자마자 다시 밖으로 나갔어. 어디 가는지 내게 말은 안 하는데, 저녁 전까지는 못 돌아올 것 같다는 말을 하긴 했어."

나도 이 말을 듣고 똑같이 놀라고 걱정이 들었다. 플레옐이 우리 오빠에게 이야기를 털어놓았고, 그럴듯하고 과장된 그림으로 나에 대한 나쁜 인상을 우리 오빠에게 심어 주었다. 하지만 오빠라면 더 정확한 판단을 하고 플레옐의 결론이 지닌 오류를 밝혀내지 않을까? 행여 그는 카윈이라는 인물에 대한 직감, 그리고 내 안전에 대한 불안함 때문에 마음이 불편한지도 모른다. 플레옐이 착각하게 한 겉으로 드러난 부분에 대한 이야기만 듣고 오빠도 똑같이 내가 카윈에 대해 무분별한, 그러나 불미스럽다고는 할 수 없는 애정을 품고 있다고 믿을지도 모른다. 내 머릿속에 즉시 떠오른 것은 이런 생각이었다. 나는 이런 생각이 사실인지 확인해 보고 싶어 조바심이 났다. 그렇게 하려면 오빠를 만나 이야기해야 했다. 그런데 그는 어디 갔는지 아무도 아는 사람이 없고, 곧 돌아올 것 같지도 않았다. 어디로 가서 그를 찾아야 하는지 나는 전혀 감이 잡히지 않았다.

내가 이렇게 초조하고 있는 것을 캐서린이 눈치를 챘다. 놀란 올케는 무슨 일이냐고 따지고 물었다. 여러 가지 이유로 나는 여기에 대해 입을 다물었다. 최소한 오빠를 만나기 전까지는 최근 일어난 일들을 발설하는 것은 용납할 수 없이 무모한 짓이라고 할 수 있을 것이다. 올케가 자꾸 캐묻는 것을 피할 만한 뾰족한 수라고는 집으로 되돌아오는 방도밖에 없었다. 나는 오빠 집에 머물기로 마음먹은 것을 기억하고, 올케에게 그 말을 했다. 올케는 잘 생각했다고 반가워했고, 내가 바로 필요한 물건들을 챙겨 새집으로 보내야 한다고 했더니 붙잡을 생각 않고 나를 순순히 보내 주었다.

다시 한번 나는 끔찍한 사건 현장인 집으로 되돌아왔다. 집에 거의 가까이 도착했을 때 오빠가 집에서 나오는 것이 보였다. 나를 보더니 오빠는 발걸음을 멈추었고, 내가 어디로 가고 있는지 감이 잡히자 나보다 먼저 집 안으로 다시 들어갔다. 나는 이렇게 일이 풀린 것이 너무나 반가워 가능하면 모든 것을 바로잡아 놓겠다고 서둘렀다.

그의 얼굴에는 플레옐을 그처럼 동요케 한 것과 같은 격한 감정의 흔적이 보이지 않았다. 나는 이것을 좋은 징조로 받아들였다. 주저 없이 나는 말을 시작했다.

"오빠를 찾아다니고 있었어. 그런데 캐서린이 무슨 중요하지만 좋은 소식은 아닌 것 같은 일 때문에 플레옐이 오빠를 데리고 나갔다는 거야. 오빠를 만나기 전에 그는 나하고 몇 분간 이야기를 나누었고 그때 그는 결코 내가 저지르지 않은 온갖 범죄와 의도를 들먹이며 나를 질타하는 거야. 난 그가 근거도 별로 없이 그런 생각을 갖게 됐다고 믿어. 그의 행동은 너무나 과격하고 부당하기 그지없어서, 난 어떤 식으로든 사죄하기 전까지는 그 사람이 당해 마땅한 모욕적인 태도로 그를 대할 셈이야. 그런데 그 사람이 오빠에게 나에 대한 나쁜 인식을 심어 놓았을까 그게 걱정이야. 그건 내가 제일 비난하는 악랄한 혐의고, 나는 정말 전력을 다해 그 누명을 벗을 거야. 그가 나를 오늘 아침 대화 주제로 꺼냈어?"

내 이야기를 들은 오빠의 안색에는 놀란 기색이 보이지 않았다. 그의 평소 침착성도 전혀 달라지지 않았다.

"그건 사실이야." 오빠가 말했다. "네 행실에 대해 오늘 이야기했어. 나는 네 친구이자 오빠이기도 해. 나보다 더 너를 소중하게 사랑하는 사람, 네 안녕을 중요하게 여기는 사람은 없어. 그걸 염두에 두고 플레옐이 들려준 이야기를 듣고 판단해 봐. 난 네가 그렇게 혐오스러운 오점에서 명예를 회복하기를 기대하고, 또 그렇게 되길 나도 바라고 있어. 명예를 회복할 수 있다면 말이야."

오빠가 내뱉은 마지막 어조에 나는 깊이 충격을 받았다. "명예를 회복할 수 있다면이라니!" 하고 나는 외쳤다. "오빠 생각에 정식으로 내가 명예를 회복할 입증이 필요하다고 생각해? 단 한 순간이라도 내가 죄를 지었다고 믿을 수 있어?"

오빠는 몹시 괴로운 표정으로 고개를 흔들었다. "나도 그 생각을 떨쳐 버리려고 애를 써 봤어." 오빠가 말했다. "너는 지금 조금이라도 네게 무죄판결을 내릴 단서가 있으면 그걸 유리하게 받아들일 심판관 앞에서 지금 말하고 있는 거야. 내가 귀로 들은 말이 네 주장에 반한다면 기꺼이 내가 들은 말에 이의를 제기할 각오를 하고 있는 심판관이란 말이야."

이 말을 들으니 내 머릿속에는 또 다른 생각이 떠올랐다. 나는 플레옐이 내가 알지 못하는 어떤 근거에 따라 나에 대한 이런 비난을 하는 게 아닌가 싶은 생각이 들었다. "오빠가 생각하는 내용이 어디에 근거가 있는지는 몰라. 플레옐은 내게 온갖 추잡스럽고 매서운 욕설을 다 퍼붓고 갔는데, 왜 그런 의심을 품게 되었는지는 내게 이야기하지 않았어. 어젯밤에 정황이 모호한 일들이 일어났어. 아마도 이 일을 그가 우연히 보게 되었고, 선입감과 격한 감정에 사로잡혀 그런 행동을 하게 된 것 같은데, 하지만 나는 오빠의 편파성 없는 판단력이 그 일을 있는 그대로 추측해 줄 것으로 믿었어. 아마 그가 한 이야기는 내가 생각하고 있는 것과 다를지 몰라. 그러니 내 이야기를 들어 봐. 그가 한 이야기 가운데 내 이야기와 일치하지 않는 부분이 있다면, 그 사람이 하는 이야기가 틀린 거야."

이어서 나는 오빠에게 지난밤 일어난 사건과 그 사건이 어떤 식으로 플레옐이 오해하게 했을 가능성이 있는지에 대해 털어놓기 시작했다. 오빠는 깊게 주의를 기울여 내 이야기를 경청했다. 내가 할 말을 다 끝낸 뒤 나는 말했다. "자. 이것이 바로 진실이야. 카윈과 내가 어떤 상황에서 만난 건지 이제 알겠지. 그는 내 벽장 속에 몇 시간이나 숨어 있었고, 내 침실에 몇 분 동안 머물러 있었어. 그는 전혀 도망가는 사람 같지 않게 서두르지 않고 유유히 사라졌어. 그래서 그에게 자연스럽게 나의 인품에 대한 불미스러운 추론이 떠올랐을 가능성이 없지 않아. 그리고 그것을 플레옐이 사실로 받아들였다면 그건 그 사람이 내가 예전에 생각한 만큼 분별력 있고 공정한 사람이 아니라는 증거야."

오빠는 상당히 오랫동안 입을 다물고 있다가 마침내 입을 열었다. "그가 내놓은 증거들은 그것과 달라. 그가 착각했을 가능성은 없어. 그가 증언한 말이 네 증언과 일치하지 않는다면 그가 착각하고 있다고 믿을 수가 없지. 하지만 내가 품은 의심스러운 부분은 이제 사라졌어. 네 이야기 가운데 몇몇 부분은 참 놀라운 이야기야. 벽장에 그렇게 무모하게 접근하지 말라고 경고한 그 목소리, 그 경고를 무시한 네 고집, 그 괴한이 나라고 믿은 네 생각, 그리고 네가 그 뒤에 취한 행동, 이런 것들을 나는 다 믿어. 왜냐하면 나는 너를 어릴 때부터 봐 왔고, 수천 번 경험을 통해 네 정직성이 입증됐으니까. 그리고 내 누이의 주장과는 달리 내 누이가 이런 나쁜 짓을 하며 타락했다는 말은 내가 내 눈으로 직접 보고 내 귀로 직접 듣지 않는 한 절대 믿지 않을 거니까."

나는 오빠를 두 팔로 꽉 껴안고 그의 얼굴에 대고 내 눈물을 쏟았다. "그게 바로 우리 오빠다운 말이야. 그런데, 그 증거들은 뭔데?"

오빠가 대답했다. "플레옐이 내게 말하기를, 네 집에 갔었는데, 두 개의 목소리가 들리더라는 거야. 그 두 사람은 강둑 아래 시야가 가려진 곳에 앉아 있었어. 그들의 목소리로 판단해 볼 때 그 두 사람은 카윈과 너였어. 그들의 대화 내용을 반복하지는 않을게. 만약 내 누이가 그 여자였다면, 플레옐은 사실 네가 가장 방탕한 여자 가운데 한 사람이라고 결론지은 게 당연해. 그래서 그가 너를 비난한 것이고, 내 누이와 이 남자 사이를 영원히 떼어놓으려는 계획에 내 동의를 구하려 한 것이고."

나는 오빠에게 대화 내용을 반복하게 했다. 그가 해준 이야기야말로 무시무시한 예감으로 나를 사로잡는 이야기였다. 나는 문이나 빗장으로 내 안전을 충분히 지킬 수 있다고 막연히 생각했는데, 이 나쁜 놈이야

말로 그 어떤 신의 힘으로도 나를 지켜줄 수 없는 그런 원수가 아닌가! 그는 교활한 계략으로 결국 내 명예와 행복을 제 맘대로 쥐락펴락할 수 있는 자였다. 나는 어떻게 그의 계략에 맞설 것이며, 그 공범을 어떻게 밝힐 것인가? 그는 어떤 못된 떠돌이 여자에게 내 목소리를 흉내 내도록 가르쳤다. 플레옐의 귀는 내 치욕을 목격했다. 그가 언급한 한밤중의 밀회란 것이 바로 이것이었다. 이렇게 하여 그가 내 방문을 소리 없이 열려고 한 이유가 설명이 되었다. 그는 내가 없는 줄 알고, 내 방에 들어올 수 있었다면 아마 내게 누명을 씌울 증거물을 남기려 했을 것이다.

플레옐을 더는 똑같은 죄인으로 취급할 수 없었다. 그가 느끼는 분노의 진실성, 그가 느끼는 절망감의 깊이를 나는 일말의 감사한 마음과 함께 기억했다. 하지만 그는 사태를 더 악화시킨 책임이 있지 않은가? 누군가가 내 목소리를 흉내 낸다는 것을 추측하기가 그렇게 힘들었단 말인가? 이런 재주는 흔하게 볼 수 있는 것이다. 그도 알고 있는 카윈의 교활함이라면 충분히 그럴 재간을 부리고도 남았다는 것을 알 수 있었으련만, 그는 그 생각보다는 내가 잘못했다고 생각하기를 선택했다.

하지만 어떻게 이 잘못을 밝힌단 말인가? 내 주장 말고 여기에 대한 어떤 방증을 내놓을 수 있단 말인가? 내 주장이 그의 감각이 하는 증언보다 우선적으로 최종 결정권을 가져야 하지 않을까? 나는 내가 다른 곳에 있었음을 증명해 줄 증인이 한 사람도 없었다. 그날 밤 일어난 일은 믿기 어려운 일이었다. 그 이야기들이 믿기 어려운 이야기라고 의심하지 않을 사람은 거의 없을 것이다. 플레옐은 특히나 회의적인 사람이다. 카윈을 불러들여 내 무죄를 입증하게 하고 스스로 죄를 뒤집어쓰게 할 수도 없다.

오빠는 내 모습을 보고 내가 얼마나 괴로워하는지 이해했다. 하지만 오빠는 내 괴로움을 완전하게 알지 못했다. 오빠는 내가 플레옐에게서 긍정적인 의견을 얻으려고 얼마나 별짓을 다 했는지 전혀 알지 못했다. 오빠는 나를 위로하려 애썼다. 어떤 새로운 일이 일어나서 이 엉킨 실타래를 풀어줄 것이라고 오빠는 말했다. 만약 내가 말로써 오해를 푸는 것이 옳다는 생각을 한다면, 오빠는 내 언변의 영향력을 의심하지 않는다는 말도 했다. 플레옐을 직접 만나 작은 실마리를 찾아낼 수 있으면, 이 엄청난 오해를 완전히 풀 수 있지 않을까?

나는 여기에 간절한 희망을 걸었다. 그러나 새로운 생각이 떠올라 이 희망에도 찬물을 끼얹고 말았다. 이런 면에서 완벽한, 그리고 오점이 없는 내가 왜 오라고 하지도 않은데 내 발로 그를 찾아가 내 행복을 그의 일방적인 판결에 맡겨야만 한단 말인가?

그때 오빠가 말했다. "만나서 이야기하기로 네가 마음을 먹었으면 서둘러야 할 거야. 플레옐이 내게 오늘 저녁이나 내일 먼 여행길에 오를 예정이라고 말했거든."

이런 무슨 청천벽력 같은 말인가. 창문 아래 의자에 앉아 있던 나는 벌떡 일어나 외쳤다. "아니, 이게 무슨! 지금 뭐라고 그랬어? 여행을 간다고? 어디로? 언제?"

"나도 말할 수 없어. 갑자기 마음을 먹은 것 같아. 나도 오늘 아침에야 그 이야기를 들었거든. 도착해 자리를 잡으면 바로 내게 편지를 보내기로 약속했어."

이 여행을 무슨 이유로 가기로 한 것인지 더는 설명이 필요 없었다. 지난밤 일 때문에 그의 행복한 계획이 산산조각 나 버렸다. 지난밤 내가 한 행동 때문에 그는 내가 자기가 아닌 다른 남자를 더 좋아하고 있다는 오해를 사실이라고 확신하게 됐고, 내가 더 이상 그의 사랑을 받을 가치가 있는 여자가 아니라고 믿게 됐다. 나는 철저히 버려졌다는 생각, 그런 가당치 않은 오해로 인해 플레옐에게서 버림받고 말았다는 생각 때문에 정신이 혼미해졌다. 사실은 내가 한 점 오점 없이 결백한데도 불구하고, 내 가슴은 단지 그의 생각만으로 뛰고 있는데도 불구하고, 내가 플레옐이 얼마나 좋은 사람인지 눈이 멀어 보지 못했기에, 내가 불순한 것을 탐했기에, 그리고 내가 오명의 나락에 떨어졌기에 플레옐이 나를 버린다면, 나는 그 운명을 내 목숨이 살아 있는 한 견뎌 낼 재간이 없었다.

나는 이 재앙은 막을 수 있음을 기억했다. 나에게는 치명적이 될 이 여행을 내 힘으로 미루게 하거나, 혹은 아예 제쳐 두게 할 수 있다는 것을 기억했다. 그를 찾아가는 데 걸림돌은 없었다. 내가 두려운 것은 이 만남이 너무 오래 지연되는 것뿐이었다. 오빠는 내 다급함을 이해하고 즉시 시중을 들어 줄 하인과 마차를 내주었다. 내 계획은 플레옐이 일하느라 대부분 시간을 보내는 그의 농장으로 즉시 달려가는 것이었다.

Chapter XII

거기 가려면 시내를 통과해야 했다. 도시에 도착하는 것과 거의 동시에 갑자기 온몸이 아팠다. 시야가 흐려지고 모든 물체가 어물거렸다. 마차 바닥으로 고꾸라지는 것을 겨우 모면한 나는 마차부에게 베인톤 부인 집으로 가자고 부탁했다. 잠시 안정을 취하면 정신이 맑아지고 기력을 찾을 수 있을 거라는 생각 때문이었다. 머릿속이 하도 복잡하다 보니 온전하게 휴식을 취할 수도 없었다. 오후에 기운을 좀 차린 나는 다시 가던 길을 계속했다.

내 생각은 몇 가지 주제에 집중했다. 내가 지금 계획하고 있는 목적을 이룰 가능성은 극히 적었다. 어느 정도 그때그때 상황, 그리고 플레옐이 내게 제시하는 증거 자료들에 달린 문제였다. 내가 덮어쓴 누명을 생각하면 기가 막혀 화병이 날 것 같았다. 진실, 그리고 결백한 양심, 이런 것들이 과연 내 누명을 벗겨 줄 수 있을까? 그런 얼토당토않은 비난에 대해 내 전력을 다 쏟아야 하지 않을까?

단 몇 시간 사이에 이런 통탄할 변화가 발생하다니! 인간과 벌레를 구분하는 경계선과 정숙한 여인과 난잡한 여인을 구분하는 경계선은 비슷했다. 어제의 나와 오늘의 나는 똑같다. 내가 아무리 타락을 한다고 해도 어느 정도 한계가 있다. 그런데 그처럼 오랫동안 나와 가까이 지내고, 내 행실을 지켜보고, 나와 생각을 나눈 내 지인의 마음속에서 나는 더는 똑같은 여자가 아니었다. 그가 보기에 나의 고결한 인품은 더러워지고 찌그러지고 말았다. 내가 살인마의 동료이자, 도둑의 연인이라니?

그는 증거 없이 이런 생각을 하게 된 것이 아니었다. 하지만 도대체 무슨 증거로 이런 엄청난 생각을 했단 말인가? 만약 자신이 들은 목소리와 그 말에 담긴 정서가 서로 일치하지 않는다면, 그것은 불충분한 증거다. 하지만 내가 그 목소리를 들은 사람이고 플레옐이 악한이었다면 나는 그가 한 말과 그 말의 내용이 일치하지 않는다고 여겼을 것이다. 그래도 그 상황을 설명하는 데는 누군가가 목소리를 흉내 냈을 가능성이 제일 컸다. 아, 안타깝게도 이제 내 운명은 무정하고도 무분별한 심판관의 손아귀에 달려 있구나!

하지만 이 나쁜 악당이여, 너는 도대체 어떤 마음을 가진 인간이란 말인가? 첫 시도에서 만족하지 못한 너는 네 피해자를 희생시킬 생각을 버리지 않았다. 너는 내 명예를 실추하겠다는 생각에 집착했고, 나를 보호해 주던 존재는 그걸 허용해 주었다. 플레옐의 오해를 완전히 푸는 것이 불가능한 일일지 모르나, 만약 그렇게 된다 해도 네 교활함이 끝났다고 볼 수 없고, 네 교활함은 사악한 목적을 성취할 온갖 수단과 방법을 다 찾아낼 것이다.

왜 내가 네 살생부에 올라야 한단 말인가. 간절한 기도를 통해 하늘이 나로 하여금 너의 앙갚음을 무력화할 수 있다면! 본성적으로, 그리고 교육을 통해 네게 주어진 모든 재능을 생각해 보면, 그리고 네가 강철 같은 신체, 폭넓은 지식, 무한한 재능과 박식함을 지닌 날카로운 지성을 합해 놓은 사람이라는 것을 생각해 보면, 나는 이제 네 올가미에 걸려 죽은 목숨이나 다름없다는 생각밖에 들지 않는구나. 어떤 장애물이 네 집착을 다른 곳으로 돌리거나 네 시도를 무산시킬 수 있을까? 지금까지 나를 보호해 준 그 존재는 네 시도가 얼마나 무시한 것인지 이미 내게 증언을 했다. 네 행동은 초자연적인 힘이 아니고서야 막을 수 없는 것이니.

이런 생각을 하는 가운데 날이 거의 저물어서야 나는 플레옐의 집에 도착했다. 한 달 전에 지난 이 길은 그때와 똑같건만, 그사이 내 감정은 얼마나 달라졌던지! 나는 여기서 나를 인간 중에서 가장 타락한 인간으로 여기는 사람을 만나자고 요청을 해야 했다. 나는 인간 지식의 근간이 되는, 가장 명명백백한 증인들에 맞서서 내 결백을 주장해야만 했다.

위기의 순간에 가까워질수록 내 확신은 점점 줄어들었다. 마차가 문 앞에 멈추었을 때 나는 내 몸을 지탱할 수 없어 늙은 하녀의 품 안에 쓰러지고 말았다. 나는 플레옐이 집에 있는지 물을 용기도 없었다. 이미 계획한 대로 플레옐이 떠나 버렸을지도 모른다는 두려움에 괴로워했다. 하지만 그 두려움은 하녀가 내게 "주인님이 금방 자기 방으로 갔는데, 불러 드릴까요?" 하고 묻는 순간 사라졌다. 이 사실을 알고 한결 마음이 놓인 나는 곧장 그의 방을 찾아갔다.

정신이 이렇게 혼란하다보니 나는 문을 두드리는 것을 잊어버리고 아무런 기척도 없이 그의 방에 들어가고 말았다. 이 갑작스러운 행동은 전혀 의도한 것이 아니었다. 그런 말도 안 되는 상황에 완전히 정신이 빠져 있었기 때문에 예의를 꼼꼼히 차릴 정신적인 여유가 없었던 것뿐이다. 조그만 여행 가방이 뚜껑이 열린 채 그의 앞에 놓여 있었는데, 바쁘게 옷을 챙기고 있었던 것 같았다. 내가 방에 들어서는 순간, 그는 손에 쥔 뭔가를 뚫어지게 바라보고 있었다.

나는 무슨 상황인지 완전히 이해할 수 있을 것 같았다. 그의 눈앞에 있는 그림, 그가 골똘히 바라보고 있는 그 그림은 의심의 여지없이 내 모습이었다. 그가 여행 준비를 하고 있다는 것, 그 여행을 떠나기로 한 이유, 내가 이 방에 들어온 목적을 이룰 수 없을 것이라는 좌절감, 이런 생각들이 한꺼번에 밀물처럼 몰려와 나는 그만 눈물을 쏟고 말았다.

그 소리에 놀란 플레옐이 여행 가방을 닫고 몸을 돌렸다. 그의 얼굴에 가득하던 깊은 슬픔의 표정은 순간적으로 너무나 놀란 표정과 행동으로 바뀌었다. 내가 나 자신을 주체할 수 없음을 깨달은 그는 말없이 내게 다가와 나를 부축했다. 그의 다정한 이 행동은 내 눈에서 또다시 눈물이 펑펑 쏟아지게 만들었다. 나는 무슨 일이 있어도 눈물을 잘 흘리지 않는 편이었는데, 이렇게 눈물을 실컷 흘리고 나니 한결 속이 후련해지는 것 같았다. 내 친구의 모습에서 이제 분노는 읽을 수 없었다. 대신 그의 표정은 놀라움과 동정심으로 가득했다. 나는 그 표정이 무엇을 뜻하는지 쉽게 짐작할 수 있었다. 내가 이렇게 찾아온 것, 그리고 이렇게 눈물을 흘리는 것을 그는 회개의 증표로 받아들인 것이다. 돌이킬 수 없이 더러워지고 죄 지은 방탕아가 이제 자신의 죄를 뉘우치고 고백하려고 찾아온 것으로 그는 생각한 것이었다.

이런 깨달음은 나에게 위안이 되지 않았다. 다만 내가 하기로 작정한 일이 얼마나 어려운 일인지 새로운 증거와 함께 보여주고 있을 뿐이었다. 우리는 둘 다 말이 없었다. 나는 그 어느 때보다 말할 기운도 의지도 약했다. 나는 그의 팔에서 빠져나와 소파에 털썩 주저앉았다. 그는 내 옆에 오더니 뭐라도 대화가 시작되기를 초조하게 기다리고 있는 것 같았다. 내가 무슨 말을 할 수 있었겠는가? 행여나 이런 경우에 할 만한 적당한 말이 머릿속에 떠올랐다 하더라도, 그 말은 목이 메어 입 밖으로 나오지 않았다.

그는 몇 번 말을 하려고 시도를 했으나, 정확하게 상황을 파악할 수 없어 망설이는 것 같았다. 마침내 그는 떨리는 목소리로 말했다.

"이봐, 친구! 내가 이렇게 친구라고 부르는 게 아직도 가당키나 하다면. 내가 한때 연모한 그 모습은 내 상상 속에서나 존재한 것이었어. 비록 실현될 희망은 보이지 않지만, 네가 지금 떨어지기 직전인 그 깊은 구덩이가 얼마나 끔찍한 구덩이인지 네가 전혀 모르지는 않을 거야. 자연스레 이끌리는 마음이나 충동의 영향에서 완전히 자유로운 심장을 가진 사람이 어디 있겠어?

나는 네가 그 어느 여인보다도 현명하고 재주가 많다고 생각했어. 네 내뱉는 말, 네 얼굴에 나타나는 표정, 그 모든 것이 지고지순함과 총명함으로 가득 찼다고 여겼어. 너에게 끼친 교육의 영향도 무시할 수 없겠지. 열심히 갈고 닦는 노력이 아무 가치가 없는 건 아니지만, 창의력과 논리력은 아무나 모방할 수 있는 것이 아니었어. 내가 그런 험한 소리를 한 것은 내 불찰이었어. 너에 대한 모든 희망을 죽어도 난 다 포기하지 않을 거야. 네 가슴이 치유할 수 없을 정도로 병이 들었다고 말하는 모든 증거에 나는 내 귀를 막겠어.

너는 내게 다시 행복을 가져다주려고, 사악함의 가면을 찢어 버렸음을 내게 확신하게 해 주려고, 그리고 네가 지금까지 한 짓에 혐오감밖에 느끼지 않는다는 것을 내게 확신하게 해 주려고 여기 온 거야."

이 말을 들은 나는 침착함을 잃고 부르르 떨었다. 나는 잠시 플레옐이 그런 생각을 갖게 된 증거, 그의 충언에 담긴 자비심, 그리고 그의 말에서 묻어나는 비통함을 잊어버렸다. 끔찍한 누명에 대한 분노와 두려움이 나를 휩쌌다. 플레옐의 말에 경악한 나는 나도 모르게 뒷걸음치며, 분노와 경멸에 가득 찬 시선으로 그를 노려보았다. 격한 감정에 말이 저절로 입에서 튀어나왔다.

"내가 도대체 뭐에 홀려서 여기까지 온 거지? 내가 왜 이런 끔찍한 모욕을 참고 당하기만 하는 거지? 내가 저지른 짓이란 네 병적인 상상 속에서나 존재하는 거야. 너도 내 목숨을 노린 그 놈과 한통속이야. 너는 내 평화와 명예를 파괴하겠노라고 서약했어. 이처럼 저급한 중상모략을 듣고 있는 내가 미쳤지!"

이 말을 들은 플레옐은 눈에 띄게 분노했다. 그의 얼굴에는 이전의 침통한 표정이 되돌아왔지만, 이제 그는 나를 바라보지도 않았다. 나를 분노하게 한 생각들이 되살아나 나는 다시 한번 주체할 수 없이 눈물을 쏟고 말았다. 훌쩍거리느라 띄엄띄엄 말하며 나는 울부짖었다. "아, 대체 이게 무슨 날벼락이란 말인가! 정말 이 비난을 듣고만 있을 수 없어. 나는 분명 그게 사실이 아니라는 걸 아는데, 그 비난을 하는 자는 그게 사실이라고 믿고 있고, 그릇된 것이긴 하나 그 증거도 갖고 있다고 하니. 내가 여기 온 건 내 죄를 고백하려고 온 게 아니라 내 누명을 벗으려고 온 거야. 나는 네가 왜 그런 생각을 가지게 됐는지 그 원인을 알아. 오빠에게서 네가 왜 그런 의심을 했는지 이야기를 들었어. 너는 그런 의혹들이 다 사실이라고 생각하고 있고, 내 인생의 가장 소중한 자, 그리고 나와 그처럼 많은 대화와 편지를 주고받았던 자는 나를 지켜주지 못하고,

내가 아무리 결백하다고 주장을 해도, 내 입에서 나오는 말들은 모두 무시당하고 있어. 나는 짐승같이 방탕한 여자로 낙인이 찍혔어. 나는 무지하고 추악한 못된 자와 한통속인 것으로 취급받았어.

그렇게 추잡하고 가당치 않은 비난이 정당하다는 증거가 뭔데? 한밤중의 밀회를 너는 엿들었고, 네 귀에 들린 그 목소리 중 하나는 내 목소리, 다른 하나는 악랄한 짓을 한 것으로 들통이 난 사람의 것이라고 너는 단정했어. 누군가 말 하는 것을 들으면 그 사람의 됨됨이와 교양을 짐작할 수 있을 텐데, 너는 말 내용은 아랑곳하지 않고 억지로 흉내 낸 목소리만 중요하다고 인정하고 받아들였어.

그 목소리의 주인공이 한 말은 내가 지금까지 살아오면서 한 말을 통해 보여 준 내 인격에 전혀 맞지 않을 뿐만 아니라, 더러운 가치관을 가진 사람의 입에서나 나올 법한 말이었고, 더구나 도둑질을 하고 살인을 저지른 자와 은밀한 정을 나누는 내용이었어. 그런 추잡한 생각을 하고 있는 사람이 하는 말을 들었으면 그 말의 주인공이 내가 아니라 누군가가 사기를 치고 있는 것이고, 누군가가 내 목소리를 흉내 내고 있다는 의심을 한 번쯤 해 볼만 하지만, 넌 전혀 그렇게 하지 않았어.

너는 나를 쉽게 속단하고 규탄했어. 내 흉내를 내는 그 협잡꾼에게 달려가 귀로 들은 것을 직접 눈으로 확인하는 대신 너는 가만히 서 있었거나, 혹은 도망을 가 버렸어. 네가 만약 제대로 행동을 했더라면 내가 이렇게 결백을 증명하려고 서 있을 필요도 없었겠지. 그런데 네가 마땅히 해야 할 행동을 취하지 않았다는 것이 지금 네 생각으로 어김없이 증명됐어. 그런데 플레엘이라면 마땅히 그런 행동을 취했어야 하는 거 아냐? 생각이 조금이라도 있는 사람이라면 네가 그런 음탕한 죄목들을 남에게 뒤집어씌우고, 내 이름에 오명을 씌우고, 부당하고 조잡한 이유로 내게 재를 뿌려 대는 짓을 하리라고는 예상하지 못했을 거야." 우느라 가슴이 들썩거리는 바람에 나는 더는 말을 계속하기가 어려웠다.

플레옐은 잠시 충격을 받은 듯했다. 그는 회의적인 표정으로 나를 바라보았지만, 금방 비통하고 심각한 표정으로 바뀌고 말았다. 그는 생각에 잠긴 듯 바닥에 눈을 꽂은 채 말했다.

"이제 두 시간 후면 나는 떠나. 내가 이 슬픔을 가슴에 품고 떠나야만 할까? 아니면 열 배나 더 커진 슬픔을 안고 떠나야만 할까? 내 앞에 있는 이 여자는 누구란 말인가? 시간이 지날 때마다 이렇게 전례를 찾아볼 수 없는 부정한 모습을 새롭게 보여줄 것인가? 나는 이미 이 여자를 가장 역겹고 버림받은 인간으로 간주하고 있어. 그녀가 여기 와 눈물을 흘리는 것에서 한 줄기 희망을 엿보았건만, 그 한 줄기 빛은 사라지고 말았어."

그는 이제 나를 빤히 바라보았다. 얼굴의 모든 근육이 떨리고 있었다. 그의 목소리는 텅 비고 떨렸다. "내가 네 밀회 장면을 목격했거늘, 너는 나를 찾아 와서 감히 내가 잘못했다고 나무라다니! 너는 내가 속고 있는 거라고 내 앞에서 말할 자격이 없어! 알 수 없는 신의 섭리는 어떤 목적이 있어 너를 만들었겠지. 의심의 여지없이 네 창조주가 뜻한 목적을 다 완수할 때까지 너는 살겠지. 신이 자신의 재주를 후회하고 네가 주어진 목숨대로 다 살기 전에 너를 멸하여 보복을 하지 않는다면 말이야. 인간의 형상을 한 자 가운데 과연 너와 겨룰 만한 자가 아무도 없구나!

하지만 나는 이 분노를 억눌렀다고 생각했어. 나는 네 심판자 노릇을 할 자격이 없어. 내가 할 일은 처벌을 내리고 누굴 매도하는 것이 아니라 동정을 하고 잘못된 것을 바로잡는 것이야. 나는 격한 마음에 휘둘리지 않는 사람이라고 난 생각했어. 나는 네 추락을 슬퍼하며 거의 통곡할 뻔했어. 하지만 나는 먼지처럼 연약하고 물처럼 우유부단한 자 인지라, 네가 눈에 띄지 않아야만 침착하고 연민을 가질 수 있어. 이 집, 이 방, 이곳에 있고 싶은 만큼 있어도 좋아. 하지만 내가 머무는 짧은 시간 동안은 나 혼자 있고 싶어." 이 말을 마친 그는 그 방에서 나가려고 했다.

돌풍같이 격한 그의 감정은 나를 너무나 슬프게 했다. 나는 울음을 멈추었다. 고통에 말문이 막힌 채, 가만히 움직이지 않고 있었다. 손깍지를 낀 채 그가 방을 나가는 모습을 말없이 바라보고 있었다. 그를 붙잡고 싶었지만 그를 붙잡을 그 어떤 시도도 하지 못했다. 그러다 그가 마침내 방에서 벗어나자 나도 모르게 귀가 찢어질 듯 외쳤다. "플레엘! 너 정말 가는 거야? 영원히 가 버리는 거냐고!"

이 소리를 들은 그는 황급히 되돌아왔다. 그는 놀라고 창백한 얼굴로 숨을 가쁘게 쉬며 나를 바라보았고, 그때 내 머리는 이미 가슴 쪽으로 푹 기울어 있었다. 고통스러운 현기증이 나를 엄습하더니 나는 그만 기절하고 말았다.

내가 정신을 차렸을 때, 나는 방 바깥에 있는 침대에 누워 있었고, 플레엘과 두 명의 하녀가 침대 곁을 지키고 있었다. 그의 얼굴에서 모든 분노와 경멸은 사라진 대신 너무나 자상하게 걱정하는 표정이 역력했다. 내가 정신을 차린 것을 보자마자 그는 손바닥을 모으고는 외쳤다. "하나님, 감사합니다! 너 다시 살아났구나. 나는 네가 영영 회복하지 못하는 줄 알고 얼마나 낙담하고 있었는지. 내가 너무 성급하고 부당했던 것 같아. 내 모든 감각이 무슨 불가해하고 일시적인 발작을 일으켰던 게 틀림없어. 용서해 줘. 내가 빌게, 네가 내 잘못을 용서해 주기를. 내가 살아 있는 한, 그리고 죽어서라도, 나는 내 영혼이라도 팔아서 네 순결성을 증명할 거야."

더할 나위 없는 다정한 어조로 그는 다시 한번 내게 안정을 취하라고 요청한 뒤, 나를 하녀들에게 맡기고 떠났다.

Chapter XIII

이것은 플레옐에게 일어난 놀라운 변화였다. 무엇이 그의 굳은 확신을 흔들리게 했을까? 내가 기절했을 때 전격적인 변화를 일으키기에 충분한 어떤 일이 일어난 걸까? 시중을 들던 하녀들은 그가 내 곁을 떠나지 않았고, 내가 오랫동안 깨어나지 못하고 어떤 방법을 써도 한참이나 회복하지 못하자 그는 슬픔과 절망에 가득 찼다고 말했다. 그는 자신의 비난이 만들어 낸 영향을 내 진정성에 대한 증거로 받아들인 것일까? 이런 정신 상태에서 나는 내 몸이 무기력한 것에 신경 쓸 틈이 없었다. 나는 자리에서 일어나, 떠나기 전에 그를 만나게 해 달라고 요청했다. 그는 그날 밤을 자기 집에서 자고 가라고 간절히 요청 했지만, 나는 떠나기로 마음을 먹고 있던 터였다. 그는 내 요청에 응했다.

최근 그가 보여준 그 자상함이 이제 사라지고 다시 한번 냉랭하게 굳은 표정으로 되돌아가 있었다. 나는 그에게 내가 오빠 집으로 돌아갈 준비를 하고 있었다고, 그리고 내가 여기 온 것은 네가 나에게 뒤집어씌운 더러운 비방과 중상에 대해 내 결백을 증명하기 위해서였다고 말했다. 나는 자존심 때문에 입을 다물고 있거나, 멀찍이 떨어지거나 할 수 없었다. 나는 시간이 지나면서 자연히, 혹은 그가 좀 더 냉정하게 생각해서 자신의 비난이 잘못되었다는 것이 증명되기를 기대하지 않았다. 나는 전혀 죄를 짓지 않았고, 그의 좋은 의견에 약간 기대를 걸고 있었지만, 결백을 증명하려는 내 노력이 결실을 보지 못할 것이라고는 생각하지 못했다. 외관상 내게 불리한 증거가 아무리 많고 그럴듯해 보여도, 그것은 물어볼 것도 없이 죄다 거짓이었다. 나는 플레옐이 자기가 믿지 않는 내용을 가지고 혐의를 뒤집어씌우고 있는 것이 아니라는 것을 진심으로 그리고 기꺼이 믿고 있었다. 하지만 그 혐의 내용들은 전혀 사실이 아니었다. 그는 오류를 근거로 그런 생각을 가진 것이었고, 나는 그 오류를 잡아낼 기회를 원했다. 나는 그에게 탁 터놓고 듣고 본 것을 전부 자세히 내게 다 털어놓으라고 간청했다.

이 말을 들은 플레옐의 안색이 더 어두워졌다. 그는 분노를 억누르느라 애쓰고 있는 것 같았다. 말을 하려고 입을 열어도 말이 제대로 나오지 않았다. 한동안 이처럼 애를 쓰더니, 마침내 분연히 이를 극복하고 말하기 시작했다.

"나는 이 지긋지긋한 상황을 기꺼이 끝내고 싶어. 내가 무슨 말을 해본들, 괜히 아무것도 얻는 것 없이 숨만 낭비하는 셈이 되겠지. 내가 아무리 분명하게 말을 해도 네가 지금 알고 있는 내용에 새로 추가될 것은 없을 테니까. 너는 내가 무슨 근거로 이런 생각을 하게 됐는지 알면서도 계속 결백을 주장하고 있는데, 내가 왜 그 근거를 네 앞에서 털어놔야 해? 너는 카윈이 어떤 인간인지 알고 있어. 그런데도 내가 왜 그에 대해 내가 알게 된 사실들을 너에게 다시 되풀이 말해줘야 해? 하지만 네가 요청을 하니까, 그리고 인간이 지닌 한계성을 인식해서 내가 목격한 그 장면에 혹시나 어떤 오류가 숨어 있을 가능성도 있으니까, 내가 알고 있는 걸 대충 말해 줄게."

플레옐이 내게 해준 말은 이랬다.

"너의 언사와 품행이 원래 내게 어떤 인상을 남겼는지 그걸 되풀이 할 필요가 있을까? 우린 비록 어릴 때 헤어졌지만, 많은 편지를 주고받으며 끊임없이 교류를 나누었다. 너의 편지를 읽으면서 나는 네가 여인 중에 제일가는 여인이라고 믿었다. 그런 여인과의 만남을 내가 얼마나 즐거운 마음으로 기대했는지 모른다. 너는 내가 기대한 그대로였다.

나는 나 자신에게 말했다. 여기 이 존재는 현자들이 그들의 출중한 지성의 본보기로 삼을 만하고, 화가들이 그들의 이상적인 미의 기준으로 삼을 만한 존재다. 또한 지성과 인간 형태가 합일된 전형적인 예이며, 시인의 관념 속에서만 지금까지 존재해 왔다. 나는 네 눈을 지켜보았고, 내 주의는 네 입에 쏠려 있었다. 나는 네 목소리의 매력이 멜로디의 절묘함에서 더 두드러지는 것인지, 수사의 강조에서 더 두드러지는 것인지, 나 자신에게 스스로 물어보곤 했다. 나는 네 사고가 변천하는 과정, 네 표현에 담긴 행복, 네 교양 높은 논쟁, 그리고 화사하게 빛나는 네 모습을 지켜보았다. 그리고 네 목소리와 네 모습에 비하면 세상의 그 어떤 즐거움도 하찮고 시시한 것이라고 인정할 수밖에 없었다.

나는 네가 여자로서 지키는 신념들에 대해 생각했었고, 그 신념이 얼마나 단단한 기반 위에 선 것인지, 그 구성이 얼마나 완벽한 것인지 놀라웠다. 나는 네가 집에 있을 때 모습도 지켜보았다. 나는 네가 하인들이며 가족, 이웃, 그리고 세상 모든 사람을 어떻게 대하는지 지켜보았다. 아무리 고달프고 어려운 집안일도 솜씨 있고 능수능란하게 척척 처리하는 것을 보았고, 나날이 네 신중함과 판단력이 높아져 네 기억 속에 저장이 되며, 날마다 지칠 줄 모르는 독서와 글쓰기를 통해 네 지식이 풍부해지고 올바르게 자리 잡는 것을 보았다. 청춘이 꽃피는 이 나이에 이처럼 많은 것을 가진 여자라면 성숙한 나이가 되었을 때는 어떤 모습을 보여주게 될까 하고 나 자신에게 물어보곤 했다.[39]

너는 내가 얼마나 정확히 관찰했는지 알지 못할 것이다. 나는 이처럼 드문 본보기를 다른 사람이 보고 배우길 바랐다. 그래서 나는 네 행동 하나하나를 매일같이 기록했다. 우리에게 흔치 않은 기회에서 배울 점을 찾으려 애썼다. 나는 네 초상화에서 가장 미미한 색조, 가장 사소한 선 하나도 놓치지 않으려고 노력했다. 그 본을 받는 것이 중요한 임무라고 생각했고, 과장하거나 삭제할 필요 없이 지금 그대로 완벽하게 훌륭한 본보기라고 생각했다. 여기 이 존재는 하모니와 우아함의 결합체이며, 그 완전함을 훼손하지 않고는 그 어떤 것을 더하거나 뺄 수도 없는 존재였다.

나는 내가 하는 일에 끝이 있다거나 한계가 있다고 생각해 본 적이 없다. 내 눈에 보이는 모습에는 필요 없거나 지나치다고 나무랄 여지가 없었다. 네 신발 색깔, 네 리본 매듭, 혹은 네가 장미를 꺾는 모습까지도 기록해야 할 순간이었다. 네가 아침상을 차리는 모습이나 몸단장 하는 모습까지 충분히 그 이미지에 그려 넣었다.

나는 인간이 교훈보다 본보기를 통해 더 쉽사리 미덕으로 이끌린다는 것을 안다. 나는 일부러 꾸며진 본보기의 완벽함은 그 영향력이 줄어든다는

---

[39] 이 소설이 쓰인 당시 이상적인 여인상을 그대로 묘사해 보여주고 있다.

것을 안다. 왜냐하면 아무리 애써 본들 우리가 쫓아갈 수 없는 것을 추구하는 것은 쓸모없는 짓임을 우리는 아니까. 하지만 내가 그린 그림은 허상이 아니었고, 하나의 본보기로서 불완전함이라고는 찾아볼 수 없었다. 그리고 실제로 누군가가 도달한 그 위치만큼 오르려 염원하는 것은 전혀 이성적이지 않다고 할 수 없었다. 또 다른, 그리고 더욱 흥미로운 대상이 내 시야에 있었다. 내 모든 애정을 송두리째 앗아간 존재였다. 모든 면에서 열심히 연구하고, 끊임없이 본받아야 할 존재였다. 그녀가 나로부터 흔들림 없는 존경심을 얻고자 할 때, 나는 그녀의 모든 사고, 언사, 얼굴, 행동이 내가 그리는 그 이상적인 그림과 일치해 줄 것을 기대했다.

이 임무는 기쁨이 넘치는 일이었고, 내가 여기에 깊이 빠져 있을 때 카원이라는 못된 도깨비 같은 어떤 작자가 나타났다. 나는 그의 능력과 교양을 존경했다. 너도 거기에 대해 존경하는 것이 전혀 이상하지 않았다. 그러나 나는 네 판단력의 공정함을 믿고 그를 존경하되, 신중한 분별력을 가져줄 것으로 기대했다. 나는 그의 기이한 행실, 그의 불확실한 생애, 이러한 것들에 네가 주의를 할 것이라고 확신했다. 내가 잘못 한 것도 많지만, 내가 아는 네 성품에 비추어 볼 때, 이런 일은 네게 일어날 가능성이 가장 낮은 것이라고 판단했다.

너는 그에게서 강렬한 인상을 받았고, 그의 인상과 목소리에 거의 혼이 나가 버렸다. 네 묘사는 절절하고 병적이었다. 나는 네 이야기를 들으며 약간 놀라웠다. 그가 없을 때 네가 그린 그 초상화, 그리고 네가 그것을 두고 그렇게 골똘하게 생각하는 것 등은 모두 새롭고 예상치 못했던 일이었다. 이런 것들은 어떻게 보면 네가 예민한 감수성을 가지고 있음을 보여주고 있었다. 너의 행동은 당연히 네 생각과 의식에서 비롯되는 것이지만, 그래도 그 사람에 대한 네 감정에 대해 심각하게 걱정해야 할 이유는 전혀 없었다.

너희 두 사람 사이에 더욱 직접적인 교류가 이루어졌다. 내가 네 안전을 위해 취한 배려에 대해 나는 사과할 필요가 없다. 신은 빼어남을 알아볼 수 있는 능력을 내게 주고 그것을 내가 사랑하지 않을 수 없게 만들었으니까. 괴로운 일을 겪거나 위험한 일을 당해도 나는 언제나 네 모습만 생각하면 기분이 나아졌다. 네 경쟁 상대들은 그 어느 것도 아무런 가치가 없고 시시할 뿐이었다. 네 안전을 위해서라면 그 어느 대가도 지나치지 않았다. 그 목적을 위해서라면 내 편리함이나 건강, 심지어 내 목숨까지도 나는 기꺼이 즐거운 마음으로 너를 위해 바쳤을 것이다. 그러니 그가 있는 자리에서 네가 하는 말이나 네가 보여주는 표정, 그리고 이 남자의 사고방식과 행실을 끊임없이 내가 경계하고 감시한 것이나, 네가 네 행복을 이 남자에게 주었다는 징표가 보일 때마다 깊은 우려의 마음을 가진 것은 전혀 이상할 것이 없지 않은가?

나는 결정을 내리는 데 신중했다. 사랑과 결혼에 관한 토론이 나왔을 때 오고 간 대화 내용을 생각해 봤다. 젊고 아름답고 독립적인 한 여자로서, 이 문제에 대해 네가 올바른 신념을 지키려고 결심한 것은 당연한 것이었다. 네 신념은 눈에 띄게 올바른 것이었다. 그 신념의 강직함과 단단함은 허울만 그럴듯한 바람둥이 대시우드[40]를 네가 어떻게 생각했는지에서 증명이 되지 않았는가? 이러한 네 신념을 고려할 때, 나는 이

---

[40] 대시우드(Francis Dashwood): 당시 영국의 정치인이자 악명 높은 난봉꾼.

새로운 변화 때문에 네가 위험에 빠질 가능성은 없다고 믿었다. 이 남자의 비할 데 없는 능력, 풍기는 분위기, 그리고 언변에 감탄한 것은 나만이 아니었다. 나는 속으로 감추었지만, 그의 눈과 목소리에 마법의 그림자가 들어 있고, 그것이 그로 하여금 진정 대단한 인물로 만들어 주었다는 확신을 결코 떨쳐 버릴 수 없었다. 하지만 그의 인상이 주는 이해할 수 없는 표현, 네가 제일 먼저 눈치챈 그 불투명성, 그의 본색을 가리고 있는 베일에 대해, 그리고 그가 그토록 감추려 드는 사실의 미심쩍은 본질에 대해 생각해 보고 나는 안전하다는 결론을 내렸다. 나는 뻔히 보이는 것들이 암시하는 것을 부인한 것이다. 나는 네 행동을 지금까지 네가 나에게 털어놓지 않은, 그러나 내가 이미 알고 있는 너의 신념에 어긋나지 않는 어떤 이유를 탓했다.

　나는 이런 조마조마한 마음으로 계속 지켜만 보고 있을 수 없었다. 어느 날 저녁, 너도 기억하듯이 나는 너희 집을 찾아갔다. 내 목적은 항상 그랬듯이 평소보다는 좀 이르지만 네 집에서 묵기로 한 것이다. 밖에서 집으로 다가가는데 네 침실에 불이 켜져 있는 것이 보였다. 그래서 주디스에게 물어봤더니, 그녀는 네가 글을 쓰는 중이라고 했다. 너와 가족이나 마찬가지인 사람이자 친구로서, 그리고 한집에 사는 사람으로서, 나는 네가 뭘 쓰고 있는지 알아볼 권리가 있다고 생각했다. 너는 침실에 있었고, 그 시각에 네가 글을 쓰고 있는데 내가 그 방에 들어가는 것은 예의에 어긋난다는 생각이 들었다. 그런데 장난기가 도져서 살금살금 까치걸음으로 네 방에 들어갔다. 넌 내가 들어오는 것을 알아차리지 못했고, 나는 소리 없이 살짝 방에 들어가 네 어깨너머로 그 글을 훔쳐볼 수 있었다.

거기까지 간 건 내가 잘못한 것이고, 나는 뒤로 물러서질 못했다. 유혹에 발을 들여놓지 않도록 정말 조심해야 하는 것이거늘! 네 원고를 몰래 훔쳐보는 것은 나쁜 짓이라는 것을 안다. 하지만 네가 감출 만한 성격의 글을 쓰고 있는 게 아니라는 생각을 했다. 너는 네 친구가 읽을 수 있는 것보다 훨씬 많은 양의 글을 쓰고 있었다. 내 호기심은 너무나 강했고, 나는 그 호기심만 충족시킬 생각으로 그 원고에 그냥 살짝 눈길만 주었다. 이런 행동을 일부러 하지 말았어야 했는데. 조금만 방해가 있었어도 나는 그 자리에서 달아났을 것이다. 하지만 내 눈은 거의 순간적으로 그 원고에 닿고 말았다. 나는 네가 쓴 문장의 일부만 훔쳐볼 수 있었지만, 네가 속기로 글을 쓰고 있어서 한번 슬쩍 보는 것만으로도 너무 많은 내용을 파악해 버렸다. 내 눈에 '여름 별장', '한밤중' 이런 말이 들어오고 어느 문장은 '또다시' 만난다는 그런 표현과 내용인 것 같았다. 이 모든 것이 채 일 분도 안 되는 시간에 일어난 일이었다. 그 뒤에 나는 내가 온 기척을 냈고, 네 어깨를 쳐서 내가 왔다는 걸 네게 알렸다.

나는 그렇게 사소한 일로 놀라게 해서 미안하다고 사과하고 거기에 대해 해명 할 수 있었다. 그런데 네가 지나치게 당황하고 얼굴을 붉히는 것이었다. 너는 후다닥 그 종이를 보이지 않게 감추었고, 내가 그 내용을 아는지 모르는지의 여부가 너무나 궁금해서 물어볼 생각조차 하지 못하는 것 같았다. 나도 그때는 왜 그렇게 깜짝 놀라 당황하는지 의아했고, 내가 그 자리를 떠날 때까지 그 이유를 알아볼 생각을 하지 않았다. 그런데 혼자 있을 때 그 일이 새삼스레 떠올랐다.

'클라라가 어떤 상황이나 만남을 언급하고 있었던 거지?' 하고 나 스스로 물어봤다. 어느 저녁에 네가 사라진 것, 내가 강둑에 있는 후미진 곳에서 너를 발견한 것, 내가 두 번씩이나 불렀는데 네가 대답하지 않은 일, 그리고 마침내 언덕을 올라갔을 때 네가 한 모호한 대답과 네 당황하던 모습, 이런 것들을 나는 새삼 놀라운 마음으로 되새겼다. 여름 별장이라는 것은 이걸 두고 하는 말이었을까? 이때 있었던 일과 이후미진 구석이 대화 주제로 오르면 너는 겁먹은 표정과 정신 상태를 보이곤 했다. 아니, 지난번에 카원이 있는 자리에서 그때 일이 거론되었을 때 카원의 얼굴에도 뭔가 감정의 변화가 나는 것 같았다. 그렇다면 그 만남이란 카원과의 만남을 말하는 것일까?

이런 생각에 나는 곰곰이 빠져 있었다. 그 시각에, 그렇게 어두컴컴하고 후미진 곳에서, 신비롭고 강렬한 개성을 가진 이 남자와의 은밀한 만남, 그 후 네가 그처럼 숨기려고 애를 쓴 만남! 그것은 두렵고도 불길한 징조였다. 나는 그의 힘을 측정하지도, 그의 의도가 뭔지 상상할 수 없었다. 그가 너에게서 비밀스러운 사랑을 강탈했을까? 그리고 그 한밤중의 밀회를 비밀로 하라고 종용했을까? 나는 그처럼 초조하고 불안한 마음으로 밤을 지새운 적이 거의 없었다.

나는 어떻게 행동해야 할지 몰랐다. 이 남자의 됨됨이와 속내를 먼저 확인할 필요가 있다고 생각했다. 그가 만약 공개적으로 네게 구애를 했다면, 우리는 직접 물어볼 수 있었을 것이다. 하지만 그는 모호하게 행동하기로 작정했기 때문에 우리는 그 사람이 예외적인 성품을 가진 사람이라고 추정하는 것이 당연한 것으로 생각했다. 그래서 직접 물어보는 대신 다른 방법을 통해 그 사람의 정체를 알아볼 수밖에 없었다. 그러나 그런 무분별한 짓을 네가 저질렀을 가능성이 희박하다는 생각 때문에 나는 그의 정체에 대한 내 의심의 근거가 불충분하다는 생각을 다시 하게 됐고, 그런 의심을 하는 나 자신을 오히려 나무랄 정도였다.

　내가 말한 그 만남이 카원과의 만남이었다는 것은 비록 추측에 불과하지만, 가슴을 가장 아프게 하는 의심을 품게 된 두 가지 가능성이 머리에 떠올랐다. 이 남자의 설득력이 너무나 그럴듯하고, 그의 재주가 너무나 비상해서, 여기에 네가 그에게 갖고 있는 열정이 더해져 그가 마침내 유혹에 성공했거나, 혹은 그가 처해 있는 상황 때문에 네가 그걸 비밀을 지키고 있는 것인지도 모른다는 가능성이었다. 그중 어떤 때라도 나는 네가 정조를 잃었다는 생각은 전혀 하지 않았다.

　나는 이 문제에 대해 너와 이야기할 수 없었다. 만약 잘못된 오명을 씌우면, 그 가증으로 나는 당연히 네 분노를 살 것이고, 나는 왜 그런 생각을 가졌는지 네게 설명을 했을 것이다. 만약 그것이 사실이었다면, 그걸 말해 본들 아무 득이 될 일도 없었다. 너는 무슨 이유인지 몰라도 그걸 숨기기로 했고, 그 이유가 사실이든 오해든, 우선 그 이유를 알아내고 제거하는 것이 옳았다. 온통 의문투성이고 내가 그에 대해 아는 것이 제한적이긴 했지만, 나는 가장 고통스럽지 않은 가정을 믿기로 했다. 카원은 올곧은 사람이었고, 만약 네가 침묵하는 이유가 밝혀진다면, 그 이유는 정당한 것일 거라고."

Chapter XIV

 이런 일이 일어나고 삼 일이 지났다. 내 뇌리에서는 이 혼란스러운 생각이 떠나지 않았다. 경계심 없이 카윈을 대할 수도, 그리고 네가 안전하다는 것을 확실하게 믿을 수도 없었다. 하지만 내 의심을 떨쳐 버리는 것은 할 수 없는 일 같았다. 이 남자가 어떤 상황에 있는지 거기에 빛을 조금이라도 비출 수 있다면, 직접적으로 알아볼 수 있는 길이 저절로 그 모습을 드러낼 텐데. 만약 그가 그와의 대화에서 짐작되는 성격과 반대로 교활하고 사악한 인간이라면, 네게 이걸 알려주는 것이 네 안전을 지키는 일이었겠지. 또한 그가 불행하긴 하지만 결백한 사람이라면, 나는 주저하지 않고 그의 대의를 옹호할 것이고, 만약 너에 대해 그가 품고 있는 마음이 올바른 것이라면, 나는 너의 선택에 승복함으로써 기꺼이 네 선택을 축복할 수 있었다.
 카윈을 직접 불러 자신의 행실에 대해 털어놓고 이야기하게 하는 것은 소용없는 짓이었을 것이다. 꾸며낸 이야기에 기만을 당하는 것보다는 차라리 아무것도 모르고 있는 게 더 나으니까. 수차례에 걸쳐 우리가 보았듯이 그가 털어놓으려 하지 않는 이야기가 뭐든지 간에 억지로 그의 입에서 나오게 할 수는 없었다. 세상 사람들에게 그는 알려지지 않은 사람이었다. 나는 자주 그를 토론의 주제로 꺼내곤 했지만, 길거리에서 얼핏 본 그의 모습이 내가 그 사람에 대해 알고 있는 전부라고 해도 좋다. 아무도 이 사람을 과거에 본 적이 없고, 내가 발렌시아에서 그와 함께 있었기 때문에, 그리고 지금 이렇게 가까이 지내면서 알게 됐기 때문에 내가 그에 대해 할 수 있는 이야기는 다른 사람들에게는 전부 처음 듣는 이야기였다.

월랜드는 네 오빠다. 만약 월랜드가 너와 그 사람이 사귀는 것을 허락했다면, 오빠로서 이 일에 개입해서 그의 속내를 다 털어놓도록 요구할 수 있는 권한이 있는 것 아닌가? 그런데도 내가 이런 의심과 추정을 하게 된 근거가 뭐냐고? 그 근거가 이 방식을 정당화해 줄까? 물론 아니다.

끊임없이 이런 생각을 하다가 마침내 나는 네게 와서 너와 이야기를 하고 내가 저지른 무례함을 고백하고, 그 이후로 내가 어떤 생각을 갖게 되었는지 털어놓는 게 내가 해야 할 도리라는 생각이 들었다. 절대 이기적으로 그런 생각을 한 것은 아니다. 네 안전이 내 가슴 속에 들어 있는 심장보다 더 소중했다. 나는 너를 위험에서 지켜 줄 수 있다면 내 목숨도 기꺼이 바쳤을 것이다. 내가 한 행동에 너는 분노를 표할 수 있겠는가? 내가 그런 생각을 하게 된 동기를 알면 나에 대한 비난을 거둘 뿐만 아니라 오히려 나에게 감사해야 할 것이다.

새로 사들인 비극을 시연하는 날이 어제로 예정되어 있었다. 나는 참석하겠다고 약속했다. 하지만 내 정신 상태에서는 그런 상황에서 연극을 할 수도, 연극 구경을 할 수도 없었다. 그래도 나는 연극이 끝나고 나면 너와 함께 집으로 돌아와 이 문제를 완전히 터놓고 너와 이야기 나눌 기회를 얻어야겠다는 생각을 했다. 그렇게 하는 것이 적절한지, 내 결심에 대한 일말의 의구심이 없었던 것은 아니다. 약속했던 대로 연극에 참여하기 위해 이 집을 나섰을 때, 내 마음은 온통 근심에 사로잡혀 있었고 나는 의기소침했다. 우리 사이 있었던 대화의 미심쩍은 부분, 나의 개입이 네 안전을 지켜 주기에 너무 늦지 않았나 하는 염려, 그리고 네가 이 남자에게 마음을 주었다고 믿는 내가 잘못한 건지, 혹은 최소한 그가 한밤중의 밀회에 대한 네 동의를 얻어내지 않았는지를 생각하면 서로 모순되는 생각과 불쾌한 감정들로 내 정신이 산만해졌다.

내가 무슨 이유로 베이톤 부인을 떠올렸는지 이유를 댈 수 없다. 그날 아침에도 부인을 보았고, 부인은 잘 지내고 있다는 것을 알고 있었다. 약속된 시간이 거의 다 됐음에도 나는 부인의 집으로 향했고, 그녀의 집에 발을 들여놓았다. 응접실에 들어선 나는 소파에 털썩 앉았다. 집에는 아무도 없었고, 누구도 부르지 않았다. 내 몸은 온통 우울하고 불편한 생각에 지배당하고 있었다. 단 한 가지 생각만이 나를 완전히 사로잡고 있었다. 카윈이라는 이의 됨됨이와 속내를 완전히 밝히는 일이 얼마나 중요한 것인가, 그리고 이것이 얼마만큼 불가능한 것인가 하는 것이었다. 그때 거의 본능적으로 내 손이 신문에 가 닿았다. 나는 그날 아침에 그 신문을 같은 자리에서 다 읽은 터였다. 그래서 내가 한 행동은 의식적이라기보다 본능적으로 나온 행동이었다.

나는 눈에 띄는 첫 기사에 무심코 눈길이 갔다. 그 기사는 더블린에 있는 뉴게이트 감옥에 수감 중이다가 탈옥한 사형수를 잡는 자에게 삼백 기니[41]의 현상금을 준다는 내용으로 시작되고 있었다. 이럴 수가! 그 기사를 계속 읽어 가다가 그 탈옥수의 이름이 프란시스 카윈이라는 대목에 이르자, 나는 온몸에 털이 번쩍 서는 것 같았다.

이 사람의 주소와 인상착의가 자세히 나와 있었다. 그의 체격, 머리카락, 얼굴색, 그의 특이한 자세와 이목구비, 몸짓, 걸음걸이 등이 우리가 알고 있는 그 정체불명의 나그네와 완벽하게 일치했다. 그는 두 가지 죄목으로 유죄 판결을 받았다. 하나는 제인 콘웨이 부인을 살해한 죄였고, 다른 하나는 루드로 씨라는 사람에 대한 절도죄였다.

나는 이 대목을 거듭해서 읽어보았다. 그에 대한 생각으로 죽을 것 같았던 머리가 다시 살아난 것처럼 정신이 번쩍 들었다. 내가 가장 절실히 원하던 것이 내 주변 가장 예상치 못했던 장소와 시각에 발견된 것이었다. 카윈의 정체가 이제 드러났다. 그는 가장 죄악 되고 추악한 범죄를 저지른 작자였다. 내 생각에 이보다 더 확실한 증거가 있을 수 없었다. 이름, 겉모습, 행동 등이 동일했다. 그가 우리와 어울리기 시작한 시기와 탈옥한 시기도 충분히 일치했다. 네가 은밀하게 교제하고 있다고 의심한 사람이 바로 이런 작자였다. 내가 할 수 있는 일은 당장 서둘러 이 독수리의 발톱에서 너를 낚아채 오거나, 아니면 네가 위험한 절벽의 언저리로 아무것도 모르고 달려가는 것을 그냥 지켜만 보고 손을 뻗쳐 너를 다시 끌어올릴 생각을 하지 않거나, 둘 중 하나였다. 물론 뭘 선택할 것인지 생각할 필요가 없었다. 나는 신문을 주머니에 집어넣었고, 당장 너를 만나겠다고 결심했다. 한동안 내 머릿속에 다른 생각은 하나도 없었다. 내가 갖고 있는 정보도 한편으로는 충분했지만, 더 많은 정보가 있을

---

[41] 기니(guinea): 영국의 구 금화. 21실링(shillings)의 가치를 가지며, 현재 화폐를 기준으로 하면 약 1파운드에 해당.

수록 더 좋겠다는 생각이 때마침 떠올랐다. 이 신문은 영국에서 발간한 신문 기사를 인용해 보도했기 때문에 아마도 원본의 일부만 가져왔을 것이다. 이 신문을 발행한 사람은 원래 기사 전체를 갖고 있을 것이다.

나는 즉시 내 말을 그의 집으로 돌렸다. 그는 원본을 내게 보여주었지만, 내가 읽은 내용 말고는 아무것도 찾을 수 없었다. 내가 좀 더 자세한 내용을 찾으려고 애쓰는 동안 신문 발행인은 내 옆에 서 있었다. 내가 찾고 있는 내용을 알아차린 그는 '아,' 하더니, '그 이상한 사건 말이군요. 만약 할렛 씨가 그 신문을 내게 보내면서 그 내용을 다시 보도해 달라고 특별히 요청하지 않았더라면 나도 그 기사를 전혀 알지 못했을 겁니다.' 하는 것이었다.

할렛 씨라! 그가 무슨 이유로 그런 요청을 했을까? 그가 신문을 보내면서 이 범죄자에 대한 정보를 더 주지 않았을까? 이 기사가 다시 발행되기를 바라는 데 무슨 개인적이거나 특별한 이유가 있지 않았을까? 이걸 알아내는 방법은 단 한 가지였다. 나는 속히 그의 집을 찾았다. 내가 질문하자 그는 루드로 씨가 과거에 미국에 있을 때, 그리고 같은 도시에 살고 있을 때, 두 사람이 꽤 가까이 지냈다고 했다. 그래서 서로 신뢰하게 되었고, 가끔 서한을 주고받으며 이 신뢰는 계속되었다. 최근 그는 그에게서 편지를 받았는데, 그 속에는 이 내용이 들어 있는 신문이 있었다. 그는 그것을 내 손에 쥐여 주며 카윈에 대한 내용이 담긴 부분을 가리켰다.

루드로 씨는 이 죄수가 탈옥한 사실을 확인해 주었다. 그리고 이 죄수가 미국으로 달아났다고 믿을 만한 이유가 있다고 덧붙였다. 그가 대충해 준 설명에 따르면 그는 가장 불가사의하고 끔찍한 인물이며, 사기 행각을 벌이고 다니는 고도의 지능범인 것으로 추측됐다. 그의 지식은 비교할 바 없이 높고, 그 범행 수법은 어떤 지옥의 악마와 동맹을 맺고 있는 것이 아닌지 의심이 될 정도였다. 그는 사람들의 행복을 짓밟으려고 단단히 작정한 사람이며, 자기에게 걸려드는 사람이 있으면 누구든 가리지 않고 파괴 공작을 벌이는 사람이었다.

그 편지의 주된 내용이 그런 것이었다. 내가 이 문제에 호기심이 있는 것을 보고 할렛 씨는 놀라워했다. 나는 이 편지에 담긴 내용에 너무나 깊이 골똘히 빠져 있었기 때문에 할렛 씨가 한 말에 귀를 기울이지 못했다. 이런 작자와 무분별하게 가까이 지냄으로써 우리가 어떤 위험에 처하게 됐는지 생각하니 사지가 벌벌 떨렸다. 나는 곧장 너를 만나 이 청천벽력 같은 사실을 알려주어야 할 의무가 있다고 생각했다. 시간은 이미 오후 다섯 시였다. 밤이 서둘러 다가오고 있었고, 더는 지체할 수 없었다. 할렛 씨의 집에서 나온 뒤에 내가 길거리에서 마주친 사람은 그 누구도 아닌 바로 내가 독일에 두고 온 하인, 베르트랑이었다. 그는 겉모습으로 볼 때 멀고 험한 여행을 한 것으로 보였다. 이 시기쯤에 그가 올 것이라고 예상하고 있었지만, 그 당시 상황에서는 전혀 내가 생각 하지도 않던 사람이었다. 내가 이 사람과 대화를 나눌 때 왜 그렇게 초조하고 안절부절못했는지 그 이유는 네가 알고 있을 것이다. 순간적으로 카원에 대한 일은 잊어버리고 있었다. 내가 간절한 심정으로 요청하자 베르트랑은 두툼한 봉투를 꺼냈다. 그 내용이 뭔지, 거기에 대해 내가 어떤 조처를 해야 했는지는 지금 이 자리에서 이야기하지 않겠다. 나는 봉투에 담긴 문서를 간략하게 읽고 베르트랑에게 지시를 내린 뒤 너와 관련된 원래 볼일을 보러 가려 했다. 베르트랑에게 맡긴 일은 시급하게 처리해야 할 문제였기 때문에 내 말은 그에게 줄 수밖에 없었다. 이때 시간은 이미 열 시를 가리키고 있었고, 메팅겐까지는 오 마일 거리였다. 거기까지 나는 걸어서 갈 작정이었다. 이러한 일들이 내가 네게로 가는 동안 일어난 일들이었다.

  서둘러 길을 가는 가운데 나는 이 작자가 우리와 함께 있을 때 보인 언행에 관한 모든 일을 되새겨 보았다. 최근에 있었던 일들은 내가 읽거나 들어본 것과 비교할 수 없게 불가해하고 기이한 것들이었다. 이 모든 사건은 카원이 등장한 때와 시기가 일치하고 있었다. 그 원천, 그리고 사건과 시기에 대한 연관성을 설명할 수는 없지만, 그 일련의 사건들이 초자연적인 힘에 기원하고 있다고는 믿지 않는다. 혹시 이 남자가 그 배후 인물이 아니었을까? 그 사건 가운데 어떤 것들은 긍정적인 것 같긴 하지만, 최근에 있었던 그 살해 위협과 같은 부정적인 것에 대해서는 어떻게 생각해야 할까? 그는 직업적으로 피를 보고 다니는 사람이고, 공포를 몰고 다니는 사람이다. 그러니 우리의 가슴에서 자연스러운 동정심의 감정이 사라지고, 그로 인해 우리의 행복이 불행으로 바뀌고, 기쁨이 비통함으로 바뀌게 될 것이 뻔했다. 인간이 존재해 온 한, 마귀의 힘과 악행에 대한 예는 수천 가지가 넘는다. 이기적인 마음에서 태어나 교활함으로 키워지지 않은 마귀는 없다.

  자, 이제 상황이 바뀌었다. 내가 두려워하는 것은 그가 숨기고 있을지 모를 단검이 아니었다. 내가 두려워하는 것은 단지 그 작자가 너를 파멸로 이끌고, 너를 속임수의 도구로 이용해 네 스스로 자유와 명예를 포기하도록 하는 데 성공하느냐 마느냐 하는 것뿐이었다.

  늘 하던 대로 나는 네 오빠 집 마당을 통한 길을 택해 걸어갔다. 나는 강둑을 따라 조용하고 민첩하게 걸어갔다. 월랜드의 집과 네 집을 나누는 울타리 가까이에 나는 도착했다. 강둑 주변에는 후미진 곳이 있었고, 내가 그 옆을 지나가지 않을 수 없었다. 내 마음은 어쩔 수 없이 너에 대한 깊은 의혹으로 물들어 있었고, 그 강한 의혹은 이 지점에서의 사건과 관련되어 있으니, 내 생각이 온통 거기에 사로잡혀 있는 게 전혀 놀랄 일이 아니었다.

나는 담장 위로 훌쩍 뛰어 올랐다. 하지만 반대편으로 내려가기 전에 나는 잠시 멈추고 주변을 살펴봤다. 나뭇잎은 이슬을 머금고 떨어지며 달빛에 반짝이고 있었고, 움직임이라고는 하나도 없는 그 깊은 정적은 안정과 희망으로 나를 가득 채워 주었다. 이윽고 나는 그 자리를 떠나 앞으로 걸어갔다. 아마 너는 쉬고 있을 것이다. 어떻게 너를 놀라게 하지 않고 내가 온 것을 알게 해 줄까? 나는 즉시 너를 만나야 했다. 망설이거나 지체해서 단 일분이라도 허비하는 것은 생각조차 할 수 없었다. 문을 두드려야 할까? 아니면 지금 열린 것으로 보이는 침실 창문 아래에 서서 소리를 질러 너를 깨워야 할까?

여름 별장 맞은편을 걸어가면서 나는 이런 생각을 하고 있었다. 그곳을 다 지나갈 무렵, 내 귀에 이 시각, 이곳에서 날 법하지 않은 소리가 들렸다. 그 소리는 너무나 희미하게 잠깐 들리고 말았기 때문에 누구의 목소리인지 확실하게 구분할 수 없었다. 나는 발을 멈추고 귀를 기울였다. 그 소리가 다시 들렸다. 이번에는 소리가 약간 더 높았다. 그것은 웃음소리였고, 의심의 여지없이 여자의 목소리였다. 그 목소리는 내가 익히 잘 알고 있는 목소리였다. 바로 네 목소리였다.

어디서 그 소리가 들려오는지, 처음에는 추측도 할 수 없었다. 하지만 세 번째 그 소리를 들었을 때는 이 불확실성이 사라졌다. 나는 별장이 있는 쪽으로 눈을 돌렸다. 내 감각 기관이나 팔다리는 아무 소용도 없었다. 나는 그 문제를 이성적으로 따지지 않았다. 나는 어떤 결론도 내리지 않았다. 그 시각, 그 장소, 그 목소리에 실린 들뜬 기분, 그리고 반박의 여지없이 누군가와 함께 있다는 그 정황 등에서 직접적으로 어떤 결론을 내리지 않았다. 오로지 순간적으로 내 심장이 얼어붙고 내 생명의 맥박이 정지되는 듯했다.

계속 가던 길을 가야 하나? 아니면 뒤돌아가야 하나? 예전에는 그처럼 달콤하고 매력적이던, 하지만 지금은 올빼미가 지르는 소리보다 더 흉측스러운 그 목소리에서 서둘러 멀리 떨어져야 하나?

이런 생각으로 허비할 시간이 없었다. 가까이 다가가서 들어봐야겠다는 생각이 들었다. 내가 의식하고 있는 것에 대한 의심은 없었다. 하지만 더 확실하게 확인할 수 있는 일이었다. 아울러 나는 분노에 자극을 받은 면도 있었다. 네가 만나고 있는 곳에 쳐들어가서 죽도록 네게 야단을 치겠다는 격한 마음도 속에서 일어나 나를 지배하고 있었다.

나는 최대한 조심스럽게 가까이 다가갔다. 여름 별장 바로 위에 있는 강둑 언저리에 도착했을 때 대화에 열중하는 목소리가 아래에서 들려왔다. 그 바위에 난 계단에는 나뭇가지 같은 장애물들이 없어서 나는 건물 옆에 움푹 파인 부분으로 내려감으로써 그들 눈에 띄는 걸 피할 수 있었다. 그 상황의 중요성을 고려할 때 가만히 몸을 눕히고 기다리는 것만이 최선이었다."

이 부분에서 플레옐은 잠시 말을 멈추고 나를 빤히 바라봤다. 내 입장에서는 이 이야기가 가져다준 경악과 놀라움은 뒷전이고, 플레옐의 얼굴에 나타난 비통함에 대한 연민이 치밀어 올랐다. 나는 내 원수가 지닌 힘에 대해 생각해 보았다. 플레옐이 엿들은 대화 내용을 나는 쉽사리 짐작할 수 있었다. 카윈은 자기가 범행 표적으로 삼은 자의 성격에 딱 맞는 방식으로 자신의 계략을 꾸몄던 것이다. 나는 플레옐의 확신은 바뀔 것이 아님을 알아차렸다. 나는 폭풍을 피하려는 몸부림을 억눌렀다. 그 어떤 몸부림도 결실을 보지 못할 것이므로. 나는 침착했다. 하지만 나의 침착은 절망으로 인해 온몸에 힘이 빠져서였지, 강한 의지로 버틴 것이 아니었다. 그것은 플레옐의 비통함과 분노가 몰고 올, 그 어떤 것으로도 꺾을 수 없는 침착함이었다.

"이 여인아! 내게서 더 말을 듣고 싶은가? 그 대화 내용을 여기서 다시 되풀이해 볼까? 네가 그렇게 꿀 먹은 벙어리같이 가만히 있는 것은 수치스러움 때문인가? 내가 이야기를 계속할까? 아니면 지금까지 들은 이야기로 너는 이제 만족하는가?"

나는 고개를 숙이고 말했다. "계속해. 나는 너를 이해시키겠다는 희망으로 이런 요청을 한 게 아니야. 나는 내 나약함과 더는 다투지 않겠어. 이미 폭풍은 불어오기 시작했고, 나는 그 폭풍의 격노에 조용히 나 자신을 맡길게. 하지만 계속해. 내 운명이 어떻게 될지 분명하게 알게 되기 전에는 이 만남은 끝날 수 없어. 만족스럽진 않겠지만, 그것 없이는 자리를 뜨지 않을 거야."

왜 이 말을 들은 플레옐은 망설였을까? 의도치 않은 어떤 의심이 그의 마음속에 스며들었을까? 내 표정, 내 말, 혹은 새로 떠오른 정황 때문에 그의 믿음이 갑자기 흔들린 것일까? 그 이유가 무엇이든 지금 그런 생각을 할 때가 아니었다. 잠시 후 분노의 불길이 다시 그의 가슴에 타올랐다.

그는 여전히 격한 목소리로 말을 계속했다.

"내가 이런 잘못을 저지르다니, 내가 혐오스럽군. 이 이야기에 대한 사과는 찾아 볼 수 없군. 그래도 나는 거부할 수 없는 충동으로 이 이야기를 하고 있어. 내 말을 듣고 있는 여인은 모든 자세한 내용을 다 알고 있는 자이거늘. 자기가 한 말을 나는 단지 되풀이하고 있을 뿐이거늘. 그녀는 차분히 앉아서 듣기만 하고, 그녀의 저 고집스러운 모습은 나를 더 절박한 행동으로 몰아낼지도 모르는데 내가 왜 계속해야 한단 말인가! 그런데도 나는 계속해야만 하다니!"

그는 다시 말을 멈추었다. "아니야," 하고 그는 말했다. "네가 한 사랑의 서약, 애정을 바치며 네가 한 고백, 네가 행한 그 수치스러운 행동, 너희 두 사람 사이에 있었던 그 첫 만남의 상황들, 이런 것들을 나는 되풀어서 말할 수 없어. 그건 내가 네 뒤를 쫓아 이 피서지로 온 그날 밤에 일어난 일이었어. 그때 그 작자는 당신을 유혹했고, 거기서 너는 그를 받아들임으로써 용납될 수 없는 승낙을 그에게 주었어.

아, 하나님! 그 순간 비통함으로 내 마음이 갈기갈기 찢긴 걸 하늘은 안다. 내 귀가 하는 증언을 그럴 리 없다며 떨쳐 버리려고 얼마나 노력했는지 하늘은 안다. 하지만 내가 갑자기 나타나자 네가 화들짝 놀라던 모습이 자꾸만 머릿속에 떠올라 소용이 없었다. 네가 적당한 핑계도 금방 대지 못한 일도 자꾸만 떠올랐다. 내가 뻔뻔하게 끼어들어 네 황홀한 만남이 끝나 버린 데 대한 네 분노. 거기에 실망한 너는 그 이후로 더욱 자주 오래 만나는 것으로 그걸 보상하려 했다.

너밖에 아는 사람이 없는 사건, 네 가족 말고 그 누구도 증인이 없는 상황에서 일어난 사건만 누누이 곱씹어 대는 네 목소리, 아무도 흉내

낼 수 없는 그 특출한 사고력과 언변이 뚜렷한 네 구구절절한 이야기도 자꾸만 귀에 쟁쟁거렸다. 나의 확신은 똑같은 증표가 표시가 쌓이고 쌓여 굳어진 것이었다. 나는 내 믿음을 끝까지 지킬 힘을 앗아간 증거 이외의 것은 받아들이지 않았다.

내가 본 것은 내게 아무 소용이 없었다. 나무가 울창하게 가려진 그 아래, 어둠은 너무나 깊었다. 그런 상황에서 무슨 일이 있는지 귀로 들어서 알 수밖에 없었다. 나는 네게서 불과 몇 피트밖에 떨어지지 않은 지점에 웅크리고 있었다. 내가 더 가까이 가봐야 할 필요가 없었다. 나는 너와 함께 있는 자를 대적할 수 없었기 때문이다. 무슨 목적으로 내가 그를 대적할 수 있겠는가? 네게는 너를 보호해 줄 사람이 필요 없었다. 혼동과 절망에 압도당한 채 그 자리에서 물러나는 것 외에 내가 뭘 할 수 있었겠는가? 나는 내 침실로 돌아와 마음을 진정시키려 애썼다. 집으로 들어가는 문은 열려 있었는데, 네가 들어가고 나서 그 문은 잠기고 단단히 자물쇠로 채워졌고, 너는 오랫동안 비어있던 너의 침실로 갔다. 이런 것들은 단지 진실을 확인시켜 줄 뿐이었다.

내가 얼마나 분노와 절망, 비통함과 복수심 사이를 격하게 오갔는지 내가 너에게 말할 필요가 없다. 너를 찾아 나섰을 때는 죽을 때까지 이 나쁜 놈을 용서하지 않고 고통받게 하겠노라고 다짐했지만, 네 문에 도착하기도 전에 나는 그 다짐을 철회할 수밖에 없었다.

이제 이만하면 내가 할 말은 충분히 다 한 것 같다. 네 가슴 속에서 이제 나는 지워야만 한다. 내가 생각하는 것, 내가 느끼는 것은 네 눈에 전혀 중요하지 않다. 내가 수행할 의무가 네 존재를 잊게 해 주길 나는 바랄 뿐이다. 몇 분 후면 나는 떠나고 없을 것이다. 네 운명은 네가 정하도록 하고, 교육이 네게 가르쳐주지 못한 지혜를 역경이 네게 가르쳐주길 바란다."

    이것이 플레옐이 마지막으로 한 말이었다. 그는 방에서 나갔고, 새로운 감정 때문에 나는 그가 나가는 것을 침착한 자세로 잠잠히 지켜보기만 할 수 있었다. 혼자 앉아 나는 그 사건들을 곰곰이 되새겨 보았다. 내 행복이 영원히 사라졌다는 것보다 더 명백한 사실은 없었다. 인생은 아무 소용없는 것이 되었고, 거기에서 내 행복도 떠나 버렸다. 하지만 이제 나를 사로잡은 감정은 내가 힘을 내지 못하도록 나를 마비시키지도, 내 힘을 제압하지도 못했다. 밖이 점점 저물어 가는 것을 알아차리고, 이 집을 떠나야 한다는 생각이 들었다. 나는 다시 마차에 몸을 싣고 천천히 도시로 향했다.

Chapter XV

 내가 도시에 도착하기 전에 이미 석양이 지고 있었다. 나는 메팅겐에서 그날 밤을 묵을 생각이었다. 충실한 하녀가 이른 시간에 와서 시중을 들어주는 한 염려하지 않아도 될 일이었다. 힘이 다 빠지고 없어서 어떻게든 기운을 좀 차려야 했다. 그래서 기운도 차릴 겸, 나에 대한 애정이 진정으로 어머니 같은 분께 인사도 드릴 겸, 나는 베이톤 부인 집에 들렀다. 부인은 집에 없었다. 하지만 내가 그 집에 발을 들여놓기가 무섭게 그 집 하인 중 한 사람이 내게 편지를 전해 주었다. 나는 그 편지를 뜯어서 읽었다. 그 내용은 이랬다.

 클라라 윌랜드에게,
 지난밤 내가 저지른 잘못된 행동에 대해 내가 무슨 말을 할 수 있겠습니까? 내 모든 힘을 다해 그 잘못을 바로잡는 것이 내가 마땅히 해야 할 도리이겠지만, 그렇게 할 수 있는 유일한 방법은 당신이 허락하지 않을지도 모른다는 생각에 앞서는군요. 그 방법이란 당신의 집에서 오늘 밤 열한 시 내가 당신을 만나 볼 수 있게 허락해 달라는 것입니다. 내가 당신에게 안겨 준 공포심을 씻을 방법은 내가 정직하게, 그리고 간단하게 당신에게 다 털어놓는 것밖에는 아무 방법이 없습니다. 우리 사이에 있었던 일을 생각해 보면 당신은 내 말이 믿을 가치가 없다고 생각할 것입니다. 그래도 어쩔 수 없습니다. 내가 저지른 실수와 무모한 짓으로 다른 방법이 내게 남아 있지 않군요. 그 시간에 당신의 집 문 앞에 있겠습니다. 우리가 만나는 것을 옆에서 지켜보는 사람이 없이 단둘이 만나자는 저의 요청을 받아들이신다면, 당신의 행복에 너무도 중요한 내용을 자세히 다 밝히겠습니다. 안녕히.

"카윈!"

이게 도대체 무슨 편지란 말인가? 살인자이자 도둑으로 알려진 자, 내 목숨과 명예를 짓밟을 음모를 꾸밀 수 있는 자, 내 침실 안에 숨었다가 들키고, 파렴치하고 치가 떨리는 짓거리를 공언한 자가 지금 내게 한밤중의 만남을 허락해 달라니! 나와 단둘이 만나게 허락해 달라니! 내가 동의할 것이라는 기대를 하고 그는 이런 요청을 한 것일까? 나를 뭐로 봤기에 도대체 이런 얼토당토않은 생각을 가졌단 말인가? 하지만 이 요청은 아주 진지했다. 수상쩍게 조르는 투가 아니었다. 그가 말하고 있는 그 못된 짓이 조금 무례한 짓에 불과했더라면, 그리고 내가 아는 사람들이 있는 자리에서 만나자고 했다면, 이 편지의 내용에 대해 이처럼 기가 막히지는 않았을 것이다. 하지만 있는 그대로 봤을 때, 그 편지를 쓴 자는 분명 정신이 나간 게 틀림없었다.

나는 그 편지를 여러 번 읽어 보았다. 만약 다른 사람이 쓴 편지라면 그 속에 담긴 요청은 당돌하고 어리석다고 하겠지만, 그 편지가 자연스레 어떤 효과를 불러올지, 그 편지가 어떤 나쁜 대접을 받게 될지 모를 리 없는 카원이 쓴 편지라면 정말 이해할 수 없었다. 그는 분명 내 동의를 끌어낼 모종의 음모가 성공할 것을 기대하고 있음이 틀림없다. 내 평소 소신을 따르자면 집 앞에서 그 시각에 이성을 만난다는 것은 가당치도 않은 일이었다. 더구나 가증스럽기 짝이 없는 범행을 저질렀다는 남자, 재간을 부려 나를 풍전등화에 처하게 한 남자, 그리고 내 행복을 돌이킬 수 없이 파괴한 남자라면 더더욱 말할 것도 없었다. 나는 그런 만남이 있을 수 있다는 생각만 해도 치가 떨렸다. 나는 그가 여전히 방문하고 자주 들락거리는 그 지점에 가까이 가는 것도 꺼림칙했다. 편지를 읽었을 때 처음 든 생각은 이런 생각들이었다.

잠시 후 나는 그 집에서 나와 가던 길을 계속했다. 나는 같은 주제만 골똘히 생각하고 있었다. 이 편지만 곰곰이 반추하다가 서서히 플레옐을 만난 일로 생각의 초점이 흘러갔다. 그가 들었다는 대화 내용의 세부적인 부분을 되새겼다. 이 불가사의한 사기극의 정교함, 그리고 그에게 잘못된 확신을 심어 준 그 일련의 불미스러운 사건들이 동시에 그렇게 일어난 것을 생각하면, 억장이 무너졌다. 그가 내 침실 방문에 다가왔을 때, 나는 공포에 질려 벙어리가 되고 말았다. 그는 아마도 틈이 있는 부분에 귀를 가져다 댔겠지만, 그 어떤 사람의 소리도 듣지 못했다. 내가 만약 소리를 지르거나 방 안에 사람이 있다는 기척이라도 냈다면 서로 말이 오갔을 것이다. 그랬더라면 한 사람이 같은 시각에 다른 곳에 있는 것은 있을 수 없는 일이므로 사실이 밝혀졌을 것이고, 조금 전에 일어난 일에 대해 자연스레 대화가 이루어짐으로써 나는 이 청천벽력 같은 오해를 사는 일도 피할 수 있었을 것이다. 그는 자기 침실로 들어갔고, 얼마간의 시간이 지난 후에 나는 발소리가 들리지 않게 방에서 빠져나가 계단으로 내려갔다. 바깥문을 단단히 걸어 잠갔기 때문에, 방으로 되돌아올 때는 그보다 덜 신중했다. 그는 내가 내려갈 때 소리는 듣지 못했지만, 내가 되돌아오는 발소리는 쉽게 들을 수 있었다. 이래서 그는 결국 불미스러운 만남이 있었다는 생각을 하게 됐다. 이런 신호들을 어떤 다른 방식으로 받아들일 수 있었겠는가?

내가 왜 그렇게 앞뒤 생각 없는 행동을 했더란 말인가! 카윈의 계략은 믿기 어려운 사건이 동시에 발생해 성공했던 것이다. 그 균형은 평형추 위에서 간발의 차이로 왔다 갔다 했다. 내 침실에서 있었던 일에 대해 내가 터놓고 이야기를 시작했다면, 오빠와 앞서 내가 만난 데서 그는 누군가 나를 사칭하고 있다고 의심했을 것이다. 만약 플레옐이 내 방문에 손을 댔을 때, 그리고 그처럼 세게 방문을 쾅 닫았을 때, 내가 이 괴한과 대화하고 있었다면, 이런 일들은 내가 어떻게 설명할 것이냐고 내게 물을 것이다. 행여 그는 이런 정황들을 우리 오빠에게 다 털어놓지 않았을 수도, 그러므로 오빠에게서 내가 그런 내용을 알아내서 내 결백을 어김없이 밝혀낼 수도 없었던 것이다.

이런 생각 끝에 제일 먼저 든 충동은 다시 되돌아가서 다시 한번 만남을 요청하는 것이었다. 하지만 그는 떠나고 없었다. 그가 떠나며 한 말도 기억이 났다.

플레옐, 당신은 영원히 가 버렸는가! 나는 울부짖었다. 네 실수는 영영 밝혀질 수 없는 것인가? 나는 이 올가미에서 빠져나오기 위해 할 수 있는 일이 아무것도 없단 말인가? 그 계략을 꾸민 자는 가까운 곳에 있다. 그는 심지어 속죄의 뜻을 비치기도 했다. 그는 나와 만나 그 자리에서 내 행복에 중대한 무언가를 다 털어놓겠다고 했다. 그가 무슨 말로 이 불행을 되돌릴 수 있단 말인가? 하지만 그가 왜 회개를 가장하겠는가? 나는 그에게 아무 해를 끼친 것이 없다. 그의 교활함은 오직 절망만을 가득 심었고, 회개의 바람이 결국 그를 견딜 수 없게 몰아칠 것이다. 왜 이런 일이 더 일찌감치 일어나도록 하지 않았던가? 내가 그와 만나는 것을 거절할 이유가 어디 있는가?

이런 생각이 잠시 들었다. 하지만 곧 그 생각을 떨쳐 버렸다. 그런 생각을 잠시라도 품은 내 미친 정신 상태가 한심스러웠다. 그러다 그 생각이 또 머릿속에 떠올랐다. 마침내 나는 최소한 고려할 가치는 있다고 생각했다. 나는 그런 둘만의 장소에, 그런 신성한 시간에, 무슨 꿍꿍이속인지 알 수 없지만 끔찍한 짓을 저지를 수 있는 남자, 그리고 가는 곳마다 형언할 수 없는 공포를 불러 올 것으로 예상되는 이 남자를 들이는 것이 부적절한 짓이 아닌지 자문해 보았다.

나를 흔드는 것은 무엇이었을까? 그를 만나야겠다고 결심하게 하는 이유는 많지만, 그렇게 할 의지는 내게 모자란다고 나는 느꼈다. 내 마음은 여러 갈래진 것 같았고, 이 여러 갈래 마음들이 서로 격렬하고 집요하게 서로 다투는 것 같았다. 이러한 격렬한 감정은 서서히 잦아들었다. 지금까지 나를 보호해 준 그 신의 개입, 이 편지에 담긴 죄책감의 징표, 그리고 이 만남이 내 인품에 한 점의 오점도 없음을 밝혀서 플레엘이 품고 있는 모든 그릇된 생각을 떨치게 할 것으로 믿어야 할 이유는 새로운 증거와 더불어 끊임없이 설득력을 더해 갔다.

왜 내가 그와 함께 있기를 두려워해야 하나? 이것은 나를 그의 손아귀에 넘겨줄 의도가 깔린 계략이 아니었다. 만약 그것이 하나의 계략이었다면,

그것으로 무슨 목적을 이룰 것인가? 내 마음의 자유는 훼손되지 않았으며, 그 자유는 어떤 감언이설이나 마법 공격도 물리칠 것이다. 힘은 내가 물리칠 수 없었다. 예전에 내 용기는 목전에 다가오고 있는 위험 앞에서 꺾인 것은 사실이다. 하지만 나는 곰곰이 생각할 기회를 갖지 못했다. 나는 무슨 일이 일어날지 전혀 예견하지 못했고, 그 전에 했던 생각 때문에 바보 같은 짓을 하고 말았다. 최근 있었던 실망스러운 일도 있었고, 불미스러운 일이 벌어질 것으로 착각했던 것도 도움이 되지 못했다. 내가 들은 신성한 경고와는 반대로 벽장문을 열려고 고집을 부렸다.

지금의 경우에도 내 용기는 그때처럼 오해와 착각을 바탕으로 하고 있는 건지도 몰랐다. 나는 영영 플레옐을 잃고 말았다. 나는 그의 입장이 되어 보기도 하고, 내 분노를 가라앉히려 애쓰기도 했지만 소용없었다. 시간이 주는 치유 효과를 믿어 보기도 하고, 새로운 희망이 싹트기를 기대하기도 하고, 그토록 오랫동안 자유롭게 누려 왔던 그 찬란한 날들의 행복이 다시 한번 활짝 피어오르기를 염원했지만, 다 소용없었.

이미 이런 불운을 당했는데, 앞으로 이보다 더 심한 불행이 남아 있겠는가?

카윈은 나의 원수가 아니었던가? 나의 때 아닌 불행은 그의 배반 때문이었다. 그를 피해 도망가는 대신, 어떻게든 그를 만나서 그로 하여금 자기가 저질러 놓은 모든 몹쓸 일들을 바로잡으라고 종용해야 하는 것이 아닐까? 그가 말로 해서 절대 통할 사람이 아니라고 여길 이유가 뭔가? 나에게는 확신을 심어 줄 능력과 이성이 있지 않은가? 그로 하여금 플레옐이 빠져 헤매고 있는 의혹의 늪에서 빠져나오게 해 주는 것이 자기가 해야 할 올바른 도리임을 깨닫게 할 수 없을까?

최소한 그는 두려움을 아는 사람일지도 모른다. 그는 자기가 해를 입힌 여인의 분노에서 두려워할 것이 하나도 없을까? 그가 그런 설득에 안 넘어간다고 치자. 그가 품고 있는 모든 천인공노할 범행을 계속 고집한다고 치자. 내 힘으로 나는 거기에 대항하고 방어할 수 있지 않은가?

이렇게 생각이 이어지다가 마침내 나는 결심을 굳혔다. 나는 그가 선한 목적으로 나와의 만남을 요청했기를 바랐다. 하지만 어찌 됐든 내 행동이나 이성의 힘에 따라 나는 그것이 좋은 의도에서 나온 요청이거나, 최소한 해를 끼칠 의도는 아닌 것으로 믿기로 했다.

그런 결심은 흔들리게 마련이다. 내 마음은 고뇌에 가득 찬 시인의 마음이나 다름없었다. 내 가슴에 고뇌가 고개를 들었고, 이 고뇌는 그와의 만남이 끝나야만, 그리고 어떤 결과가 나올 것인지 완전히 드러나야만, 끝날 것이라고 나는 예견했다. 이렇게 하여 나는 카윈이 정한 그 시각이 다가오기를 초조하게 기다리기 시작했다.

한편, 내 머릿속은 온갖 골치 아픈 문제로 복잡했다. 그 계획을 실행하는 데 따른 새로운 문젯거리가 곧 떠올랐다. 나는 캐서린에게 오늘 밤, 그리고 앞으로 여러 날을 그 집에서 지내기로 했다고 말을 한 터였다. 오빠도 내가 이렇게 하기로 했다는 사실을 들어 알고 있었고, 기꺼이 이것을 승낙했다. 만나기로 한 시간은 그들이 잠자리에 들고도 한참 지난 시간이었다. 내 계획이 바뀐 것을 어떻게 설명해야 할까? 이 편지를 오빠에게 보여주고 오빠의 결정에 따르도록 해야 할까? 하지만 그가 무슨 결정을 내릴지는 뻔했다. 그는 가지 말라고 간절히 막을 것이다. 아마 말로 안 되면 그 이상 방법까지 쓰지 않을까? 그는 카윈이 저지른 짓들을 알았고, 그의 체포에 현상금이 걸린 것도 알았다. 오빠는 이걸 범죄자를 신고해 정의를 실천할 기회로 삼으려하지 않을까?

이것은 새롭게 머리에 떠오른 문젯거리였다. 나는 다시 한번 망설였다. 법을 따르자면 나는 그를 체포하도록 도와야 하지 않을까? 아니다. 나는 배반하는 짓을 경멸한다. 카윈은 자기가 처한 위험을 알지 못했고, 그는 선의를 갖고 있을지 모른다. 집 주변에 감시하는 사람들을 배치했다가 정당방위를 빌미로 그의 파멸에 결정적인 행동을 취할까? 오빠는 내가 알려준 정보를 정당한 사유로 사용할 수 있겠지만, 그렇게 되면 나는 그 정보를 흘림으로써 억울하게 내게 죄를 뒤집어씌운 사람보다 더 혐오스러운 죄로 나 자신을 더럽힐 것이다. 그러므로 나는 이 계획은 주저 없이 포기했다. 이 외에도 내가 무슨 이유로 우리 집으로 돌아가는지 숨겨야 한다는 문제도 있었다. 어느 정도의 변명을 꾸며내야 했다. 나는 한 번도 거짓말 하려 든 적이 없었다. 하지만 진실을 교묘하게 숨기는 데 거짓말 말고는 무슨 방법이 있겠는가? 말을 하지 않고 속이는 거나 말로 속이는 것이나 다 마찬가지다.

그럼 내가 어떤 거짓말을 할 수 있을까? 어떤 핑계를 대야 계획을 변경한 것을 정당화할 수 있을까? 변명을 하다가 플레옐이 내게 씌운 누명을 확인해 주는 꼴이 되지는 않을까? 최근 내 목숨과 순결이 위협 당한 집으로 자진해서 되돌아가겠다는 것은 어떤 식으로 변명을 둘러대도 내 결백함을 증명하는 데 좋지 않았다.

이런 생각이 비록 내 결심을 바꾸지 않았더라도 최소한 내 결정이 미루어지도록 했다. 이처럼 불확실한 상태에서 나는 '행랑' 지점에서 내렸다. 이것은 농부와 그 농부의 하인들이 사는 집에 우리가 붙인 이름으로, 행랑은 본가와 상당히 멀리 떨어져 오빠의 땅 끝부분에 있었다. 본가로

가는 길 양옆에는 호두나무가 두 줄로 늘어서 있었다. 나는 이 길을 혼자서 걸어갔다. 응접실에 들어섰을 때 촛대의 불이 거의 꺼져 가는 걸 보았다. 방 안에는 아무도 없었다. 나는 벽 쪽에 놓인 시계를 보고 거의 열한 시가 다 되어 가고 있음을 알았다. 시간이 이렇게 늦었음을 알고 나는 깜짝 놀랐다. 이 가족에게 무슨 일이 일어난 걸까? 그들은 대개 한 시간 전에 잠자리에 들었다. 하지만 촛불을 끄지 않고 문을 잠그지 않은 것으로 보아 그들은 아직 잠자리에 들지 않았다. 나는 다시 복도로 되돌아와 이 방 저 방을 다니며 살펴보았지만, 단 한 사람도 마주치지 않았다.

나는 몇 분정도 기다리면 이런 상황에 대한 설명을 들을 수 있으리라 생각했다. 한편 나는 미리 약속한 시각이 다가왔음을 생각했다. 카윈은 아마 내가 오기를 기다리고 있을 것이다. 내가 지금 당장 우리 집으로 돌아가더라도 아무도 내가 그렇게 한 걸 알지 못할 것이다. 아니, 만나서 볼일을 다 본 후, 한 삼십 분 내로 다시 돌아올 수 있을 것이다. 그러므로 시치미를 뗄 필요가 없을 것이다.

이런 생각에 깊이 빠져 있던 나는 계획을 실천하려고 일어났다. 하지만 평상시와 다른 그 집의 상태에 다시 신경이 쓰였고, 가족에게 무슨 일이 생긴 게 아닌가 하는 막연한 걱정이 들었다. 우리 오빠가 아직 잠자리에 들지 않았다는 것은 거의 확실했다. 그렇지만 무슨 이유로 그가 이런 아닌 밤중에 이렇게 집을 두고 어디 갔는지 전혀 알 수 없었다. 최소한 루이자는 집에 있고 자기 방으로 자러 갔을 것이다. 아마 루이자에게서 내가 원하는 설명을 들을 수 있을지도 모른다.

나는 루이자의 침실로 갔다. 그녀는 자고 있었다. 내가 온 걸 알고 그녀는 반갑고 놀라워하며, 우리 오빠와 캐서린이 얼마나 조바심을 내며 초조하게 내가 오기를 기다렸는지 모른다는 말을 했다. 혹시 오던 길에 무슨 나쁜 일이 일어난 건 아닌지 걱정이 돼서 평소보다 더 늦은 시간까지 잠자리에 들지 않고 깨어 있었다고 말했다. 시간이 아무리 늦어도 캐서린은 내가 오는 것을 보겠다는 마음을 바꾸지 않았을 것이다. 루이자는 두 사람이 응접실에 있는 걸 보고 자기 침실로 돌아왔는데, 어디 가고 없는지 그 이유는 모른다고 했다.

이때까지만 해도 나는 그들의 안전에 대해서 염려하지 않았다. 이 이상한 상황에 대해 완전히 안심한 것은 아니지만, 그들에게 무슨 나쁜 일이 생겼으리라는 생각은 전혀 하지 않았다. 아마 기다려도 내가 오지 않으니 강둑 쪽으로 마중을 나간 건지도 모른다. 별빛만 빛나는 밤이었지만, 주변 분위기는 유난히 평화로웠다. 한편 카윈을 만나고 싶다는 마음이 다시 고개를 들었고, 나는 마침내 그를 만나러 갈 작정을 하고 길을 나섰다.

나는 그 길을 서둘러, 그러나 불안한 마음으로 지나갔다. 멀리서 본 우리 집은 어두침침하고 휑해 보였다. 그 집에는 아무도 살고 있지 않았다. 내가 오빠 집에서 머물기로 함에 따라 우리 하녀는 메팅겐으로 보냈기 때문이다. 내가 지금 무모한 짓을 하고 있다는 생각이 점점 더 선명하게 내 머릿속에 그려지기 시작했다. 뾰족한 쇠를 가진 자를 두고 흉기를 소지하고 있지 않다고 할 수 없지만, 나는 예전에 무슨 정신으로 담담하게 살상용 흉기를 사용할 생각을 했으며, 단지 다른 사람을 죽일 수 있으니까 내 신상이 안전하다고 믿었던 것일까? 하지만 지금 내 정신 상태는 그때와 달랐다. 나는 마치 멈추거나 물러설 힘이 없는 상태에서 위험한 일을 향해 빠르게 돌진하는 것 같은 느낌이었다.

Chapter XVI

집이 정면으로 보이는 지점에 도착하자마자 나는 내 침실의 창문에서 불빛이 비치는 것에 관심이 쏠렸다. 이보다 더 명백한 일은 있을 수 없었다. 나는 카원과 만나기로 되어 있었다. 하지만 그가 내 침실에 먼저 들어가서 자기 손으로 불을 켜기까지 했음을 믿을 수가 없었다. 그는 무슨 생각으로 이런 행동을 했을까? 아마 집 정면에서 좀 더 멀리 떨어진 곳에 가면 방안에 누가 있는지 볼 수 있을지도 모른다는 생각이 들었다. 한 줄기 희미한 불빛이 창문에서 옆으로 흘러나와 강둑 가장자리에 자라고 있는 소나무 덤불에 내려와 앉았다. 그걸 보고 있는데 갑자기 불빛이 움직이며 잠시 앞으로 뒤로 왔다 갔다 하더니 사라지고 말았다. 나는 다시 창문 쪽을 바라보았다. 불빛은 아직 그대로 있었고 내가 본 불빛의 변화는 방 안에 있는 촛대나 등불의 위치가 바뀌어서 일어난 것이었다. 그러므로 누군가가 거기 있다는 추측을 하는 것이 당연했다.

나는 잠시 멈춘 채 내가 집으로 들어가는 것이 적절한 행동인지 곰곰이 생각했다. 혹시나 위험이 도사리고 있을지 모르니까 조심해서 살짝 들어가야 하지 않을까? 집에 들어가기 전에 문을 두드리거나 사람을 불러서 나를 찾아온 방문객이 누군지 먼저 확인해야 하지 않을까? 나는 문 앞까지 다가가서 귀를 기울였지만, 아무 소리도 들을 수 없었다. 처음에는 살살, 그다음에는 세게 문을 두드렸다. 내 신호에 아무도 아는 척하지 않았다. 나는 뒤로 물러서서 창문을 바라보았지만, 불빛은 더는 보이지 않았다. 누가 불을 갑자기 끈 것이었을까? 숨으려는 의도 외에 다른 의도가 있을까? 왜 불을 밝혔다가 갑자기 그렇게 꺼버린 걸까? 그리고 누군가가 그 안에 있는데, 왜 이렇게 조용하기만 한 걸까?

이렇게 스스로 질문해 보았지만, 그 대답이 위험과 관련되어 있다는 것은 쉽게 짐작할 수 있었다. 겁에 질린 여자에게는 이런 위험이 어마어마한 크기로 다가오지 않겠는가? 죽음의 위협, 섬뜩한 경고의 목소리, 카윈의 알려진 그리고 알려지지 않은 면모들, 이 침실에서 있었던 그와의 만남, 이 시각에 이곳에서 만나기로 한 약속, 이 모든 것이 내 머릿속으로 확 밀려왔다. 어떻게 하지?

용기는 확고하게 흔들리지 않는 신념이 아니다. 다른 사람이 어떤 행동을 취했을 때 그 사람이 왜 그런 행동을 취했는지 이유를 안다고 생각하는 사람은 그런 잘못된 생각을 부끄러워해야 할 것이다. 그렇게 아는 척하는 것은 모든 자연 현상이 왜 그렇게 일어나는지, 전지전능한 존재가 어디 있는지 아는 척하는 것이나 다름없다. 나는 한동안 창문을 바라보다가 그다음에는 마당에 한참 눈을 꽂고 있었다. 주머니에서 주머니칼을 꺼내 열었다. 이것으로 나를 보호하거나 복수하리라. 집에 숨어 있는 침입자가 죽거나 아니면 내가 쓰러지거나 둘 중 하나가 될 것이다. 나는 아침에 집 문을 잠갔지만 부엌문을 여는 열쇠는 주머니에 지니고 있었다. 그래서 나는 뒷문을 통해 집 안으로 들어가기로 마음먹었다. 나는 서둘러 문을 열고 안으로 들어갔다. 모든 것이 쓸쓸하고, 어둡고, 황폐했다. 내가 살던 집의 구석구석을 잘 알고 있던 터라 나는 쉽게 찬장이 있는 곳을 찾아, 거기서 양초, 부싯돌, 그리고 촛대를 꺼낸 다음, 불빛의 보호를 받으며 침실 쪽으로 걸어가기 시작했다.

나는 뭘 어쩌자고 했던 걸까? 내 침실을 찾아 들어가 이 구석진 곳에 감히 침입해서 숨으려고 애쓰는 그자를 대면할까? 불을 꺼서 그는 자기 모습을 숨기려 했을까, 아니면 단지 주의 없이 들이닥친 내 발걸음을 다른 데로 돌리려 한 것일까? 하지만 내가 집에 아무도 없다고 생각하게 만들어서 내가 나타나지 않기를 바랐을 가능성이 더 높지 않을까? 그 어떤 장애가 있더라도 나는 이 남자를 보고 말 것이다. 나는 죽기 전에 반드시 이 남자의 얼굴을 보고 그가 지은 죄를 회개하고 응징 받게 할 것이다. 이 만남에 얼마나 비싼 대가를 치르게 되더라도 나는 상관없었다. 내 명예와 생명을 누가 앗아가더라도 최소한 내 강직함과 순결은 나 자신의 것으로 온전히 남을 테니까.

나는 계단 아래까지 걸어갔다. 이런 위기의 순간이라면 머릿속 생각이 제멋대로 산만하게 떠돌아다닐 수 없었을 거라고 생각하겠지. 그런데 내 머릿속에는 어떤 희미한 이미지가 확 밀려오는데, 그것은 지난밤에 경험했던 그 불가사의한 중재에 대한 이미지였다. 지금 현재 내 경우는 그것과 크게 다르지 않았다. 그러니 만약 내 수호신이 나를 지켜주려는 노력이 허사로 돌아가서 지치지 않았다면, 지금쯤 새로운 경고가 나올 법하지 않은가? 그의 침묵은 위험이 부재중이거나 그 자신이 부재중이기 때문이 아니라고 누가 말할 수 있겠는가?

이런 정신 상태에서 당연히 나는 온몸의 피가 얼어붙는 듯 덜덜 떨며 한참을 머뭇거리고 있다가, 겁에 질린 채 뒤를 휙 돌아보았다.

아아! 나의 심장이 무너져 내리고 내 손가락이 오그라드는구나. 내 정신은 말짱하지만 말을 제대로 할 수 없구나. 말로 표현할 수 없는 감정이 뭔지 나는 이제 안다. 그 뒤에 연속된 사건이 내 머릿속에 떠오르고, 그 전에 있었던 일과 연결되면서 고뇌를 불러일으키고 나를 절망감에 빠뜨리는구나.

하지만 나는 끝까지 견뎌 내겠다. 이제부터 내가 하는 말이 혼란스럽고 부정확할지도 모른다. 하지만 죽는 한이 있더라도 최소한 나는 이것을 마쳐야겠다. 이 역사를 말해주는 자인 동시에 이러한 재앙을 직접 겪은 사람으로서 내가 좀 말을 횡설수설하고, 뜬금없는 행동을 하고, 갑자기 태도가 음울해지고 한다고 해서 어떻게 나를 나무랄 수 있겠는가?

내가 뒤를 휙 돌아보았다는 말을 조금 전에 했다. 어떤 물체가 거기 있다는 직감이 들어서였다. 그렇지 않고서야 내가 왜 그쪽에 눈길을 주었겠는가? 그때 내 감각 기관 두 개에 동시적으로 충격이 가해졌다. 그 하나는 내 귀였다. 내 귀 근처에서 "멈추라! 멈추라!" 하는 소리가 귀가 찢어질 듯 들려왔다. 그게 내가 들은 소리다. 공기의 진동, 내 신경에 충격을 가한 그 소리는 실제였다. 다른 하나는 내 눈이었다. 나는 내 눈으로 본 그 광경이 내가 상상 속에서 본 광경인지 실제로 본 광경인지 잠시 분간이 되지 않았다. 나는 내가 금방 나온 방문을 닫지 않았다. 내가 서 있는 발끝 부분의 계단은 문에서 약 8~10인치 정도 떨어져 있었고, 그 옆에 붙은 벽은 문까지 이어져 있었다. 그러므로 내 시야는 좁았고, 방 안의 모습은 하나도 보이지 않았다.

그 문틈 사이로 머리가 하나 쑥 나왔다가 쑥 들어가 버리는데, 워낙 그 움직임이 빨라서 즉시 떠오른 생각은 평소 인두겁을 쓰고 있어서 보이지 않던 어떤 형체가 그 인두겁이 순간적으로 벗겨지는 바람에 그 정체를 드러냈다는 것이었다. 그 얼굴은 내 쪽을 향하고 있었다. 모든 근육이 팽팽했고, 이마와 눈썹은 공포에 질린 표정으로 긴장되어 있었다. 입술은 마치 비명을 지르는 듯한 모양을 하고 있었고, 눈에서는 불빛이 번쩍거리고 있는데, 그 눈빛은 만약 내가 등불을 쥐고 있지 않아 깜깜한 상태였다면 틀림없이 유성에서 나오는 광휘처럼 빛났을 것이다. 그 소리와 형상은 불쑥 나타났다가 순식간에 함께 사라졌다. 그 비명은 바로 내 귓전에서 들렸지만, 그 얼굴은 몇 발자국 떨어진 곳에서 보였다.

그 얼굴은 초인간적인 능력을 가진 존재에나 어울릴 법한 것이었지만, 그럼에도 그 얼굴의 특색들은 내가 이전에 본 적이 있는 것들과 닮아 있었다. 내 머릿속으로 카윈의 이미지가 수천 가지 방식으로 뒤섞이며 떠올랐다. 그 얼굴은 내 상상이 그려 낸 것인지도 모른다. 만약 그렇다면 내가 그의 얼굴 특징을 거기서 약간 발견한 것은 크게 놀라운 일이 아닐 것이다. 하지만 너무 희미하게 보았기 때문에 그 유사한 부분은 극소수인 데다 불투명했고, 그의 얼굴 특징과 전혀 닮지 않아 유사성이 없는 부분도 있었다.

내가 여기서 무슨 결론을 얻을 수 있을까? 그 얼굴이 인간이든 아니든, 통보가 위에서 내려왔다. 경험을 통해 그 경고를 준 존재의 자비는 확인이 되었다. 한때 그는 나를 위험에서 지켜주려고 개입했었고, 그 뒤에 일어난 일련의 사건들은 그 개입이 얼마나 유용했는지 증명했다. 나는 또다시 참으라는 경고를 받았다. 나는 예전과 마찬가지로 위험을 향해 서두르고 있었고, 그때와 같은 힘이 내 발길을 멈추려고 동원됐다. 내가 그 경고에 따르지 않을 수 있을까? 내가 이번에도 똑같이 위험한 짓을 고집할 수 있을까? 그렇다. 나는 이번에도 그렇게 할 수 있었다!

그 경고는 불완전했다. 그것은 내 위험의 형태가 뭔지, 내 주의의 한계가 뭔지 알려주지 않았다. 나는 예전에 그것을 무시했지만, 그래도 도망쳤다. 이번에도 똑같은 일이 벌어질 거라고 믿어도 되지 않을까? 이 생각으로 내 결심이 알게 모르게 약간 흔들렸을지도 모르지만, 일단 나는 일을 저지르기로 했다. 하지만 단지 이 이유 때문만은 아니었다. 내가 무슨 생각으로 일을 저지르기로 그때 마음을 먹었는지, 나는 설명할 수 없다. 내가 지금 그 경고를 해 준 존재는 천상적 존재라는 것을 아무런 의심 없이 인정하고 있었다고 말하는 것처럼 들릴지 모르겠다. 그렇게 들린다면 그것은 내 표현 실력이 완전하지 못하기 때문이다. 내가 말하고자 하는 것은 그것이 천상적 존재가 해 주는 경고라고 나는 기본적으로 믿고 있었으며, 맑은 정신으로 생각해 볼 때마다 그 가능성이 그렇지 않을 가능성보다 더 높은 것으로 내가 생각하고 있었다는 것이다. 그것이 내게 준 직접적인 효과는 그 존재에 대해 믿는 구석이 있다 보니 내 판단력이 평소에 비해 좀 흐려지고, 내가 더 쉽게 마음먹은 대로 일을 저지를 수 있게 되었다는 것뿐이다.

나는 앞으로 계속 나가든, 뒤로 돌아서서 도망가든, 해야만 했다. 나는 앞으로 계속 나가기로 작정하고 계단을 오르기 시작했다. 단 한 순간의 방해도 없이 침묵이 이어졌다. 내 침실 문은 닫혀 있었지만 잠기지 않아서 나는 잔뜩 용기를 내서 그 문을 열고 안을 들여다보았다.

섬뜩하거나 심상치 않은 물체는 보이지 않았다. 사실 위험은 내 눈에 쉽게 보이지 않는 곳에 숨었다가 내가 들어서는 순간 갑자기 나를 덮쳐 그 강철 같은 발톱으로 나를 갈기갈기 찢어 놓을지도 모른다. 하지만 나는 이 운명에는 눈먼 자였고, 조심을 기하며 방 안으로 계속 걸어 들어갔다.

여전히 모든 것은 처음 그대로였다. 등불이나 양초는 발견되지 않았다. 이제야 처음으로 나는 내가 본 그 불빛의 본질을 의심했다. 그것은 그 초자연적인 존재에 동반하는 것일까? 그 얼굴의 주인공이 의지로 만들 수 있는 유성의 광채 같은 것이며, 우리 아버지의 죽음에 동반한 그런 자연의 개입이었을 가능성이 있을까?

벽장은 가까이 있었고, 나는 벽장을 중심으로 벌어진 복잡하고 무서운 상황을 기억해 냈다. 아마 이 벽장 속에 내 위난과 내 호기심을 만족시켜 줄 해답이 있는지 모른다. 그 속에 뭐가 있는지 살펴보는 모험을 해 볼까? 이것은 쉽사리 결정을 내릴 수 없는 문제였다. 나는 생각에 잠겼다. 그러다가 내 눈이 테이블 쪽으로 갔고, 나는 그곳에 글이 적힌 종이가 놓여있는 것을 알아차렸다. 나는 즉시 카윈의 필체를 알아보았고, 그 종이를 집어 들었다. 그 편지에는 이런 내용이 적혀 있었다.

"당신이 내 초청에 응해 주기를 기대한 것은 실수였습니다. 당신이 아닌 다른 사람을 이곳에서 발견했을 때 내가 얼마나 실망했는지 판단해 보기 바랍니다. 나는 기다렸지만, 더 기다리는 것은 위험할 것입니다. 나는 여전히 당신과 만나기 원하지만, 다른 장소와 시간으로 변경이 불가피하게 되었습니다. 그리고 당신이 보게 될 광경을 어떻게 감당해 낼지 모르겠지만 이 말을 써야겠습니다. 이 무슨 말도 안되는 일이란 말입니까! 이런 예기치 못한 일이, 이런 끔찍한 광경이!"

이것은 충분히 설명되지 않은 채 불쑥 써 놓은 글이었다. 잉크는 아직 마르지 않았고, 필체는 카윈의 필체였다. 그러므로 나는 금방 그가 이 방에서 나갔거나, 아직 방 안에 숨어있다고 추측할 수 있었다. 나는 갑자기 그가 내 뒤에 있을 것 같아 뒤를 홱 돌아보았다.

다른 사람이라니, 그게 무슨 뜻이었을까? 내가 기대치 않은 어떤 일이 여기서 일어났단 말인가? 내가 보게 될 광경이란 무엇인가? 나는 다시 한번 주변을 둘러봤지만, 이상하다고 생각할 만한 것은 하나도 보지 못했다. 나는 다시 벽장을 기억하고 이 미스터리에 대한 해답을 거기서 찾아보기로 마음먹었다. 아마 여기에 불길한 예감이 드는 그 '끔찍한 광경'이라는 것이 숨어 있을지 몰랐다.

이미 말했듯이 이 벽장으로 가는 문은 내 침대 옆에 있었고, 침대 양쪽에는 커튼이 가까이 쳐져 있었다. 벽장에서 가장 가까운 쪽 커튼이 올려져 있었다. 나는 그곳을 지나면서 거기에 눈길을 주었다. 나는 화들짝 놀라 다시 바라보았다. 나는 손에 든 불을 내 눈 가까이 가져와서 눈앞에 어른거리며 착시를 일으키는 옅은 안개를 제거하려 했다. 다시 한번 내 눈은 침대에 꽂혔다. 마치 이렇게 자세히 들여다보면 조금 전에 거기 있는 것 같았던 물체가 아무것도 아닌 것으로 판명되기를 바라는 것처럼.

그렇다면 이것이 카윈이 말한 그 광경이었구나! 이것은 내 머리로는 도저히 설명할 수 없는 일이었다. 이것은 나에게 예정된 운명이었지만, 뜻밖의 우연으로 엉뚱한 사람이 이 운명을 맞이하고 말았구나!

나는 괜한 협박으로 겁을 내고 있었던 것이 아니었다. 폭력과 죽음이 내가 이 침실로 들어오기를 기다리고 있었다. 무슨 일로 우연히 그녀가 여기 왔다가 그녀를 나로 착각한 범인의 무자비한 이빨에 목숨을 잃고 말았다. 그런데 지금 나는 안전한가? 이 범인은 지쳐 버렸을까, 아니면 달아나 버렸을까? 이 살인마의 발은 방금 여기에 있었고 멀리 갔을 리 없었다. 언제라도 그는 내게 달려들지 모르고, 나는 숨통을 조이는 그의 더러운 손아귀 안에서 똑같이 파멸할지 모른다!

전신이 떨렸고 무릎은 나를 지탱할 수 없었다. 나는 벽장문과 내 방문을 번갈아 뚫어지게 바라봤다. 둘 중 하나에서 내 순결과 내 생명을 앗아갈 자가 들어올 것이다. 나는 방어 할 준비가 되어 있었다. 하지만 위기가 목전에 있는 지금, 내 방어 수단과 그것을 사용할 힘은 사라지고 없었다. 나는 교육으로나 경험으로나 이런 위기 상황을 대면할 준비가 되어 있지 않았다. 아니면 내가 힘이 쭉 빠져 버린 것은 워낙 생각지도 못한 엄청난 일을 당한데다, 이런 일이 벌어질 것을 미리 예상하고 마음을 단단하게 먹을 여유가 없었기 때문인지도 모른다.

내 안전에 대한 두려움 대신 이번에는 내 생각이 내 눈앞 광경으로 옮겨갔다. 나는 그녀의 얼굴을 뚫어지게 바라보았다. 잘 알려진 내 올케 캐서린의 사랑스러운 이목구비는 경련이나 검푸른 빛으로도 감출 수가 없었다. 무슨 끔찍한 착각을 일으켜 네가 여기에 왔더란 말인가! 너를 잃고 이제 네 자식들과 남편은 어디서 행복을 찾는단 말인가! 평범한 운명으로 너를 잃어도 충분히 힘들 텐데, 이렇게 갑작스레 이 귀신같은 죽음의 먹이가 되어 사라져 버리다니! 오빠는 이런 광경을 어떻게 감당할까! 네 원수는 자기 손으로 너를 죽이는 데 만족하지 못했다. 죽이기 전에 네게 가한 그 사악한 행동에 대해 자비를 베풀어 놈은 네 목숨을 끊었구나! 그 사악한 일이 벌어지고 난 후, 죽음은 네가 그에게 간청해 얻은 것이었구나! 그는 네게는 아무런 적의도 품고 있지 않았다. 그의 음모의 대상은 바로 나였다. 하지만 어떤 끔찍한 실수로 그의 분노가 엉뚱한 곳에 꽂히고 말았다. 하지만 네가 왜 여기 와 있었단 말인가! 이런 비통한 일이 벌어지는 순간에 윌랜드는 대체 어디 있었단 말인가?

나는 시신에 가까이 다가갔다. 아직 경직되지 않은 손을 들어, 숨이 끊어진 입술에 입을 맞추었다. 그녀의 치렁치렁한 드레스가 구겨져 있었다. 나는 옷을 제대로 챙겨 준 뒤 침대에 걸터앉아 다시 한번 그녀의 얼굴에 눈을 고정했다. 내가 그 순간 무슨 생각을 했는지 뚜렷하게 기억하지 못한다. 나는 캐서린의 목숨과 함께 모든 희망의 불빛이 꺼져 버렸음을 혼란스러운 중에도 너무나 똑똑히 깨달았다. 윌랜드라는 이름과 그 집에서 모든 행복과 존엄성은 이로써 사라지고 말았다. 이제 남은 것은 짧은 생애를 비통함에 젖어 헛되이 살아가는 것, 그리고 깨져 버린 희망과 뒤바뀐 운명의 기념비를 세상에 남기는 것뿐이었다. 플레옐은 이미 나에게서 떠나고 없었다. 하지만 캐서린이 살아 있는 동안 삶은 혐오스러운 소유물이 아니었다. 하지만 이제 내 어릴 적 친구, 나와 모든 생각, 근심걱정, 그리고 소망을 함께 한 이와 헤어진 지금, 나는 한갓 널빤지에 안전을 맡기고 풍랑 진 바다로 떠가는 한 사람 같았다. 밤은 가까이 다가오고, 예기치 않은 격랑이 항해자를 덮쳐 손을 놓치게 하고 영원히 그 항해자를 전복시키고 말았다.

Chapter XVII

    나는 그 자리에서 움직이고 싶은 마음도, 움직일 힘도 없었다. 한 시간이 지나도록 나의 신체 기능과 팔다리는 모든 활동을 멈춘 것 같았다. 아래에서 경첩이 삐걱거리는 소리가 들리고, 계단으로 올라오는 발소리가 들렸다. 종잡을 수 없이 혼란스러웠던 나는 이 소리에 즉시 제정신을 차렸다. 나는 침대 커튼을 내린 뒤 누군가 방에 들어왔을 때 제일 잘 알아볼 수 있는 지점으로 후다닥 갔다. 인간의 감정이라는 게 이런 것이었다. 내가 두려워하던 것이 현실로 다가오고 내가 큰 위험에 처하게 될지도 모르는 상황인데도, 불안보다는 궁금증이 더 내 의식을 자극했다.

    마침내 누군가 방에 들어왔는데, 그는 우리 오빠였다. 내가 늘 알고 있던 윌랜드 그대로였다. 하지만 그의 모습에는 새로운 표정이 구석구석 스며들어 있었다. 나는 그가 자기 아내에게 일어난 일을 모를 것이라고 짐작했는데, 그의 모습을 보고 내 짐작이 맞다고 확신했다. 그가 희열에 차 눈썹을 추어올리고 있는 모습을 여태 한 번도 본 적이 없는데, 지금 그는 그런 표정을 하고 있었다. 그는 어떤 재앙이 일어났는지 모를 뿐만 아니라, 무슨 즐거운 일까지 있었던 것처럼 보였다. 덧없는 오빠의 이 즐거움을 뒤집어엎어 버릴 일이 그를 기다리고 있으니, 이 무슨 얄궂은 운명의 장난이란 말인가! 오빠는 그 누구보다도 무한한 헌신을 아내에게 바쳤고, 그 어느 남편보다 아내를 애지중지하는 사람이었다. 그가 아내의 죽음을 알게 되면 어떤 충격을 받게 될지 나는 짐작도 할 수 없었다. 그의 깊은 신앙심이나 이성도 이런 경우에는 아무 소용이 없을 것이라고 나는 믿었다. 오빠는 어떤 재앙이 닥쳐도 이를 견뎌낼 수 있는 강인한 정신을 갖고 있었다. 하지만 이처럼 비통한 죽음의 충격은 무엇으로도 진정하거나 견뎌낼 수 없을 것이다. 그 광경을 보면 오빠는 자포자기의 심정으로 죽어 버리려 할지도 모를 것이다.

나는 순간, 무슨 일로 여기까지 오게 됐는지 물어보는 것을 잊고 있었다. 죽음의 광경을 보고 그가 받을 충격이 걱정될 따름이었다. 하지만 그걸 언제까지 그에게서 숨길 수 있을까? 곧 그는 이 사실을 알게 될 것이다. 그 어떤 수작을 부려도 오랫동안, 혹은 효과적으로, 그에게 이 사실을 숨길 수 없었다. 내가 할 수 있는 것은 이 사실을 너무 갑작스럽게 알지 못하게 해서 충격을 받아 절망적인 혼란에 빠지거나 미쳐 날뛰지 않도록 해 주는 것뿐이었다. 하지만 나는 우리 오빠가 어떤 사람인지 알고 있었고, 그를 위로하려는 어떠한 노력도 다 소용없을 것임을 알고 있었다.

내가 무슨 말을 할 수 있었겠는가? 내 불행을 생각하면 눈물조차 나오지 않았건만, 오빠를 생각하면 벙어리처럼 말도 못 하고 눈물이 쏟아졌다. 이렇게 눈물이 쏟아지는 가운데서도 나는 오빠의 감정 변화를 알아챌 수 있었다. 오빠의 표정에는 비통함이 아닌 어떤 다른 본질의 감정, 아니면 최소한 그 감정에 일종의 놀라움 같은 표정이 섞여 있었다.

그의 얼굴에 갑자기 동요하는 기미가 보였다. 그는 살에 손톱자국이 박히도록 손을 꽉 쥐어 손깍지를 끼었다. 그의 눈은 내 발에 꽂혀 있었다. 그의 뇌가 두개골의 한계를 뚫고 팽창하는 듯했다. 그는 숨을 쉬고 있긴 했지만 그 숨소리에는 신음소리가 섞여 있었다. 나는 이런 감정의 격발(激發)을 목격한 적이 없었다. 나는 최근까지만 해도 성격이 밝고 침착했다. 나는 심한 감정적 기복에 익숙하지 않았기 때문에, 내가 목격하고 있는 오빠의 감정 변화는 형언할 수 없는 공포로 내 몸을 얼어붙게 했다.

나로서는 도무지 이해할 수 없는 침묵과 갈등의 순간이 지난 후, 그는 고개를 들어 하늘을 보더니 더듬거리는 말투로 울부짖었다. "이건 너무합니다! 이 사람만 아니라면 다른 그 누구라도, 당신의 뜻이 이루어질 것입니다. 저의 신앙과 복종을 충분히 증명하지 않았습니까? 이제 가버린 이 여인, 사라져 버린 그들은 당신의 명령이 아니면 끊을 수 없는 인연으로 연결되어 있었습니다. 하지만 여기 인간을 초월하는 축성과 탁월하심이 있으니. 이를 행하심은 당신의 것이나, 이를 폐허로 멸한 것은 당신의 의지일 리가 없습니다."

그는 갑자기 손깍지를 풀고 한 손으로 제 이마를 탁 치고는 계속 말했다. "방탕아여! 너를 창조하신 이의 합의체에서 누가 네 눈이 밝아지게 해 주었는가? 이 존재에 육신의 족쇄에서의 구원이 주어졌으니, 너는 그의 명령을 행하는 자가 되었도다."

이 말을 마친 뒤 윌랜드는 나에게 다가왔다. 그의 말과 행동이 무슨 의미인지 알 수 없었으나, 단 한 가지만은 추정할 수 있었다. 그는 이미 캐서린의 죽음을 알고 있고, 예상한 대로 그 소식이 그의 이성을 파괴한 것이다. 이보다 더 두려운 것은 없었지만, 내가 아는 사람 가운데 가장 빛나고 날카로운 정신을 가진 사람이 무너져 내리고 있는 것을 바라본 지금, 내 감정은 주체할 수 없는 새로운 고통으로 가득했다.

나는 이 돌발 상황에서 내 안전은 어떻게 될 것인지, 미쳐버린 오빠의 야수 같은 정신 상태에서 내가 두려워해야 할 것은 무엇인지 생각할 겨를이 없었다. 그는 나를 향해 다가왔다. 그때, 어떤 희미한 소음이 바람에 실려 왔다. 웅성대는 소리에 이어 잔디밭을 지나는 발소리가 들리고 한 무리 사람들이 마당으로 들어섰다.

이 소리에 오빠는 하던 행동을 멈추고 가만히 서서 그 소리를 들었다. 발소리가 점점 더 늘어나고 그 소리도 커졌다. 이것을 알아차린 그는 내게서 돌아서더니 급히 내 시야에서 사라졌다. 나는 너무 놀라서 어안이 벙벙했다. 캐서린의 시신, 월랜드의 광적인 행동, 그리고 그 뒤를 이어 한 무리를 이룬 사람들의 방문은 내가 전혀 생각하지 못한 일이라 정신이 일시적으로 마비되었다.

발소리가 계단으로 몰려들었고, 내 방 안으로 들어서는 수많은 얼굴이 보였다. 그들의 표정은 경악과 경계심으로 가득했다. 그들은 마치 어떤 도망자를 수색하고 있는 듯 방 구석구석을 뒤졌다. 그 뒤 그들의 시선은 나에게 꽂혔고, 그들의 눈빛에는 짙은 공포와 동정심이 들어 있었다. 한순간 나는 그들이 내가 계단 아래에서 본, 내 상상이 빚어낸 존재이거나 실상이 없는 그 존재와 동일한 얼굴과 형상이 아닌가 의심했다. 내 눈은 이 사람에서 저 사람으로 옮겨가다가 마침내 내가 잘 아는 얼굴에 머물렀다. 그는 할렛 씨였다. 이 분은 먼 외가 쪽 친척으로, 연세도 높고 강직한 성품에 현명하신 분이다 보니 사람들에게 존경받는 분이었다. 그는 오랫동안 선량한 시민으로서 치안 판사 생활을 하다가 오래전 은퇴했다.

아직 내게 공포가 남아있었다면, 그를 보는 것만으로도 그 공포는 충분히 가라앉았다.

그는 내게 다가와 연민의 표정으로 내 손을 잡고 낮은 목소리로 말했다. "애야, 클라라. 네 오빠와 올케는 어디 있니?" 나는 대답을 하지 못하고 침대 쪽을 손으로 가리켰다. 그와 함께 온 사람들이 침대 커튼을 젖혔다. 그들은 눈앞에 펼쳐 진 광경을 보고 공포에 질려 눈이 휘둥그레졌고, 할렛 씨의 눈에서 눈물이 왈칵 쏟아져 흘렀다.

그는 한참 가만히 있다가 또다시 나를 향해 물었다. "애야, 이건 네가 볼 광경이 아니구나. 우리 집이나 베이톤 부인 집에 가 있지 않겠니? 뒤처리는 우리가 다 알아서 하마."

나는 이 요청을 완강하게 거부했다. 나는 캐서린이 매장될 때까지 그녀의 옆에 남아있겠다고 고집을 부렸다. 그러나 내 정신 상태나 그의 진지한 권유를 생각해 보니 잠시 다른 곳에 가서 지내는 것이 옳은 것 같았다. 루이자는 옆에서 위로해 줄 사람이 필요하고, 아이들에게는 유모가 필요했다. 우리 가엾은 오빠 역시 누군가가 보살펴 주고 배려해 주어야 했다. 그래서 시신을 포기하는 데 동의하는 대신, 오빠 집으로 가겠다고 말했다. 아이들에게는 어른이 필요하고 그 집에 여자 손길도 필요할 것이기 때문이었다.

우리 친척 어른은 내가 이런 말을 하는 동안 눈물을 애써 참고 있었지만, 내가 오빠 집으로 가겠다는 말을 하자 또다시 왈칵하고 감정이 복받쳐 했다. 한편 그와 함께 온 사람들은 슬픈 모습으로 침묵을 지키며 둘러선 채 나와 옆 사람들을 번갈아가며 바라봤다. 나는 내가 결심한 것을 한 번 더 말하고, 오빠 집으로 가려고 자리에서 일어섰다. 하지만 친척

어른은 내 손을 잡아 나를 다시 앉혔다. 그의 표정으로 보아 그는 마음이 동요하고 있었고, 뭔가 망설이고 있었다. 나는 왜 그렇게 하지 못하게 하는지 그 이유를 말해 달라고 졸랐다. 나는 우리 오빠가 방금 전까지 여기 있었다고, 그가 지금 어떤 상태인지도 알고 있다고 말했다. 이 날벼락이 그를 광기로 몰았으며, 그의 자식들을 보호자 없이 내버려둬서는 안 된다고 말했다. 원한다면 오빠는 친척의 보호 아래에 넘기겠지만, 가엾은 철부지 아이들에게는 유모와 엄마가 필요하며, 그 일은 내 목숨이 붙어 있는 한 무슨 일이 있어도 남의 손에 맡기지 않을 것이라고 말했다

　내가 하는 말 한 마디 한 마디가 그를 더더욱 괴롭게 하고 혼란스럽게 하는 것 같았다. 마침내 그는 말했다. "클라라, 나는 내가 네게서 어느 정도 존중을 받을 자격이 있다고 생각한다. 너는 내 말을 기꺼이 따르겠노라고 말했다. 그러니 네가 지금 할 수 있는 최선의 일을 강제로라도 너에게 시키게 해 다오. 베이톤 부인에게 한 이삼일 정도 네 오빠 집 관리를 맡기도록 해라. 그다음에는 네가 원하는 대로 하도록 해주겠다. 내가 무슨 연유로 이렇게 시키는지는 상관없다. 네 나이, 네가 여자라는 점, 이런 비극을 당한 네 절망적인 상태 등으로 볼 때, 너는 그 일을 할 수 없을지 모른다고 난 생각한다. 물론 너는 베이톤 부인의 자상함과 분별력에는 전혀 의심이 없겠지." 갑자기 새로운 생각이 머릿속에 떠올랐다. 나는 할렛 씨를 똑바로 바라보며 "아이들은 무사한가요?" 하고 물었다. "루이자는 무사한가요? 벤자민, 윌리엄, 콘스탄틴, 그리고 아기 클라라, 다 안전한 건가요? 제발 솔직히 말해주세요!"

　"걔들은 다 무사하다." 하고 그는 말했다. "아이들에 대해서는 안심해도 돼."

"나는 두려움 때문에 마음이 약해지는 사람이 아니에요. 사실을 있는 그대로 들어도 감당할 수 있어요. 사실대로 말해주세요. 애들은 다 무사한가요?"

그는 다시 아이들이 다 무사히 잘 있다고 확언했다.[42]

"그렇다면 뭘 겁내고 있는 거죠?" 하고 내가 캐물었다. "이 가엾은 아이들에게 내가 할 일을 못 하게 말릴 무슨 큰일이라도 벌어졌나요? 베이톤 부인과 기꺼이 일을 분담할 용의는 있어요. 부인의 동정심과 도움을 아주 고맙게 받아들일게요. 하지만 이런 때에 왜 내가 아이들을 저버려야 하는 거죠?"

이 쓰라린 이야기는 간단히 쓰고 말겠다. 나는 여전히 고집을 부렸고, 그는 여전히 완강하게 반대했다. 그 때문에 나는 새로운 의심이 들었다. 하지만 아이들은 무사하다고 확언을 들었기 때문에 여기에 대한 의심은 사라졌다. 나는 친척 어른의 행동을 이해할 수 없었지만, 어쨌든 도시에 가는 것을 동의했다. 다만, 지금 가서 단 몇 분이라도 아이들을 보고, 내일 돌아오겠다고 했다.

이렇게 하는 것도 거부당했다. 결국 그는 아이들은 이미 도시로 보냈다고 말했다. 나는 왜 아이들을 보냈으며, 어디로 보냈는지 물었다. 나는 이제 거침없이, 끈질기게 물었다. 의심이 다시 고개를 들었고, 그 어떤 말을 지어내 얼버무리려고 해도 그 의심은 씻을 수 없었다. 주변에 있는 사람 중 상당수는 감정을 주체하지 못해 눈물을 흘리기 시작했다. 할렛 씨는 더는

---

[42] 셰익스피어의 맥베스 4막 3장에 로스가 맥더프에게 그의 아내와 자식들은 무사하다고 말하는, 이와 유사한 장면이 나온다.

견디기 힘들어하는 것 같았다. 내가 목격한 것보다 더 엄청난 일이 벌어졌다는 생각이 들었다. 나는 사실을 알게 되면 내가 받을 충격을 걱정해 사람들이 뭔가를 숨기고 있다는 의심이 들었다. 나는 다시 한번 아이들의 상태를 솔직하게 말해 달라고 그에게 간절히 애원했다. 나는 내 간절한 요청을 뿌리칠 수 없도록 담담한 표정까지 지으며 말했다. "짐작이 가요. 무슨 일이 있었는지. 아이들은 다친 정도를 넘어선 거죠. 왜냐하면 아이들이 다 죽었으니까! 안 그래요?" 용기를 다해 애를 썼지만 내 목소리는 떨리고 있었다.

"그래," 하고 그가 말했다. "애들은 다 죽었어! 제 어미와 함께 같은 손에, 같은 운명으로 죽고 말았어!"

"죽었다고요?" 내가 말했다. "어떻게, 전부 다?"

"전부 다!" 그가 대답했다. "그는 단 한 사람도 살려 두지 않았어!"

그 이후에 벌어진 광경에 대해 나는 눈을 감아야겠으니 친구들이여, 양해를 바란다. 이미 너무 길다고 느껴지는 이 이야기를 내가 왜 이렇게 자꾸 길게 끌고 있는지 모르겠다. 이 장면만은 최소한 가볍게 넘어가도록 허락해 주기 바란다. 사실 여기서 내가 하는 말은 불완전하다. 내 가슴과 내 머릿속은 온통 격동적인 혼란뿐이었다. 나는 그 뒤에 일어난 일에 대한 뚜렷한 기억은 없고, 다만 이런저런 움직임과 끔찍한 장면들만 단편적으로 기억될 뿐이다. 나는 영악스럽고도 끈질기게 새로운 고통을 더 끌어들였다. 내 비통함을 배가시킬 것이 뻔한 광경들을 생략하지 않겠다. 창백하고 짓이겨진 비극의 형상들을 나는 내 가슴에 짓이겨 담았다. 처음에는 말로 표현할 수 없을 만큼 소중하게 사랑했던 루이자를 보게 해 달라고 했지만, 거절당했다. 하지만 나는 내 고집으로 그들의 망설임을 꺾었다.

 그들은 나를 어두운 복도로 데려갔다. 천장에 걸린 등불 덮개가 벗겨졌고, 그들은 테이블 쪽을 가리켰다. 살인마는 내 마지막 위안마저도 내게서 앗아가고 말았다. 그녀의 얼굴에서는 아침 햇살 같은 색도, 천국의 빛도, 찾아볼 수 없었다. 이 모든 것은 그녀의 목숨과 함께 사라져 버렸다. 하지만 나는 그녀의 입술에 마지막 키스를 하고 싶었다. 하지만 이것마저 거부당했다. 얼마나 무자비한 힘으로 그녀를 파괴했는지, 그녀의 얼굴 형체가 하나도 남아 있지 않았기 때문에!

 이후 나는 도시로 보내졌다. 할렛 부인은 내 친구이자 간호사 노릇을 해 주었다. 얼마 후 나는 심한 고열이 따르는 광적인 열병에 시달렸다. 내 꿈속에서 카원은 유령처럼 나를 쫓아왔고, 그 억압자의 손아귀 아래 나는 영원히 짓이겨질 위험에 처해 있었다. 내가 도망치려 하는 걸 몇몇 장정이 겨우 제지했고, 내가 격한 공포에 사로잡혀 있을 때 강철 같은 심장을 가진 사람들이 겨우 나를 진정시켰다. 나는 그들에게 위를 보라고, 그가 미쳐 날뛰는 모습과 소름끼치는 그의 조소가 보이지 않느냐고 소리 질렀지만, 내가 무슨 소리를 하는지 아무도 이해하지 못했다. 그러다 나는 나를 지키는 감시자들에게 큰소리로 원망하거나, 내 한심한 처지를 생각하며 통곡을 하곤 했다.

 이 광적인 열병은 마침내 가라앉았고, 나는 회복이 되었다. 서서히, 그리고 띄엄띄엄 기억이 되살아났다. 내가 목격한 광경들이 다시 머릿속에 떠올라, 나는 여기에 대해 깊은 생각에 잠기고, 뭔가 추정을 해 보려 애쓰며, 이 비애를 납득하게 되기를 바랐다.

Chapter XVIII

 내가 겨우겨우 기력을 회복했을 때 나는 우리 외삼촌, 토마스 캠브리지가 도착했다는 소식을 들었다. 지난 십 년간 그는 유럽에 살았고, 최근 벌어진 전쟁 기간 동안[43] 줄곧 독일에서 영국군의 군의관으로 복무했다. 전쟁이 끝난 후 그는 알고 지내던 아일랜드 장교의 권유로 아일랜드로 건너갔다. 외삼촌은 우리와 서신을 통해 계속 연락을 주고받았고, 조만간 본국으로 돌아와 노년을 우리와 가까이에서 함께 지내며 보내고 싶어 했다. 그런데 그는 하필 이렇게 운이 사나운 시기에 귀국한 것이었다.
 나는 여러 가지 다급한 이유로 외삼촌을 만나고 싶어 했다. 처음에 제정신이 돌아오자 내가 제일 애타게 알고 싶어 한 것은 우리 오빠의 소식이었다. 내가 열병을 앓는 동안 나는 한 번도 오빠를 본 적이 없었고, 내가 오빠에 관해 물을 때마다 들려오는 대답은 모호하고 만족스럽지 않은 것뿐이었다. 나는 할렛 부인과 그녀의 남편에게 격렬하게 따지며

---

[43] 7년 전쟁(1756~1763): 1755년 9월 북아메리카의 영국과 프랑스의 대립으로 인한 식민지 전쟁에서부터 시작된 유럽의 분쟁.

가엾은 우리 오빠를 만나게 해 달라고 했지만, 그들은 이상하게도 오빠의 정신이 아직 안정되지 않았으며, 만날 수 없는 상황이라는 말만 했다. 그리고 이 일가족 살인 사건에 대한 구체적인 내용이나, 그 짓을 저지른 범인에 대해서도 끝까지 입을 꾹 다물고 있었다.

아무리 노력해도 소용없다는 걸 알고, 한동안 나는 직접 묻고 요청하는 것을 자제했다. 불확실한 내용들은 내가 충분히 기력을 회복하면 다른 방법으로 밝히겠다는 결심을 했기 때문이다. 이런 상황에서 우리 외삼촌이 귀국했으며, 나를 만날 예정이라는 소식을 들었다. 나는 외삼촌의 얼굴을 볼 생각을 하면 몸이 떨렸다. 우리에게 내려진 재앙을 돌이켜 볼 때, 나는 그의 얼굴에서 보게 될 비통함과 낙담하는 모습을 피하고 싶었다. 하지만 이미 무슨 일이 있었는지 삼촌은 다 들어서 알고 있을 것이었고, 내가 알고 싶어 하는 사실을 삼촌에게 끈질기게 물어보면 알아낼 수 있을 거라고 믿었다.

나는 우리의 원수가 누구인지 조금의 의심도 품지 않았다. 하지만 그가 이런 경악스러운 범죄를 저지르게 된 동기, 그의 범행 수법, 그리고 현재 상태 등은 전혀 아는 것이 없었다. 이 문제에 대해 우리 삼촌에게서 뭔가를 알아낼 수 있으리라 여기는 것은 당연했다. 그러므로 나는 안절부절못하며 삼촌이 도착하기를 기다렸다. 마침내 저녁 석양이 질 무렵, 내 침실에서 재회가 이루어졌다.

외삼촌은 가장 가까운 친척이었고, 부모와 다름없는 사랑으로 우리를 대했다. 그러므로 우리가 만났을 때 애정과 희비의 감정이 봇물 터지듯 흐르지 않을 수 없었다. 나는 삼촌의 품에 안겨 한없이 눈물을 쏟았고, 삼촌은 울지 말라고 하는 대신 실컷 울라며 나를 위로했다. 최근에 일어난 그 재앙에 대한 언급은 오랫동안 회피할 수는 없었다. 한 가지 이야기가 나오면 다른 이야기가 거기에 딸려 나오고, 마침내 우리 오빠가 어떻게 됐는지, 우리가 겪은 그 큰 불행의 정황이 뭔지, 아무것도 모르고 있다는 말을 하며 통탄해 했다. 나는 지금 오빠의 상태가 어떤지, 그리고 이 전대미문의 참상을 저지른 그 범인을 붙잡고 처벌하는 것은 어디까지 진행됐는지, 삼촌에게 말해 달라고 간청했다.

"범인이라!" 삼촌은 말했다. "네가 그 범인이 누군지 알고 있니?"

"세상에!" 하고 나는 대답했다. "내가 너무나 잘 알고 있는 사람인걸요. 내가 그 사람을 의심하게 된 근거를 말하자면 아주 괴롭고 이야기가 길어요. 저는 삼촌이 지금 어디까지 알고 있는지 몰라요. 특정 사실을 말해 줄 수 있는 사람은 오빠, 플레옐, 그리고 나밖에 없어요."

"그럼 괜히 고통스러운 이야기 할 필요 없다. 윌랜드와 플레옐이 해 줄 수 있는 이야기라면 나도 이미 알고 있다."고 삼촌은 말했다. "너만 알게 된 어떤 중요한 사실이 있든지, 그리고 그 이야기를 털어놓는 것이 네 현재 건강상태에 무리가 되지 않는다면, 당연히 나는 그 이야기를 듣고 싶다. 아마도 카윈이라는 작자를 네가 말하고 있는 것 같은데. 네가 궁금해할 것 같지만, 그 사건이 벌어진 후 아무도 그를 보거나 소식을 들은 적이 없다. 그러므로 그의 행적에 관한 미스터리는 아직 풀리지 않았다."

나는 삼촌의 말에 두말없이 응하고 여름 별장과 내 침실에서 벌어진 사건들을 알아듣기 쉬운 말로 최대한 분명하게 삼촌에게 설명했다. 삼촌은 플레옐의 실수와 의심에 관한 이야기는 별로 놀란 기색 없이 들었지만, 경고와 설명할 수 없는 비전, 그리고 탁자 위에 놓여 있던 편지에 관한 이야기를 할 때는 아주 심각한 표정으로 귀를 기울였다. 나는 여기에 대해 삼촌이 의견을 말해 주기를 기다렸다.

"너는 그걸 바탕으로 카윈이 이 비극을 초래한 범인이라고 생각하는구나." 하고 삼촌은 말했다.

"그게 당연한 추론이 아닌가요?" 하고 내가 대답했다. "하지만, 삼촌이 거기에 대해 알고 있는 것은 뭐죠? 이런 범행을 증인이나 공범이 없이도 저지를 수 있었나요? 제발 설명해 주세요. 할렛 씨가 언제, 그리고, 왜 그 범행 장소로 불려 왔는지, 그리고 이 범행을 누가 처음 의심하고 발견했는지. 물론 누군가 용의선상에 떠올랐을 테고, 후속적인 수사가 이루어졌겠죠."

삼촌은 자리에서 일어나 초조한 걸음으로 마룻바닥을 왔다 갔다 했다. 그의 눈은 아래로 깔려 있었고, 깊은 당혹감에 빠진 모습이었다. 마침내 그는 우뚝 서더니 목소리에 힘을 주어 말했다.

"그건 사실이다. 범행 수법은 밝혀졌다. 카윈이 범행 모의를 했을지 몰라도, 범행을 저지른 자는 따로 있었다. 다른 사람이 범인으로 잡혔다는 것, 그리고 그가 저지른 범행이라는 것은 확인됐다."

"어머, 그럴 리가!" 나는 외쳤다. "뭐라고요? 카윈이 살인자가 아니었다고요? 그럼 그 사람 말고 도대체 누가 이런 끔찍한 범행을 저지를 수 있단 말인가요?"

"내가 말하지 않았느냐. 범행을 저지른 사람은 따로 있다고." 삼촌이 말했다. "그 살인마를 부추긴 것은 카윈일지도 모르고, 아니면, 하늘일지도, 아니면 광기일지도 모르지. 하지만 카윈은 행적이 묘연하다. 실제 범행을 저지른 자는 벌써 오래전에 재판에서 유죄 판결을 받고, 지금

이 순간에 쇠사슬을 칭칭 감고 지하 감옥에 갇혀 있단다."

나는 고개를 들고 손을 쳐들며 말했다. "그럼 누가 살인자죠? 그리고 무슨 방법으로, 어디서 그를 잡았나요? 죄는 어떻게 입증됐나요?"

"그가 자백을 했고, 벽장 속에서 애들이 살해되는 것을 목격한 하녀의 증언이 이를 입증했다. 치안 판사는 네 집에서 나온 뒤 네 오빠 집으로 갔다. 그가 유일한 목격자의 진술을 받아 적고 있을 때 범인이 불쑥 자기 발로 복도로 걸어 들어와 죄를 인정하고, 스스로 법의 심판에 투항했다.

그 뒤 그는 법정에서 재판을 받았다. 이 놀라운 사건에 대한 소문을 듣고 아주 먼 곳에 있는 사람들까지 포함해 수천 명의 사람이 재판을 지켜보았다. 길고 공평한 심문이 이루어졌고, 죄수가 변호를 위해 소환 되었다. 이 소환에 응한 그는 자신의 범행 동기와 범행에 대해 충분히 증언했다." 이 부분에서 삼촌은 말을 멈추었다.

나는 이 범인이 누군지, 그리고 무엇이 그 범행을 선동했는지, 말해 달라고 졸랐다. 삼촌은 말이 없었다. 나는 더 강력하게 삼촌에게 대답해 달라고 말했다. 나는 내가 알고 있는 사실로 되돌아가 거기서 단서를 찾아보려 했다. 내가 알고 지냈던 몇 안 되는 남자들도 다 되짚었지만, 이런 악행을 저지를 수 있는 자는 단 한 사람밖에 떠오르지 않았다. 다시 한번 나는 삼촌에게 끈질기게 물어보기 시작했다. 이 범인은 내가 본 적이 있는 사람인가요? 이런 광란을 저지른 이유는 그냥 그 사람이 잔인 해서였나요, 아니면 끔찍한 복수극이었나요?

삼촌은 한동안 나를 찬찬히 바라보며 내가 묻는 말들을 말없이 듣고만 있었다. 이윽고 삼촌이 입을 열었다. "클라라. 나는 전해 들은 이야기로, 그리고 어느 정도는 내가 직접 지켜봐서 너에 대해서 알고 있다. 너는 평범하고 미천한 사람이 전혀 아니다. 그런데 네 친구들은 지금까지 너를 어린아이로 취급해 왔구나. 그 의도는 선한 것이겠지만, 네가 얼마나 강한 여자인지는 몰랐던 것 같구나. 나는 네가 그 누구보다 강인한 사람이라고 확신한다.

너는 네 가족을 파괴한 자가 누군지, 그리고 그가 저지른 행위와 범행 동기를 간절히 알고 싶어 한다. 내가 그를 네 면전에 데리고 와서 네 앞에서 죄를 고백하는 것을 허락할까? 내가 그에게 제 자신의 이야기를 스스로 털어놓게 만들까?"

나는 벌떡 일어나, 마치 살인범이 내 가까이에 있는 듯, 겁에 질린 눈으로 내 주변을 두리번두리번 살펴봤다. "무슨 말이에요? 제발 이제 애간장을 그만 태우고 말해주세요. 부탁이에요."

"겁내지 마라. 더는 이 범인의 얼굴을 보게 될 일은 없을 테니까. 그 사람이 초자연적인 힘을 타고 나서 쇠사슬과 철창문을 엿가락 휘듯이 휘어 버리지 않는 한. 내가 말했듯이 이 살인마는 재판을 받았고, 재판관은 그에게 자기 죄를 고백하든지, 자신의 무죄를 입증하라고 요구했다. 그랬더니 이 죄수는 크게 몸짓하며, 아무런 동요도 없이 당당하게 바로 대답을 했는데, 그 모습은 인간이라기보다 무슨 신 같았다. 판사, 지지자, 방청객 등은 모두 어안이 벙벙해져서 숨을 죽이고 그에게 주목했다. 그 방청객 중 한 사람이 그의 진술을 꼼꼼히 다 기록했다. 이게 그것이다."

그는 두루마리 한 뭉치를 내 손에 쥐여 주었다. "시간 날 때 읽어 보거라."

Chapter XIX

[그 재판 기록은 이랬다.]

재판을 받고 있는 죄수 시오도어 월랜드가 이제 자신을 변호하러 불려 나왔다. 그는 온화한 표정으로 한동안 말없이 자기 주변을 둘러보았다. 이윽고 그가 말하기 시작했다.

"참 이상한 일이군요. 여기 판사님이나 방청객들은 저를 알고 있습니다. 월랜드라는 사람의 성품을 모르는 사람이 여기 있습니까? 누군가의 남편이자, 아버지이자, 친구로서 그를 모르는 사람이 있습니까? 그런데도 나는 여기 범죄자로서 심판을 받고 있습니다. 나는 경악스러운 범행으로 기소를 당했습니다. 나는 내 아내와 내 자식들을 살해한 혐의를 받고 있다고요!

내가 내 아내와 자식을 살해한 것은 사실입니다. 모두 내 손에 목숨을 잃었습니다. 무죄를 입증하라고 요구하는 것은 억울합니다. 내가 뭘 두고 무죄를 입증해야 합니까? 그리고 누구 앞에서?

여러분은 그들이 죽었다는 것, 그리고 나에 의해 살해당했다는 것을 알고 있습니다. 더 이상 뭘 바랍니까? 내 범행 동기에 대한 진술을 받아내고 싶습니까? 이미 그 동기를 발견하지 못했습니까? 여러분은 내가 악의를 가지고 범행했다고 기소했습니다. 하지만 여러분의 눈은 감기지 않았고, 여러분의 이성은 아직 생생하게 살아있습니다. 여러분의 기억도 아직 머릿속에 남아있습니다. 여러분이 여기 이렇게 기소한 자가 누군지 여러분은 알고 있습니다. 이 사람이 살아 행적도 여러분은 알고 있습니다. 자기 아내와 자식들을 어떻게 대했는지 알고 있습니다. 그의 건전한 인품과 흔들리지 않는 신앙심도 여러분은 익히 잘 알고 있습니다. 그런데도 이런 혐의를 고집하고 있다니! 여러분은 내가 마치 흉악범이라도 되는 듯 쇠고랑을 채워 여기로 끌고 나왔습니다. 내가 지독하고 고통스럽게 사형을 당해 마땅하다고 생각하고 있습니다!

내가 죽음에 바친 이들이 누구입니까? 내 아내, 그리고 내게서 난 그 어린 것들. 그 누구보다 훌륭한 내 아내는 혈육 간 애정으로 가슴에 품고 있는 사람들보다 더 큰 사랑을 내게서 받은 사람입니다. 그런 사람에게 당신은 내가 악의를 품고 이런 행동을 할 수 있었다고 생각합니까? 그 뻔뻔한 얼굴을 가리십시오. 하늘이 보고 심판하고 있습니다. 사람들의 눈이 닿지 않는 동굴 속으로 숨어 본들, 당신의 사악함과 잘못은 속죄될 수 없습니다.

내가 여러분을 생각해서 이런 말을 한다고 생각하지 마십시오. 나에 대한 가증스러운 호기심은 여러분의 가슴 속에나 담아 두십시오. 하지만 계속 나를 살인자로 여기고, 때 이른 죽음의 구덩이로 나를 떨어뜨리십시오. 나는 여러분이 빠져 있는 착각의 늪에서 여러분을 구할 노력을 하지 않을 것입니다. 여러분의 피비린내 나는 오류를 바로잡을 단 한 마디 말도 내뱉지 않겠습니다. 하지만 여기 모인 사람들 가운데 먼 곳에서 온 사람도 있을 것 같고, 그들은 멀리 살아서 나에 대해 잘 알 수 없으니, 내가 이런 행동을 왜 했는지 말하겠습니다.

하나님이 내 최고의 열정의 대상이라는 것은 내가 말할 필요도 없습니다. 나는 그분 안에서 정직하고 올바른 마음을 소중히 간직했습니다. 나는 하나님의 의지에 대한 지식에 목말라 했습니다. 내 신앙과 복종을 인정받으려는 열의로 불탔습니다.

나는 하루하루를 그 의지의 계시를 찾으며 보냈습니다. 하지만 내 갈망은 실패했기 때문에 언제나 우울했습니다. 나는 방향을 보여 달라고 간청했습니다. 깜빡거리는 빛이 보이는 곳은 어디든지 다 돌아보았지요. 아무런 대답을 받지 못한 것은 아니었습니다. 하지만 내가 아는 지식은 확실하다고 하기에는 언제나 조금 부족했습니다. 내 머릿속에 불만이 스며들기 시작했습니다. 내 목적은 순수했고, 내 소망은 지칠 줄 몰랐습니다. 하지만 이러한 목적은 최근에 와서야 비로소 철저히 완수되었고, 이러한 내 소망은 완전히 이루어졌습니다.

나의 아버지시여, 그 넉넉하심에 감사드립니다. 그에 못지않은 희생[44]을 저에게 요구하셨음을, 그리고 당신의 의지에 대한 복종을 증명하기 위한 조건을 주셨음을 감사드립니다! 당신이 기뻐하실 일 가운데 내가 주저한 것이 있었습니까? 내 영혼의 보물을 당신께 바쳤으니, 이제 눈을 똑바로 뜨고 당당하게 당신의 보상을 요구해도 되겠습니까?

나는 우리 집에 있었습니다. 때는 늦은 오후였고, 내 누이는 도시에

---

[44] 성경 창세기 22장에 아브라함이 아들 이삭을 신을 위한 제물로 바친 것과 자신의 희생 명령을 비교하고 있음.

가고 없었지만, 돌아오기로 예정되어 있었습니다. 누이가 올 것을 기다리고 있었기 때문에 내 아내와 나는 평상시보다 늦게까지 깨어 있었고, 다른 식구들은 모두 잠자리에 들었습니다.

고요한 마음으로 사색에 잠겨 있었지만, 내 누이의 안전에 대한 걱정이 전혀 없었던 것은 아닙니다. 쉽게 설명하기 힘들지만, 최근에 누이의 신변을 염려할 만한 모종의 사건이 있었습니다. 하지만 이 위험은 우리가 머릿속에 막연하게 생각하고 있는 것이어서 그것 때문에 누이의 안전에 대해 실제로 불안해하는 일은 거의 없었습니다.

시간이 지났는데도 누이는 도착하지 않았습니다. 누이의 집은 우리 집에서 좀 떨어져 있었는데, 우리 집에서 지내기로 한 것을 아마도 잊어버렸거나, 혹은 예기치 못한 급한 일이 생겨서 자기 집으로 되돌아갔을 가능성도 있었습니다.

그래서 누이 집으로 내가 직접 가서 사실을 확인해 보는 것이 좋을 것 같다는 생각이 들었습니다. 나는 거기에 갔습니다. 가는 길에 내 마음은 신에 대한 나의 부족한 지식에 대한 이런저런 생각으로 가득 차 있었습니다. 온갖 생각이 머리를 온통 어지럽히고 있어서 내가 거기로 가게 된 목적을 망각해 버렸습니다. 가만히 서 있어 보기도 하고, 그 길에서 벗어나 헤매기도 하다가, 겨우 생각의 소용돌이에서 정신을 차리고 나서 다시 그 목적을 기억해 냈습니다.

그 일련의 생각들은 쉽게 추적할 수 있습니다. 처음에는 무한한 부성애와 아내에 대한 사랑을 지닌, 그리고 커다란 욕망의 잔이 하나님에 대한 감사로 가득 넘쳐흐르는 사람만이 알 수 있는 희열이 내 모든 핏줄에서 펄떡거렸습니다. 평소에 늘 내가 경험하던 이런 감정이 왜 그렇게

Chapter XIX | **231**

유별나게 고조되었는지 그건 나도 알 수 없습니다. 너무나 기쁨이 가득 찬 나머지 감사하는 마음이 드는 이런 감정의 전이 현상은 내게 익숙했습니다. 내 존재를 창조하신 분은 나에게 당신의 모든 축복을 내려 주신 분이기도 합니다. 이처럼 자비로우신 분에게 내가 무한한 봉사를 바치는 것은 너무나 마땅한 일이었습니다. 신의 근원에서 나온 것이 아니면 모든 열정도, 모든 즐거움도, 모든 힘도 시시하고 해로운 것일 뿐이었습니다.

한동안 내 생각은 땅과 땅 위에 거하는 모든 사람 위로 높이 치솟았습니다. 나는 손을 앞으로 내밀고, 위를 보며 외쳤습니다. "오, 당신이 있는 곳에 받아들여지게 하소서. 당신의 의지를 알고 그 의지를 행하는 것이 내 가장 고귀한 기쁨이 되게 하소서! 당신과 직접 대화를 나누고, 당신의 기쁨을 귀로 직접 똑똑히 듣게 되는 그 은혜로운 특권을!

당신에 대한 내 사랑을 증명하기 위해 내가 수행하지 못할 임무가 어디 있으며, 내가 기쁘게 견디지 못할 궁핍이 어디 있겠습니까? 아, 안타깝도다! 당신은 내 시야에서 숨어 계시고, 당신의 우월하심과 아름다우심을 나는 단지 어렴풋이 보는 것만 허락되어 있습니다. 당신의 영광에서 나오는 그 찰나의 빛이 나를 찾아 주게 될까! 당신의 현존에 대한 확실한 증표가 내 귀에 들리고 눈에 보이게 될까!

이런 상태에서 나는 우리 누이의 집에 들어갔습니다. 집은 비어 있었습니다. 내가 여기 온 목적을 나는 겨우 기억해 냈습니다. 다른 생각에 내 마음을 완전히 빼앗겼기 때문에 내 머릿속에서 시간과 공간에 관한 인식도 거의 사라지고 없었습니다. 그러나 이런 황망을 억제하고 나는 누이의 침실로 올라갔습니다.

나는 등불이 없었고, 밖에서 봤을 때 그 집에는 아무도 없다는 것을 알 수 있었을 것입니다. 하지만 나는 여기에 만족하지 않았습니다. 나는 방에 들어갔고, 내가 찾고 있는 대상이 보이지 않아 도로 돌아가기로 했습니다.

어두워서 계단을 내려올 때는 조심해야 했습니다. 헛걸음질을 하지 않으려 나는 손을 내밀어 계단 난간을 잡았습니다. 그때 내 시야에 번쩍 하고 나타난 광채! 내가 어떻게 설명할 수 있을까!

나는 어질어질했습니다. 오장육부가 다 얼어붙어 버렸습니다. 눈을 절반쯤 감고, 손을 난간에서 떼어냈습니다. 형언할 수 없는 두려움이 내 간담을 서늘하게 했고, 나는 꼼짝도 못 하고 서 있었습니다. 이 광채는 사라지지도 않고, 그 빛이 약해지지도 않았습니다. 마치 강력한 광휘가 나를 벽난로 속의 불꽃처럼 감싸고 있는 것 같았습니다.

내가 눈을 떴을 때 내 주변이 환하게 빛나고 있었습니다. 내 주변을 흐르고 있는 것은 천상의 요소였습니다. 처음에는 불 구름밖에 보이지 않더니, 곧이어 내 뒤에서 날카로운 목소리가 나를 불렀습니다.

나는 그쪽으로 몸을 돌렸습니다. 내가 본 것을 설명하는 것은 금기입니다. 사실 그것을 말로 어떻게 묘사할 수도 없습니다. 이제 베일을 벗은 그 존재의 얼굴은 그 어떤 연필이나 언어로도 그려낼 수가 없습니다.

그분이 말을 할 때, 그 말투는 나를 흥분하게 했습니다. "너의 기도를 들었노라. 네 신앙의 증거로 나에게 네 아내를 바쳐라. 내가 선택한 제물이 바로 그것이다. 아내를 여기로 불러 네 아내를 쓰러뜨려라." – 그 소리와 얼굴, 그리고 빛은 동시에 사라졌습니다.

이게 무슨 요구란 말인가? 캐서린의 피를 흘려야 한다니! 내 손으로 내 아내를 죽여야 하다니! 나는 내 신앙을 증명하려 했지만, 이런 식으로 신앙을 증명하라는 요구를 받게 될 거라고는 전혀 예상치 못했습니다.

내 아내! 나는 울부짖었습니다. 오, 하나님. 다른 희생자를 선택하소서. 나로 하여금 내 아내의 도살자가 되게 하지 마소서. 내 피는 하찮은 것입니다. 이것을 기꺼이 당신 앞에 뿌리겠습니다. 부탁하오니, 이 고귀한 생명은 살려주시고, 남편인 나로 하여금 이 피비린내 나는 행동을 수행하는 것 말고 다른 일을 시켜 주소서.

소용없었습니다. 조건은 이미 주어졌고, 명령이 내려졌으니, 내겐 그걸 실행하는 일밖에 남아 있지 않았습니다. 나는 집에서 후다닥 뛰쳐나갔고, 중간에 있는 들판을 가로질러 우리 집 응접실에 들어설 때까지 멈추지 않고 곧장 달려갔습니다.

아내는 내가 없는 동안 여기 남아서 우리 누이에 대한 소식을 내가 가지고 돌아오기를 애타게 기다리고 있었습니다. 나는 그녀에게 해 줄 말이 없었습니다. 나는 너무 빨리 달려온 탓에 숨을 헐떡거리며 서 있었습니다. 거친 표정으로 숨을 헐떡거리며 온몸을 떨고 있는 내 모습을 본 아내는 화들짝 놀랐습니다. 아내는 즉시 클라라에게 무슨 큰일이 일어난 줄 의심했고, 그녀도 나와 마찬가지로 감정을 주체하지 못해 말도 제대로 하지 못했습니다.

아내는 말하지 않았지만, 표정으로 봐서 내가 무슨 소식을 들려줄 것인지 애타게 기다리고 있는 것이 훤했습니다. 내가 입을 열어도 워낙 허둥거리다 보니 제대로 말이 나오지 않았습니다. 말을 하는 동시에 나는 아내의 팔을 붙잡고 억지로 아내를 의자에서 일으켰습니다.

"나를 따라 오시오. 서둘러요. 한순간도 지체 말고. 늦으면 행동할 수 없으니. 지체하지도 말고 묻지도 말고, 다만 나와 함께 속히 가야 하오!"

나의 이런 행동이 새삼 다른 생각으로 아내를 불안하게 했습니다. 그녀의 눈이 내 안색을 살피더니 아내가 말했습니다. "무슨 일이죠? 아니, 세상에, 무슨 일이냐고요! 나를 어디로 데려가는 거예요?"

아내가 말하는 동안 내 눈은 그녀의 얼굴에서 떨어질 줄 몰랐습니다. 나는 그녀의 미덕을 생각했습니다. 나는 그녀를 내 아기들의 어머니로, 나의 아내로 보았습니다. 그러다 그녀를 급히 데려가야 할 목적을 다시 떠올렸습니다. 내 심장이 떨렸고, 이 일을 행하는 데는 실로 내 전심전력을 다 바쳐야만 한다는 것을 깨달았습니다. 조금이라도 지체하면 너무나 위험했습니다.

나는 그녀에게서 눈을 돌렸고, 다시 힘을 주어 그녀를 문 쪽으로 잡아끌었습니다. "나하고 가야 하오. 진정 그래야만 한단 말이오."

겁이 난 아내는 내 시도에 반쯤 저항하다가 다시 외쳤습니다. "아니 대체, 당신 무슨 말이에요? 어디로 가자는 거죠? 무슨 일이 있었어요? 클라라는 찾았나요?"

"나를 따라 오시오. 그럼 알게 될 거요." 나는 망설이는 아내를 여전히 앞으로 끌어당기며 대답했습니다.

"도대체 무슨 난리가 난 거죠? 무슨 일이 일어난 게 분명하군요. 클라라가 아픈가요? 클라라를 찾았나요?"

"직접 와서 보시오. 나를 따라 오면 저절로 알게 될 것이오."

아내는 여전히 간절하게 내 이상한 행동을 설명해 달라고 애원했습니다. 나는 차마 아내를 똑바로 쳐다보지도, 아내에게 대답을 해 주지도 못했습니다. 단지 그녀의 팔을 거머쥐고 내 뒤에 따라오도록 끌어당겼습니다. 아내는 나를 따라오기를 꺼려서라기보다, 마음의 혼동 때문에 자꾸 주저했지요. 이 혼동은 서서히 사그라들었고, 아내는 따라오기 시작했습니다. 그러나 아내의 발걸음은 제대로 떨어지지 않았고, 놀라고 무서워서 계속 소리를 질렀습니다. 아내는 끊임없이, 격하게 "무슨 일이예요?" "어디로 가는 거예요?" 하고 계속 물었습니다.

생각을 하지 말 것, 내 마음속에 갈등과 소란이 계속 이어지도록 해서 이런저런 딴 생각을 할 여지가 없도록 할 것, 그리고 아내의 목소리에 마음이 흔들리지 말 것, 이것이 내가 노력해야 할 일이었습니다. 그러므로 나는 말을 하지 않았습니다. 나는 서두름으로써 이 중간 과정을 단축시키고, 내 집중력을 격하고 요란한 몸짓으로 다 소모해버리려고 분투했습니다.

이런 정신 상태에서 우리는 여동생의 집 앞에 도착했습니다. 아내는 창문을 쳐다보았고, 집이 텅 비어 있음을 알아차렸습니다. "왜 우리가 여기 온 거죠? 여기 아무도 없잖아요. 저는 들어가지 않겠어요."

나는 여전히 벙어리였습니다. 하지만 나는 문을 열고 아내를 집 안으로 끌어들였습니다. 이것이 내게 내려진 장면이었습니다. 여기서 아내는 희생되어야 했던 것입니다. 나는 아내의 손을 놓아주고 내 손바닥을 이마에 댄 채 온 힘을 다해 이 행동을 실천할 수 있도록 내 영혼을 일으켜 세웠습니다.

소용없었습니다. 내 영혼이 일으켜지지 않았습니다. 도저히 용기가 나지 않았고, 내 팔은 움직일 생각을 하지 않는 것입니다. 나는 지극히 높으신 하나님이 나를 도와 내게 힘을 주시길 기도했습니다. 내 기도도 소용없었습니다.

공포가 저절로 전신에 퍼졌습니다. 내가 하나님 말씀을 거역하고 있다는 생각, 그리고 내가 겁쟁이라는 확신이 나를 옥죄어 와 나는 대리석처럼 단단하고 차갑게 가만히 서 있기만 했습니다. 그때 아내는 우리가 왜 여기 왔는지, 우리 누이가 어떻게 됐는지 대답해 달라고 다시 간청하기 시작했고, 아내의 목소리를 듣자 나는 어느 정도 이런 상태에서 벗어날 수 있었습니다.

내가 무슨 대답을 할 수 있었겠습니까? 나는 제대로 말하지 못하고 더듬거렸습니다. 이런 모습을 본 아내는 자연스레 더 겁에 질리고 말았습니다. 하지만 그녀는 엉뚱한 이유로 겁에 질려 있었죠. 단순히 내 행동을 보고 아내는 클라라에게 무슨 끔찍한 일이 일어난 걸로 추측한 것입니다.

아내는 내 손을 확 잡더니 괴로워하며 울부짖었습니다. "아, 제발 말해 주세요. 클라라가 어디 있죠? 어떻게 된 거죠? 어디가 아픈가요? 죽었나요? 클라라가 자기 침실에 있나요? 아, 제발 거기 가서 무슨 일이 일어났는지 알게 해 주세요!"

아내가 이 말을 하자 내 머릿속이 다시 움직이기 시작했습니다. 내 반항하는 마음이 여기서는 그 일을 행하기를 거부하지만, 다른 곳에 가면 그 일을 수행할 충분한 힘을 얻을지도 모르겠다는 생각이 들었죠.

"그럼 갑시다." 내가 말했습니다. "같이 가 봅시다."

"가겠어요. 하지만 이렇게 어두운 상태에서는 싫어요. 먼저 불부터 가져와요."

"그럼 당장 달려가서 불을 가져오시오. 하지만 내가 단단히 일러두겠는데, 시간을 지체하지 마시오. 당신이 돌아오기를 기다리고 있겠소."

아내가 가고 없는 동안 나는 문 앞에서 왔다 갔다 했습니다. 음울한 폭풍의 맹렬함이 내 마음속에 휘몰아치고 있는 격랑과 조금이나마 닮았다고 할 수 있을까. 이 희생 명령은 절대 무시해서는 안 될 명령이었지만, 내 힘줄은 그 명령에 따르기를 거부하고 있었습니다. 다른 대안은 주어지지 않았습니다. 그 명령은 거역할 수 없었습니다. 하지만 그 명령을 따르자면 내가 내 아내의 처형자가 되어야만 했습니다. 내 의지는 강했지만, 내 몸은 그 일을 행하기를 거부하고 있었습니다.

아내는 불을 가지고 돌아왔습니다. 나는 앞장서서 침실로 갔습니다. 아내는 클라라를 찾으려고 이리저리 돌아보았습니다. 침대 커튼을 들어올렸지만 아무것도 보이지 않았습니다.

마침내 아내는 내게서 무슨 대답이 나오길 바라며 나를 바라봤습니다. 불이 있었기 때문에 지금까지는 어둠에 가려졌던 내 얼굴을 그녀는 볼 수 있었습니다. 이제 아내의 걱정은 내 누이에서 나로 바뀌었고, 아내는 떨리는 목소리로 말했습니다. "윌랜드! 당신 어디가 아픈 거군요. 어디가 아프죠? 내가 해 줄 수 있는 게 아무것도 없나요?"

이처럼 사랑스러운 말투와 표정에 내 결심이 허물어질 것이라고 나는 생각했습니다. 내 머릿속은 또다시 혼잡한 상태로 되돌아가고 말았습니다. 나는 아내를 보지 않으려고 손을 펴서 내 눈을 가렸고, 대답하려 해도 신음소리밖에 나오지 않았습니다. 아내는 두 손으로 내 다른 쪽 손을 감싼 뒤 그 손을 가슴 위에 누른 채, 언제나 내 의지를 흔들리게 하고 그 어떤 비애도 떨치게 하던 그 목소리로 내게 말했습니다.

"나의 친구! 내 영혼의 친구! 당신이 왜 그렇게 괴로워하는지 말해주세요. 저는 당신의 근심걱정을 함께 나눌 자격이 있는 사람이 아닌가요? 저는 당신의 아내가 아닌가요?"

나는 도저히 견딜 수 없었습니다. 나는 아내를 뿌리치고 방구석으로 가 버렸습니다. 여기에 가만히 잠자코 있는 동안 용기가 다시 한번 내 속으로 스며들었습니다. 나는 내 의무를 실천하기로 마음먹었습니다. 나를 따라 온 아내는 내가 왜 이렇게 고통스러워하는지 그 이유를 애타고 간절하게 물었지요.

나는 고개를 들어 아내를 똑바로 쳐다보았습니다. 나는 죽음, 그리고 내가 명령 받은 의무 등에 대해 무슨 말을 중얼거렸습니다. 이 말을 들은 아내는 뒤로 움칠하며 물러나더니, 고뇌에 가득 찬 새로운 표정으로 나를 바라보았습니다. 잠시 멈춘 뒤 아내는 손을 모으고 울부짖었습니다.

"오, 윌랜드! 내가 만약 오해한 것이면 하나님이 용서해 주시길! 하지만 분명 뭔가 잘못됐군요. 나는 알 수 있어요. 너무나 뻔해요. 당신 제정신을 잃은 거군요. 나도 못 알아보고 당신 자신도 못 알아보고 있는 거예요." 그와 동시에 아내는 극도로 불안해하며 나를 뚫어지게 바라보았습니다. 마치 다른 증상이 나타나기를 고대하는 듯이. 나는 격한 목소리로 아내에게 대답했습니다.

"제정신이 아니라니! 아냐. 내 의무가 뭔지 알았고, 이제 비겁한 마음이 사라졌음을, 그 의무를 실천할 힘을 내가 갖고 있음을 나는 하나님께 나는 감사드리고 있어. 캐서린! 나는 당신의 나약함을 가엾게 여기고 있소. 당신이 가엾지만 당신을 살려줄 수는 없다오. 당신의 목숨은 내 손으로 앗아가야 한다오. 당신은 죽어야 한단 말이오!"

이제 그녀의 비통에 공포까지 더해졌습니다. "무슨 말이에요? 왜 죽음에 대해 말하는 거죠? 다시 생각해 보세요, 윌랜드. 다시 스스로 생각해 보세요. 이 발작은 지나갈 거예요. 아, 내가 왜 여기 왔던가! 당신은 왜 나를 여기로 끌고 왔나요!"

"나는 신의 명령을 수행하려고 당신을 여기 데려왔소. 나는 당신의 파괴자로 지정받았고, 당신을 파괴해야만 하오."

이 말을 마친 나는 아내의 손목을 움켜잡았습니다. 아내는 큰 소리로 비명을 지르며 내 손아귀에서 빠져나가려 했습니다. 하지만 아내의 시도는 소용없었습니다.

"분명, 분명, 윌랜드. 당신은 지금 제정신이 아니에요. 내가 당신의 아내가 아닌가요? 그런데 왜 나를 죽이려고 하는 거예요? 당신은 그러지 않을 거예요. 그런데, 아, 알겠어요… 당신은 더 이상 윌랜드가 아니군요! 당신은 저항할 수 없는 끔찍한 분노에 사로잡혀 있어요. 저를 죽이지 말아 주세요. 죽이지 말아 주세요… 살려줘요… 살려줘요……"

숨이 끊어질 때까지 아내는 살려 달라고, 자비를 베풀어 달라고 비명을 질렀습니다. 아내가 더는 말을 못하게 됐을 때, 그녀의 모습과 표정을 보며 내 마음속에 연민이 일어났습니다. 나의 저주받은 손은 떨리며 우물쭈물하고 있었습니다. 나는 당신의 죽음이 순간적이기를, 당신의 몸부림이 잠깐으로 끝나게 할 생각이었소. 아, 안타깝게도 내 마음은 병약하고, 나의 결심은 흔들렸습니다. 나는 세 번씩이나 목을 졸랐지만, 그 처절한 고통 속에서도 아내는 아직 목숨이 붙어 있었습니다. 눈알이 눈구멍에서 튀어나오기 시작했습니다. 마법처럼 나를 황홀하게 하고, 내 마음을 온통 사로잡아 송두리째 앗아가곤 하던 아내의 그 모든 모습은 험악한 모습으로 뒤틀렸습니다.

나는 당신을 죽이라는 명령을 받았지, 죽음에 대한 예견으로 당신을 고통받게 하라는 명령은 받지 않았소. 당신의 두려움을 배가시키고,

당신의 비통함을 연장하라는 명령을 받은 것이 아니었소. 축 늘어지고 창백한 모습으로 당신은 운명과의 싸움을 멈추었소.

이것은 승리의 순간이었습니다. 이렇게 해서 나는 집요한 인간적 열정을 성공적으로 억눌렀고, 하나님이 요구하신 제물을 바쳤습니다. 이제 이 행동은 실행되었고 돌이킬 수 없는 일이 되었습니다.

나는 시신을 내 팔에 안아 들고 침대에 눕혔습니다. 기쁜 마음으로 그것을 응시했습니다. 내 머릿속에 기쁨이 넘쳐 나는 심지어 크게 소리 내어 웃기까지 했습니다. 나는 손뼉을 치며 외쳤습니다. "이제 다 이루었다![45] 내 신성한 의무가 실천되었다! 오, 나의 하나님. 하나님이 명하신 신성한 명령을 수행하기 위해 당신이 주신 마지막이자 최고의 선물인 내 아내를 나는 제물로 바쳤습니다!"

한동안 나는 인간의 연약함을 뛰어넘어 높이 올라갔습니다. 나는 지금껏 나 자신이 이기적이지 않다고 생각했지만 그 생각은 틀린 것이었습니다. 이 희열은 금방 가라앉았습니다. 나는 다시 내 아내를 바라보았습니다. 분출하던 기쁨은 어느덧 사라지고, 나는 '내가 지금 보고 있는 자가 누구냐' 하고 통탄했습니다. 나는 그것이 캐서린일 리가 없다고 생각했습니다. 그토록 오랫동안 내 가슴 속에 품고 있던 여인, 내 품속에서 밤마다 잠든 여인, 나를 아버지라 부르는 아이들을 낳아 젖을 먹여 키워 준 여인, 언제나 새롭고 영원히 커가는 사랑으로 소중히 여겼던, 기쁜 마음으로 지켜본 여인일 리가 없었습니다. 같은 여인일 수가 없었습니다.

---

[45] 요한복음 19장 30절, "예수께서 신 포도주를 받으신 후에 이르시되 다 이루었다 하시고 머리를 숙이니 영혼이 떠나가시니라." 하는 부분에서 "다 이루었다"는 부분을 차용하고 있음.

그녀의 화사함은 다 어디로 갔는가! 그녀의 눈에서 반짝이던 하늘빛의 황홀한 부드러움은 피로 물든 죽음의 두 눈구멍으로 흉측스럽게 변해 있었습니다. 그녀의 가슴위로 구불구불 흐르던 맑은 물결, 그 뺨 위에 살포시 내려앉곤 하던 빛나는 사랑은 검푸른 얼룩과 끔찍하게 뒤틀린 형상으로 변해있었습니다. 아, 이러한 것들은 그녀가 어떤 고통을 받았는지 보여주는 흔적이었고, 살인마가 목을 졸라 죽인 흔적이었습니다!

나는 어이없게도 절박한 인간적 비애에 빠져 비틀거리는 과실을 저질렀습니다. 나를 지탱해 준 하늘의 숨결은 온데간데없이 사라지고, 나는 '한낱 인간'으로 다시 추락하고 말았습니다. 나는 바닥에서 벌떡 일어났습니다. 나는 벽으로 달려가 내 머리를 찧었습니다. 공포에 질린 비명을 질렀습니다. 나는 고통과 번민으로 숨을 헐떡거렸습니다. 지옥의 다툼과 영원한 불은 내 감정에 비하면 음악이고 장미 밭이었습니다.

이 퇴보는 일시적이었고, 하나님이 다시 한번 나를 높이 들어 올릴 계획을 하고 계셨으니, 나는 하나님께 감사하는 마음입니다. 나는 내가 행한 행동은 의무를 위한 희생이었음을 상기했고, 그렇게 했더니 마음이 잠잠해졌습니다. 내 아내는 죽었습니다. 하지만 내가 힘들 때 늘 위안이 되어주었던 아내는 가고 없지만, 나는 아직 아이들에게서 위안을 얻으면 된다는 생각이 들었습니다. 한 남편으로서의 기쁨이 이제 사라지고 없지만, 한 아버지로서의 기쁨은 아직도 내가 누릴 수 있는 것이었습니다. 아내에 대한 기억이 너무 가슴 아픈 고통을 불러일으킬 때, 나는 아이들을 바라보며 '위안을 받으리라' 생각했습니다.

이런 생각들을 하다 보니 심장에 새로운 따스함이 흘러들었습니다. 하지만 이것은 내가 잘못 생각한 것이었습니다. 이러한 감정은 이기심의 성장이었던 것입니다. 나는 여기에 대해 알지 못했고, 내 인식을 흐리는 이 이기심의 안개를 거두기 위해서는 새로운 광휘와 새로운 명령이 필요했습니다.

그때 방 안을 가로지르는 한 줄기 빛 때문에 나는 이런 생각에서 깨어났습니다. 어떤 목소리가 지금까지 한 번도 들어 본 적이 없는 어조로 말했습니다. "잘했구나. 하지만 다 끝난 것이 아니다. 희생은 불완전하다. 네 자식들을 바쳐야만 한다. 그 아이들은 어머니와 함께 멸망해야만 하느니라!"

Chapter XX

내가 이 기록을 여기서 더는 읽지 않았다는 걸 이상하게 여기겠느냐? 오히려 내가 여기까지 읽었다는 걸 놀랍다고 생각하겠느냐? 내가 이 일을 여기까지 하도록 무슨 힘이 나를 지탱해 주었는지 나도 모르겠다. 아마도 내 마음에서 떨쳐 버릴 수 없는 의문, 여기서 그려지고 있는 장면이 꿈이 아닌가 하는 의문이 내 인내심에 기여하지 않았나 싶다.

우리 삼촌의 진지한 소개말, 내 강인함에 대한 삼촌의 호소, 삼촌이 내게 진상을 다 털어놓기로 작정한 사건에 뭔가 충격적인 부분이 들어있을지 모른다는 생각이 들게 한 삼촌의 알 수 없는 태도, 특히 오빠의 상태에 대해 내가 물어볼 때 내 주위에 있던 사람들이 이상하게 침묵하고 모호한 대답만 하던 거나 괴로워하며 당황해하던 모습 등을 기억해 봤지만 소용없었다. 나는 내 침실에서 윌랜드와 만났을 때, 기이할 정도로 침착하던 그의 태도가 갑자기 격한 감정과 위협적인 태도로 바뀌었던 기억을 떠올렸다. 이 모든 것은 이 기록물로 설명이 되었다.

캐서린과 그녀의 아이들, 그리고 루이자는 죽었다. 그들을 파괴한 행위는 더할 나위 없이 잔혹한 행위였다. 그것은 사람을 죽이는 훈련을 받은 살인마나 남의 고통을 보고 웃고 날뛰는 야만인들이나 할 법한 짓이었다.

이 범행을 저지른 자가 누구였던가! 윌랜드! 우리 오빠! 누군가의 남편이자 아버지! 온화한 미덕과 변함없는 온순함을 지닌 남자! 너그럽고 순한, 평화의 우상! 물론 그것은 꿈이라고 나는 말했다. 며칠 동안 나는 미칠 듯이 화가 났다. 지금도 그 분노에 치가 떨린다. 하지만 이제 내 고통을 더해 줄 새로운 두려움과 근심이 나타났다.

두루마리가 내 손에서 떨어졌고, 내 눈이 그 떨어진 종이를 따라갔다. 마치 나에게 다가오고 있는 어떤 무서운 영향을 피하려고 하는 것처럼 몸이 움츠러들었다. 혀가 굳어 버리고 내 신체 기능이 정지되더니, 나는 그대로 힘없이 마룻바닥으로 쓰러졌다. 삼촌은 당시 내가 걱정되어 아래층에 계속 머물고 있었는데, 나중에 들은 바에 따르면 내가 쓰러지는 소리를 듣고 아래층에 있던 우리 삼촌은 깜짝 놀랐다고 한다. 그는 급히 내 침실로 달려왔고, 내 상태에 필요한 조처를 해 주었다. 내가 눈을 떴을 때, 내 눈앞에 삼촌이 있었다. 의사이자 추론가로서 삼촌이 가진 기술 덕택에 나는 이 사건의 전모를 알게 된 뒤 충격을 받고 쓰러졌다가 응급 처치를 받고 무사히 회복할 수 있었다. 하지만 그는 내 육신이나 정신의 강인함에 대해서 잘못 생각하고 있었다. 이 새로운 충격 때문에 나는 또다시 죽기 직전까지 아팠고, 처음 쓰러졌을 때보다 훨씬 더 낫기 어려운 열병을 앓았다.

꼬리에 꼬리를 무는 음울한 기분, 내 마음에 소용돌이친 끔찍한 혼란 등은 길게 물고 늘어지지 않으련다. 시간이 지나면서 내 몸은 서서히 원래대로 회복했고, 내 머릿속 생각도 정리되었다. 이 충격적인 진술 기록이 내 머릿속에 박아 놓은 이미지들은 병을 앓는 동안 어느 정도 지워졌다. 그 이미지들은 마치 꿈의 파편처럼 불분명하고 뒤죽박죽이었다. 나는 이런 뒤죽박죽 한 상태에서는 제대로 생각할 수 없었다. 그래서 언제나 내 곁에서 나를 지켜 주던 우리 삼촌에게 질문을 했다. 그는 내게 기록물을 보여주었다가 내가 결국 그렇게 쓰러져 버리고 말아서 이제는 내가 질문을 하면 대답을 회피하거나 아예 질문이 나오지 않게 했다. 내가 귀찮게 조르면 삼촌은 사실을 숨기거나 거짓말을 하기도 했다.

거기에 대해서 아마도 시간이 더 많은 도움이 된 것 같다. 이런저런 생각을 곰곰이 하다 보니 과거에 대한 기억이 점점 더 뚜렷하게 되살아났다. 하지만 나는 말없이 그 과거를 곰곰이 생각해 보았다. 이제 더는 놀랄 거리가 없었기 때문에 그 기억은 더는 내게 치명적인 충격을 주지 않았다. 나는 그 기록물을 읽다가 중간에 덮어 버렸지만, 내가 거기서 읽은 내용, 그리고 다른 데서 알게 된 사실 등은 아마도 그 끔찍한 사건의 경위를 충분히 설명했을 것이다. 하지만 내 호기심은 아직 사라지지 않았다. 나는 나머지를 계속 읽고 싶은 생각이 들었다.

이 이야기 중 어떤 특정한 부분들에 대해서 무척 알고 싶지만, 어떤 끔찍한 내용을 접하게 될지 지레짐작으로 겁이 나서 차마 읽어 볼 용기가 나지 않았다. 그래서 나는 더 자세한 내용을 알아보려는 시도를 하지 않았다. 나는 실체를 원하면서 한편으로는 그 실체를 발견하는 데서는 움츠리고 있었던 것이다.

어느 날 아침, 혼자 남겨진 나는 침대에서 일어나 얇은 옷을 보관하는 옷장으로 갔다. 옷장 서랍을 열었더니 이 끔찍한 기록이 내 눈에 띄었다. 나도 모르게 그것을 집어 들고 의자에 가서 앉았다. 한 몇 분 동안 이 책을 읽을까 말까 망설였다. 내 강심장이 시험대에 올랐다가 실패했다. 나는 그런 공포의 도가니 같은 장면을 일부러 찾아서 읽을 수 있는 강심장이 아니라고 생각했다. 그걸 원래 자리에 도로 갖다 놓고 싶었지만 이 결심도 무너졌고, 나는 그 기록물의 일부를 읽어보기로 마음먹었다. 중간 부분은 넘기고 결론에 가까운 페이지를 펼쳤다. 범인 진술이 끝났고, 배심원은 유죄를 선언했다. 피의자는 사형 선고를 받지 않아야 할 이유가 있으면 말하라는 요구를 받았다. 그의 대답은 짧고, 진지하고, 단호했다.

"아닙니다. 나는 더 할 말이 없습니다. 할 말은 다 했습니다. 내 범행 동기를 있는 그대로 진술했습니다. 내 심판관들이 내 의도의 순수함을 식별하지 못하거나, 그 순수한 의도에 대해 내가 한 진술을 인정하지 않는다면, 그리고 내가 한 행동이 하늘을 기쁘게 했다는 것과 나의 복종은 완벽한 선하심의 시험이며, 이기심과 실수를 멸하는 것이었음을 보지 못한다면, 그들은 나를 살인자라고 선고해야만 합니다.

그들은 내 이야기를 인정하기를 거부했습니다. 그들은 내가 한 행동을 마귀의 영향이라고 뒤집어씌웠습니다. 그들은 나를 가장 가증스러운 인간 본성의 본보기라고 생각하고, 나에게 오명을 씌워 사형선고를 내렸습니다. 내게 이 사악함에서 도망칠 힘이 있습니까? 만약 내게 그런 힘이 있다면 당연히 그 힘을 쓸 것입니다. 나는 선한 보상을 받아 마땅하거늘, 그들이 내리는 사악한 형벌을 받아들이지 않을 것입니다. 나는 고통을 피할 수 없을 때만 고통을 받을 것입니다.

여러분은 내가 유죄라고 합니다. 불경하고 경솔한 자들이여! 창조주의 재판소를 찬탈하는 자들! 인간의 한계적인 생각과 불완전한 이성을 진리의 측정 도구로 삼는 자들이여!

전지전능하신 성령이여! 저의 행동이 당신의 뜻에 순종하였음을 주님은 알고 계십니다. 저는 무엇이 범죄인지 모르나이다. 당신의 궁극적이고 절대적인 뜻 안에서 무슨 행동이 악이고 무슨 행동이 선인지 저는 모르나이다. 당신의 지식은 당신의 힘과 마찬가지로 무한하며, 제가 주의 인도하심을 받으면 잘못을 저지를 수 없사오니. 당신의 보호 아래 저의 안전을 맡기나이다. 당신의 정의를 실천한 상으로 내가 보상을 받을 것을 믿사옵니다.

죽음이 찾아와도 나는 안전합니다. 인간들 사이에서 비방과 증오가 나를 쫓아오든 말든, 나는 내가 받을 몫을 빼앗기지 않을 것입니다. 도덕의 평화와 신의 의지에 복종한 영광이 내세에 나의 것이 될 것입니다."

진술은 여기서 끝났다. 나는 종이에서 시선을 거두었다. 하지만 읽은 내용에 대해 미처 생각할 여유를 가지기도 전에 외삼촌이 내 방에 들어왔다. 내가 뭘 하고 있었는지 눈치를 채자 삼촌의 얼굴에는 나를 염려하는 투가 역력히 나타났다.

하지만 삼촌은 두려워할 필요가 없었다. 그 내용을 읽고 나는 쉽사리 설명할 수 없는 마음이 되었지만, 최소한 마음속에 분노와 고통은 포함되지 않았다. 나의 신체 기능은 온통 놀라움과 경악스러움으로 마비되었다. 그때 나는 말이 나오지 않았다. 뭔가 알고 싶어 하는 표정으로 삼촌을 바라보며 종이를 가리켰다. 삼촌은 내가 뭘 묻는지 눈치로 알아채고 침울하게 무슨 뜻인지 안다는 표정으로 대답을 대신했다. 좀 시간이 지나자 말문이 트여 내 생각을 입으로 말할 수 있었다.

우리 오빠가 이런 행동을 한 것이었다. 우리 오빠가 이런 말을 한 것이었다. 그 때문에 오빠는 죽음의 형벌을 선고받았다. 교수형을! 이 무슨 잔인하고 억울한 운명이란 말인가! "그래서, 집행이 됐나요?" 새로 떠오른 이 생각 때문에 말이 제대로 나오지 않아 나는 겨우겨우 물었다. "오빠는… 죽었냐고요!"

"아니다. 오빠는 살아 있다."라고 삼촌이 말했다. "이런 과격한 행동의 원인은 의심의 여지가 없었다. 이런 행동은 갑작스러운 정신 이상 때문이었지만, 이 상태가 계속되었다. 그래서 오빠는 종신형을 선고받았다."

"정신 이상이라고요? 확실해요? 오빠가 그 소리나 모습을 실제로 본 게 아니었어요?"

삼촌은 내 질문에 깜짝 놀랐다.

그는 당황한 표정으로 나를 바라보았다. "그러한 것들이 환각이었다는 걸 넌 의심하는 거냐? 너는 여기에 하늘이 개입되었다고 생각하는 거냐?"

"아, 아뇨. 그건 아니라고 생각해요. 하늘이 이런 말도 안 되는 잔혹한 짓을 저지르라고 충동질했을 리가 없어요. 그 동기의 원인은 선한 것이 아니라 악한 것이었어요."

"이런, 애야. 그런 엉뚱한 생각은 버리거라." 삼촌이 말했다. "천사나 마귀는 이 일과 아무 관련 없다."

"제 말을 잘못 알아들으셨어요." 내가 말했다. "내 말은 그 동기의 원인이 초자연적이라는 게 아니라, 외부적이고 실제라는 거예요."

"그래!" 삼촌이 놀란 투로 말했다. "그렇다면 너는 누가 시킨 일이라고 생각하느냐?"

"나도 몰라요. 모든 게 뒤죽박죽 한 추측이니까. 저는 카윈을 머릿속에서 지워 버릴 수 없어요. 그 사람이 올가미를 친 사람이라는 의심을 떨칠 수가 없어요. 하지만 어떻게 그걸 정신 이상인 것으로 간주할 수 있죠? 정신 이상이 이런 형태로 나타난 경우가 있나요?"

"흔히 나타나지. 이 경우의 환각 증상은 내가 아는 그 어떤 경우보다 더 치명적인 결과를 가져왔다. 하지만 이와 비슷한 환각 증상은 드문 건 아니다. 네 외가에서 있었던 일에 관해서 이야기를 들은 적이 있니?"

"아뇨. 제발 말씀해주세요. 할아버지의 죽음이 유별났다는 것은 알지만, 그 자세한 내용은 몰라요. 할아버지와 아주 우애가 깊던 동생이 어릴 때 죽었고, 제가 듣기로는 이 일이 할아버지의 운명에 아주 기이한 방식으로 영향을 주었다고 하는데 세부적인 내용은 몰라요."

삼촌은 이 이야기를 해 주었다. "그 동생이 죽자, 우리 아버지는 크게 실의에 빠졌는데, 알고 보니 그 이유가 두 가지였다. 아버지는 그렇게 가깝던 동생을 잃어 슬펐던 것만 아니라, 이 동생의 죽음에 이어 자기도 반드시 죽게 될 거라는 생각을 했던 것이다. 조만간 자기에게 죽음이 떨어질 거라고 생각하며 하루하루 죽음을 기다리며 지냈지. 그러다 서서히 원래의 자신감과 명랑한 성격을 회복했단다. 아버지는 결혼을 하고, 평탄하고 활발하게 자기 할 일을 다 하면서 주어진 삶을 살았지. 그런데 스물한 살이 되던 해, 아버지는 콘월 해변에 소유하고 있는 별장에서 가족과 함께 여름을 보내고 있었다. 거기서 멀지 않은 곳에 높은 절벽이 바다 쪽으로 나 있었다. 절벽 윗부분은 평평하고 안전했고, 육지 쪽에서 쉽게 올라갈 수 있었다. 아버지와 우리 가족은 맑은 날이면 자주 이곳에 가서 청명한 공기와 확 트인 전망을 즐겼다. 유월 어느 저녁에도 아버지는 아내와 친구 몇 명과 함께 그 지점에 있었다. 모든 사람이 즐거운 시간을 보내고 있었는데, 우리 아버지는 그 장엄한 풍경에 그날따라 특히 예민하게 반응했던 것 같다.

그런데 갑자기 아버지가 온몸을 벌벌 떨더니, 뭔가 놀란 듯한 표정을 지었다. 아버지는 뭔가에 귀를 기울이는 듯했다. 어느 방향을 뚫어지게 바라보는데, 친구들 눈에는 아무것도 보이지 않았다. 이렇게 한 일 분을 바라보더니 아버지가 옆에 있는 사람들에게 시선을 주며 말하기를 자기 동생이 방금 자기를 불렀는데 즉시 여기에 응해야 한다는 것이었다. 그러고는 한 사람 한 사람에게 서둘러서 진지하게 잘 있으라는 말을 한 뒤, 사람들이 놀라 무슨 일인지 물어 보기도 전에 절벽으로 달려가더니 머리부터 던져 투신해 버렸다.

독일군에서 군의관 생활을 하는 동안 이와 똑같이 기이한 케이스가 많이 발생했다. 보통 사람들은 그렇게 생각하지 않았지만, 환각 증상이 광적인 거라는 데는 의심의 여지가 없다. 이 경우들은 모두 한 가지 병명[46]으로 정리가 되는데, 우리 몸에 생기는 흔한 질병에 비해 설명하기 힘들거나 치료하기 어려운 것이 아니다."

우리 삼촌은 여러 가지 방법으로 내가 이 사실을 납득하고 받아들이게 하려고 애썼다. 나는 삼촌의 설명과 들려주는 그림들을 말없이 듣고 보기만 했다. 이 경우와 비슷한 예는 없을 거라고 생각했는데 그 증거가 있다는 사실에 많이 놀랐다. 하지만 나는 삼촌이 내게 설명하는 태도를 전혀 납득할 수 없었다. 머릿속이 복잡했지만 이걸 정리하기도, 통제하

---

[46] 이변광기(Mania Mutabilis): 다윈의 Zoonomia, vol. ii. Class III. 1.2.에 유사한 케이스가 소개되고 있음.

기도 힘들었다. 과연 삼촌 말대로 이것이 정신 이상이 맞긴 맞는다면, 윌랜드는 물론 플레옐이나 나도 그 영향을 받고 있는 게 아닌가 하는 생각을 했다. 플레옐도 불가사의한 목소리를 들었고, 나도 그 목소리를 듣고 형상을 보았으니까. 어떤 형상이 스스로 내게는 물론 윌랜드에게도 나타났다. 그것도 똑같은 지점에서. 그 현신은 두 경우 모두 똑같이 완전했고, 똑같이 경이로웠다. 내가 어느 가정을 받아들이든, 나 역시 두려워해야 할 이유를 갖고 있지 않은가? 나는 이 무시무시하고 저항할 수 없는 영향력에서 안전하다고 할 수 있는가?

이 생각이 들었을 때 내 마음이 어땠는지는 설명을 시도할 필요조차 없을 것이다. 나는 우리 오빠의 상태에 영향을 준 변화가 어느 순간에 찾아왔는지 궁금했다. 나 자신도 이 영향을 받을 수 있다는 생각을 하면 정신이 혼미해질 정도로 그것이 궁금했다. 나도 이성적인 인간에서 이 가공스럽고 무서운 괴물로 탈바꿈되어 버리지 않을까? 나도 똑같은 나락의 언저리로 가게 되지 않을까? 어쩌면 새날이 밝아 오기 전에 내 손에도 피가 흥건하고, 내 나머지 인생은 쇠사슬에 칭칭 감겨 지하 감옥에서 보내게 될지도 모른다.

내가 도덕적으로 얼마나 예민한 사람인지를 생각해 보면, 이 새로운 두려움이 최근에 견뎌 온 고뇌보다 더 견디기 힘들었다는 것은 당연했다. 비통에는 나름대로 이를 해소할 방법이 있게 마련이다. 생각이 단지 고통을 가져다주는 수단일 뿐이라면, 생각이 더 이어지지 않게 멈추어야만 한다. 죽음은 우리 스스로가, 혹은 자연이 처방해야만 할 치료제다. 나는 죽으면 그만이라는 생각을 하며 비관적인 만족을 느꼈다.

내가 입을 다물고 있어도 내가 무슨 생각을 하고 있는지, 그것을 삼촌에게서 감출 수 없었다. 삼촌은 그런 위험한 생각을 품고 있는 내 마음을 끈질기게 다른 곳으로 돌렸다. 삼촌의 노력은 시간이 지나면서 어느 정도 성공을 거두었다. 나는 다시 한번 내 결단력의 단단함과 내 정신적, 육체적 건강에 대한 자신감을 되찾았을 수 있었으니까. 그래서 우리 오빠의 상태, 그리고 이 재앙의 원인에 대해 곰곰이 생각해 볼 수 있었다.

여기에 대한 내 의견은 시도 때도 없이 변했다. 어떨 때는 그 현신한 형상이 인간 그 이상의 존재라는 생각이 들었다. 이를 불신할 근거가 전혀 없었다. 나는 그것이 종교에서 말하는 하나님이나 마귀의 증거가 맞을 수 있다는 생각을 뿌리칠 수 없었다. 수많은 사람이 이런 것들을 한목소리로 간증해 왔다. 이런 생각 끝에 나는 악령이 존재하고 있으며, 이 악령이 세상 돌아가는 일에 종종 제 힘을 발휘한다고 믿게 되었다.

이 생각들은 저절로 카윈의 이미지와 연결되었다. 마귀가 인간의 지배를 받을 수 없다는 증거가 어디 있는가? 하고 자문해 보았다. 무지한 자의 마음속에서 진실은 아마 왜곡되고 무시되었는지도 모른다. 이런 종교적 주제에 관해 평범한 자들이 믿고 있는 신조는 확실히 부조리하다. 하지만 현명한 자들이 그들의 그릇된 종교적 신조를 무시하는 것은 당연하다 하더라도, 인간이 초자연적인 힘의 도움을 받을 가능성도 당연한 것처럼 무시될 수는 없는 것이다.

미신적인 꿈은 고려해 볼 가치가 있다. 마법, 그리고 마법의 수단과 기적, 혈맹으로 승인된 계약, 유황 냄새가 나는 장치나 천둥 같은 폭발 등은 기상천외한 것들이다. 이러한 것들은 카윈이 재주를 부린 사건에 등장하지 않는다. 우리 인간과는 다르지만, 우리와 마찬가지로 도덕적이고 자율적인 존재가 어딘가 존재할 수도 있었다. 그런 존재의 도움이 나쁜 뜻이나 좋은 뜻으로 사용되었다는 것은 부정될 수 없다.

이 남자의 음모에는 어두운 기운이 내려 있다. 그의 힘이 어느 정도인지는 알 수 없다. 하지만 그 힘이 발휘되었다는 증거는 과연 없는가?

나는 나 자신이 겪은 일을 되새겨 보았다. 실제로 카윈은 무대에 등장했다. 하지만 그의 존재는 뚜렷하게 인간의 형태를 하고 있었다. 그의 목소리와 형상도 발각되었다. 한 가지는 분명 발휘가 되었지만, 다른 것은 드러나지 않았고, 이는 카윈이 꾸미고 있는 짓을 도와주기 위해서가 아니라, 이를 저지하기 위해 나타났다. 그렇다면 그것은 두 존재 사이에 동맹이 아니라 대립이 있다는 증거였다. 카윈은 악한 짓을 꾸미고 있었지만, 그 악한 뜻은 하늘의 뜻에 저지당했다. 우리 오빠를 망친 그 계략과 이것은 어떤 식으로 맞아 들어가는가? 우리 오빠의 경우에는 그 대리인이 초자연적인 동시에 악한 것이었다.

이런 사실을 곰곰이 생각하다 보니 생각의 방향이 또 다른 쪽으로 흘렀다. 우리 오빠를 지배하는 그 영향력이 악한 것이었다는 것은 의심의 여지가 없었다. 그의 아내와 자식들이 파괴되었고, 그들은 고통과 두려움 속에 목숨을 잃었으니까. 하지만 그들을 살해한 자가 범죄자라는 것은 논쟁의 여지없이 확실한 것인가? 그는 자신에게 양심적 무죄 판결을 내렸다. 하지만 그의 재판에서나 그 후 행적은 내가 아는 한 일관적이었다. 단 한순간도 자신의 도덕적 당당함을 주장하지 않은 적이 없었고, 자기에게 쏟아진 모든 악담과 비평을 신과 자신의 과거 행적에 호소함으로써 물리쳤다. 이 호소에는 분명 진실이 있었다. 오로지 하늘의 명령만이 그의 의지를 좌지우지할 수 있었고, 신의 승인에 대한 확실한 증거만이 지금처럼 앙양된 그의 정신 상태를 유지해 줄 수 있었다.

Chapter XXI

이것이 한동안 내 생각의 흐름이었다. 내 나약함도 싫고, 사람들이 나를 보며 놀라고 가여워하는 것도 싫고 해서 나는 사람들 앞에 나서지 않았다. 동정심을 보이려 하거나 호기심을 채우려는 사람들의 방문을 애써 피했다. 내 곁에 있는 사람은 대개 우리 삼촌뿐이었다. 삼촌과의 대화만큼 크게 내게 위안이 되는 것은 없었다.

플레옐에 관한 한, 내 감정은 완전한 변화 과정을 거친 것 같았다. 하나의 열정이 다른 열정을 억제하는 경우가 종종 있다. 최근 일어난 대재앙들이 내 마음을 갈가리 찢어 놓았지만 이제 그 상처는 어느 정도 아물었고, 이 남자에게 내가 품었던 사랑도 사라진 것 같았다.

그때까지 나에게 절망의 원인이 될 만한 것은 하나도 없었다. 그가 내게서 멀어지게 한 혐의에 나는 결백했다. 내 결백이 언젠가 부인할 수 없이 증명되고, 나에 대한 그의 애정도 나에 대한 존경과 함께 회복될 것이라 기대해도 괜찮았을지 모른다. 그가 나를 방탕한 여자로 취급하는 데 대한 반감은 여전했지만, 거기에 예전처럼 조바심을 내지는 않았다. 그의 의심이 사라지기를 원했어도 그것은 그의 사랑을 다시 찾기 위해서

가 아니라 그처럼 훌륭한 사람의 존경을 받는 것이 기쁘기 때문에, 그리고 내 결백에 대한 확신이 그에게 기쁨을 가져다주게 될 것이기 때문이었다.

삼촌은 플레옐이 유럽에서 돌아온 이후, 플레옐과 만난 적이 있다고 일찍이 말한 적이 있었다. 두 사람이 대화를 나눌 때 플레옐은 나에게 너무나 심한 혐오감을 심어준 그 사건들에 관한 이야기는 조심스럽게 다 피했다는 것을 알게 됐다. 아마 시간이 지나면서, 혹은 새로운 사실이 발견되면서, 나에 대한 생각이 바뀌었는지도 모른다. 혹은 나를 여전히 죄인으로 생각하지만 내 존경스러운 친척에게 내 험담을 하고 싶지 않았던 것인지도 모른다. 내가 병이 들어 누워 있을 때 플레옐이 자주 병문안 와 내 옆에서 며칠 밤을 지새우며 나를 지켜보고 나에 대해 무척 걱정하는 모습도 보였다는 걸 나는 알았다.

우리의 마지막 만남이 끝난 후, 그가 떠나기로 한 여행은 그다음날 밤 일어난 대재앙 때문에 연기되었다. 그런데 이 여행을 하기로 한 동기를 나는 지금까지 완전히 오해하고 있었다. 우리 삼촌이 그 진짜 동기를 설명해 주었는데, 그 이야기를 들어도 슬프지 않고 단지 놀랍다는 생각뿐이었다. 내 마음이 다른 상태에 있었다면 말할 필요도 없이 더 괴로웠겠지만, 이제는 고통보다 기쁜 마음이었다. 이런 내 마음의 변화는 적잖이 놀랍게 들릴지도 모르겠다. 그런데 알고 보니 내 냉담한 마음은 일시적인 것이었다. 며칠 시간이 지나자 내 사랑하는 감정이 결국 꺼져 버린 것이 아니라 잠시 죽은 척하고 있을 뿐이었다는 걸 내가 깨닫게 되었기 때문이다.

테레사 드 스톨베그르는 살아 있었다. 그녀는 미국에 있는 연인을 찾아가기로 마음을 먹었다. 미국으로 도망가는 사실을 감추려고 자기가 죽었다는 소문을 퍼뜨렸다. 그녀는 플레옐의 충실한 하인 베르트랑의 도움을 받았다. 얼마 전에 플레옐이 길에서 이 하인으로부터 받았다던 봉투에는 그녀가 보스턴에 안전하게 도착했다는 소식이 들어 있었고, 그는 거기서 그녀를 만나려고 급히 여행을 떠나려 했던 것이었다.

　이 사실을 알고 나는 플레옐의 사람됨을 다시 보게 되었다. 나는 친구 사이 우정을 사랑으로 일어난 분노로 오해한 것이다. 내가 사랑했던 남자라면 과거에 내가 존경했을 거라고 남들이 생각할지 모르겠다. 하지만 이 남자는 원래 가볍게 행동하는 탓에 속이 깊고 인품이 훌륭한 사람이라는 생각을 하지 못하는 경우가 많았다. 어쨌든 이 여인이 아직 살아 있는 것으로 밝혀졌으니 그녀가 죽었다고 말한 그 예배당의 목소리는 그를 속이려 들었거나, 사실을 잘못 알고 있었던 것이다. 후자라면 그것이 영적인 것이라는 가정과 맞지가 않고, 전자라면 그것이 선의를 가진 존재라는 가정과 맞지 않았다.

　내 병이 좀 나아지자 플레옐은 병문안을 자제했고, 얼마 뒤 보스턴으로 그녀를 만나러 갔던 것이다. 그건 그가 아직도 나에게 죄가 있다고 생각한다는 증거였다. 나는 그의 오해가 슬펐지만, 조만간 누명을 벗게 될 것이라고 믿었다.

　그러다 우리 삼촌이 내게 한 제안 때문에 또다시 마음에 격랑이 일었다. 삼촌은 새로운 환경에서 신선한 공기를 마시면 내 약해진 기력도 회복하고 여러 가지 일로 연달아 받은 충격에서 벗어나는 데도 도움이 될 것이라고 말했다. 이것을 위해 자기를 따라서 프랑스나 이탈리아에 가서 살자고 삼촌이 제안했다.

　더 좋은 시기였다면 이 계획을 즐겁게 받아들였을지 모른다. 하지만 지금 내 마음은 자연이란 것을 생각만 해도 신물이 났다. 인간 세상은 비극과 피로 얼룩져 있었고, 끔찍하기 짝이 없는 광경이었다. 밤에 잠을 자려고 눈을 감긴 해도, 잠에서 얻는 일시적인 휴식이 너무 짧기만 해 오히려 잠에서 깨면 짜증만 났다. 내 몸이 점차 나이가 들어 쇠하는 것이 오히려 반가웠다. 내가 살아남기로 한 것은 단지 세월이 흘러 내가 늙어 죽으면 자연히 이 무거운 짐에서 벗어나게 되겠지 하는 바람 때문이었다. 그러나 삼촌은 이 계획을 고집했고, 나는 마지못해 그렇게 하기로 동의했다. 내가 삼촌에게 마음의 빚을 지고 있었고, 내가 거절하면 삼촌이 마음 아파할 것이기 때문이었다.

내가 그러겠다는 말을 하자마자 삼촌은 즉시 떠날 준비를 해야 한다고 했다. 타고 갈 배가 삼 일 뒤에 출항하기 때문이라는 것이었다. 이처럼 서둘러야 하는 줄은 몰랐다. 나를 놀라게 한 것은 반드시 서둘러 떠나야 한다는 삼촌의 조급한 태도였다. 나는 왜 이렇게 서두르는지 물어보았지만 삼촌은 이유를 대충 얼버무리기만 했다. 대답을 들을 당시에는 그럴듯한 이유였지만, 가만히 생각해 보면 충분한 이유는 아니었다. 나는 삼촌이 진짜 이유를 숨기고 있다고 의심했고, 이 이유는 왠지 오빠의 운명과 연관되어 있다고 믿었다.

그리고 보니 내가 윌랜드에 대한 소식을 전해 들을 때마다 종종 뭔가 망설이거나 이해할 수 없는 느낌이 들었다는 기억이 났다. 들을 당시에는 충분한 설명이 되는 것 같았던 말도 지금 생각하니 뭔가 더듬거리고 모호한 부분이 있었다. 나는 지하 감옥에 갇힌 이 가엾은 오빠를 직접 찾아가 이 모든 의문을 직접 풀어 보기로 했다.

감옥으로 오빠를 면회하러 간다는 생각은 이렇게 들었지만, 그가 갇혀 있는 장소에 대한 공포, 온순하기만 하던 오빠의 망가진 모습, 제멋대로 헝클어진 머리, 사지를 옥죄고 있는 족쇄, 이처럼 생각만 해도 끔찍한 것들을 차마 내가 어떻게 볼 수 있을까!

하지만 조국을 영원히 떠날 준비를 하는 지금, 오빠와 나 사이에 바다를 두고 떨어지게 된 지금, 어떻게 한 번도 보지 않고 떠날 수 있단 말인가? 나는 내 눈으로 직접 오빠의 상태를 봐야했다. 그렇게 하면 내가 그동안 들었던 말의 진실을 알게 될 것이다. 아마도 각별한 우애로 사랑했던 여동생을 보게 되면 그의 병에 좋은 영향을 줄지도 모른다.

이런 결심을 하고 나는 삼촌에게 그 이야기를 하려고 기다렸다. 삼촌의 허락 없이는 이 일을 실천에 옮길 수 없음을 나는 알고 있었고, 이를 반대해야 할 이유는 찾을 수 없었다. 만약 오빠의 상태에 대해서 내가 그동안 속고 있었던 게 아니라면, 내가 마음먹은 대로 일을 진행하는 데 장애가 일어날 수 없었다. 그러므로 삼촌의 허락은 그의 진실성에 대한 시험이 될 것이다.

나는 기회를 보아 삼촌에게 이 계획을 말했다. 내가 면회를 가겠다고 하자 삼촌이 보인 반응은 내 의심이 맞다는 확신을 주었다. 삼촌은 당황하며 잠시 멈칫하더니 내게 말했다. "면회를 왜 가려는 거지? 그렇게 하는 것이 무슨 도움이 되겠니?"

내가 말했다. "우리는 이 나라를 영영 떠날 준비를 하고 있어요. 마지막으로 한번 보지도 않고 그런 불행한 오빠를 내버리고 떠나 버린다면 내가 어떤 인간이 되겠어요? 그냥 삼 분 동안만 오빠를 보게 해 주세요. 오빠를 직접 보고 오빠 앞에서 눈물이라도 몇 방울 흘리고 나면 내 마음이 한결 가벼워질 거예요."

"나는 그렇게 생각하지 않는다. 오빠를 보면 오빠에게 어떤 식으로든 도움도 전혀 주지 못하고 네 괴로움만 가중될 거야."

"그렇지 않아요." 내가 대답했다. "여동생의 동정심, 그리고 여동생의 애정이 변함없이 그대로 살아 있는 걸 보면 만족스러움을 주게 될 거예요. 지금 그는 모든 사람이 자기의 원수이고 자기를 비방하고 있다고 생각하고 있는 게 틀림없어요. 아마 자기 누이도 사람들과 마찬가지로 분노하고 자기를 혐오한다고 생각하고 있어요. 이런 오해를 풀어 주고, 또 비록 오빠가 망상에 사로잡혀 그런 짓을 저질렀다고 해도 내가 오빠에 대한 애정을 변함없이 간직하고 있고 오빠의 의도는 순수한 것이었다고 내가 믿고 있다는 걸 보여주면 오빠가 기뻐하지 않을 수 없을 거예요. 내가 만약 예의상으로도 한번 찾아가지도 않고 출국해 버린 걸 알면 나를 어떻게 생각하겠어요? 그는 워낙 도량이 넓은 사람이라 불평하진 않겠죠. 하지만 분명 내 행동을 야박하고 인정머리 없다고 생각할 거예요. 그러니 삼촌, 제가 꼭 면회를 해야만 해요. 오빠를 보지 않고 떠나는 것은 있을 수 없는 일이예요. 오빠에게 도움이 전혀 안 된다고 해도 내가 해야 할 도리는 해야 내가 위안을 받을 수 있을 거예요." 나는 계속 말했다. "더구나 만약 오빠가 단지 정신 이상으로 발작을 일으킨 거라면 나를 보고 건강에 좋은 영향을 받지 않겠어요? 나를 그냥 보는 것만으로도 정신이 똑바로 돌아올 수도 있어요."

"아니다." 삼촌이 진지하게 말했다. "너의 면회가 그런 효과를 줄 일은 전혀 있을 수 없다. 다른 그 무엇보다도 바로 그 이유 때문에 나는 면회를 가지 말라고 해야겠다."

나는 이 말을 듣고 놀라움을 표했다. "이처럼 치명적인 실수는 바로잡길 바라야 하는 거 아닌가요?"

"네 질문이 나는 이해가 안 되는구나. 이 실수의 결과를 생각해 보거라. 네 오빠는 그렇게 사랑하던 아내와 자식을 죽이지 않았니? 자기가 명을 받은 의무로 그런 행위를 했다고 믿지 않으면 그 기억을 어떻게 견딜 수 있겠니? 그런데 넌 이런 믿음을 오빠에게서 모질게 빼앗아 버려야 하겠니? 오빠가 제정신을 찾는다고 가정해 보자. 그러면 오빠가 제정신이 나가서, 혹은 지옥에서 온 마귀의 꾐에 빠져서 이런 끔찍한 짓을 저질렀다는 걸 깨닫게 될 텐데, 그걸 깨닫게 해 주는 것이 과연 오빠를 위해 좋은 일일까?"

"지금 네 오빠는 기쁘고 신앙이 앙양되어 있단다. 네 오빠는 자기가 그 어떤 인간보다 하나님이 보시기에 귀한 종이 되었다고 확신하고 있거든. 더구나 오빠에 대한 사람들의 혐오감이나 오빠에게 주어진 고난의 형벌이 무거우면 무거울수록 높으신 곳에 계시는 하나님의 눈에 오빠의 희생 가치가 더 높아진다고 믿고 있어. 따라서 자기의 누이마저도 자기에게 등을 돌리고 원수의 편에 가 있다는 생각을 갖게 하면 오빠의 희생은 오빠가 보기에 더더욱 숭고해지고, 오빠는 하나님으로부터 칭찬과 보답을 받게 되리라고 더더욱 확신하게 될 거야.

그런데 이런 착각에서 깨어난다면 얼마나 절망과 공포가 밀물처럼 그에게 밀려오겠니! 지금 누리고 있는 평온한 희망과 영광스러운 신의 승인에 대한 확신 대신에 오히려 자기 자신을 증오하고 심지어 자학 행위까지 할지도 모르지 않니? 이미 저지른 것보다 훨씬 더 잔인하고 파괴적인 자학 행위를 저지르거나 미쳐서 날뛸지도 몰라. 그러니 내가 부탁하마. 그 생각을 버려라. 이걸 찬찬히 생각해 보면 오빠를 조심스럽게 피하는 것이 네가 할 도리라는 걸 알게 될 거다."

삼촌의 설득을 듣고 보니 지금까지 내가 미처 생각해 보지 못한 가능성이 내 머릿속에 떠올랐다. 그 타당성을 인정하지 않을 수는 없지만, 삼촌의 말은 우리 오빠가 얼마나 깊은 불행의 나락으로 떨어졌는지 새삼 다시 생각하게 해 주었다. 나는 결단을 내리지 못하고 침묵하고 있었다.

지금 현재로 봐서는 윌랜드가 광인인지, 하나님의 충실한 종인지, 혹은 지옥 같은 환각의 피해자인지, 혹은 흉내 내기를 좋아하는 어떤 인간에게 사기를 당한 것인지, 어떤 식으로든 나는 확신할 수 없었다. 이렇게 생각해 보니 내가 면회를 간다면 면회를 하는 동안 입을 다물고 있는 것이 적절하다는 생각이 들었다. 이 면회는 짧은 것이어야 한다. 그냥 잠깐 얼굴만 보는 것으로 만족해야 한다. 그의 생각이 바뀌는 것을 바라서는 안 된다는 것을 인정한다고 치면, 내가 하고자 하는 행동이 이런 변화를 초래할 위험은 없었다.

그런데도 나는 여기에 대한 삼촌의 반대를 꺾을 수 없었다. 하지만 나는 계속 고집했고, 삼촌은 내가 스스로 그런 마음을 포기하게 하려면 지금까지 한 것보다 더 분명하게 할 필요가 있음을 깨달았다. 삼촌은 내 두 손을 잡더니 내 안색을 찬찬히 살피며 말했다. "클라라. 이 면회는 이루어져서는 안 된다. 우리는 최대한 속히 이 나라를 떠나야만 한다. 네게 사실을 감추는 것이 잘못이고, 또 사실을 털어놔야만 네가 이 계획을 포기할 것 같으니, 사실을 들려줘야겠구나."

삼촌은 점점 말에 힘을 주며 말을 이었다. "아, 애야. 사실 네 오빠의 광분은 가공할 만하고 무시무시하단다. 예전에 네 오빠의 육신을 지배하던 영혼은 사라지고 없다. 육신은 그대로건만 현명하고 자상한 윌랜드는 더 이상 없구나. 피에 목마른 분노, 그에게 초인간적인 힘을 실어 주는, 그리고 한때 자기에게 소중했던 모든 것을 파괴하는 데 모든 힘을 쏟게 하는 그 격노가 완전히 그를 장악하고 있단다.

너는 그가 있는 지하 감옥에 들어가서는 안 된다. 그의 눈이 네게 꽂히는 순간 그는 그 괴력을 행사할 것이다. 순식간에 족쇄를 흔들어 부수고 네게 달려들 것이다. 그렇게 되면 아무리 강하고 신속하게 제지하더라도 너를 구해줄 만큼 충분치 않을 것이야.

그에게 캐서린과 자식을 살해하라고 충동질한 그 망령은 아직 만족을 못 하고 있단다. 이 상상 속의 존재는 그에게 너와 플레옐의 목숨마저도 요구하고 있어. 네 오빠는 열렬히 이 요구에 순종하고 싶어 하고 있단다. 그는 두 번이나 탈옥했다. 첫 번째 탈옥했을 때, 그는 몸이 자유로워지자마자 플레옐의 집으로 재빠르게 갔지. 때는 한밤중이라 플레옐은 자고 있었어. 윌랜드는 누구의 눈에도 띄지 않고 그의 침실로 침입해 침실의 커튼을 열었단다. 다행히도 플레옐은 극적인 순간에 잠에서 깨어나 침실 창문에서 마당으로 뛰어내려서 친구의 격노를 피할 수 있었지. 그는 다치지 않고 마당으로 달아났단다. 경계령이 내려지고 샅샅이 수색한 끝에 네 오빠는 네 집 침실에서 발견됐어. 의심할 것 없이 거기서 너를 찾고 있었던 거지. 그 이후 그의 쇠사슬과 감시관은 두 배로 늘어났단다. 그런데 또다시 기적처럼 그는 스스로 자유의 몸이 되었지. 이번에는 네가 머무는 곳을 대담하게 알아냈어. 그의 탈옥 소식이 신속하게 알려지지 않았더라면, 네 목숨도 그의 잔학무도한 범죄의 희생자에 추가되었을 거야.

이제 네가 하려는 면회가 얼마나 위험한 것인지 알겠지. 너는 그를 면회할 생각을 버려야 할 뿐만 아니라, 이 나라를 떠나야만 네 오빠가 제 손에 네 피를 묻히는 범죄를 저지르지 않게 막을 수 있단다. 네 오빠가 죽기 전에는 이 병이 끝날 희망은 없고, 너희 둘 사이를 바다를 두고 갈라놓는 것 외에는 네 안전을 확신할 수 있는 예방책이 없어.

나는 사실 너희들과 더불어 여기 살 생각으로 귀국했지만, 이런 대재앙 때문에 내 생각이 바뀌었다. 네 안전과 행복을 위해서 너는 나를 따라 가야만 하니, 네가 여기에 기꺼이 동의해 주길 부탁하마."

삼촌에게 이런 설명을 듣고 나니 내가 하고 싶은 대로 고집을 부릴 수 없었다. 나는 기꺼이 오빠가 없는 곳으로 숨는 데 동의했다. 나는 또한 유럽으로 가자는 제안도 받아들였다. 이것은 내가 거기 가는 것을 한 번이라도 기대해서가 아니라, 내 신념으로는 내가 내 자신의 목숨을 끊는 짓은 할 수 없으니, 이곳을 떠나 다른 환경에서 살다보면 시간이 지나면서 마음의 병도 자연히 치유되지 않을까하고 기대했기 때문이었다.

지금까지 드러난 이 엄청난 이야기! 누군가가 내 목숨을 노리고 있었다. 그는 내 잘못 때문에 내게 원한을 갖고 있고 또 자기 행동이 범죄라는 것을 의식하는 어떤 사람도 아니고, 우회적인 방법이나 급습으로 목적을 이루려는 어떤 사람도 아니었다. 그것은 하늘로부터 이 행동을 위임받았다고 스스로 믿고 있는 자, 이 끔찍한 짓을 저질러야 숭고한 신앙적 의무를 완수할 수 있다고 믿고 있는 자, 내가 존경하고 사랑할수록 더더욱 나를 죽여야 할 이유가 분명해 지는 자, 그리고 처벌이나 수치에 대한 두려움이 없는 자였다.

내가 자기의 누이이자 친구라고 사정하는 것으로 그의 손을 멈추게 할 수 없었다. 그렇게 사정하는 이유가 바로 나를 죽여야 할 그의 유일한 이유였으니까. 내가 그와 혈육 관계가 아니었다면, 그래서 인간 중에 그에게 가장 가치 없는 존재였다면, 오히려 내 안전이 위험에 빠지지 않았을 것이다.

분명 내 운명과 같은 예가 없다고 나는 내 자신에게 말했다. 우리 오빠에게 향하고 있는 그 온갖 광적인 보호 조처는 내가 받아야 마땅한 것이 아닌가. 내 목숨을 노리는 오빠는 족쇄에 채이고 감시를 받고 있지만, 나는 그런 조처로 내 안전을 보장받을 엄두도 내지 못한다. 나는 야만인들과 어울려 살고 있지 않다. 그런데도 나는 앉아 있을 때나 걸을 때나, 사람들 속에 섞이거나 혹은 혼자 있을 때에도 무자비하고 야만적인 폭력의 표적이 되고 있었다. 나는 영원한 죽음의 위험에 처해 있다. 우리 오빠의 손아귀에 죽음을 당할 위험!

나는 이 운명에 대한 불길한 징조들을 기억해 냈다. 꿈에서 우리 오빠가 나보고 오라고 손짓하던 그 구덩이가 기억났다. 어느 날 밤 내가 위기에 처했을 때 두려움에 떨며 나는 나를 해치려고 숨어있는 자가 우리 오빠라고 짐작했다. 결국 앞날을 예견하는 듯한 꿈에서 본 일, 그리고 위험한 상황에 처했을 때 내가 착각했던 일이 실제로 벌어지고 있는 것이나 다름없었다.

이러한 불길한 징조들은 어쩔 수 없이 카윈이라는 인물과 연결되어있었다. 이 격심한 고통을 분출하는 가운데 나는 카윈을 희대의 사기꾼, 이 암흑의 음모를 꾸민 자, 이 비극의 돌풍을 배후에서 조종하고 있었던 인물로 지목했다.

고통을 겪고 있더라도 그 고통의 원인이 누구인지, 그리고 우리의 분노와 복수심을 받아줄 대상물이 밝혀지거나 추측할 수 있다면 어느 정도 위안을 얻을 수 있다. 나는 카윈과 알고 지내게 된 이후 벌어진 일들을 다시 되새겨 보고, 루드로 씨에게서 받은 정보 내용을 생각해 보았다. 그동안 일어났던 사건에 초자연적인 존재가 개입되었다는 생각 외에도 카윈이 우리를 파괴하려는 음모를 꾸민 원수였다는 강한 의혹이 들었다.

나는 사실을 알고 싶은 마음과 복수심에 목이 말랐다. 나는 서둘러 이곳을 떠나는 것을 주저했다. 내가 떠나버리면 이 사실을 밝혀낼 방법도 없어지고 만족스레 복수를 할 기회도 없어지기 때문이었다. 나는 이틀 후에 떠나기로 되어 있었다. 이 이틀의 마지막 날 나는 조국에 영원한 이별을 고할 예정이었다. 이러한 참극의 현장에 마지막으로 한번 가 봐야 하지 않을까? 우리 올케와 조카들 무덤에 눈물이라도 뿌려 줘야 하지 않을까? 그들이 어떤 적막한 곳에 잠들어 있는지도 보고, 그 무덤을 내 마음속에 담아가 영원한 슬픔의 양식으로 삼아야 하지 않을까?

이런 생각을 하다가 나도 모르게 전율에 휩싸였다. 대재앙의 여파가 그 현장 위에 겹쳐 보였다. 내가 잃어버린 이들의 모습을 기억하는 가운데 나는 얼마나 많은 추모비를 만나게 될 것인가!

이 계획을 포기하고 싶다는 생각이 고개를 들기 시작할 때 문득 내가 속기로 쓴 일기장이 내 문서와 함께 집에 남아있다는 생각이 떠올랐다. 플레옐의 무분별한 호기심이 내 어깨 너머로 훔쳐보게 했던 그날 밤, 나는 그 원고를 쓰고 있었다. 그때 나는 피서지에서 있었던 일, 그가 잘 못 보고 그처럼 치명적인 오해를 하게 된 그 일을 적고 있었다.

나는 내 소유물들을 잘 정리해 왔다. 그런데 내 인생에서 가장 비밀스러운 교류를 담고 있는 이 원고는 없애 버리고 싶었다. 이렇게 하려면 나는 내 집으로 가야만 했고, 나는 즉시 그렇게 하기로 마음을 먹었다.

이 계획을 주변 사람들에게 말해 그들의 반대에 부딪히고 싶지 않았다. 그래서 나는 날씨가 너무나 화창하니 바람 좀 쏘고 오겠다고 하고 할렛 씨의 마차를 사용하게 해 달라고 부탁했다.

내 부탁은 기쁘게 받아들여졌고, 나는 하인에게 메팅겐으로 데려다 달라고 지시했다. 돌아갈 때는 우리 오빠가 소유한 마차를 타고 갈 생각으로, 대문에서 하인은 돌려보냈다.

Chapter XXII

행랑채 사람들은 나를 보자 한편으로는 놀라면서도 기쁘게 나를 받아 주었다. 그들의 소박한 환영, 그리고 꾸밈없는 동정심은 내 가슴에 따뜻한 감사로 다가왔다. 그들은 내 건강에 대해 물으면서도 내 병의 원인에 대해서는 어떤 언급도 피했다. 이들은 정직한 사람들이었고, 나는 이들을 모두 사랑했다. 내가 유럽으로 곧 떠난다는 말을 듣고 그들이 눈물을 흘릴 때 나도 그들과 함께 눈물을 흘렸고, 내가 오래 가고 없는 동안 안부 편지를 보내겠노라고 약속했다.

그들은 내가 우리 집에 갈 작정이라는 걸 알고 대경실색했다. 그들의 표정에는 불안과 불길함이 가득했고, 그들은 그 집에 수천 가지 귀신과 망령이 우글거리고 있다고 굳게 믿고 있었기 때문에 내가 그 집에 가지 못하도록 말렸다.

하지만 이들이 아무리 우려를 하고 말려도 내가 마음먹은 행동을 실행하는 것을 막지 못했다. 나는 우리 집으로 이어지는 구불구불한 길을 택했다. 모든 것이 허전하고 쓸쓸했다. 이 길을 따라 조금 가면 작은 울타리가 나오는데, 그곳이 바로 우리 가족이 묻혀 있는 공동묘지였다. 나는 이곳을 그냥 지나칠 수밖에 없었다. 거기 들어갈까, 그래서 우리 삼촌이 캐서린과 조카들의 무덤에 세운 비석과 비문을 보고 묵념이라도 해 볼까 하는 생각이 단 한 번 들긴 했다. 하지만 그곳이 가까워지자 가슴이 떨려서 나는 서둘러 앞길을 재촉했다. 거리가 멀어지면 그것이 내 시야에서 사라질 것처럼.

강둑 후미진 구석이 가까워지자 내 가슴이 또 무겁게 가라앉았다. 나는 애써 눈길을 돌리며 최대한 속력을 내어 그곳을 벗어났다. 내가 살던 집은 정적이 흘렀고, 문과 창문 셔터는 어둠에 묻혀 있었다. 모든 물체가 나와 우리 오빠와 관련된 옛 추억과 연결되어 있었다. 출입문을 지나고 계단을 올라 내 침실 문을 열었다. 머릿속에 떠오르는 온갖 생각과 두려움을 겨우겨우 억눌렀다. 조그마한 움직임이나 소리는 그림자나 어떤 형체처럼 나에게 손짓을 하며 나를 부르는 것 같았다.

나는 침실로 곧장 향했다. 두려운 마음으로 침실 문을 열고 안을 둘러보았다. 모든 것은 있던 그대로였다. 나는 평소 원고를 보관하던 곳에 가서 원고를 찾았다. 이 원고를 손에 쥔 이상, 더 여기 머물 이유가 없었다. 그럼에도 나는 잠시 서서 내 침실의 가구와 벽들을 생각해 보았다. 이 방은 얼마나 오랫동안 내 따뜻하고 평온한 안식처였던가. 예전의 내 침실에 대한 기억과 현재의 그 황량함을 비교해 보며, 나는 이것을 마지막으로 이 침실을 뒤로하고 영영 떠난다는 생각에 잠겼다.

바로 이곳에서 나는 카윈의 이해할 수 없는 행동을 목격했고, 바로 이곳에서 인간의 가면을 쓴 원수가 잠시 그 가면을 벗고 본래의 제 모습을 보여주었다. 이곳에서 나는 내 귓전에서 속삭이는 살해 위협을 들었고, 이곳에서 실제 살인행위가 자행되었다.

이러한 생각은 나의 자제심을 앗아갔다. 온몸에 힘이 쭉 빠져 나는 의자에 푹 주저앉았다. 내 입에서 알아들을 수 없는 비명이 새 나왔다. 내 입에서는 카윈에 대한 저주가 튀어나왔고, 나는 우리 가족에게 자행한 그의 만행에 천벌이 내리기를 빌었다. 나는 만물을 꿰뚫어 보는 신을 부르며 이 배신자의 만행이 백일하에 드러나게 하여 벌을 주십사하고 빌었고, 그처럼 크나큰 죄에 내려 마땅한 벌을 이처럼 오래 미루고만 있는 하늘의 섭리를 원망했다.

내가 말했듯이 창문 셔터는 잠겨 있었다. 그런데 희미한 불빛이 그 셔터의 틈으로 흘러들어 오는 것이 보였다. 조그만 창문이 벽장을 비추고 있었는데 문이 잠겨 있었기 때문에 그 희미한 불은 열쇠 구멍을 통해 흘러들었다. 이 때문에 어스름한 황혼 같은 것이 만들어져 약간 시야가 밝아지긴 했지만, 그와 동시에 다른 조그만 물체들은 어둠에 묻혀 버렸다.

이 어둠은 내 마음속 생각의 색과 잘 어울렸다. 나는 과거에 대한 기억에 신물이 났다. 미래를 생각하면 혐오감밖에 일지 않았다. 나는 조그마한 소리로 중얼거렸다. 이제 살아서 뭐하나? 이렇게 구차한 존재, 더 질질 끌어서 뭐하나! 내가 살아야 할 이유인 이들은 모두 죽고 말았다. 더구나 나는 죽음의 위협을 당하고 있지 않은가?

그때 나의 고뇌가 갑자기 깊어져 나는 절망의 수렁으로 빠지고 말았다. 동시에 온몸의 신경이 벌떡 일어나고 힘이 다시 살아나는 것 같았다. 내 가슴은 갑작스러운 힘으로 부풀어 오르고 이 괴로움에 당장 종지부를 찍는 것이 실질적이고 현명하다는 확신이 머릿속에 확 박혔다.

나는 급소가 어디 있는지 찾는 법을 알고 있었다. 나는 랜싯[47]을 어느 정도 기술적으로 다룰 줄 알았고, 정맥과 동맥을 구분할 줄 알았다. 정맥을 깊게 찔러 버리면 나는 미래에 나를 기다리고 있는 나쁜 일을 차단하고 조용한 죽음으로 이 고통에서 벗어날 수 있을 것이다.

이제 나약한 마음이 사라졌기 때문에 나는 자리에서 일어나 서둘러 벽장으로 갔다. 거기 있는 상자에 랜싯과 다른 조그마한 도구들을 보관하고 있었다. 다른 생각이 전혀 없었기는 하지만, 아직도 이상한 기미에는 귀가 열려 있었다. 출입구 쪽에 발소리가 들리는 것 같았다. 나는 하려던 일을 멈추고 열려 있는 내 침실 문을 뚫어지게 응시했다. 아무도 나타나지 않았지만, 마룻바닥에 보이는 그림자는 어떤 사람의 형상이었다. 만약 그것이 사람의 윤곽이라면 누군가가 출입문 가까이에 서 있었고, 내가 지르는 비명을 들었을 거라는 의심이 들었다.

한동안 잠잠했던 나는 당황해서 어쩔 줄 몰라 이빨이 덜덜 떨렸다. 예전의 어느 밤에도 무시무시한 형상이 이런 식으로 나타났었다. 윌랜드의 사악한 운명도 인간과 비슷한 가면을 뒤집어쓰고 이런 식으로 나타났었다. 이제 어떤 끔찍한 환영이 내 앞에 번쩍하고 나타날 준비를 하고 있는 것일까.

나는 가만히 귀를 쫑긋하며 응시했다. 곧 그 그림자가 움직였다. 흉측스러운 커다란 발이 앞으로 쑥 들어왔다. 이 형체는 어둠에서 벗어 나 내 방 안으로 들어왔다. 그것은 카윈이었다. 아직 남아 있는 숨으로 비명을 질렀다. 그리고 아직 남아 있는 힘으로 저리 가 버리라고 손을 휘저었다. 내 이런 시도는 오래가지 못했다. 나는 그 자리에서 기절하고 말았다.

오, 이 고마운 실신 상태가 영원히 지속되었더라면! 내 감각은 너무

---

[47] 랜싯(lancet): 정맥 절단용 '세모날'의 옛날 용어.

빨리 원래 상태를 회복하고 말았다. 그 뚜렷한 모습을 알아차릴 수 있는 시각을 회복하기가 무섭게 다시 이 가증스러운 인간의 모습이 보이고 나는 또다시 쓰러지고 말았다.

두 번째 쓰러졌을 때는 심술궂은 자연의 힘이 나를 죽음의 잠에서 불러내고 말았다. 나는 침대에 늘어져 있었다. 위로 올라다볼 기운이 났을 때, 오로지 기억나는 것은 내가 두려워해야 할 원인뿐이었다. 혼란스러운 마음 때문에 누구를 보는지 뭘 보았는지는 기억할 수 없었다. 나는 힘없이 내 주변을 둘러보았다. 다시 한번 내 눈에 카원의 모습이 보였다.

그는 무릎을 세우고 벽에 등을 기댄 채, 손에 얼굴을 파묻고 있었다. 그가 내게서 저만치 떨어져 있고, 그의 태도에 악의가 숨어 있는 것 같지 않은 데다, 그의 흉악스러운 얼굴이 손으로 가려져 있었기 때문에 나는 쓰러지기 전보다 덜 충격을 받았다. 나는 그에게서 눈을 돌렸지만, 내 감각은 여전히 그를 의식하고 있었다.

내가 정신을 차린 걸 알고 그는 고개를 들었다. 이 움직임은 내 주의를 끌었다. 그의 안색은 온순했지만, 그의 표정에는 비애와 놀라움이 가득했다. 나는 눈길을 돌리며 미약하게 외쳤다. "아, 가 버려! 멀리 영원히 가 버려! 너를 보고는 더 이상 살 수 없어!"

그는 자리에서 일어나지 않은 채 두 손을 모아 애원하듯 말했다. "가겠습니다. 나는 보이기만 하면 파멸을 몰고 오는 악마 같은 인간이 되고 말았습니다. 하지만, 내가 무슨 죄를 지었는지 말해주세요! 당신은 내 이름에 저주를 퍼붓고, 가증스럽고 지옥 같은 악행을 내가 한 짓이라고 했어요. 주변을 둘러보았더니 온통 적막하고 사막 같을 뿐입니다. 이 집과 당신의 오빠 집은 텅 빈 폐가가 되고 말았어요. 당신은 나를 보기만 해도 죽을 것처럼 행동하고. 무슨 끔찍한 일이 일어난 것 같은데, 내가 그 원인인 것으로 의심받고 있는 것 같은 불안한 마음이 드는군요."

이게 도대체 무슨 말인가? 그는 자신의 입으로 자기가 강간범이라고 하지 않았던가? 그의 천인공노할 범행 의도는 이 침실이 보고 듣지 않았던가? 나는 얼른 가 버리라고 다시 한번 격하게 손짓을 했다.

그는 눈을 들었다. "하나님, 맙소사. 내가 무슨 짓을 했습니까? 나는 내가 저지른 죄가 어디까지인지 알고 있다고 생각합니다. 내가 행동을 하긴 했지만, 내 행동이 의도한 것 이상의 결과를 낳았을 수도 있습니다. 이 두려운 생각 때문에 나는 숨어 있다가 이렇게 나타났습니다. 내 무분별한 행동으로 벌어진 나쁜 일을 바로잡고, 더는 나쁜 일이 일어나지 않게 하려고 왔습니다. 내 잘못을 고백하려고 왔습니다."

"이 몹쓸 놈!" 나는 숨이 막힐 듯 감정에 북받쳐 겨우겨우 이렇게 울부짖었다. "내 올케와 그녀의 자식들의 원혼이 일어나 너를 원망하지 않느냐? 월랜드의 이성을 파괴해 버린 이가 누구였더냐? 그를 그처럼 분노하게 해 살인하도록 교사한 자가 누구더냐? 너와 작당한 마귀와 네가 아니라면?"

이런 말을 들은 그의 얼굴에 새로운 충격이 나타났다. 그는 다시 한번 기가 막힌다는 듯 하늘을 바라보았다. "내게 기억이 남아 있는 한, 내 목숨이 붙어 있는 한, 나는 결백합니다. 나는 나쁜 의도를 품지 않았지만, 직접적으로 그리고 간접적으로 내 실수가 그 원인이 되었을지 모릅니다. 하지만 이게 도대체 무슨 말입니까? 당신의 오빠가 미쳤다니! 그의 아이들이 죽었다니!"

이런 행동에서 내가 무엇을 추리할 수 있을까? 자기는 아무것도 모른다는 듯한 이 말투는 진실일까 거짓일까? 하지만 이런 사건들에 한낱 인간에 불과한 자가 개입되었다고 내가 어떻게 상상할 수 있겠는가? 그러나 우리 오빠의 경우에 그 영향이 초자연적이거나 광적인 것이었다면, 나 자신의 경우에도 그것과 똑같을 것이 틀림없다. 그러다 나는 내가 들은 목소리는 나를 카원의 범행 시도에서 구해주려는 것이었음을 기억해 냈다. 이런 생각을 하다 보니 이 남자에 대한 내 혐오감이 어느 정도 사라지고, 내 비방이 부당하다는 것을 깨닫게 되었다.

"애석하게도 비난을 할 다른 사람이 없어요. 내 운명은 내게 맡겨 주세요. 잔악함으로 얼룩지고 절망만 남은 이곳에서 멀리 사라져 주세요."

카원은 한동안 생각에 잠긴 채 비통한 모습으로 서 있었다. 마침내 그가 입을 열었다. "무슨 일이 일어난 거죠? 나는 내 죄를 속죄하려고 여기 왔습니다. 내가 지은 죄를 죄다 알게 해 주세요. 아주 끔찍하게 불길한 예감이 들어요! 대체 무슨 일이 일어났습니까?"

나는 대답을 하지 않았다. 그러다 내 벽장 속에 숨어 있다가 들켰을 때 이 남자가 한 말 가운데에서 나에게 선의로 개입한 그 힘에 대해 자기가 알고 있는 듯한 말이 있었다는 것을 기억하고 나는 간절하게 물었다. "그 벽장문을 내가 열려고 했을 때 나보고 '멈추라'고 한 그 목소리는 뭐였죠? 내가 계단 아래에서 본 그 얼굴의 정체는 뭐죠? 진실하게 대답해주세요."

"내가 그 진실을 털어놓으려고 여기 온 겁니다. 당신의 추측은 너무나 끔찍하게 기이해요. 아마 내 집착이 어떤 나쁜 결과를 가져왔는지 조금이나마 짐작할 수 있을 것 같지만, 그 나머지는 제가 다 말씀드리겠습니다. 당신이 들은 것은 바로 내 목소리였어요! 당신이 본 것은 내 얼굴이었고요! 내가 한 짓은 그게 전부고, 나는 그 대가를 치르려고 여기에 온 거라고요!"

한순간 나는 그가 그 사건들에 대해 기억을 혼동하는 것으로 의심했다. 어떻게 그는 내 어깨 주변에 있는 동시에 내 벽장에서 소리를 지를 수 있단 말인가? 내 곁에서 있었다면 어떻게 눈에 보이지 않을 수 있었단 말인가? 만약 내가 들은 그 떨리는 목소리와 불타는 듯한 얼굴이 카원의 목소리와 얼굴이었다면, 우리 오빠를 배후에서 조종한 자, 그리고 이러한 비참한 비극을 사주한 자 역시 카원이었다.

나는 다시 한번 눈을 돌리고 몸서리를 치며 소리 질렀다. "가 버려요! 이 사악한 남자! 뉘우칠 줄 모르고 무자비한 악당! 가 버리라구요!"

"그 말에 따르겠습니다," 하고 그는 참담한 목소리로 말했다. "하지만 내가 아무리 나쁜 놈이라고 해도, 내가 저지른 잘못을 바로잡을 가치도 없습니까? 나는 회개하는 죄인으로서 왔습니다. 내가 해친 사람은 당신이므로, 나는 당신의 법정에 기꺼이 서서 내 죄를 고백하고 내가 지은 죄를 속죄하겠습니다. 나는 당신을 속였습니다. 나는 당신을 공포로 괴롭혔습니다. 나는 당신의 명예를 파괴할 음모를 꾸몄습니다. 이제 나는 당신의 오해를 풀어 주려고 여기 왔습니다. 더 이상 이런 두려움에 시달리지 않도록, 그리고 내가 할 수 있는 한 최선을 다해 당신이 다시 명예를 회복하게 하려고 여기 온 겁니다.

이것이 내가 지은 죄이고, 내 회환의 결과입니다. 내 말을 들어주지 않으시겠어요? 저의 자백을 듣고 그다음에는 벌을 내리십시오. 내가 부탁하는 건 단지 참고 내 말을 들어 달라는 것뿐입니다."

"무슨 말이에요!" 내가 대답했다. "우리 오빠에게 자기 자식의 피로 손을 물들이라고 명령한 목소리, 그 사랑스러운 천사 같은 아내의 목을 조르라고 명령한 목소리가 당신의 목소리가 아니었나요? 당신이 배후에서 조종을 했기 때문에 우리 오빠가 나도, 플레옐도 죽이겠다고 맹세를 한 게 아니었나요? 우리 오빠를 자기 가족을 몰살한 도살자로 만들고, 인간 중에서 가장 훌륭한 그를 짐승보다 못한 인간으로 바꾸어 버리고, 그의 이성을 다 빼앗아 버리고 평생 족쇄와 밧줄에 묶인 채 살게 한 게 당신이 아니었던가요?

이런 말을 들은 카원은 눈이 번들거리고 온몸이 얼어붙은 듯했다. 그는 자기가 이런 극악무도한 범죄와 아무런 연관이 없음을 말 대신 표정으로 입증하고 있는 것처럼 보였다. 하지만 그 순간 나는 이러한 무죄를 입증하는 징표를 거의 인지하지 못하고 있었다. 그는 방의 제일 구석진 부분으로 걸어가더니 어느 정도 침착성을 회복하고 말했다.

"나는 나쁜 놈이 아닙니다. 나는 아무도 죽이지 않았고, 누구에게 살인을 하라고 교사하지도 않았습니다. 나는 비상한 효과를 내는 재주를 부렸는데, 악의는 없지만 조심하지 않았습니다. 내가 한 행동이 이런 재앙을 초래했다면 내 무모함에 대한 처벌을 충분히 받아야 마땅하겠죠." 그는 잠시 말을 멈추었다.

나 역시 말이 없었다. 나는 그가 털어놓기로 한 말을 듣고 있도록 나 자신을 통제하고 있었다. 이런 내 태도를 보더니 그는 다시 입을 열었다.

"당신은 내가 어떤 재주를 가지고 있는지 알지 못하고 있습니다. 나는 그걸 뭐라고 부르는지 모릅니다.[48] 이 재주는 다른 사람의 목소리를 정확

---

[48] 복화술을 말한다.

하게 흉내 내거나, 혹은 내가 아무 곳에서나 말을 해도 어느 특정 지점에서 들리는 것처럼 소리를 조작할 수 있는 재주입니다.

나는 사람들이 다 이런 재주를 가졌는지는 모릅니다. 어릴 때 무심코 내 목구멍을 가지고 장난치다가 내게 그런 재주가 있다는 걸 알게 되긴 했지만, 아마도 누구나 배우면 가질 수 있는 재주가 아닌가 합니다. 내가 죽을 때까지 이 비밀을 알지 못했더라면 얼마나 좋았을까! 이 재주는 수모와 재앙밖에 가져다주지 않았습니다.

한동안은 이렇게 희한하고 대단한 재주를 가져서 자랑스럽게 생각했습니다. 나는 뚜렷한 신념도 없이 가난에 시달리며 그릇된 욕망에 쉽게 자극을 받고 사는 인생이었습니다. 그렇게 살다가 이 특이한 재주를 내가 원하는 것을 얻고 동시에 내 자만심도 만족시키는 데 써먹기 시작했습니다. 무한히 기량을 향상할 있을 것 같았던 이 재주를 내가 얼마나 열심히 갈고 닦았는지는 말하지 않겠습니다. 그리고 이 재주로 미신을 만들어 내거나, 욕심을 채우거나, 사람들을 놀라게 한 경우가 얼마나 많은지, 그 자세한 내용도 말하지 않겠습니다.

나는 어릴 때 내 고국인 미국을 떠났습니다. 나는 살면서 여기저기 많이 떠돌아다녔는데, 가는 곳마다 이 특별한 재주를 다소 성공적으로 잘 이용해 먹었습니다. 그러다 내 친구라고 생각했던 사람에게 배신을 당하게 되었고, 사죄의 여지가 있긴 하지만 정당하다고 할 수 없는 행동에 휘말리게 됐습니다.

이 남자의 배신 때문에 나는 유럽을 떠나지 않을 수 없었습니다. 죽은 듯이 숨어 지내다 보면 그의 사악한 짓에서 벗어나 내가 보호받을 수 있을지 확신할 수 없었지만, 일단 본국으로 귀국을 했습니다. 나는 도시 주변에서 살았죠. 나는 광대 같은 옷을 입고 광대 같은 짓을 해서 나를 위장했어요.

내가 제일 좋아하는 취미는 산책입니다. 나는 주로 메팅겐에 있는 정원이나 잔디밭을 돌아다녔습니다. 이 자연의 풍성한 아름다움은 절묘하게 배치된 산책로 때문에 더더욱 절제미를 발휘하며 아름다웠고, 길을 따라 발길을 돌릴 때마다 황홀한 풍경이 펼쳐지곤 했지요.

나는 철저히 은둔 생활을 했습니다. 나는 사람들과의 교제에 질리기도 했고, 사람들과 사귀고 사람들의 눈에 노출되는 것을 조심스레 피해야 하는 입장이었으니까요. 이런 이유 때문에 나는 당신 가족들의 눈을 피했고, 이런 곳은 주로 밤에만 찾았습니다.

그 예배당의 위치와 장식은 아무리 보아도 질리지 않았습니다. 나는 여러 날 밤을 그 지붕 아래를 지나면서 아름다운 풍광을 즐기고 감상하며 시간을 보냈습니다. 거기서 자주 어슬렁거리다가 사람이 있는 기척이 나면 발길을 다른 방향으로 돌렸습니다. 어느 날 저녁, 한차례 소나기가 지나간 후에 안이 조용한 걸로 보아 아무도 없다고 생각하고 예배당으로 올라갔습니다. 대충 주위를 둘러보다가 석고대 위에 편지가 펼쳐져 있는 것을 보았습니다. 그 편지를 읽은 것은 의심의 여지없이 불손한 짓이었지요. 하지만 이 불손한 짓을 저는 저지르고 말았습니다.

편지를 거의 절반도 읽지 않았을 때 당신의 오빠가 오고 있는 기척에 깜짝 놀랐습니다. 반대쪽에 있는 절벽으로 서둘러 도망가는 것은 비현실적이었지요. 나는 낯선 사람을 만날 준비가 되어 있지 않았습니다. 더구나 이런 상황에서 만나게 될 때 그 어색함을 생각해 보면 내 안전을 위해 몸을 숨기는 것이 최선이었지요.

나는 내가 지닌 그 위험한 재주를 두 번 다시 써먹지 않겠노라고 수천 번 더 다짐했었지만, 습관의 힘도 있고 또 당장 편리하기도 해서 나는 이 방법을 써서 뭔지 모르지만 그냥 집에 가서 해야 할 일이 있다는 말로 그가 오는 것을 막고 집으로 다시 돌아가도록 했습니다.

나는 당신들의 대화 내용을 아래에 있는 내 자리에서 부분적으로 엿듣고 했기 때문에, 당신의 올케 목소리를 잘 알고 있었습니다.

이 일이 있은 지 몇 주일 후 나는 또다시 이후미진 곳에 조용히 앉아 있었습니다. 늦은 시각이라 아무런 방해도 받지 않을 것이라고 생각했지요. 그런데 이건 내가 잘못 생각한 것이었습니다. 목소리로 보아 윌랜드와 플레옐이 진지하게 논쟁을 하며 언덕을 올라오고 있는 것이었습니다.

나는 내가 이전에 써먹은 방법이 어떤 폐를 끼쳤을 수 있다는 생각을 하지 못했습니다만, 그래도 거기에 대해 죄책감은 느꼈습니다. 왜냐하면 내가 스스로 그렇게 하지 않겠다고 한 약속을 깬 일이었으니까요. 그래서 같은 방법을 써서 도망치려는 생각은 버렸지만, 난데없는 호기심이 생긴데다, 들키지 않고 안전하게 숨을 만한 구석진 곳이 언덕 언저리 잡목에 가려져 있다는 것을 알고 있었지요. 이 구멍으로 나는 몸을 던져 숨었습니다.

두 사람은 유럽으로 가느냐 마느냐를 두고 진지하게 이야기를 나누고 있었습니다. 플레옐은 테레사 드 스톨베르그에게서 아무 소식이 없어서 더 유럽에 가고 싶은지 안달하고 있는 듯한 말을 하더군요. 이 논쟁에 끼어들고 싶은 유혹을 물리칠 수 없었습니다. 내 상습적인 버릇과 씨름을 했지만 소용이 없었어요. 내가 재주를 부려서 얻어질 좋은 결과를 생각하며 내 행동의 잘못을 나 스스로 정당화한 셈이었지요. 플레옐의 제안은 현명하지 못했지만 그래도 그는 그럴듯한 논쟁을 지칠 줄 모르는 열성으로 펼쳤습니다. 당신의 오빠는 곤혹스럽고 지쳤을는지 모르지만, 설득에 넘어가진 않았습니다. 나는 윌랜드의 편을 들어주며 이 논쟁이 끝나게 하는 것이 관련된 모든 사람에게 득이 될 것 같다고 생각했습니다. 그래서 나는 처음에 들은 대화 내용을 이용해 캐서린이 그 계획에 절대 응하지 않을 것임을 그들이 확신하게 했고, 작센에 사는 남작부인이 죽은 것으로 확신하게 만들었습니다. 작센 부인의 사망은 순전히 추측이었지만, 플레옐이 한 말로 보아 아주 가능성이 높아 보였습니다. 내 의도는 말을 안 해도 알겠지만 그대로 효과가 나타났습니다.

이렇게 해서 미스터리에 대한 나의 집착, 그리고 남에게 해가 될 일이 없다고 여긴 남을 사칭하는 일에 대한 재미가 새롭게 내 안에서 깨어났습니다. 두 번째로 내가 저지른 잘못으로 인한 피해는 훨씬 회복하기가 어려웠습니다. 내가 이런 짓에서 어떤 만족을 내가 얻는지 당신에게 제대로 설명할 수 없지만, 나는 아무 생각도 하지 않았습니다. 그저 순간적으로 생각하고, 그때그때 급한 상황에 따라 생각이 떠오르곤 했습니다. 이런 짓을 하면서 내가 얼마나 짜릿한 재미를 느꼈는지 말은 할 수 없지만, 결코 음모를 꾸민다거나 계획적으로 하지는 않았습니다.

나는 아무것도 숨기지 말아야 합니다. 당신의 도덕관으로 보아 당신은 음탕한 생각을 혐오하는 분이긴 하지만, 부끄럽게도 나는 그런 생각을 품고 있는 사람입니다. 당신은 당신의 하녀 주디스가 아름답고 순진하다고 생각하고 있지만, 그녀는 위선적이고 부도덕한 피를 타고난 집안 출신입니다. 나는 그녀의 매력에 매혹 당했고, 그녀는 쉽게 도덕관이 흔들리는 여자였습니다.

나를 여자를 유혹하고 희롱하는 부적절한 행위를 하는 사람으로 오해하지 마십시오. 당신의 하녀는 여성적인 면이나 도덕적인 자질이 없지는 않았지만, 그녀는 자기 매력을 가장 잘 써먹는 것은 그 매력을 돈을 받고 파는 것이라고 배운 여자랍니다. 이렇게 해서 내가 메팅겐에 밤에 찾아가는 이유는 두 가지로 늘어났고, 당신의 하녀와 어울리다 보니 당신의 집에 언제라도 들락날락할 수 있게 되었습니다.

우리가 그처럼 예기치 않게 잠시 마주치게 된 그다음 날 밤, 나는 무슨 얄궂은 마귀에 씌이고 말았습니다. 주디스가 들려준 말에 따르면 당신은 워낙 완벽해서 신의 경지에 이를 정도라는 것입니다. 그녀가 상스럽긴 하지만 자세하게 들려준 말을 들으니 당신이 무슨 숭배의 대상 같아 보였습니다. 주디스는 주로 당신의 용기에 대해서 많은 말을 했는데, 왜냐하면 그것이 자기에게는 없는 자질이었기 때문입니다. 당신은 유령이나 도깨비 따위에 전혀 겁을 내지 않는 사람이었습니다. 당신은 도둑에 대해서도 아무런 경계를 하지 않았습니다. 당신은 이 호젓한 집에 혼자 살면서도, 마치 군중 속에 있는 것처럼 평온하고 안전해했습니다. 그래서 당신의 이 용기를 시험해 보자는 생각이 어렴풋이 떠올랐습니다. 위험 앞에서도 침착한 여자, 근거 없는 공포에 굴복하지 않는 여자, 위험 앞에서 제대로 대처하는 방법을 식별하고 자신의 재원을 이용할 줄 아는 여자라면 천재다. 나는 당신이 이런 사람인지 확인해보고 싶었습니다.

내 정략은 뻔하고도 간단한 것이었습니다. 나는 살인을 모의하는 대화를 꾸며내려고 했는데, 그 살인 대상이 당신이 아닌 다른 사람인 것처럼 꾸미려고 했습니다. 당신이 이 범행의 대상이 당신이라고 착각할 가능성은 생각하지 못했습니다. 당신이 가만히 듣고만 있었더라면, 당신은 주디스의 목소리를 닮은 피해자가 벽장 속에 갇혀서 몸부림치고 기도하는 소리를 들었을 것입니다. 이런 장면은 당신의 동정심을 자극할 것이고, 당신이 잠자코 침대에 가만히 있든, 혹은 고통받는 피해자를 돕기 위해 벽장 속에 뛰어들든, 어떤 행동을 하는지에 따라 당신이 겁쟁이인지 용기 있는 여자인지 증명이 되었겠지요. 주디스에게서 당신이 민첩하고 겁이 없다는 소리를 들었기 때문에 나는 당신이 피해자를 도우러 벽장 속으로 뛰어들 거라고 어느 정도 확신하고 있었습니다.

주디스가 가르쳐준 대로 나는 사다리를 하나 가져와 당신의 벽장 창문에 걸쳤습니다. 이 창문은 머리 하나가 겨우 통과할 정도밖에 되지 않지만, 내 목적에는 충분했습니다.

당신이 갑자기 그렇게 도망쳐서 내가 얼마나 당황하고 놀랐는지 말로 다 표현할 수 없습니다. 나는 후다닥 사다리를 제거했습니다. 잠시 시간이 흐른 뒤에 궁금하기도 하고 당신의 안전이 걱정도 되고 해서 당신의 뒤를 따라갔습니다. 나는 당신이 오빠네 집 잔디밭에 아무런 미동도 없이 쓰러져 있는 것을 발견했지요. 내가 한 일로 이런 예기치 못한 결과를 초래한 것을 너무나 깊게 후회했습니다. 당신을 구하려면 어떻게 해야 할지 몰랐습니다. 가족을 깨워야겠다는 생각이 자연이 들더군요. 이것은 위급한 상황이었고, 곰곰이 생각할 여유가 없었습니다. 그냥 갑자기 든 생각이었죠. 나는 내 입을 열쇠 구멍에 대고 경고 소리를 내서 잠자는 사람들을 깨웠습니다. 나의 성대는 태생적으로 튼튼한 데다, 오랫동안 열심히 훈련을 해서 그 기량이 더 향상되어 있었지요.

나는 오랫동안 내가 한 짓을 쓰라리게 회개했습니다. 내가 한 행동에 나쁜 의도가 있던 건 아니라는 생각에 어느 정도 위안을 받은 나는 두 번 다시 그런 위험한 실험은 시도조차 하지 않겠노라고 또 속절없는 맹세를 했습니다. 한동안은 장하게 참으며 이 결심을 잘 지켰지요.

나는 평생 고생을 하며 북적되는 사람들 틈에 끼어 살았습니다. 하지만 나는 여름이면 부드러운 잔디에 누워 자는 걸 좋아하고, 그게 아니면 피서용으로 지은 조그만 별장 정도면 충분했습니다. 내가 그렇게 어슬렁거리며 여기저기 돌아다녀 봤지만, 메팅겐만큼 그림 같이 아름답고 시골의 즐거움이 가득한 곳은 보지 못했습니다. 당신의 그 작은 구역 내에 그 어느 곳도 강둑에 있는 후미진 별장만큼 완벽하게 향기롭고 비밀스러운 곳이 없습니다. 그 나뭇잎들의 향기, 시원한 바람, 폭포수의 음악, 이런 것들은 일찌감치 내 시선을 끌었습니다. 여기 오면 내 슬픔은 평화로운 애수로 바뀌었고, 여기서는 깊은 잠을 잘 수 있었고, 내 기쁨은 배가 되었습니다.

나는 아무런 방해가 없을 만한 이곳을 주디스와의 한밤중 밀회 장소로 선택했습니다. 어느 날 오후, 저녁 해가 기울 때쯤 여기 앉아 있다가 당신이 오는 기척을 듣고 깜짝 놀랐습니다. 겨우겨우 당신에게 들키지 않고 나는 도망칠 수 있었습니다.

여느 때와 같은 시간에 당신의 집에 갔더니 주디스가 하는 말이 당신이 어디 갔는지 집에 없다고 하더군요. 나는 당신이 집을 비우고 어디에 가 있는지 감을 잡고 있었고, 당신이 그 별장에 들락날락거리면 내 은신처를 잃게 될지 모른다, 혹은, 그것을 내 것으로 만드는 데 방해를 받을지 모른다는 불안감을 느꼈습니다. 주디스도 내게 말하기를 당신은 특이한 습관이 많은데, 그중 하나가 종종 잠자리에서 일어나 밤공기를 쐬고 별을 보며 사색을 하러 산책을 나가는 일이라고 하더군요.

나는 이 장애물을 제거해야겠다 싶었습니다. 나는 당신이 두려움에 쉽게 굴복한다는 것을 알게 됐습니다. 내가 그 실행 방법을 선택하는 데는 내가 익히 알고 있는 그 재주의 확실성과 편의성 영향이 있었습니다. 내가 바라는 것은 단지 앞으로 당신이 이곳만은 조심스럽게 피해 주는 것이었습니다.

나는 이 후미진 곳을 최대한 조심스럽게 들어갔고, 당신이 뭘 하고 있는지 몰라도 숨소리로 당신이 거기 있다는 걸 알았습니다. 내가 그 이전에 저지른 일에 대해 당신이 예상치 못한 해석을 했던 걸 기억하고, 이번에는 이런 행동을 꾸미게 된 것입니다. 범죄를 막으려고 하늘이 경고했다고 어느 시인이 말한 방식[49]이 내가 생각하고 있는 것과 어느 정도 유사했고, 이런 경우에 한 번도 실패한 적이 없었습니다. 나는 먼저 당신이 잠에서 깨도록 해야 했는데, 그러려고 "멈추라! 멈추라" 하는 강렬한 한 마디 경고의 소리를 내질렀습니다. 내가 한 짓은 도리에 맞지 않았지만, 분명 그 행동은 가증스럽다거나 속죄될 수 없는 행위는 아니었습니다. 내 목적을 이루려고 거짓된 말을 내뱉기는 했지만, 그게 내가 의도하는 목적에 제일 적당한 말이었습니다. 당신을 해치려는 의도는 조금도

---

[49] 셰익스피어의 작품 맥베스에 나오는 내용을 말하고 있다. 이 작품에서 맥베스 부인이 하는 대사에 이 말이 나온다. "너희들은 자연의 악행을 돕지. 오라, 두터운 밤이여, 와서 스스로 덮으라, 지옥의 가장 어두운 연기로, 내 예리한 칼이 스스로 저지르는 상처를 보지 않게끔, 하늘이 어둠의 담요 틈을 엿보다 '멈추라, 멈추라!' 비명 지르지 않게끔."
작가는 책 내용 속에 이 기술을 간계(BILOQUIUM) 혹은 복화술(ventriloquation) 이라며 자세히 소개하고 있다. 작가에 따르면 이것은 소리가 다른 방향이나 먼 곳에서 들리게 하는 기술이다. 말하는 사람이 위치를 바꾸지 않고 여러 가지 변인을 이용해 다른 곳이나 먼 곳에서 소리가 들리는 것처럼 한다.

없었습니다. 내가 그 전에 한 행동으로 의도하지 않은 결과가 생기게 했지만, 이곳 외에 다른 모든 곳은 당신이 안심해도 된다고 당신을 안심시켜 준 것으로 어느 정도 내가 먼저 저지른 잘못에 대한 보상을 한 셈이었습니다."

Chapter XXIII

"내 도덕관념이 엄격하고는 거리가 멀어 보일지 몰라도, 내 행실은 결코 당신에게서 그런 의혹을 살 정도가 아닙니다. 내가 지금 자백하려고 하는 행동은 용서받기가 더 어려운 것일지 모르지만, 분명 이것도 극악하거나 추악한 범죄자라는 오명을 쓸 만한 것은 아닙니다.

당신은 집을 자주, 그리고 오래 비웠기에 내 호기심을 채우러 들락날락하기가 수월했습니다. 플레옐과 내가 만난 것은 당신과 직접적으로 알고 지내기 위한 전주곡이었지요. 나는 세상을 많이 돌아다녀 봤지만, 당신의 성품은 내게는 새로운 인간의 힘을 보여주는 그런 것이었습니다. 나는 당신의 하녀와 사귀고 있었기 때문에 당신이 집안일을 어떻게 관리하는지 흥미진진한 이야기를 자세히 그녀에게서 들을 수 있었습니다. 나는 남자이고, 당신의 남편도, 심지어 당신의 친구도 아니었지만, 당신에 대해서 가까운 사이인 남편이 아는 정도, 아니면 그보다 더 많이 정확하게 알게 되었습니다. 당신이 하는 집안일 관찰은 내가 하녀를 통해서 한 것이었습니다.

내가 당신이 집을 비운 틈을 이용해 당신의 침실에 들어가 내 눈으로 직접 그 내부를 살펴보는 짓을 했다고 해도 당신은 별로 놀라지 않을 것입니다. 당신은 참으로 대담하게도 아무런 경계나 안전을 위한 예방조치를 취할 생각을 하지 않았습니다. 나는 모든 것을 다 자세히 살펴보고 모든 것을 다 뒤져봤습니다. 당신의 벽장은 대개 잠겨 있었는데, 한번은 그 서랍 열쇠를 운 좋게 찾아냈습니다. 그 서랍을 열었을 때 당신이 소장하고 있는 책에 새로운 호기심이 발동했습니다. 그중 한 권은 원고였는데, 내가 예수회 선교사 시절에 배운 적이 있는 속기 형태와 비슷한 글자로 쓰여 있었습니다.

내가 한 짓이 잘한 짓은 아니지만, 내게 죄가 있다면 단지 호기심이 발동했다는 죄뿐입니다. 나는 이 원고를 열심히 읽어보았습니다. 그 원고에서 내가 본 지식은 부족하고 미약한 나로서는 따라갈 수 없을 만큼 눈부셨습니다. 자연스레 나는 당신이 내 행동거지를 어떻게 생각하고 있는지, 그리고 최근 일어난 미스터리한 일들을 어떻게 생각하고 있는지 궁금해졌습니다.

당신이 적어 놓은 내용은 당신이 더 잘 알고 있겠지요. 그 원고에는 당신의 가장 내면적인 마음을 들여다볼 열쇠가 들어 있다는 것도요. 내가 만약 천하의 악질 사기꾼이었다면 얼마든지 사기를 칠 수 있는 재료나 전략이나 음모를 꾸밀 자료는 그 원고에서 다 구할 수 있었다고요!

당신이 여름 별장에서 꿈을 꾼 것과 내가 소리를 지른 것은 정말 절묘한 우연의 일치였습니다. 멈추라고 당신에게 경고한 그 목소리는 의심의 여지없이 내 목소리가 맞는데, 비몽사몽 중에 당신이 이 말을 꿈속에서 듣게 된 것이었습니다.

나는 내가 부린 재주의 위험성을 그 어느 때보다 절실하게 깨달았고,

앞으로 그걸 사용하는 것을 자제해야겠다는 결심을 새로 다졌습니다. 하지만 내가 끊임없이 이 결심을 져버리게 될 건 뻔한 일이었습니다. 무슨 운명의 장난인지, 내가 가진 재주가 유일한, 혹은 최선의 도피 방법인 상황에 계속 몰리게 되었으니까요.

우리의 마지막 만남이 있었던 그 잊을 수 없는 밤, 나는 평상시처럼 메팅겐에 왔습니다. 당신이 오빠 집에서 지내기로 한 것을 알고 있었기 때문에, 늦은 시간까지 돌아오지 않을 예정이라는 걸 알고 있었습니다. 무슨 연유인지 나는 당신의 침실에 들어가게 됐습니다. 내가 보지 않은 책 가운데 당신의 성격을 더 잘 보여주거나, 당신 가족의 역사를 더 잘 보여줄 뭔가가 있을지도 몰랐지요. 당신은 말을 하는 중에 당신의 부친께서 그분의 생애에 일어난 어떤 중대한 사건을 적은 기록물이 있다는 말을 한번 언급한 적이 있었습니다.

나는 이 책을 보고 싶었고, 미스터리에 대한 호기심 때문에 그걸 몰래 읽어보고 싶었습니다. 이런 시도를 하도록 나를 유인한 동기가 바로 이것이었습니다. 주디스는 어디 가고 없었고 집이 비어있길래 나는 등불을 하나 찾아 들고 당신의 침실로 올라갔습니다.

한번 실험을 해 봤더니, 열쇠를 사용하지 않아도 침실 문을 쉽게 열었다 잠갔다 할 수 있더군요. 구석에 숨어서 벽장 속의 선반을 열심히 뒤져보고 있을 때 누군가 아래층에서 방으로 올라오고 있는 소리가 들렸죠. 그게 당신인지, 당신의 하녀인지, 난 전혀 짐작할 수 없었습니다. 그래도 혹시나 해서 등불을 끄는 게 현명하겠다는 생각을 했습니다. 내가 등불을 채 끄기도 전에 누군가가 침실로 들어왔습니다. 발소리로 보아 당신이라는 걸 쉽게 짐작할 수 있었습니다.

나는 완전히 위험하고 당황스러운 지경에 처했습니다. 내가 도망칠 기회를 잡을 수 있게 당신이 잠시 방에서 나가 주기를 한참 기다렸습니다. 시간이 지나면서 이 희망은 사라지고 말았죠. 당신은 잠자리에 들려고 온 게 분명해졌으니까요.

당신이 언제 벽장 속에 들어올 일이 생길지 알 수 없었습니다. 발각될까 봐 잔뜩 겁을 먹은 채, 나는 만약 들키면 어떤 행동을 취하는 것이 적절할 것인지 끊임없이 머리를 굴렸습니다. 지금 내가 여기 이렇게 갇혀 있는 것을 앞뒤가 맞게 설명할 방법을 찾을 수 없었습니다.

그러다가 밖에서 목소리가 들리는 것처럼 꾸며서 당신이 잠시 몇 분 동안 침실에서 물러나도록 하면 되겠다는 생각이 떠올랐습니다. 오빠에게서 연락이 와서 직접 오빠 집에 가지 않으면 안 되도록 해 볼까. 그런데 내가 이런 짓을 하지 않겠다고 한 결심도 있고, 또 그러다 무슨 나쁜 일이 일어날지 모르는 가능성도 있고 해서 이 계획은 철회했습니다. 더구나 당신이 곧 잠자리에 들면 충분히 주의를 기울여 들키지 않고 도망갈 수 있다는 희망도 품고 있었고요.

이렇게 깊은 고민에 빠진 채 밖에서 들리는 모든 움직임에 귀를 기울이고 있었습니다. 그런데 잠자리에 들 준비를 하는 징후는 전혀 찾아볼 수 없었습니다. 그 대신 깊은 한숨을 내쉬는 소리, 그리고 가끔 알아듣기 힘들게 한탄하는 소리가 들렸습니다. 그래서 나는 당신이 우울해하고 있다고 추측했습니다. 플레엘에 대한 당신의 진짜 속마음은 당신의 글을 통해 알고 있었습니다. 하지만 나는 당신이 일시적으로 슬픔에 잠겨 있긴 해도, 가슴을 저미는 어떤 지독한 슬픔도 이겨내지 못할 것이 없는 사람이라고 생각했습니다. 한순간 나 자신의 안전에 대한 걱정은 괴로워하고 있는 당신이 가엾다는 생각 때문에 뒷전으로 밀려나 있었지요.

그러다 당신이 움직이는 기척 때문에 번쩍 정신이 들어 다시 내 안전이 걱정되기 시작했는데, 뭣 때문에 당신이 움직이는 건지는 내가 알지 못했습니다. 이제야 당신이 잠자리에 들려나보다 하는 기대를 했지만 당신은 오히려 벽장 쪽으로 다가왔고, 나는 이제 꼼짝없이 들키나 싶었습니다. 당신은 자물쇠에 손을 댔습니다. 이 문이 열리게 되면 내가 빠지게 될 궁지를 어떻게 모면할지 아직 아무 계획도 세운 것이 없었습니다. 나는 무슨 일이 있어도 발각되어서는 안 된다고 느꼈습니다. 그런데 이 상황에 몰리자 당신이 문을 열려는 시도를 막아야 한다는 마음에 나도 모르게 문을 꽉 잡았습니다.

갑자기 당신은 문에서 물러났습니다. 이 행동은 이해하기가 힘들었지만, 그 때문에 내가 안심한 것도 잠깐. 당신이 다시 돌아왔고, 나는 다시 한번 크게 당황하지 않을 수 없었습니다. 그때 내가 한 행동은 생각할 겨를도 없이 순간적으로 튀어나온 행동이었습니다. 나는 내 목에 힘을 주어 당신에게 외쳤습니다. "멈추라"고.

이런 경고도 무시하고 당신이 계속 고집스럽게 문을 밀어 댄 것은 정말 놀랄 일이었습니다. 나는 당신의 진입 시도를 다시 막았습니다. 하지만 첫 번째 방법이 실패로 끝나자 이제 무슨 방법을 써야 할지 몰랐습니다. 이런 상태에서 내가 당신의 고함소리를 들었을 때 내가 얼마나 더 놀랐는지!

이제 당신이 내가 벽장 안에 있다는 걸 안다는 것이 분명해졌습니다. 더는 저항할 수도 없고 저항해 본들 소용도 없었지요. 문이 열리고, 나는 뒤로 움츠러들었습니다. 살다가 그렇게 깊은 굴욕을 느끼고 뼈아프게 당황해 본 일이 거의 없습니다. 나는 아무리 거짓말을 지어내 둘러대 본들, 있는 그대로 진실을 털어놓는 것이 그보다 덜 해로울 것이라는 생각은 하지 않았습니다. 어느 정도 죄책감을 의식하고 있던 나는 당신이 가장 혐오스러운 의심을 품게 될 것이라고 생각했습니다. 진실을 털어놔도 불완전한 해명이 되었을 것입니다. 내가 꾸며낸 그 알 수 없는 경고를 설명하지 않는 한. 하지만 그에 대한 설명은 너무나 중대한 문제고 그 결과가 너무나 지대할 것이므로, 갑자기 그 설명을 하기로 마음먹을 수도 없었습니다. 나는 당신이 이전에 이 벽장에서 들려온 대화 내용과 내가 지금 발각된 것을 머릿속에서 연결 지을 것임을 알고 있었습니다. 그래서 당신의 의심이 더 증폭될 것이고, 의심에서 벗어날 수 없다는 것도. 하지만 진실 그 자체로도 나는 충분히 야비한 짓을 저질렀고, 당신은 영영 나를 좋게 볼 수 없게 되겠지요.

나는 상황의 절박함을 깨달았고, 속으로 이전에 일어난 일들을 이용할 방법을 궁리하기 시작했습니다. 어떤 선한 수호신이 나타나 내가 의도하고 있던 나쁜 짓에서 당신을 구해주려고 개입하는 것처럼 보이게 하는 겁니다. 어차피 당신 앞에서 내 위신은 추락할 대로 추락하고 말았으니, 내가 못된 짓을 하려 했다고 믿게 해서 안 될 게 뭐가 있겠느냐? 내가 원수인 것으로 가장을 하고, 천상의 개입으로 내 계획이 다 물거품이 된 걸로 하면 어떨까? 나는 여기서 달아나야 하긴 하지만, 그래도 두려움과 의문의 여지를 남겨 두고 떠나자. 미스터리에 대한 설명은 항상 실용적으로 먹혀들 테니까. 나는 아무 해도 끼치지 않고 단지 어떤 사악한 범행이 이루어질 뻔했지만 이제 그 위험은 사라졌다고 말만 하면 되는 것이다.

그렇게 나는 내 행동을 정당화했지만, 그 뒤에 일어난 일에 대한 설명으로 충분하다고 당신이 받아들이길 기대하지는 않았습니다. 당신은 내 몸에 박힌 이 습관, 혹은 가는 곳마다 공포와 놀라움을 뿌려대고 싶어 하는 내 뿌리 깊은 집착에 대해 알 기회가 없었습니다. 내 잘못으로 내 명예는 추락할 대로 추락하고 말았습니다. 언제라도 사실을 있는 그대로 밝히고 잘못된 것을 바로잡을 수 있긴 하지만, 그래도 사람이 어떻게 이런 몹쓸 짓을 분별없이 하고 돌아다닐 수 있는지, 당신은 믿기 어려울 것입니다.

나는 당신이 이 일에 대해 곰곰이 생각하게 하고 떠났습니다. 내 마음은 앞뒤가 맞지 않는 온갖 생각들로 가득 차 있었습니다. 죄책감, 자책감, 절망감, 내 새로운 계략이 가져올지 모를 효과에 대한 만족감, 이 계략이 가져올지 모를 긍정적인 효과에 대한 의혹, 이런 것들이 온통 내 머리를 사로잡고 다툼을 벌이고 있었습니다.

나는 물러서기엔 너무 멀리까지 가 버렸습니다. 나는 내가 살인마이자 강간범이고, 하늘에서 내려온 목소리가 아니었다면 죄를 저지르고 말았을 사람이라는 인식을 당신에게 심어 주었습니다. 이렇게 해서 나는 다시 잘못된 길로 되돌아가고 말았고, 일이 이 지경까지 왔으니, 상황은 이제 돌이킬 수 없어 보였습니다. 나는 이곳을 영원히 떠나야 한다고 나 자신에게 말했습니다. 내가 저지른 짓 때문에 윌랜드 가족의 눈앞에서 내 체면은 산산조각 나고 말았습니다. 단지 미스터리한 공포심을 심어주려다가 나 자신을 나쁜 놈으로 만들고 말았습니다. 내 재주를 다시 부려서 이 미스터리의 계략을 완성할 수 있을지도 모르지만, 이미 저지른 죄를 더 이상 부풀릴 수 없습니다.

이런 마음을 먹고 그걸 행동으로 옮길 방법을 생각하고 있는데, 플레엘이 눈앞에 보였습니다. 이 일이 내가 할 행동을 결정지었습니다. 플레엘은 헌신적인 연인이라는 것은 뻔한 사실이지만, 그는 동시에 냉철한 결단력과 빼어난 총명함을 지닌 남자지요. 이런 사람을 기만할 수 있다면 아마 내가 지금껏 재미를 본 승리 중에 가장 짜릿한 승리가 될 것입니다. 이 속임수 행위는 일시적이어야 하지만, 동시에 완벽해야 했습니다. 나는 그가 오해해도 곧 오해가 풀리도록 할 계획이었습니다. 왜냐하면 나는 그를 너무나 존경하고 있었기 때문에 그에게 오래 갈 고민거리를 심어주고 싶지 않았으니까요.

그가 빠른 걸음으로 집을 향해 걸어가고 있어서 나는 더 길게 생각할 여유가 없었습니다. 나도 모르게, 그리고 본능적인 충동에 이끌려 나도 서둘러 앞으로 계속 걸어갔습니다. 그가 강둑의 후미진 곳을 지나갈 때까지 그를 따라갔다가 그 지점에 숨어서 그의 발걸음을 멈추게 될 목소리를 위장해서 냈습니다.

그는 발을 멈추고 뒤로 돌아서서 귀를 기울이더니 다가와서 대화를 엿들었습니다. 이 대화의 목적은 그가 가장 버릴 것 같지 않은 굳은 믿음을 버리도록 한다는 것이었습니다. 나는 최선을 다해 당신의 목소리, 당신의 평상시 감정, 그리고 당신의 말투를 흉내 냈습니다. 당신의 일기장도 훔쳐보고, 또 당신의 개인사와 당신의 가장 비밀스러운 생각들을 다 알고 있었기 때문에 나는 더 감쪽같이 속일 수 있었습니다. 그 대화 내용을 다시 곰곰이 생각해 보면, 나는 플레엘이 거기에 속아 넘어갔다는 것이 믿어지지 않습니다. 당신의 성품을 생각해 볼 때, 그리고 그 대화를 통해 내가 속이려했던 내용을 생각해 볼 때, 실제로 이런 착각이 이루어질 수 있었다는 것이 실로 놀라울 따름입니다.

나는 나 자신을 인정사정없이 이용해 먹었습니다. 나는 내가 살인자이자 도둑놈이라고 했고, 내가 수없이 많은 위증과 악행을 저지른 자라고 말했습니다. 플레옐처럼 당신을 철저히 잘 알고 있는 사람에게 당신이 그런 작자와 같은 수준으로 자신의 품위를 떨어뜨렸다는 확신이 들게 하려면 그 어떤 증거도 충분하지 않을 것이라고 나는 생각했습니다. 그런데 내가 저지른 이 사칭 행위는 아무리 플레옐이 질투심에 불타서 조사해 봐도 부인할 여지가 전혀 없는 완벽한 증거 구실을 하고 말았습니다.

그는 숨어 있던 자리에서 서둘러 일어나 집으로 가던 길을 계속했습니다. 나는 그의 오해가 즉각 풀릴 것이라고 생각했습니다. 왜냐하면 아직 당신이 잠자리에 들지 않았기 때문에 두 사람이 금방 거기서 만나게 될 것이니까요. 처음에는 이런 시차를 염두에 두지 않은 것을 후회했지만, 조금 뒤에는 이 일로 곧 무슨 일이 벌어질 것인가를 생각하며 그냥 유쾌한 소동이라고 여기고 말았습니다.

머지않아 나를 여기까지 오게 한 열병이 가라앉기 시작했습니다. 내가 그동안 했던 생각과 행동이 새삼 뇌리에 떠올랐습니다. 내가 이런 식으로 재주를 써먹는 짓을 얼마나 자주 후회했던가. 내가 미처 생각하지 못한 나쁜 일들이 이것 때문에 얼마나 많이 벌어졌던가. 얼마나 쓰라린 회한을 남긴 경우가 많았던가 하는 생각들이 내 머리를 스쳐 갔습니다. 그런데 여기에 또 하나의 나쁜 짓을 추가하고 말았습니다. 나는 당신에게 극심한 공포를 안겨 주었고, 당신의 마음속에 그림자에 대한 믿음과 꿈에 대한 신뢰를 채워 넣었습니다. 나는 플레옐의 이상을 무너뜨렸습니다. 나는 플레옐에게 당신이 천박스러운 만족에 몰두하고 완벽하게 위선을 부릴 줄 아는 인간이라는 인식을 심어 주었습니다. 이런 착각을 일으키게 한 증거는 이미 나를 질투하고 있고 또 열정으로 판단력이 흐려져 그 증거를 과대 해석할 수밖에 없는 사람에게는 거부하기 힘든 것이었겠지요. 이런 실수에서 어떤 치명적인 절망이나 복수가 나오지 않을 수 있겠습니까?

내 자신에 관해 말하자면, 나는 믿음을 초월하는 광기에 휘둘렸습니다. 나는 내 평화와 육신과의 전쟁을 벌여 왔습니다. 활발하고 순수한 마음을 가진 사람들과의 교류에서 나 자신을 추방했습니다. 자연의 풍요로움이 더할 나위 없는 아름다움을 더해 주는 곳에서, 그리고 모든 뮤즈와 인간들이 피난처로 즐겨 찾는 곳에서 나 자신을 추방했습니다.

나는 이제 용납할 수 없는 두려움과 격렬한 후회로 갈기갈기 찢어졌습니다. 이런 혼란스러운 상태에서 밤이 지나가고, 그다음 날 내 비밀 숙소에 남겨진 신문에서 나에 대한 인상착의와 내게 걸린 현상금에 대한 기사를 읽었습니다. 기사에 따르면 나는 아일랜드에 있는 교도소를 탈옥했으며, 엄청난 지능 범죄를 저질러 기소된 범죄자로 거기 수감 중이었다는 것입니다.

이것은 내 원수가 저지른 일입니다. 이 원수는 거짓과 술수로 내가 유죄 판결을 받게 사주한 사람입니다. 내가 죄수였던 것은 맞지만, 나는 내 힘을 발휘해 억울하게 나를 파멸로 몰고 갈 운명에서 도망쳐 나왔습니다. 나는 내 원수가 나에 대한 나쁜 생각을 언젠가 버리길 기대하고 있었지만, 지금 생각해 보니 내가 그렇게 도망친 것은 현명한 짓이었습니다. 그와 나 사이를 대서양이 가로막고 있는데도 내가 안전하다고 안심할 수 없는 걸 보니.

이 사실을 알고 어떤 마음이 들었는지는 물고 늘어지지 않겠습니다.

진실을 밝힐 목적으로, 그리고 가능한 한 최선을 다해 내가 한 그릇된 행동이 빚은 결과를 바로잡을 목적으로 당신을 만나려고 내가 어떤 단계를 거쳐야 했는지도 말할 필요가 없습니다. 이 신문이 당신의 손에 닿는 것은 피할 수 없는 일일 것이고, 그렇게 되면 그동안의 모든 오해가 사실로 굳어질 수밖에 없겠지요.

당신과 이렇게 만나고 난 뒤 나는 당신이나 내 원수에게서 멀리 벗어나 야산 같은 곳에 피신처를 정하고 거기 숨어 지내면서 내가 저지른 짓을 충실하게 글로 기록하는 일에 전념할 작정이었습니다. 그렇게 함으로써 내가 스스로 불러들인 비난에 대해 내가 해명하고, 동시에 한 손에는 믿음을, 다른 한 손에는 사칭을 쥐고 있는 사악한 행위에 대해 사람들이 경각심을 갖게 할 작정이었습니다.

나는 당신에게 짤막한 편지를 써서 당신 지인의 집에 맡겼습니다. 나는 그 편지가 어떤 방법을 통해서든 당신의 손에 신속히 들어가게 될 것을 알고 있었습니다. 나는 내 요청에 당신이 응할 거라는 실낱같은 희망을 걸고 있었습니다. 내가 이런 제안을 함으로써 내가 체포당할 기회를 당신에게 주는 셈이었지만, 나는 당신이 그 기회를 어떻게 이용하려 들지 알 수 없었습니다. 다만 나는 체포되는 일은 피하겠다고 단단히 마음먹고 있었고, 또 신중하게 조심을 하면, 또 내가 가진 재주를 이용하면, 체포되는 것을 피할 수 있으리라는 것을 의심하지 않았습니다.

나는 온종일 메팅겐 근처의 마을에 숨어 있다가 약속된 시간에 당신의 집에 갔습니다. 나는 지하 저장소로 내려가도록 만들어진 작은 문을 통해 소리 나지 않게 집에 들어갔습니다. 예전에는 이 문이 안에서 잠겨 있곤 했는데, 우리가 교제를 시작하던 초기에 주디스가 이 장애를 제거했습니다. 일 층으로 올라갔지만 아무도 마주치지 않았고, 사람이 있다는 흔적도 찾지 못했습니다.

나는 조용히 위층으로 살금살금 올라갔고, 마침내 당신의 침실 방문이 열려 있고 방 안에 불이 있는 것을 봤습니다. 누가 이 불을 켜 놓은 것인지 알아내는 것이 중요했습니다. 내가 당신의 침실 방문 앞에 있다가 집 안에 있는 누군가에게 들킨다면 내가 처하게 될 곤란한 상황에 신경이 잔뜩 쓰였습니다. 그래서 나 자신의 원래 목소리로 불러 보긴 했지만, 그 소리가 아래에 있는 안뜰 쪽에서 올라오는 소리처럼 들리게 목소리를 변경했습니다. "거기 방 안에 누굽니까? 월랜드 양입니까?"

이렇게 소리를 질렀는데 아무 대답도 들려오지 않았습니다. 나는 귀를 기울였지만, 아무런 기척도 없었습니다. 잠시 가만히 있다가 다시 불러 보았지만, 마찬가지로 아무 효과가 없었습니다.

나는 문에 더 가까이 다가가 대담하게 속을 들여다보았습니다. 불은 테이블에 놓여 있었지만, 사람이 있는 기척은 전혀 없었습니다. 조심스럽게 들어가 보았지만, 온통 정적과 고요함뿐이었지요.

여기서 무슨 결론을 내려야 할지 몰랐습니다. 만약에 사람이 집 안에 있다면 내가 부르는 소리를 누가 들었을 것입니다. 하지만 누군가가 나를 놀라게 할 작정으로 열심히 잠자코 소리를 죽이고 있다는 의심이 슬며시 들었습니다. 나는 조심스럽게 접근했지만, 내가 소리를 지르기 전이나 마찬가지로 아무 소리도 들리지 않았습니다. 예전이라면 이렇게 집 안에 아무도 없을 때, 오히려 두려운 마음이 사라졌겠지요.

그러다 문득 주디스가 자기 방에 있을지 모른다는 생각이 들었습니다. 그래서 발걸음을 그쪽으로 돌렸지만, 주디스는 보이지 않았습니다. 나는 다른 방도 가서 들여다보고 곧 집이 완전히 비어 있다고 확신하게 됐습니다. 나는 행여나 당신이 올까, 말까 하는 생각으로 마음의 동요를 일으키며 당신의 침실로 되돌아갔습니다. 약속한 시각이 지났어도 당신을 만나리라는 희망을 버리지 않았습니다.

이런 상태에서 나는 당신의 화장대에 글을 몇 자 적어 남기고, 그다음에는 산으로 돌아갈 생각이었습니다. 펜을 잡았다가 당신에게 어떤 식으로 편지를 써야 할지 몰라서 금방 펜을 옆에 내려놓았습니다. 테이블에서 일어나 방바닥을 가로질러 걸어갔습니다. 그때 침대 쪽을 힐끗 바라봤을 때 나는 지금까지 한 번도 경험하지 못한 극도의 공포를 불러일으키는 장면을 보고 말았습니다.

공포에 질려 덜덜 떨고 있는데, 아래 안뜰에 당신의 기척이 나 정신을 차렸습니다. 이 범행은 금방 저질러진 범행이었습니다. 집 안에는 나밖에 없었고, 내가 이 집에 왔을 때부터 지금까지 있었던 일을 생각해 보면 이런 엄청난 일이 벌어지고 있었기 때문이었다는 것이 다 설명되었습니다. 당신은 아직 이 엄청난 참사를 모르고 있는 게 확실했습니다. 나는 이 광경을 발견하고 당신이 받게 될 엄청난 충격을 생각했습니다. 나는 도저히 진정할 수 없이 혼란스러웠고, 내가 만나기로 했던 목적은 이런 상태에서 이루어질 수 없음을 깨달았습니다.

이 상황에서 내가 취할 적절한 행동은 내가 집 안에 있다는 것을 숨기는 것이었습니다. 나는 등불을 끄고 서둘러 계단을 내려갔습니다. 겁을 내야 할 이유도 아랑곳하지 않고 당신은 촛불을 켜고 침실로 향해서 나를 형언할 수 없이 놀라게 했습니다.

나는 지하 저장고로 이어지는 문 아래에 있는 방에 숨어들었습니다.

당신이 지나갈 때 그 문 덕택에 당신의 눈에 띄지 않고 숨어 있을 수 있었습니다. 당신이 곧 보게 될 그 광경을 생각해 보았습니다. 이처럼 갑작스럽고 예견치 못한 이런 긴박한 상황에서 나는 또다시 본능적으로 습관적인 충동에 지배를 받았습니다. 나는 이런 충격적인 광경을 당신이 아무런 준비도 없는 상황에서 접하게 될 때 어떤 일이 벌어질지, 무척 걱정이 되었습니다.

그래서 나는 신속하게 문으로 가 내 머리를 내밀고 다시 한번 그 불가사의한 경고를 했습니다. 그때 무슨 얄궂은 운명의 장난으로 당신의 시선이 뒤로 확 돌려지더니, 내가 그 말을 내뱉는 순간, 당신이 나를 보고 말았습니다. 나는 이렇게 들키고 나서 잔뜩 수치심에 쌓인 채, 내가 들어왔던 어두운 길을 따라 도망쳤습니다.

나는 수천 가지의 형언하기 힘든 감정에 자극을 받아 행선지를 향해 부지런히 발길을 재촉했습니다. 나에게는 르하이 강[50]이 시작되는 부근에 있는 비옥한 사막에 농장을 가진 형의 집으로 갔습니다."

나는 수천가지의 형언하기 힘든 감정에 자극을 받아 정해진 행선지로 향해 부지런히 발길을 재촉했습니다. 나에게는 르하이 강이 시작되는 지점에 근접해 있는 사막의 비옥한 땅에 농장을 가진 형이 있습니다. 나는 거기서 비로소 자신을 진정시켰습니다.

---

[50] 르하이 강(Lehigh River): 펜실베이니아 주 동부에 있는 166km 강으로 델라웨어 강의 지류다.

Chapter XXIV

 "나는 그동안 있었던 일들을 깊이 생각해 보았습니다. 그 가운데 제일 놀라웠던 것은 내가 벽장 속에 숨어 있는 걸 당신이 발견한 일입니다. 당신은 벽장문을 열려고 시도한 순간에 내가 거기 숨어 있다는 걸 알게 된 것 같았습니다. 그렇지 않고서야 어떻게 그렇게 오래 침실에 겁도 내지 않고 태평스럽게 있을 수 있었겠습니까? 그뿐만 아니라 그렇게 나를 발견하고도 어떻게 그렇게 집요하게 나를 끌어낼 생각을 할 수 있었습니까? 그렇게 엄중한 경고를 받고도 말이에요.

 하지만 당신 올케의 죽음은 정말 끔찍하고 불길한 사건이었습니다. 캐서린은 더할 나위 없이 끔찍한 암살 행위의 피해자였습니다. 당신은 그런 상태에서 어떻게 죽을 생각을 할 수 있었는지, 정말 이해할 수 없었습니다.

 나는 당신의 가족에게 일어난 일에서 내가 무슨 역할을 하였는지 다 털어놓겠다는 생각을 버리지 않았지만, 내가 하려고 마음먹은 일을 먼저 끝낼 때까지 기꺼이 미룰 생각이었습니다. 이 일을 다 마친 뒤, 나는 그 결심을 실천에 옮기려 했습니다. 시간이 갈수록 결심을 실천하고 싶다는 생각이 더더욱 간절해졌습니다. 메팅겐에서 벌어진 사건은 생각하면 할수록 더더욱 나를 공포심과 불길한 생각에 견딜 수 없게 만들었죠. 자나 깨나 그 끔찍한 전조와 무서운 경고를 생각하면 속이 타들어 갔습니다.

캐서린은 잔인한 방법으로 죽었습니다. 물론 내 저주받은 운명이 그녀를 죽게 한 원인을 만든 건 아니지만, 나는 뒷일을 감당할 수 없는, 그리고 경험을 통해 무한한 영향력을 발휘할 수 있는 재주를 무분별하게 부리지 않았습니까? 이것이 원인이 된 무서운 사건들이 하루가 멀다 하고 계속 늘어날지도 모르고, 이 진실을 시기적절할 때 다 밝히면 한도 끝도 없는 이 불운의 연속을 막을 수 있을지도 모를 일이었습니다.

이런 생각을 골똘히 하며 나는 발걸음을 여기로 돌렸습니다. 오빠의 집에 가니 집이 황량하더군요. 가구도 옮겨져 있고, 벽은 축축하게 얼룩이 져 있었습니다. 당신의 집도 마찬가지 상태였어요. 침실은 온통 부서지고 어두컴컴했고, 당신은 떨쳐 버릴 수 없는 비통함에 젖은 채 급격하게 쇠약해진 모습을 하고 있었습니다.

나는 이제 진실을 털어놨습니다. 내가 저지른 죄는 이것이 전부입니다. 당신은 윌랜드가 무슨 불가사의한 대리인 때문에 아내와 자식을 다 죽여 버렸다는 무시무시한 이야기를 내게 해 주었습니다. 그리고 내가 이 대리인의 죄를 지은 자라고 책망했습니다. 하지만 내가 저지른 죄는 있는 그대로 진실 되게 다 말했습니다. 캐서린을 살해한 자가 누군지 나는 지금까지 몰랐고, 사실 지금도 누군지 모릅니다."

그 순간 부엌문이 닫히는 소리를 우리 두 사람은 똑똑히 들었다. 카윈은 놀라 숨을 죽였다. "누군가가 오고 있어요. 나는 나를 노리는 사람들에게 여기 있는 걸 들키면 안 됩니다. 들켜야 할 필요도 없고요. 이제 내가 여기 온 목적을 다 이루었으니까."

나는 그의 입에서 나온 말 한 마디 한 마디를 모두 열심히 귀 기울여 새겨들었다. 질문을 하거나 의견을 말함으로써 그의 이야기를 방해할 힘도 없었다. 카윈이 이야기한 그 재주는 지금까지 내가 모르던 것이었다. 그 존재는 놀라운 것이었지만, 직접적인 증거로 받아들일 수 없는 것이었다.

그는 내가 보고 들은 얼굴과 목소리가 자기의 것이라고 털어놓았다. 그는 이러한 유령들이 인간이었다고 설명하려 했다. 하지만 자기 자신이 그 대리인이었다는 것을 털어놓은 것만으로 충분했다. 그의 이야기는 거짓말이고, 그는 본성이 마귀 같은 인간이다. 그가 나를 속였듯이, 우리 오빠도 속였고, 이제 나는 그를 이 모든 재앙을 불러온 자로밖에 보지 않는다!

그가 잠시 말을 멈춘 사이 나는 이런 생각을 하고 있었다. 그 침묵이 깨지지 않았더라면 나는 카윈더러 제발 사라져 달라고 했을 것이다. 하지만 이제 더는 두려울 것이 없었다. 내 온순한 성질은 증오와 앙심으로 똘똘 뭉쳐 있었다. 누군가가 가까이 있었고, 이제 이 하나님과 인간의 원수는 정의의 심판대에 오르게 될지도 몰랐다. 카윈이 지금까지 발휘해 온 초자연적인 재주는 그의 발을 옭아맬 그 어떤 노역에서도 그를 구할 수 없을 것이다. 이런 생각을 하는 동안 나는 증오나 혐오의 비난을 퍼부어 대지 못하고, 그를 노려보는 것밖에 할 수 없었다.

그는 달아나지 않았다. 이 집에서 빠져나가는 것, 아니면 지금 있는 자리에 좀 더 오래 있는 것 중에 어느 것이 자신의 안전을 더 위태롭게 하는지, 확신이 서지 않는 것 같았다. 한쪽 발은 맨발인 누군가가 계단을 올라오는 소리가 들리자 그는 더 심하게 혼란스러워 했다. 그는 초조한 눈길로 벽장을 바라봤다가, 창문을 바라봤다가, 또 때로는 침실 문을 바라보기도 했지만, 알지 못할 무엇인가에 홀려 그 자리에 꼼짝없이 붙들려 있었다. 그는 마치 그 자리에 뿌리가 박힌 듯 서 있었다.

내 영혼은 증오와 복수심으로 활활 타오르고 있었다. 지금 다가오고 있는 사람이 누군지 궁금해하거나 두려워할 여유가 없었다. 분명 그는 의심의 여지없이 인간일 것이고, 내 편이 되어서 이 범죄자를 체포하는 데 도움을 줄 것이다.

누군가가 금방 방 안으로 들어왔다. 카원과 내 눈은 동시에 그에게 갔다. 그가 누군지 확인하려고 두 번 볼 필요는 없었다. 그의 머리카락은 엉겨 붙어 이마와 귀를 어지럽게 덮고 있었다. 그의 셔츠는 투박한 천으로 된 것이었고, 목과 가슴 부분이 열려 있었다. 외투는 한때 밝고 고급스러운 천으로 만들어진 것이었으나, 이제는 해지고 먼지로 변색되어 있었다. 그의 발, 다리, 그리고 팔은 맨살이 드러나 있었다. 그의 모습에는 전체적으로 거칠고 침착한 엄숙함이 깔려 있었지만, 그의 눈은 그가 동요하고 호기심에 가득 차 있음을 보여주고 있었다.

그는 뚜벅뚜벅 앞으로 걸어왔고, 누군가를 찾고 있는 듯했다. 그는 나를 보더니 멈추었다. 그는 마룻바닥에 눈길을 준 채 주먹을 꽉 쥐고 명상에 잠긴 듯했다. 이것이 오빠의 행색과 행동이었다! 이처럼 추락한 모습이 우리 오빠의 몰골이었다!

카원도 어김없이 그를 알아봤다. 눈앞에 벌어진 이 광경에 경악한 카원에게 자기 자신의 안전은 뒷전인 듯했다. 그는 눈에 잘 띄는 자리에 서 있었기 때문에 윌랜드의 번들거리는 눈길에서 벗어날 수 없었다.

하지만 오빠는 카원이 거기 있는 걸 전혀 모르는 것 같았다.

이렇게 망가지고 충격적인 모습을 본 내 감정은 비통함뿐이었다. 무서운 정적이 흘렀다. 이윽고 오빠는 각각 쇠고랑을 찬 두 손을 들어 가슴에 대더니 외쳤다. "아버지! 아버지께 감사드립니다. 이것이 당신의 안내하심이니. 제가 당신의 의지를 실행할 수 있도록 당신이 나를 여기로 인도하셨나이다. 하지만 제가 실수를 저지르지 않도록, 다시 한번 당신 전령을 듣게 해 주소서!"

그는 귀를 기울이는 듯 잠시 서 있었지만, 다시 제 자세로 돌아와 말을 이었다. "이것은 필요치 않다. 비겁한 방탕아여! 네 창조주의 명령에 영원토록 의문을 품다니! 결심이 나약한 자! 신앙이 흔들리는 자여!"

그는 내게 다가와 잠시 멈추었다가 말문을 다시 열었다. "이 가엾은 것아! 끔찍한 운명이 네게 과녁을 겨누고 있다. 네 목숨은 제물로 선택받았다. 너는 죽을 준비를 하거라. 쓸데없는 반항으로 내가 하는 일을 어렵게 만들지 마라. 너의 기도가 바위를 막을 수 있을지 몰라도, 내 목적에 기뻐하시는 자 외에 그 누구도 그것을 흔들 수 없다."

그가 한 이 말은 상황을 충분히 설명해주고 있었다. 우리 삼촌이 설명해준 오빠의 광기의 본질이 기억났다. 나는 죽을 생각을 했었지만, 막상 죽음이 가까이 와 있는 지금은 공포에 떨었다. 이런 식으로, 더구나 우리 오빠의 손에서 죽는다는 것은 결코 받아들일 수 없었다.

미치기 직전의 상태에서 나는 카원 쪽을 흘깃 쳐다봤다. 그는 놀라서 벙어리가 되고 사지가 마비된 것 같았다. 내 목숨은 지금 위태롭고, 우리 오빠의 손이 내 피로 더럽혀지기 직전이었다. 나는 카원이 배후 인물이라고 굳게 믿고 있었다. 그렇다면 나는 내 힘으로 이 끔찍한 운명에서 벗어날 수 있다고 생각했다. 이 엄청난 환상에서 깨어나게 할 수 있다. 나는 우리 오빠가 끔찍한 과실을 또 저지르지 않게 막을 수 있다. 그를 유혹한 마귀가 누군지 가리켜 주면 된다. 한순간이라도 망설이면 죽음이었다. 이런 생각이 들자 기운이 솟고 용기가 생겼다. 나는 자리에서 일어서 오빠에게 말했다. "오, 오빠. 나를 살려주세요. 그리고 오빠 자신도 구원 받으세요. 저기 저자가 바로 오빠의 배신자랍니다. 저 사람이 천사의 목소리와 얼굴을 사칭했어요. 지금 그걸 다 자백했답니다. 그는 자기가 없는 곳에서 자기 목소리가 들리게 할 수 있어요. 그는 지옥과 동맹을 맺고도 그걸 자인하지 않는답니다. 하지만 자기가 그 대리 행위는 자기가 한 짓이라고 자백을 했어요."

오빠는 서서히 눈을 돌려 카윈에게 고정시켰다. 카윈의 뼈마디가 온통 다 흔들렸다. 그의 얼굴은 귀신보다 더 창백했다. 그의 눈은 감히 오빠의 눈을 마주치지 못하고 초점을 잃은 채 여기저기를 두리번거리고 있었다.

"인간이여," 오빠가 말했다. 예전에 내게 말하던 것과 완전히 다른 목소리였다. "너는 누구냐? 여기 너에게 혐의가 씌워졌다. 대답을 하라. 그 얼굴, 밤 열한 시, 계단 아래서 들린 그 목소리. 그것이 누구의 것이었느냐? 네 것이었느냐?"

카윈은 두 번이나 말하려 시도했지만, 말은 입에서 나오기 전에 사라져버렸다. 오빠는 더 엄중한 말투로 다시 물었다.

"너는 떨고 있구나. 떤다는 것은 불길한 징조다. 그렇다, 아니다, 대답하거라. 단 한 마디면 충분하다. 하지만 거짓을 부릴 생각은 하지 마라. 내 가족을 뒤집어엎은 것은 지옥의 계략이었느냐? 네가 그 대리인이었느냐?"

나는 이제 나를 겨냥한 분노가 다른 사람에게로 넘어가는 것을 보았다. 내가 그에게서 들은 이야기, 그리고 지금 벌벌 떨고 있는 그의 모습은 그의 죄에 대한 충분한 증언이었다. 하지만 오빠가 만약 자기가 속았다는 것을 알게 되면 어떻게 될 것인가! 자기가 한 행동이 천상의 지시 때문이 아니라 인간의 속임수 때문임을 알게 된다면! 그의 광분은 소용돌이가 되어 몰아치지 않을까? 이 저주받은 방탕자의 사지를 갈기갈기 찢어 놓지 않을까?

나는 이 모습을 상상하며 흠칫 몸이 움츠러들었다. 하지만 이 생각에 또 다른 생각이 꼬리를 물었다. 카윈은 결백할지도 모르는데, 그를 심판하는 자의 성급함 때문에 그가 하는 대답이 죄를 자백하는 말로 오인할지도 모른다. 오빠는 그 불가사의한 목소리와 모습을 나도 똑같이 겪었다는 것을 알지 못한다. 카윈은 우리 오빠를 파멸의 길로 이끈 것들에 대해 아무것도 모를 수 있다. 따라서 그의 대답은 경솔하게 그를 파멸로 몰아넣게 될지 모른다.

이런 것들이 내가 경황이 없는 상태에서 정신없이 저지른 경거망동의 결과가 될 수도 있고, 만약 가능하다면 내가 막아야 할 결과이기도 했다. 나는 말을 하려 했지만, 오빠는 갑자기 고개를 돌려 나를 바라보며 무서운 목소리로 입을 다물고 있으라고 명령했다. 나는 입을 다물었고 혀도 꼼짝하지 않았다.

"너는 누구냐?" 그는 카윈을 보고 다시 물었다. "대답하거라. 누구의 형상이며, 누구의 목소리였는지. 그것이 너의 재간이었더냐? 대답하거라."

이때 카윈이 대답을 했지만, 혼란스럽고 말이 제대로 나오지 않았다. "다른 의도는 없었습니다. 해를 끼칠 의도는 없었어요. 내가 제대로 이해하고 있는 거라면, 내가 당신의 말을 오해한 것이 아니라면, 사실입니다. 내가 출입구에 나타났고, 말을 했습니다. 그 재간은 내가 부린 것이지만, 그러나….”

이 말이 나오자마자 우리 오빠의 태도가 바뀌었다. 그는 눈을 아래로 내린 채 미동도 하지 않았다. 그의 숨소리는 마치 죽음의 고통을 받고 있는 사람처럼 거칠었다. 카윈은 더 이상 아무 말도 할 수 없는 것 같았다. 그는 쉽사리 도망칠 수 있었지만, 그를 사로잡고 있는 생각은 자기 자신의 위험이 아니라 눈앞에 펼쳐지고 있는 이 경악스럽고 이해할 수 없는 광경이었다.

오빠는 속박당한 사람처럼 한동안 꼼짝도 하지 않고 불안하게 전율했다. 그는 침묵을 깼다. 아무리 강심장을 가진 사람이라도 오빠의 그 말투에는 등골이 오싹했을 것이다. 그는 카윈에게 말했다.

"너는 왜 여기 있느냐? 누가 너를 여기 묶어 두었느냐. 가서 좀 더 배우도록 하라. 나는 너를 만나게 되겠지만, 그 만남은 창조주의 법정에서 이루어져야 한다. 거기서 내가 네 죄를 밝히는 증인이 될 것이다."

카윈이 시키는 대로 가지 않자 오빠가 다시 말했다. "너를 죽임으로써 내가 내 할 일을 완수하기 바라느냐? 네 목숨은 무가치한 것이다. 더는 나를 자극하지 마라. 나 또한 일개 인간일 뿐이며, 네가 여기 있으므로 통제할 수 없는 광분이 일어날 것이다. 썩 가 버려!"

카윈은 우물쭈물 무슨 말이든 하려고 헛되이 애쓰면서, 죽음처럼 창백한 얼굴로 두 다리를 후들후들 떨며 천천히 그 명령에 복종해 물러났다.

Chapter XXV

 몇 마디만 더 쓰고 영원히 펜을 내려놓겠다. 그런데 왜 지금 내려놓지 못할까? 지금까지 쓴 것은 모두 이 부분을 준비하려는 것이었고, 내 심장과 마찬가지로 떨리고 차가운 내 손가락은 더 이상 힘쓰기를 거부하고 있다. 이래서는 안 된다. 마지막 힘을 다해 이 일을 완성해야 한다. 그 뒤 나는 죽음의 잠을 자기 위해 내 머리를 뉘일 것이다. 무덤 속에서 잠이 들면 내 입에서 나오는 모든 말도 조용해질 것이다.

 내 가슴에서 모든 감정이 사라지고 말았다. 우정마저도 끝이 났다. 나에 대한 너의 애정 때문에 내가 이 일에 착수하게 되기는 했지만, 내 비애를 돌이켜 보고 과거를 다시 들춰보는 일을 재미있게 생각하지 않았다면 아마 나는 네 요청에 응하지 않았을 것이다. 나는 내 여력이 남아있는지 계산해 보았다. 내가 이 펜을 내려놓는 순간, 내 생애는 끝날 것이다. 내 존재는 내 이야기와 더불어 종결될 것이다.

 오빠와 단 둘이 남겨지자 내 상황에 대한 위기감이 저절로 마음에 느껴졌다. 이 광란의 발작은 파국과 광분으로 끝이 날 것임을 당연히 예상할 수 있었다. 내가 두려움 때문에 처음 생각해낸 해결책은 내 경험에 따라 틀렸음이 입증됐다. 카원은 자신의 죄를 인정했지만, 그럼에도 달아나 버렸다. 오빠는 내가 마음속에 품고 있던 복수를 하지 않았지만, 오빠가 당한 재앙에 비하면 내가 겪은 재앙은 아무것도 아니었다. 나는 카원의 피를 목마르게 원했고, 그를 파괴하고 싶다는 충족되지 않은 열망으로 괴로워했다. 그럼에도 오빠는 여기에 동요하지 않았고, 그를 무사히 보내 주었다. 과연 그는 인간 이상이었고, 나는 야수보다 더 비속했다.

나는 오빠의 행동을 바로 읽은 것일까? 그를 잘못 인도한 그 오류는 과연 그처럼 쉽게 바로잡을 수 있는 것이었을까? 그처럼 분명한 견해와 그처럼 단단한 신앙도 때가 되면 시들고 바뀔 수 있는 것일까? 내 인식의 정확성을 의심할 이유는 없었을까? 내가 이런 생각을 하고 있을 때 오빠의 행동이 내 주목을 끌었다.

나는 그의 입술이 움직이고 눈이 하늘을 향하는 것을 보았다. 그다음 그는 마치 누군가가 나타나기를 기다리고 있는 것처럼 귀를 기울이며 뒤를 돌아보았다. 그는 이런 행동과 알아듣기 힘든 기도를 세 번 되풀이했다. 한 번 할 때마다 혼란과 의심이 더 어둡게 짙어지면서 그의 마음속에 침전하고 있는 것 같았다. 나는 이런 징표의 의미를 짐작해 봤다. 카원이 한 말이 그의 믿음을 흔들었고, 그는 자신과 소통해 온 그 전령을 소환해 이러한 새로운 의심의 가치를 확인하려 하는 것이었다. 그는 거듭 신을 불렀으나 아무런 소용이 없었다. 그의 눈에는 텅 빈 허공 외에 아무것도 보이지 않았고, 그 어떤 소리도 귀에 들리지 않았다.

그는 침대로 갔다. 숨이 끊어진 캐서린의 머리를 받쳐준 베개를 뚫어지게 응시하더니, 다시 내가 앉아 있는 자리로 돌아왔다. 나는 눈을 들어 그를 바라볼 힘이 하나도 없었다. 나는 오빠가 뭘 의도하는지 의문스러웠다. 내 목숨을 노리고 있는 건지도 몰랐다.

아, 안타깝게도, 위험에 처해 보지 않고는, 유혹에 빠져 보지 않고는, 우리 인간이란 것이 어떤 존재인지 그 무엇도 우리에게 알려주지 않는다. 나는 지금 이 시험에 빠졌고, 그 결과 내가 겁쟁이고 무분별한 존재임을 깨달았다. 인간은 의도적으로 생명의 줄을 끊어 버릴 수 있으며, 나는 내가 그렇게 할 수 있는 인간이라고 생각했다. 하지만 운명의 낭떠러지에 서 있는 지금, 제물을 바치려는 자의 칼이 내 심장을 겨누고 있는 지금, 나는 벌벌 떨며 어떤 극악무도한 방식이라도 써서 도망칠 궁리를 하고 있었다.

내가 생각하고 있던 그 터무니없는 행위를 내가 끝까지 참고 이야기할 수 있을까? 그걸 생각조차 할 수 있을까? 내 안전을 지킬 방법은 어디 있단 말인가? 저항은 헛된 것이었다. 내 절망의 에너지조차 무시무시한 지시자가 오빠에게 내려 준 그 힘의 수준에 대적할 수 없었다. 공포는 우리로 하여금 굉장한 일을 해낼 수 있게 한다. 하지만 당시 내 마음의 상태는 공포가 아니었다. 그렇다면 내가 구해진다는 희망은 어디서 찾아야 했었단 말인가?

더는 가만있을 수 없었다. 나는 요령껏 몸을 움직여 살짝 옆으로 물러가 섰다. 나는 내가 받아 마땅한 것이 뭔지 생각해 보았다. 그건 영원하고 무한한 증오다. 나 자신이 나를 말리는 소리를 듣지만, 그 탄원은 텅 비고 거짓된 것임을 나는 알았다. 그래. 나는 내 죄가 인류 모두의 죄를 합한 것보다 더 크다는 것을 인정한다. 세상 사람들의 저주와 신의 꾸지람도 내 저지른 죄에 대한 벌로 충분치 않음을 인정한다. 이 세상에 존재하는 것 가운데 무한히 증오할 가치가 있는 것이 있을까? 있다면 그것은 나다. 내가 무슨 말을 할 수 있겠는가! 나는 죽음의 위협에 처해 있었고, 이 끔찍한 죽음을 피하려고 내 손은 그 위협적인 존재를 죽일 준비가 되어 있었다. 내 집에 갔을 때 나는 카윈의 모의에 맞설 계획을 꾸몄었다. 개어 놓은 내 드레스 속에 주머니칼이 숨겨져 있었다. 나는 이것을 꽉 쥐고 앞으로 내밀었다. 칼은 시야에 가려 보이지 않았다. 하지만 지금 내 마음 상태로 봤을 때, 만약 오빠가 손을 치켜들기만 하면 여지없이 내가 행동을 개시할 것임을 나는 알고 있었다. 나는 이 흉기로 오빠의 심장을 깊이 찔러 버릴 것이다.

오, 참을 수 없는 기억이여! 잠시나마 내게서 숨어다오. 내 심장이 내 오빠를 칼로 찌를 생각을 할 만큼 어두웠다는 것을 내게서 숨겨다오! 한때 그토록 높은 도덕성을 가졌던, 그러나 지금은 그토록 깊은 비극에 빠진 나의 오빠를!

아마도 오빠는 내가 무슨 꿍꿍이가 있는지 알아차리지 못했겠지만, 내게서 뒤로 물러났다. 그 틈을 타 나는 충분히 원래 나 자신의 상태로 회복할 수 있었다. 내가 꾀하고 있는 이 행동이 얼마나 극악무도하고 미친 짓인가 하는 생각이 마음을 비집고 밀어닥쳤다. 한순간 나는 괴로움 때문에 숨을 쉴 수 없었다. 그러다 다음 순간 다시 힘을 회복했고, 있는 힘을 다해 그 칼을 바닥에 집어 던져 버렸다.

몽환 상태에 있던 오빠가 이 소리에 놀라 정신을 차렸다. 그는 나와 흉기를 차례로 번갈아 바라봤다. 표정에 못지않은 엄숙한 동작으로 오빠는 허리를 굽혀 그것을 집어 들었다. 그는 칼날을 다른 위치로 고정한 뒤, 깊은 침묵 속에서 그 칼을 찬찬히 들여다보았다.

그는 나를 다시 바라보았지만, 그의 모습에서 뚜렷이 찾아볼 수 있었던 강렬하고 폭군적인 태도는 사라지고 없었다. 이제 그에게서 보이는 것은 쳐진 근육, 깊게 주름이 팬 이마, 글썽글썽한 눈물로 흐려진 눈, 그리고 형언할 수 없이 가여운 모습이었다.

그의 이러한 표정은 내 마음에 와 닿아 동정심을 불러일으켰고, 나는 비 오듯이 눈물을 쏟았다. 열정의 마음은 곧 두려움으로 바뀌고 말았다. 이제 이 두려움은 나 자신의 안전에 대한 것이 아니라, 이 흉기를 쥐고 있는 오빠의 안전에 대한 것이었다. 나는 그의 행동을 말없이 지켜보았다. 이윽고 오빠가 입을 열었다.

"클라라." 그는 침통하고 부드러운 목소리로 말했다. "나는 이 세상에서 내게 주어진 역할을 제대로 하지 못했다. 너는 어떻게 생각하니? 저세상에서는 내가 더 잘할 수 있을까?"

나는 아무 대답도 할 수 없었다. 그의 부드러운 말투에 나는 놀라기도 하고 용기도 얻었다. 나는 간절하고 애절한 표정으로 오빠를 계속 바라보았다.

오빠가 말을 이었다.

"내 생각에…. 내가 노력해 봐야지. 내 아내와 아이들은 먼저 갔다. 이 행복한 방탕아들아! 나는 너희들을 평안한 곳으로 보내 주었다. 나도 오래 머물러서는 안 되겠지."

이 말이 뭘 의미하는지는 충분히 알아들을 수 있었다. 나는 오빠가 손에 쥐고 있는 칼을 보며 덜덜 떨었다. 하지만 나는 내가 생각하고 있던 끔찍한 일이 벌어지는 것을 어떻게 막아야 할지 몰랐다. 오빠는 내가 겁에 질려 있는 것을 금방 알아차렸고, 왜 겁에 질려 있는지도 이해했다.

점점 더 유순해지는 표정으로 내게 손을 내밀며 오빠가 말했다.

"이거, 받거라. 너 자신을 위해서도 나를 위해서도 두려워하지 마라. 유혹은 지나갔고, 그것이 남긴 순간적인 취기는 진실이 찾아와 말짱하게 깨워 주었다.

내가 경모하곤 했던 너, 천사여! 내 누이여, 죽음을 두려워하는가! 한때 나는 너를 파괴하려 했으나, 그 행동은 하늘의 지시에 따른 것이었다. 그것이 최소한 내가 믿은 바였다. 내가 악한 마음으로 너의 죽음을 원했다고 생각하느냐? 아니다. 나는 아무런 오점 없이 순수하다. 나는 하나님이 나를 움직이시는 분이라고 믿는다!"

"나는 너, 혹은 나 자신을 해쳐야 할 이유가 없다. 나는 내 의무를 다했고, 분명 사람의 마음에 소중한 모든 것을 그 의무에 바친 일에는 공로가 있을 것이다. 내게 만약 잘못이 있다면, 그것은 나를 기만한 내 판단력이 아니라, 내 감각이었다. 존재 중의 존재시여! 당신이 보시기에는 나는 아직도 순수합니다. 당신의 정의 아래 내가 나의 보상을 아직도 바랄 수 있는지요!"

내 귀가 진실로 이런 말을 들었단 말인가? 내가 오해한 것이 아니라면, 오빠는 정상적인 정신으로 돌아왔다. 그는 자신이 아내와 자식들을 살해했으며, 극악무도한 계략의 피해자라는 것을 알고 있었다. 하지만 공정한 동기로 그런 짓을 저지른 것이었다는 데서 위안을 찾고 있었다. 그에게 비애가 전혀 없는 것은 아니었다. 왜냐하면 그의 얼굴에 비애가 가득했기 때문이었다. 하지만 그의 영혼은 잔잔하고 숭고했다.

이것은 단지 그의 기존의 광기가 새로운 형태로 바뀌고 있는 것일지도 모른다. 혹은 자기가 저지른 공포의 기억이 완전히 되살아나지 않은 탓인지도 모른다. 그런데 나는 그런 미친 마녀 같은 음모를 꾀하다니! 나를 기준으로 우리 훌륭한 오빠를 심판하려 들었다니! 내 이성은 오빠의 결론이 옳다고 말해주고 있었다. 하지만 이성이 아무런 힘을 쓰지 못했던 내 행동, 내 비겁한 경솔함, 그리고 범죄적인 절망 중 그 어느 것 하나라도 확고하고 현명한 것이 있었는지 의문스러웠다.

나는 나약한 인간이라 이런 생각을 하는 가운데서도 내 마음은 여전히 카윈에 대한 증오심으로 불타고 있었고 나지막한 소리로 "아, 카윈! 카윈! 너는 여기에 대해 어떻게 책임을 질 것이냐!" 하고 원망했다.

오빠는 나도 모르게 흘러나온 이 한탄의 소리를 즉시 알아차렸다. "클라라." 오빠가 말했다. "너답게 행동하거라. 너는 늘 공평해야 한다고 주장해오지 않았더냐. 그 교훈을 실천하도록 해라. 그리고 그 불행한 남자에게 공평하도록 해라. 하나님의 도구는 제 할 일을 마쳤고, 나는 만족스럽다."

"하나님, 이처럼 마지막 계시를 주셔서 감사합니다. 나의 원수는 하나님의 적이기도 하거늘. 저는 그를 나와 자주 이야기를 나눈 인간으로 보아 왔습니다. 하지만 이제 하나님의 선하심은 이 남자의 본질을 보여 주었습니다. 하나님의 명령을 수행하는 자로서, 그는 저의 친구입니다."

나는 불길한 느낌이 들었다. 그의 얼굴에서 한탄스러운 표정은 점점 사라지고 대신 오빠의 이마에는 평온함이 깃들었다. 새로운 영혼이 그의 육신에 작동하고 있는 듯했고, 그의 눈은 초자연적인 광채로 빛났다. 이런 모습이 사라지지 않는 가운데 그가 말했다.

"클라라! 나는 너에 대한 의심을 남겨 둘 수 없다. 네가 무슨 일로 카윈이라 부르는 존재와 만나게 되었는지 나는 모른다. 한동안 나는 네가 저지른 잘못 때문에 죄가 있었고, 그가 횡설수설 털어놓은 자백에서 내가 악의를 가진 인간의 피해자가 되었다는 것을 유추해 냈다. 그는 내가 가라고 요청해 떠났고, 나는 내 의심이 제거될 수 있도록 해 달라고 기도를 드렸다. 네 눈은 감겨 있고 네 귀는 막혀 있어 내 기도에 대답한 그 현신을 보지도, 듣지도 못했다.

나는 속은 것이 사실이다. 네가 마지막으로 본 것은 인간의 형상을 한 마귀다. 내 가족을 제물로 바치라고 사주한 그 얼굴과 목소리는 그의 것이었다. 지금 그는 인간의 형태를 하고 있지만, 그때 그는 하늘의 빛으로 가득 둘러싸여 있었다."

"클라라." 오빠는 내게 더 가까이 다가오며 말했다. "너의 죽음은 이루어져야 한다. 이 대리인은 사악한 자이지만, 그가 받은 명령은 하나님에게서 온 것이다. 그러니 번복될 수 없고 거부될 수 없는 그 하늘의 칙령에 순종하거라. 시계를 맞추어라. 네게 삼 분의 시간이 허용되었다. 그 시간 동안 꿋꿋한 마음으로 네 죽음을 준비하도록 해라." 여기서 그는 말을 마쳤다.

지금은 이 일이 내 기억 속에만 남아 있고, 내 생명과 신체 기능은 노쇠하여 무기력하지만, 그래도 아직 그 생각을 하면 내 맥박이 펄떡거리고 머리카락이 쭈뼛거린다. 내 이맛살이 찌푸려지고, 내 눈이 산만하게 주변을 두리번거리게 된다. 나에게도 죽음은 극복할 수 없는 공포였다. 하지만 내가 위협받던 그 임박하고 괴로운 죽음은 아무것도 아니었다. 죽음이 내 유일한 두려움도 아니었고, 단지 죽음 때문에 내가 두려워하고 있는 것도 아니었다.

내 영혼은 나 자신이 아니라 우리 오빠 때문에 괴로워하고 있었다.

내가 죽더라도, 심판하시는 주님 앞에 내가 설 때까지 용서받을 수 없는 죄를 나는 저지르지 않았다. 하지만 나의 살인자는 살아남아 자신의 행동을 깊이 생각해 보게 될 것이다. 그리고 그 살인자는 오빠였다!

나에게는 그의 손아귀에서 벗어나게 해 줄 날개가 없었다. 나는 소망만으로 사라질 수도 없었다. 문은 열려 있었지만, 살인자가 문과 나 사이에 버티고 있었다. 나는 '자기방어'를 할 수 있는 사람이 아니었다. 나로 하여금 피를 보고 싶어 하도록 몰아친 그 광란은 가고 없었다. 나는 절박한 상태였다. 내 구원은 불가능한 것이었다.

많은 생각이 쌓여 그 무게를 감당할 수 없었다. 시야가 흐릿해지고 사지는 경련을 일으켰다. 나는 입을 열어 말을 했지만, 말이 제대로 나오지 않았다.

"오빠, 살려 줘! 아래를 굽어살펴주소서, 정의로운 심판관님! 나를 이 운명에서 건져내 주십시오! 그에게서 이 분노를 앗아가거나, 어디 다른 곳으로 돌려주십시오!"

이처럼 내 마음속 고통이 너무나 절박한 나머지 내 방으로 들어오고 있는 발소리를 알아차리지 못했다. 나는 탄원하며 위를 바라보고 있었지만, 기도를 하고 나서 다시 한번 문 쪽으로 고개를 홱 돌렸다. 어떤 형태가 시야에 들어왔다. 나는 마치 내가 기도로 부른 하나님이 오신 것처럼 전율했다. 다시 방에 들어온 것은 카윈이었다. 그는 내 앞에 꿋꿋하게 서서 당당한 표정으로 내 앞에 서 있었다. 그를 보자 새로운 생각이 즉시 머리에 떠올랐다. 그가 최근 들려준 이야기를 기억해 보았다. 마술처럼 위치를 마음대로 바꿀 수 있는 신비스러운 그의 목소리의 힘, 그가 지옥에서 온 사자이든, 초자연적 기적이든, 혹은 인간이든, 그걸 결정하는 건 중요하지도 필요하지도 않았다. 그가 이 마법같은 주문을 고안한 자이든 아니든, 그는 그것을 풀 수 있었고, 우리 오빠의 광분을 멈출 수 있었다. 그는 자신의 의도가 악한 것이 아니라고 밝혔다. 이제 그의 진심이 시험대에 올랐다. 마치 위에서 내려오는 소리처럼 흉내를 내게 해서, 오빠의 광기가 하늘에서 명한 것이라고 한 그 극악무도한 칙령을 파기하게 하고, 이 피를 부르는 격정이 영원히 사라지게 하자!

　내 마음은 단번에 이런 식으로 안전하게 빠져나갈 수 있다는 것을 감지했다. 이 계획이 지닌 모든 장점을 다 합해 보니 하나의 해결안이 내 머리에 남았다. 여기에 따른 부작용이나, 잘못되면 여러 사람이 입게 될 피해 같은 것은 하나도 머리에 떠오르지 않았다. 아마 잠시 진정했더라면 그런 생각이 떠올랐을지도 모른다. 오빠를 장악하고 있는 그 영향이 외부적인 것이거나 인간일 가능성이 희박해 보였고, 오빠를 제지하려고 꾀를 쓰다가 오히려 더 치명적이고 파괴적인 결과를 가져오게 될 수도 있었다. 더구나 카윈이 단지 자신의 목에서 내는 힘만으로 오빠의 광분을 억제할 수 있을 것인지도 불확실했다. 이런 문제들은 아마 두 번 생각해 봤더라면 내가 충분히 인식할 수 있었겠지만, 그 순간에는 두 번 생각해 볼 시간이 허락되지 않았다. 처음 했던 생각이 서둘러 행동을 하라고 나를 재촉했기 때문에 나는 카윈을 똑바로 쳐다보며 말했다.

　"오, 방탕한 자여! 다시 돌아왔는가? 네 사악한 의도를 버리고 이 지옥 같은 책략을 막고, 이 파괴적인 광분이 나와 우리 오빠에게서 떠나게 하라! 네 결백함과 회개함을 증명하라. 네가 가진 힘이 무엇이든 그 힘을 발휘해 이 파멸이 비켜 가게 하라. 네가 이 모든 경악스러운 짓을 저지르지 않았느냐! 내가 무슨 잘못이 있어 이렇게 죽어야 한단 말인가?

내가 왜 이처럼 끈질긴 박해를 받아야만 한단 말인가? 네가 감히 목소리를 흉내 낸 하나님의 이름으로 네게 명하노라. 내 목숨을 살리라고! 그런데도 너는 가 버리겠느냐? 나를 버려두고! 아무런 도움의 손길도 주지 않고!"

카윈은 내가 애원하는 소리를 아무런 동요 없이 듣고만 있다가, 내게서 등을 돌렸다. 그는 잠시 주저주저하더니 문을 넘어 사라져 버렸다. 나는 분노와 절망감으로 말조차 나오지 않았다. 주어진 시간이 지났다. 오빠가 나를 위해 준비한 고통은 견뎌 낼 수 있는 것이 아니었다. 나는 온통 혼란에 사로잡혔다. 그에게서 칼을 받은 나는 그것을 조심스레 다루지 않고 느슨하게 쥐고 있었다. 이제 그 칼이 내 시선을 끌어 나는 온 힘을 다해 그것을 움켜잡았다.

오빠는 카윈이 들어가는 것도 나가는 것도 눈치를 채지 못한 것 같았다. 내가 하는 행동이나 흉기도 그의 눈을 피한 것 같았다. 마침내 침묵이 깨지고, 그는 잠시 시계를 바라본 뒤 눈을 돌렸다. 그의 전신에서 분노가 다시 화르르 타올랐다. 그의 얼굴에서 인간다운 모습은 모두 초인간적이고 무시무시한 모습으로 바뀌었다. 그가 내 왼팔을 잡는 것이 느껴졌다.

아직도 나는 그를 찌르기를 주저하고 있었다. 나는 그의 공격을 피하려고 몸을 움츠렸으나 소용없었다.

여기서 그만 멈추겠다. 내가 이것을 왜 망각 속에서 다시 되살려냈을까? 내가 왜 이 진저리나는 투쟁을 그리고 있을까? 이 끊임없는 공포의 연속을 왜 단번에 종료해 버리지 않는 걸까? 왜 나는 죽음의 벼랑 끝으로 달려가 희망도 기억도 닿지 못하도록 내 몸을 던져 버리지 않은 걸까?

나는 아직 살아 있다. 이 짐을 가슴에 짊어진 채. 내가 가는 발자국마다 이 유령을 끌고 다니며. 가슴에 독을 품고, 이 독이 나를 찔러 광기를 불러일으키게 하며. 그래도 나는 살아 있기로 했다.

그렇다. 나는 인간의 그 어떤 격정에도 굴하지 않으련다. 나는 침묵 속에서 무사함을, 망각 속에서 편안함을 구하라고 나에게 애원하는 비겁한 회환을 뿌리치련다. 나는 새로이 각오를 다지련다. 이미 각오를 하지 않았더냐? 나는 죽을 것이다. 피할 수 없는 구덩이는 가까이 와 있다. 나는 죽을 것이다. 다만 내 이야기가 끝이 난 후에.

Chapter XXVI

나는 제압되지 않은 오른손에 보이지 않게 칼을 쥐고 있었다. 내 힘은 소진되고 없었지만, 이 동작을 수행하는 데 필요한 만큼은 남아 있었다. 그의 심장에 치명적으로 칼을 찔러줄 수 있을 만큼 힘이 솟아나고 그렇게 하고 싶은 욕구도 다시 솟구쳤다. 그때, 오빠가 뒤로 흠칫 물러났다. 그는 내게서 손을 거두었다. 나는 겁에 질린 채 놀라서 거칠게 숨을 몰아쉬며 오빠의 손이 닿지 않을 만큼 오빠에게서 떨어져 서 있었다. 오빠로부터 공격도 받지 않고, 해도 입지 않은 채.

지금까지 이 상황을 지배하고 있는 전지적 권능은 개입을 삼가하고 있었다. 하지만 이제 그의 힘은 거부할 수 없는 것이었고, 오빠는 한순간 자기가 하려던 행동을 실행할 힘을 모두 잃고 말았다. 그 어느 인간의 목청에서 나올 수 있는 소리보다 더 큰 목소리가 말로 표현할 수 없을 만큼 날카롭게 천장에서 쩌렁쩌렁하며 그에게 명령을 내렸다. "멈추라!"

오빠의 얼굴에 나타났던 단호함은 사라지고, 이제는 당황하고 경악하는 표정이 역력했다. 그는 의심쩍은 눈으로 방 이쪽저쪽을 두리번두리번 살폈다. 그는 다음 명령을 기다리는 듯했다.

나는 이것이 카윈이 흉내 내고 있는 목소리라는 것을 쉽게 알아차릴 수 있었다. 나는 그에게 무슨 수를 써서라도 나를 구해달라고 간청했었다. 그는 달아났다. 나는 그가 내 간청에 귀를 막고 있었다고, 내가 죽는 걸 그냥 보고만 있기로 마음먹었다고 생각했다. 하지만 그는 단지 나를 구할 방법을 모색하려고 잠시 사라졌던 것뿐이었다.

그런데 그는 이 경고를 해서 오빠가 나를 해치지 못하게 막고도 바로 물러가지 않았다. 왜 그랬을까? 그는 무슨 엉뚱한 생각으로 어떤 가증스러운 경거망동을 하려고 계속 남아 있었던 것일까? 아니면 그는 이 상황에 절호의 기회를 노리며, 내가 짐작할 수 없는 모종의 음모를 행동함으로써 더욱 완벽하게 이 일을 끝맺음하려 했던 것일까.

카윈이 등장해 오빠에게 경고한 직후에 떠오른 것이 이런 생각들이었다. 그 순간은 운명적인 긴장감이 팽팽하게 감도는 시간이었다. 나는 이성적으로 생각하고 판단할 기력이 없었다. 거듭된 공포의 순간을 겪으며 내 마음과 머릿속은 오만가지 생각의 파편이 돌풍처럼 휘몰아치고 있었다. 카윈은 눈에 보이지도 않고, 그를 의심을 해 볼 여유도 없었다. 나 역시 카윈에게 쉽사리 속아 넘어가 경악으로 부들부들 떨고 가쁜 숨을 헉헉거리는 윌랜드와 마찬가지 상태였으니까.

한동안 침묵이 흘렀다. 그사이 정신이 좀 되돌아왔다. 그런데 또 그 목소리가 위에서 쩡쩡 울렸다.

"오류의 인간이여! 현혹되지 말지어다. 하늘도, 지옥도 아닌, 바로 네 감각이 이런 짓을 범하게 했느니라. 네 광기를 버리고, 이성적인 인간으로 돌아가라. 더 이상 미친 자가 되지 말지어다."

우리 오빠는 말을 하려고 입을 열었다. 그는 공포에 질려 죽어 가는 목소리로 하늘에 간청했다. 오빠가 하늘에 무엇을 물었는지, 그 말은 알아듣기가 힘들었다. 다만 지금까지 자기를 인도해 온 이 충동의 본질에 대해 의문을 제기하는 것 같았고, 자기가 한 행동이 자신의 정신 착란으로 인한 결과였는지 묻는 것 같았다.

오빠의 이런 질문에 대해 그 목소리는 다 그렇다고 쩌렁쩌렁하게 대답했다. 이제 이 목소리는 오빠의 어깨 부근에서 들려오는 것 같았다. 그 뒤에는 끝없는 침묵이 이어졌다.

높고 영웅적인 위치에서 추락한 오빠는 마침내 진실을 알아보는 이성을 회복했고, 자신이 저지른 행위에 대한 무거운 회한을 짊어지게 되었다. 자기 자신의 잘못 인도된 손으로 자식과 아내를 떠나보냈고, 가족을 모두 잃은 것이 자신의 책임은 아니라는 청렴결백한 논리에 더 이상 위안을 받을 수도 없었다. 오빠는 다시 한번 간고를 겪은 자[51]로 탈바꿈되었다.

그는 그전까지 받은 암시처럼 이 마지막 암시도 불신하는 것이 합당하다는 생각을 하지 못했다. 앞서 나타난 암시가 악폐에 물들어 분별력을 잃은 때문일 가능성이 있는 것만큼 나중에 나타난 다른 암시도 그럴 가능성이 있다는 것을 윌랜드는 미처 생각하지 못했다. 그는 이 사실을 알게 되었다고 해서 자신이 한 행동의 정당성이 훼손되었다고 생각하지 않았고, 인류를 섬기고자 하는 순수한 동기로 저지른 일이라는 생각을 버리지 않았다.

---

[51] 간고를 아는 자(a man of sorrow): 성경 이사야 53장 3절. "그는 멸시를 받아서 사람에게 싫어 버린 바 되었으며 간고를 많이 겪었으며 질고를 아는 자"에서 따온 말.

그의 얼굴에 나타난 섬뜩한 변화를 관찰하고 해석하는 것은 내가 할 일이 아니었다. 그는 말이 없었다. 그는 미동도 없이 앉아 바닥을 응시하고 있었다. 비통의 순간이었다. 머지않아 그는 격동적인 감정에 사로잡혀, 거의 무의식적으로 몸을 움직였다. 그는 자리에서 일어나 마룻바닥 위를 비틀비틀하며 이리저리 왔다 갔다 했다. 그의 눈은 젖어 있지 않았고, 그의 눈에는 오장육부를 태우는 듯한 불길이 이글거렸다. 얼굴의 근육이 동요하며 경련을 일으켰다. 입을 움직였으나 아무런 소리도 입에서 나오지 않았다.

이런 갈등 속에서도 그의 영육이 기능을 할 수 있다는 것은 믿기 어려운 일이었다. 내 상태도 오빠의 상태와 별로 다를 것이 없었다. 나는 오빠가 머릿속으로 어떤 생각을 하고 있을지, 온전히 다 느낄 수 있었다. 내 가슴은 그가 느끼는 통한으로 갈기갈기 찢어졌다. 아, 오빠의 광기는 전혀 치유되지 않았구나! 그 황홀한 환상을 오빠에게 심어 준 그 광기가 다시 되살아났으면! 그렇게 될 수 없다면 차라리 오빠의 운명이 여기서 끝나 버렸으면! 그리하여 죽음이 오빠를 망각 속에 묻어 주었더라면!

나는 마음속으로 오빠를 비난했다. 내가 너를 위해 무엇을 원할 수 있겠는가? 동기의 신성함, 그리고 감각적이고 이기적인 것을 초월하고자 너의 신앙의 가장 높은 목회자와 겨룬 너! 자식을 죽인 아버지이자 야만인으로 바꾸어 버린 운명을 짊어진 너. 내가 너의 존재가 계속 살아 있는 걸 보고 싶어 할 수 있을까! 천만에.

한동안 그는 아무 목적 없이 있는 것 같았다. 그가 걷거나, 고개를 돌리거나, 손깍지를 끼거나, 조각조각 부숴버릴 것 같은 힘으로 머리를 양쪽에서 짓누르거나 하는 행동은 모두 그의 마음을 스스로 들여다보는 생각에서 떼어내기 위한, 자신의 생각을 바깥세상에 관한 것들로 어떻게든 소진하려는 몸부림이었다.

곧이어 그는 이런 행동을 멈추었다. 그의 마음속에 한 줄기 빛이 꽂혀 자신의 노력에 목적의식을 부여해주는 것 같았다. 빠져나갈 길이 저절로 나타났다. 그는 자신을 이리저리 뚫어지게 살펴보았다.

그의 행동에 내가 정신이 팔려 있을 때, 어떤 알지 못하는 힘에 의해 내 손가락이 펴지면서, 더 이상 내 주의를 끌지도 못하고 이미 쓸데없어진 칼이 내 손에서 마룻바닥으로 들릴 듯 말 듯한 소리를 내며 떨어졌다. 그의 시선이 그 위에 가 닿았다. 그는 잠시 생각을 하더니 칼을 집어 들었다.

나는 큰 소리로 비명을 질렀지만, 이미 때는 늦었다. 그는 그 칼로 손잡이 부분이 살에 닿도록 목을 푹 찔렀다. 그는 목덜미에서 뿜어져 나오는 피와 함께 서서히 죽어 갔다. 그는 내 발아래 쓰러졌다. 그가 쓰러지면서 그의 피가 내 손에 흩뿌려졌다.

이것이 우리 오빠의 마지막 행적이었다. 이런 광경을 기록하고 보존하는 것이 내 운명이라니! 네 눈은 감겨졌다. 네 얼굴은 죽음으로 창백했고, 네가 누워 있던 자리와 네 팔 부분에는 네 생명의 피가 흥건했다. 한동안 이러한 이미지들은 나를 떠나지 않았다. 내 숨이 끊어지고 내 몸이 차가워질 때까지 이 이미지들은 계속 나의 시야에서 떠나지 않을 것이다.

내가 말했듯이 카윈은 방에서 나갔지만, 아직 집 안에 머물고 있었다. 내 비명을 듣고 그가 달려왔다. 하지만 나는 그가 다시 돌아오는 것을 거의 알아차리지 못했다. 내가 지금 희미하게나마 기억하는 것은 겁에 질린 그의 표정, 제대로 알아듣기 힘들게 지르는 비명, 격렬하게 자기의 결백을 주장하는 목소리, 나에게 쏟아지는 동정심, 그리고 그가 내민 도움의 손길, 이런 것뿐이다.

내 귀에는 아무 말도 들어오지 않았고, 나는 그의 말에 대답도 하지 않았다. 나는 원망도 비난도 그만두었다. 그의 죄책감에 대해 나는 무덤덤하다. 악당이든 마귀이든, 지옥같이 어두운 자이든, 천사처럼 밝은 자이든, 그때부터 그는 내게 아무것도 아니었다. 나는 내 발아래 펼쳐진 파멸의 흔적을 단 하나도 외면해 버릴 수 없었다.

그가 내 곁을 떠났을 때, 나는 그 현장에서 달라진 점을 거의 의식하지 못했다. 그는 행랑채에 사는 사람들에게 무슨 일이 일어났는지 알렸고, 사람들이 그곳으로 달려왔다. 자기 자신의 안전은 아랑곳하지 않고 그는 서둘러 도시로 가서 내 친구들에게 내 상황을 알렸다.

삼촌은 속히 집에 도착했다. 오빠의 시신은 내 눈앞에서 치워졌고, 사람들은 내가 오빠의 시신이 가는 곳으로 따라갈 것이라고 생각했다. 하지만 아니었다. 내가 있어야 할 집이 어딘지 확실해졌다. 나는 이곳을 내 쉴 곳으로 정했고, 오빠처럼 내가 내 무덤에 묻히기까지 결코 이곳을 떠나지 않을 것이다.

사람들이 끈질기게 말해도 소용없었다. 사람들은 물리적인 방법까지 동원해 나를 그 집에서 끌어내겠다고 위협했다. 아니, 실제로 물리적인 방법이 동원됐다. 하지만 내 영혼은 이 작은 지붕을 너무나 소중히 여기고 있었기 때문에, 그 지붕을 떠나 살 수가 없었다. 백발이 성성한 우리 삼촌이 눈물로 간청해도 안 되는 일을 힘으로 이겨낼 수는 없었다. 사람들이 억지로 나를 끌어내기 위해 물리적인 방법을 동원하자 지금까지

극구 이사 나가기를 거부하던 나는 맹렬하게 미친 듯이 저항했고, 결국 그들은 내가 집으로 돌아오는 것에 동의했다.

그들은 내게 간청도 하고 항의도 하며, 내가 주변 사람들과 하나님을 위해 해야 할 의무를 들먹이며 나를 설득시키려 들었으나 소용없었다. 내가 살아 있는 한, 나는 여기를 떠나지 않을 것이다. 이미 내게 주어진 운명은 다 겪지 않았는가?

왜 꼬치꼬치 따지고 야단을 치며 나를 괴롭히는가? 더 좋은 날이 앞으로 올 거라는 희망을 당신네가 내게 줄 수 있는가? 캐서린과 그녀의 아기들을 내게 다시 데려다줄 수 있는가? 내 발아래서 죽어간 우리 오빠를 당신네가 다시 살려낼 수 있는가!

당신네가 원하는 대로 먹고, 마시고, 자고, 일어나겠다. 내가 바라는 건 단지, 내가 원하는 곳에 살게 해 달라는 것뿐이다. 내가 이렇게 요구하는 것이 뭐 그렇게 큰 잘못인가? 머지않아 나는 편안히 눈을 감을 것이다. 내가 마지막 숨을 거둘 곳으로 선택한 곳이 바로 이 집이다. 제발 부탁이니, 이 작은 소망을 뿌리치지 말아 달라.

오, 존경하는 삼촌! 나에게 카윈 이야기는 입 밖에도 꺼내지 말아 주세요. 그는 자기 이야기를 당신에게 다 털어놓았고, 당신은 오빠의 운명에 그가 끼친 모든 직접적인 영향에 대해 면죄부를 주었습니다. 이 대 파국은 감각의 착각이 빚어낸 것이라 했습니다. 그렇다면 그런 것이겠지요. 나는 이런 크나큰 불행들의 원인이 뭔지 따지려 들지 않겠습니다. 이 불행이 우리의 모든 희망과 우리의 존재를 몽땅 삼켜 버렸다는 말로도 충분하니까요.

그는 자기가 벌인 일을 직접 종결지었다. 그는 마지막으로 자신의 모든 역량을 동원해서 나를 구하고 우리 오빠를 착각에서 깨어나게 하려 했다. 그것이 그의 이야기인데, 그게 사실인지 아닌지는 관심이 없다. 그 이후, 나는 단 한 가지 소망만을 키웠다. 이 인생, 그리고 이 인생에 수반된 모든 번뇌에서 속히 해방되기만을 바랄 뿐이었다.

물러가라, 이 몹쓸 놈! 앞으로 내 앞에 나타나지도 말고, 뭘 바라지도 말아라! 너를 용서해 달라? 내가 용서를 해준다고 네 운명의 시간이 왔을 때 그것이 네게 도움이 될 것 같으냐? 너는 네 심판대에서 무죄를 선고받을 생각이나 하지, 다른 사람들이 받을 선고는 네가 염려할 필요가 없다. 만약 네가 더 무거운 죄를 저지를 수 있다면, 지금까지 네가 양심의 가책을 느끼지 않았다면, 나의 은둔을 방해함으로써 너의 죄는 더더욱 극악한 죄가 될 것이다. 내 죽음을 지켜보지 않으려면 내 눈앞에서 멀리 사라지거라.

너는 사라졌다! 마지못해 우물우물 중얼거리며! 이제 나의 평온이 오고 있다. 내 할 일은 이제 끝났다!

Chapter XXVII

[앞의 이야기를 마치고 삼 년 뒤에 몽펠리에[52]에서 씀.]

나는 내가 영영 펜대를 잡지 않을 거라고 생각했다. 그리고 내가 이곳에서 살게 되리라고는 전혀 생각하지 못했다. 나는 내가 겪어야 할 운명은 다 겪었다고 생각했고, 내 목숨도 곧 끊어지게 되리라 확신하고 그날이 오기를 기다리고 있었다.

물론 살아 있는 것이 지겨운 이유도 있었고, 나를 빨리 무덤으로 가지 못하게 붙잡고 있는 인연의 끈이 짜증스러운 이유도 있었다. 나는 빨리 죽었으면 하는 마음을 갖고 있었을 뿐 아니라, 내가 빨리 죽기를 간절히 바라지 않아도 어차피 당시 건강 상태 때문에 죽을 날이 멀지 않은 걸로 알고 있었다. 그런데 내가 지금 고국에서 수천 마일이나 떨어진 곳에서 이렇게 생생하고 건강하게, 그것도 행복하게 살아 있다.

인간이란 게 이렇다. 아무리 마음에 깊이 새겨진 기억도 시간이 지워

---

[52] 몽펠리에(Montpellier): 프랑스에서 여덟 번째로 큰 도시로 프랑스 남부 랑그도크 루시용 레지옹과 에로 주의 중심 도시이다.

준다. 아무리 절망적이고 깊은 슬픔도 서서히 부식되어 저절로 사라지고 만다. 아옹다옹 해 봐도 소용없고, 도덕적 처방을 시도해본들 소용없다. 충고는 아무리 논리적이고 감정에 간절히 호소한다 한들, 내 마음먹은 바를 능가할 수 없고, 그러한 충고는 경멸로 퇴짜를 맞게 될 것이다. 하지만 하루하루 지나다 보면 감정의 격동도 잦아들고, 우리의 동요도 마침내 차분해질 것이다.

아마도 내가 절망을 극복하게 된 가장 큰 계기는 내가 우리 집에 더는 살 수 없게 한 어떤 일이 일어났기 때문이었다고 할 수 있다. 당시에 내가 마지막이라고 생각하고 네게 보낸 장문의 편지 마지막 부분에 나는 내 모든 불행의 일차적 근원지인 바로 그 집에서 죽음을 기다릴 작정이라는 말을 썼었다. 내 친구들은 나를 이 집에서 떠나게 하려고 열성을 다해 끈질기게 애를 썼다. 그들은 내가 우리 가족의 운명에 대한 기억 속에 파묻혀 살면 내 병이 더 깊어질 것이라고 생각했다. 새로운 관심거리를 가지고 내가 겪은 상실을 상기시킬 수 있는 모든 것에서 멀리 떠나는 것이 유일한 내 치유 방법이라고 그들은 생각했다.

나는 그들의 간곡한 요청을 듣지 않았다. 아무리 내가 당한 화가 크다 하더라도, 이곳을 떠나는 것은 그 불행을 더 키우는 것이라고 생각했다. 비뚤어진 마음으로 나는 내 영원한 슬픔의 양식을 준 곳에서 나를 멀리 떼어놓으려 하고, 내 절망이 쇠약해지는 것을 막는 사람을 모두 가장 악질적인 원수라고 여겼다.

이런 재앙들에 관한 이야기를 하면서 나는 만족 비슷한 것을 느꼈다. 우리 삼촌은 내가 이 일을 하지 못하도록 간절히 말렸다. 하지만 다른 문제는 몰라도 이 문제에서만큼은 아무리 그가 불평해도 소용없었다.

사람들이 내가 글을 쓸 수 없도록 막을 수 있었을지 몰라도, 내가 원하는 대로 하게 내버려두는 것보다 하지 못하게 막는 것이 더 해롭다는 것을 금방 깨달았다. 내 이야기를 다 마치고 나니 마치 그 사건이 종결된 것처럼 보였다. 내 핏줄 속에서 열이 오르고, 힘이 다 빠져 버렸다. 아무리 미미한 일이라도 힘을 쓰기가 힘들었고, 마침내 나는 침대에서 아예 일어나지를 못했다.

이제 나는 내가 한 행동이 얼마나 미친 짓이고 엉뚱한 짓이었는지 알게 되었다. 그 당시 내 감정이나 생각을 되돌아보면 지금은 놀랍고 수치스러운 마음이 든다. 내 친구들의 간청과 눈물에 내가 그렇게 매정해야 한다고 생각했던 것, 어떤 의무감도 애써 외면해야 한다고 생각했던 것, 다른 사람의 이익에 조금이라도 이용될 수 있는 위치에 있다고 생각되면 그 위치에서 당장 벗어나야 한다고 생각했던 것, 사람을 사귀고 정을 나누는 것이나, 자연에 대한 명상, 그리고 지혜를 갖는다는 것이 여전히 내가 원하면 가질 수 있는 행복에 이르는 길로 여겨서는 안 된다고 생각한 것, 이런 것들은 이제 와서 생각해 보니 믿어지지 않는다.

내가 변했다는 것은 사실이다. 하지만 이 변화는 내가 강한 사람이라거나 혹은 내가 올바른 것을 받아들일 수 있는 능력이 있어서 일어난 것이 아니었다. 알게 모르게 더 나은 생각들이 머리에 떠올랐다. 행여 내 변덕스러운 성격 탓이나 정서적인 결함 때문인지는 몰라도 나는 이 변화에 대해 내 스스로 축하를 하지 않을 수 없다.

나는 그 이야기를 끝내고 나서 잠자리에 들었다. 이 세상에서 내가 해야 할 일은 이제 완수했다고 믿었다. 우리 삼촌은 우리 집에서 나와 머물면서 내 간호사, 의사, 그리고 친구 노릇을 해 주었다. 어느 날 밤,

고통과 번민으로 몇 시간을 보낸 후 나는 깊은 잠에 빠졌다. 그런데 그 조용함은 오래가지 않았다. 정신이 갑자기 혼미해지고 내 머리가 온통 혼란과 격동에 사로잡혔다. 나를 괴롭힌 그 거칠고 기이하며 앞뒤가 뒤죽박죽인 상황을 쉽게 설명할 길이 없다. 우리 삼촌, 오빠, 플레옐, 그리고 카윈이 그 격동 속에서 희끗희끗 스쳐 지나갔다. 어떨 때 나는 소용돌이 속에 휘말려 들어가기도 하고, 잘 보이지 않는 거대한 형상들에 의해 공중으로 붕 붙잡혀 올라갔다가 바위에 내동댕이쳐지거나, 혹은 바람 속으로 내팽개쳐지기도 했다. 어떨 때는 어두운 심연이나 내가 서 있는 곳 언저리에서 불기둥이 불쑥 솟아나 순간적으로나마 그 심연이 얼마나 깊고 끔찍한 절벽인지 볼 수 있게 해 주었다. 곧 나는 에트나[53]의 어느 계곡으로 이동되었고, 겁에 잔뜩 질린 채 활활 타오르는 불과 불기둥을 보기도 했다.

이상하기 짝이 없게도 그 꿈을 꾸고 있는 동안에도 나는 현실을 의식하고 있었다. 나는 내가 잠을 자고 있음을 알고, 근육을 움직여서 그 악몽에서 깨어나려고 몸부림을 쳤다. 그래도 소용이 없었다. 이 실체 없는 창조물들로 괴로워하고 있을 때 내 침대 옆에서 누가 나를 힘차게 흔들며 큰 소리를 지르는 바람에 나는 이 악몽에서 깨어났다. 내 눈이 뜨였고, 나는 내 베개에서 머리를 들었다.

내 침실은 연기로 가득 차 있었다. 어느 정도 밝기는 해도 아무것도 볼 수 없었고, 나는 연기로 거의 질식사하기 직전이었다. 불꽃이 탁탁

---

[53] 에트나(Aetna) 이탈리아 시칠리아 섬 동부에 있는 화산. 로마신화에 나오는 여신의 이름을 땄다.

튀는 소리가 들리고, 밖에서는 귀청이 찢어질 듯한 고함이 들렸다. 이 소동 때문에 나는 어안이 벙벙해졌고, 열에 데고 점점 증가하는 수증기에 거의 목이 막혀 가던 나는 내 목숨을 구해야겠다는 생각도 행동도 할 수 없었다. 나는 사실상 내가 처한 위험을 이해할 수조차 없었다.

나는 순식간에 단단한 팔에 안겨 창가로 옮겨졌고, 거기 놓인 사다리를 타고 아래로 내려왔다. 우리 삼촌이 사다리 밑에 있다가 나를 받았다. 내가 무슨 상황에 처해있는지 전혀 모르고 있다가 정신을 차려 보니 나는 행랑채에 있었고, 거기 사는 사람들이 나를 에워싸고 있었다.

어떤 하인이 부주의하게 꺼지지 않은 불씨를 건물 지하 창고 통에 넣었던 것이다. 그 통에 불이 붙었고, 이 불은 아래층 기둥으로 옮겨붙어 건물 위층까지 번졌다. 멀리 있던 사람들이 제일 먼저 이 불을 발견했고, 그들은 불이 난 지점으로 달려와 우리 삼촌과 하인들에게 불이 났다고 외쳤다. 이미 화재는 상당히 진행된 상태였고, 나는 거의 구조할 수 없는 상태가 되기 바로 직전까지 발견되지 않았다.

내가 위험하다는 것을 알고 사람들이 급히 사다리를 가져왔다. 구경하던 사람 중 한 사람이 내 침실로 올라왔고, 내가 앞에 말한 방법으로 나를 구해 주었다.

처음에는 이 화재가 재앙인 것처럼 보였지만, 실제로는 내 정신 상태에 긍정적인 변화를 가져다주었다. 나는 내 정신을 사로잡고 있던 멍한 상태에서 어느 정도 깨어났다. 단조롭고 암울하던 내 생각의 사슬도 끊어졌다. 내가 살던 집은 잿더미로 변했고, 나는 새로 살 집을 구하지 않으면 안 되었다. 내 가족에게 내려진 불행과 연관되지 않은 일련의 새로운 일들이 내 모든 신경을 다 앗아갔고, 최소한 행복까지는 아니더라도 평온함 정도는 내가 아직 추구할 수 있다는 믿음이 희미하게나마 생겨났다. 육신이 겪은 충격이 있었는데도, 나의 괴로운 생각들이 가라앉기가 무섭게 나는 건강을 회복했다.

삼촌은 나에게 배로 떠나는데 같이 가자고 했고, 나는 그 말을 기꺼이 따랐다. 준비할 것도 별로 없이 삼촌을 따라 배에 올랐고, 지루한 항해 끝에 우리는 구대륙 해안에 발을 들여놓게 되었다. 과거의 기억은 나를 떠나지 않았지만, 과거가 내게 안겨 준 슬픔, 그리고 내 눈을 채운 눈물은 무익한 것만은 아니었다. 내 호기심이 다시 살아났고, 나는 사람이 살아가는 방식과 고대 시적 유물들을 열성적으로 보고 감상했다.

거기에 맞춰 내 마음에도 예전의 그 평안함이 다시 자리를 잡기 시작했고, 플레옐에 대해 소중히 품고 있던 내 감정도 되살아났다. 그는 작센의 여인과 빠르게 재회했고, 보스턴의 어느 동네에 집을 얻어 살았다. 작금의 상황이 우리 사이에 만남을 이루어질 수 없게 한 것이 나는 기뻤다. 나는 그들의 불행을 바라지 않았지만, 그들의 행복을 생각하면 기쁜 마음이 들 수도 없었다. 내가 마음을 단단히 먹으려 노력하는 것과 더불어 시간이 지나면서 내 잘못된 생각이 어느 정도 바로잡혔다. 나는 그를 여전히 사랑했지만, 그 감정을 나 자신에게 숨기고 있었다. 나는 그 감정을 어떤 아름다운 우정 정도로 여겼고, 그 감정을 죄책감 없이 소중히 간직하고 있었다.

삼촌의 주선으로 카윈과 플레옐 사이에 만남이 이루어졌고, 두 사람의 대화를 통해 플레옐이 나에 대해 갖고 있었던 좋은 인상이 단숨에 회복되었다. 비록 멀리 떨어져 있긴 했지만, 우리는 자주 정기적으로 서신을 교환했고, 이는 우리 둘 중 어느 한 사람의 죽음만이 갈라놓을 수 있는 부부의 연을 맺는 데 결정적인 역할을 했다.

내가 그에게 보낸 편지에서 나는 예전에 갖고 있던 감정을 전혀 숨기지 않았다. 비록 미묘한 부분에서 감정의 동요가 없었던 것은 아니지만, 이것은 내가 고통을 느끼지 않고 이야기할 수 있는 주제였다. 그를 친구로 생각하게 되었으므로 연인에게는 내가 절대 말할 수 없는 말도별 양심의 가책 없이 할 수 있었다.

일 년 반이 지난 후, 테레사는 그들 결혼의 첫 결실인 아기를 출산하다 죽었다. 그는 평소의 강인한 정신으로 이 불행한 일을 견뎌 냈다. 그러나 이 일로 그의 계획이 변경되었다. 그는 미국에 있는 재산을 다 처분하고 나와 삼촌이 있는 곳으로 왔다. 당시 우리는 이 년 동안의 여행을 마치고 몽펠리에 정착했고, 내 생각에는 이곳이 우리의 영구적인 거주지가 될 것 같다.

어릴 적부터 플레옐과 나 사이에 있었던 완전한 신뢰를 생각해 보면, 그리고 내가 그에게 품었다가 한동안 단지 숨을 죽인 상태로 있었던 사랑의 감정과 우리 두 사람이 서로를 존경하고 있었던 점을 생각해 보면, 우리가 다시 교류를 시작하면서 자연스레 지금의 이 사랑의 결합이 이루어졌다는 것이 별로 놀랍지는 않을 것이다. 그는 테레사와 사랑의 감정보다는 의리 때문에 인연을 맺고 있었는데, 이 테레사에 대한 기억이 사라지는 데 필요한 시간이 어느 정도 흐른 후, 그는 나에게 다시 애정을 주었다. 물론 그 애정을 내가 열렬히 받아들였음은 말할 필요도 없겠지.

아마 너는 카윈이 어떻게 됐는지 어느 정도 궁금할 것이다. 그는 다른 사람인척 자신을 위장한다는 것이 얼마나 위험한 것인지 깨닫게 되었지만, 때는 늦었다. 자기가 목격한 대재앙에 너무나 충격을 받은 나머지,

그는 자신의 안전에 대한 생각을 모두 버렸다. 그는 우리 삼촌을 찾아와 내게 들려준 이야기를 다 털어놓았다. 삼촌은 나보다 더 공정하고 유연한 판단자였다. 삼촌은 카윈이 오래 전부터 보이지 않게 윌랜드의 정신 상태에 영향을 미쳤다는 것을 인정하면서도, 윌랜드의 행동은 그의 광적인 환각 상태가 원인이라고 판단했다. 간접적이지만 아주 중대한 정도로 이러한 개탄할 만한 윌랜드의 정신 이상을 나타나게 한 윌랜드의 광적인 환각 상태 말이다.

카윈이 루드로 씨의 박해를 피하는 건 어렵지 않았다. 펜실베이니아의 어느 구석진 곳에 숨어 살기만 하면 되기 때문이었다. 이것 역시도 그가 우리를 떠날 때 하려고 마음먹은 것이다. 그는 아마도 남에게 해를 끼칠 일 없는 농사일에 종사하고 있을 것이고, 자신의 타고난 그 치명적인 재주가 초래한 그 많은 불행한 일에 참을 수 없는 회환을 느끼며 생각하게 될 것이다. 그가 잘못을 저지르지 않고 쓸모 있는 인간으로 산다면, 그처럼 무분별하고 생각 없이 저지른 일과 그로 인해 벌어진 비극에 대해 장래에 어느 정도 속죄를 받을 수 있을 것이다.

내가 앞서 비극적이고 더욱 절실한 이야기를 하느라 미처 하지 못한 이야기가 있다. 루이자 콘웨이 아버지가 어떻게 됐나 하는 이야기다. 그 남자는 과연 파란만장한 운명의 기념비적인 인물이라 할만하다. 그는 남부 지방 여행을 끝낸 후, 필라델피아로 돌아왔다. 도시에 도착하기 전 하이웨이에서 그는 발길을 돌려 우리 오빠 집에 나타났다. 기대한 것과 달리 아무도 나와서 그를 맞아 주지도 않고, 누가 왔다고 소리를 지르지도 않았다. 그는 집에 들어가 볼까 하는 마음이 들었지만, 문이 단단히 잠겨 있고, 창문이 봉쇄되어 있고, 사람을 불러도 아무 대답도 없고 해서 그 집이 폐허가 된 것으로 짐작했다.

그 뒤 그는 우리 집으로 갔는데, 그 집도 똑같이 스산하고 아무도 살고 있지 않았다. 그가 놀랐을 거라는 것은 쉽게 짐작할 수 있다. 행랑채에 살던 사람들은 그에게 믿기 어려운 이야기를 대충 들려줬다. 그는 서둘러 도시로 가서 베이톤 부인을 만나 최근에 일어난 그 참변에 관한 이야기를 전부 다 들었다.

그는 산전수전 다 겪은 사람이어서 딸을 만나러 왔다가 딸이 살해당했다는 날벼락 같은 소식을 듣고도 그 충격에서 곧 회복되었다. 그가 미국을 떠난 후에도 우리의 교류는 중단되지 않았다. 우리는 그 후 그를 프랑스에서 만났고, 그의 아내가 사라지게 된 이유에 관한 이야기가 마침내 나왔다. 그 아내의 행방불명 이야기는 내가 앞서 네게 해준 바 있다.

나는 그 두 사람 사이가 너무나 가깝고도 애정이 깊었다는 이야기, 그리고 부인의 순수성에 대해서는 한 점 의혹도 없었다는 이야기를 했다. 이것이 오랫동안 믿었던 사실인데, 그녀의 순수성을 의심할 만한 새로운 사실들이 발견됐다. 그녀가 후에 엄청난 운명의 소용돌이 속에 빠져들지 않았다면, 아마 사람들은 지금까지도 그녀가 순결하고 정조 있는 여자가 틀림없다고 믿고 있을 것이다.

스튜어트 소령은 독일에 있을 때, 그랜비의 마퀴즈 전속부관과 명예결투를 벌인 적이 있었다. 그의 상대가 소령의 인품을 해치는 나쁜 소문을 퍼뜨리고 다녔기 때문이다. 소령이 도전장을 보내고, 두 사람의 만남이 이루어졌다. 스튜어트 소령은 중상 모략자에게 부상을 입히고 그를 항복하게 했다. 스튜어트 소령은 자신을 모략중상한 부관과 어떻게 대결에 대한 이야기로 자신에 대한 세간의 풍문을 말끔히 씻었다.

그 부관의 이름이 맥스웰이었는데, 그는 얼마 후 많은 유산을 물려받은 뒤 자신의 지위를 버리고 영국으로 되돌아갔다. 그는 돈 많은 여자와 결혼해 재산이 금방 불어났다. 그가 이 결혼을 결심한 유일한 유인책은 금전적 이득이었지만, 여자는 사랑에 속아 결혼을 한 것이었다. 그가 진정으로 그녀를 사랑하지 않는다는 것이 곧 드러났고, 두 사람은 합의하에 별거에 들어갔다. 그 여자는 먼 곳으로 떠나 버리고, 맥스웰은 시간과 돈을 낭비하며 계속 재산을 갉아먹었다.

비록 부정직하고 호색적이긴 하지만 맥스웰은 강인한 정신력과 그럴듯한 업적을 가진 사람이었다. 그는 관대한 성품의 스튜어트 소령을 속이고, 자신의 그릇된 행동으로 잃었던 위신을 되찾으려고 획책을 부렸다. 그는 스튜어트 소령의 소개로 스튜어트 부인을 알게 됐다. 복수심과 부적절한 사랑의 감정에 자극 받은 맥스웰은 스튜어트 부인의 신임을 나쁜 짓을 하는 데 이용해 먹었다.

소령 부인의 교육과 능력, 그녀의 남편인 소령의 명성, 그리고 시간이 지나면서 쌓인 두 사람의 부부애, 그녀의 성숙한 나이와 세상에 대한 지식, 이 모든 것은 그의 시도를 무산시켰다. 그러나 맥스웰은 쉽사리 포기하지 않았다. 가장 완벽한 인간이 나쁜 짓에 빠지지 않는 것은 단지 유혹을 당해보지 않았기 때문이라고 그는 믿었다. 사랑의 충동은 워낙 미묘하고, 탁월한 언변과 정열로 펼치는 거짓 논리의 영향력은 워낙 무한한 것이라, 그 어느 인간의 미덕도 타락으로부터 안전하지 않다. 모든 수단과 유혹을 다 동원하고 모든 위장 수단을 최대한 다 동원해 맥스웰은 마침내 자신의 목적을 거의 이루기 직전까지 갔다. 소령의 부인이 마침내 그녀의 애정을 남편에게서 거두어 맥스웰에게 주고 만 것이다.

하지만 아직 그녀는 정조를 바칠 마음은 없었다. 맥스웰은 그녀와 함께 달아나려고 온갖 시도를 다 해 보았지만 뜻을 이루지 못했다. 그녀는 사랑을 허락하고 사랑을 맹세했지만, 거기서 선을 긋고 그 이상은 꼼짝도 하지 않았다.

결국 그녀의 마음속에서 일어난 이 감정의 변화는 절망만 남겨 놓았을 뿐이었다. 굳은 신념을 지킨 탓에 불륜을 저지르지는 않았지만, 남편에 대한 예전의 그 사랑도 회복시킬 수 없었고, 후회스럽고 실현 가능성 없는 소망의 희생자가 되는 것도 피할 수 없었다. 남편이 멀리 있는 동안 그녀는 늘 조마조마한 상태였다. 하지만 남편의 부재 기간도 다 끝나가고 있었고, 마침내 그녀는 남편이 돌아온다는 통보를 받았다. 이 소식을 알게 된 맥스웰은 자기가 피치 못할 사정으로 이탈리아로 떠나게 되었으니 함께 가자고 망설이는 그녀에게 마지막으로 시도를 해 보았지만 성공하지 못했고, 부인은 절박한 상황에서 어떻게 해야 할 것인지 이리저리 방법을 생각해 보았다. 그러던 중 부인은 맥스웰의 부인에게서 온 편지를 받는데, 그 편지로 이 남자가 진실로 어떤 사람인지, 그리고 그녀를 유혹한 그 맥스웰이란 작자가 지금까지 자기에게 어떤 사실을 숨겨왔는지, 죄다 알게 되었다. 맥스웰 부인은 남편이 서둘러 이탈리아로 떠나려고 하는 것을 보고 남편이 무슨 짓을 하려는지 알게 되어 이런 사실을 밝혀야겠다는 마음을 먹게 되었던 것이다. 양심의 가책과 회환으로 마음이 약해져 있던 참에 이런 사실을 알게 된 소령 부인은 종적을 감추기로 마음먹게 되었다. 그녀는 이 계획을 서둘러 세웠지만, 완벽한 신중을 기했다. 그녀는 남자로 분장해 남편이 도착하기 전날 밤 도망을 쳤고, 팔무스에서 미국행 기선에 몸을 실었다.

맥스웰 부인은 소령 부인과 맥스웰과의 부정한 관계, 소령 부인이 조국을 버리고 떠나게 된 이유, 그 떠난 방법 등을 편지에 대한 답장을 통해 알게 되었다. 이 두 여인 사이에는 오랜 친분이 있었고 성격도 두 사람은 상당히 비슷했다. 소령 부인은 이런 사실을 철저히 비밀로 해 달라는 부탁을 했고, 맥스웰 부인은 이 부탁을 오랫동안 철저히 지켰다.

맥스웰 부인의 거처는 웨이 강변에 있었다. 스튜어트는 그녀의 가까운 친척이었고, 그들은 어릴 때부터 함께 자랐으며, 맥스웰은 자기가 배반한 소령에게 이 불행한 여인을 소개받아 결혼하게 된 것이었다. 스튜어트 소령에 대한 그녀의 존경심은 조금도 줄어든 적이 없었다. 스튜어트 소령이 미국에서 웨일즈와 서부 지역으로 되돌아온 지 일 년이 지난 후 여행을 할 때 두 사람의 만남이 이루어졌다. 두 사람의 만남은 희비가 엇갈린 것이었다. 그동안 자기에게 있었던 일들이 자연히 화제에 오르고, 소령은 아내와 딸이 어떻게 되었는지 이야기를 들어 알게 되었다.

친구에 대한 배려, 그리고 남편의 안전에 대한 배려 등을 이유로 맥스웰 부인은 이런 사실을 숨겨 왔다. 하지만 이제 친구는 죽고, 남편도 영국을 떠나고 없다 보니 부인은 마침내 스튜어트 부인이 보낸 편지를 보여주고 맥스웰의 배반 행위를 다 털어놓은 것이다. 맥스웰 부인은 예전에 소령에게 그 어떤 복수도 생각하지 말라는 약속을 받아 냈었지만, 그것은 맥스웰이 얼마나 타락한 짓을 했는지 완전히 알지 못했을 때 한 약속이었다. 이제는 분에 찬 소령 자신이 그 약속을 지키기를 거부했다.

이때 나는 삼촌과 함께 아비뇽에 살고 있었다. 거기 사는 영국사람 가운데 가까이 지내는 사람이 맥스웰이었다. 이 남자의 재주와 그가 사는 곳 때문에 그는 삼촌과 내가 제일 좋아하는 사람이었다. 그는 나에게 청혼까지 한 적이 있었는데 나는 이 청혼을 거절했고, 대신 친구 사이로 계속 교류를 이어가자는 그의 요청을 허락했다. 그는 법적으로 결혼할 수 없는 사람이었으므로, 그의 속셈이 파렴치한 것임은 의심할 것도 없었다. 이런 속셈을 결국 버렸는지 어쩐지, 나는 판단할 수 없다.

그는 그 동네 어느 저택에서 열리는 큰 사교 모임 멤버였는데, 나도 이곳에 초대되어 갔을 때 갑자기 스튜어트 소령이 안으로 들이닥쳤다. 나는 그를 진정으로 반갑게 알아보았고, 맥스웰은 가식적으로 반가운 척했다. 조금 후 중요한 일이 있어서 두 사람이 즉시 따로 이야기해야 한다며 맥스웰과 소령은 함께 자리를 떴다. 스튜어트 소령과 우리 삼촌은 독일군 시절부터 알고 지내던 사이였고, 소령은 그 먼 길을 이렇게 서둘러 온 이유를 오랜 친구인 삼촌에게 이미 알려준 터였다.

두 사람은 도전장을 주고받았고, 도시에서 약 일 리그 떨어진 개울 옆 강둑이 결투장으로 결정됐다. 이미 이 험악한 만남을 막으려고 시도했다가 실패한 우리 삼촌은 의사로서 이 결투에 참석하기로 했다. 시간은 그다음 날 해가 뜰 때로 정해졌다.

나는 저녁 일찍 집으로 돌아왔다. 두 사람 사이에 결투준비에 대한 동의가 이루어졌고, 스튜어트는 우리와 함께 그날 저녁을 보내기로 동의하고 밤이 늦어서야 집으로 돌아갔다. 그런데 그가 호텔로 가는 길에 습격을 당했다. 호텔 입구에 막 들어서는 순간, 거무스름하고 사악한 인물이 기둥 뒤에서 뛰쳐나와 단도로 그를 찔렀다.

이 범죄를 저지른 자가 누군지 확실하게 밝혀지지는 않았지만, 맥스웰과 어떤 일이 있었는지에 대해 스튜어트가 들려준 세세한 내용으로 볼 때 맥스웰이 용의자로 지목되었다. 맥스웰은 소령이 이런 사고를 당한

데에 그 누구보다 더 걱정하는 척했고, 자기를 비방하는 자들에게 자신의 인격의 결백함을 입증하고야 말겠다는 결의가 단단한 척 했다. 그러나 그 이후 나는 그가 찾아오는 것을 거부했고, 머지않아 그는 거기서 사라졌다.

　루이자 콘웨이의 부모는 그 누구보다 존경스러운 인품을 가진 사람들이었고, 그 누구보다 행복하고 평온하게 장수할 자격이 있는 사람이었다. 하지만 그들은 젊은 나이에 죽고 말았고, 그들의 운명은 한 사람의 손에 파국을 맞고 말았다. 맥스웰은 그들의 파괴를 불러 온 원인이었다. 이 경우 두 사람 사이에 아주 다른 방식으로 맥스웰이 영향을 끼치긴 했지만. 나는 너 스스로 이 이야기에서 배울 점을 찾도록 해주겠다. 미덕이 큰 범죄의 피해 대상이 되어야만 했던 것은 의심의 여지없이 통탄스러운 일이다. 하지만 카원과 맥스웰이 만들어 낸 사악한 행위는 그 불행을 겪은 자들이 잘못을 저지르지 않았다면 아예 생기지도 않았을 것임을 간과해서는 안 될 것이다. 스튜어트 부부 자신의 때 이른 죽음이나 행복을 전복하고자 하는 그 어떤 시도가 있었다 해도, 스튜어트 부부 자신의 나약함이 이런 시도를 부르지 않았다면 그 어떤 시도도 효과가 없었을 것이다. 소령의 부인이 그 불운의 열정이 싹트기 시작할 때 뭉개 버렸더라면, 그가 어떤 계략을 꾸미고 있는지 눈치가 보일 때 그가 자기에게 접근하지 못하게 했더라면, 혹은 스튜어트가 터무니없는 복수심에 넘어가지 않았더라면, 우리는 이런 대재앙을 한탄하지 않았어도 될 것이다. 윌랜드가 더욱 참된 도덕적 의무와 신에 대한 개념을 키웠더라면, 혹은 내가 올바른 예지력이나 침착한 성격을 타고났더라면, 우리는 한 입에서 두 개의 목소리를 내는 사람을 당황시키고 격퇴할 수 있었을 것이다.

▎작품 소개 ▎

　찰스 브록덴 브라운(Charles Brockden Brown, 1771~1810)이 1798년에 발표한 『월랜드』(*Wieland: or, The Transformation: An American Tale*: 1798)는 미국 고딕 소설의 효시로 평가된다. 브라운은 39년이라는 짧은 생애 동안 7편의 장편 소설을 발표했다. 이 중 『월랜드』는 가장 널리 읽히고 가장 많이 논의된 작품이다. 브라운은 영국 고딕 소설의 선구자 앤 래드클리프(Ann Radcliffe, 1764~1823), 진보적 사상가이자 작가였던 윌리엄 고드윈(William Godwin, 1756~1836), 그리고 매리 울스턴크래프트(Mary Wollstonecraft, 1759~1797)에게 큰 영향을 받았다. 그러나 엄격하게 말해서 『월랜드』는 고딕 소설 장르에 속하면서도 공포 소설, 심리적 소설, 서간체 소설의 특징들을 갖추고 있다는 점에서 전통적인 고딕 소설과 차이가 있다. 『월랜드』에서 브라운은 고딕 소설 전통을 그대로 답습하기보다 독창적인 스타일과 서술 전략으로 신생 국가 미국의 작가로서의 자의식과 역사의식을 반영한다. 그리고 인간 내면에 잠재하고 있는 어두운 진실과 폭력성을 폭로한다. 브라운 소설 세계의 이러한 특징은 너새니얼 호손(Nathaniel Hawthorne), 허먼 멜빌(Herman Melville), 에드거 앨런 포(Edgar Allan Poe)와 같은 19세기 미국 문학을 대표하는 후대 작가들의 주요 작품 속에서 계승 발전된다.

　『월랜드』는 1781년 종교적 망상에 사로잡힌 제임스 예이츠(James Yates)라는 뉴잉글랜드의 한 남성이 자신의 아내와 네 명의 자녀를 살해한 엽기적인 사건을 바탕으로 한 이야기이다. 『윌랜드』는 내레이터이며 작중 인물인 클라라 윌랜드(Clara Wieland)가 편지 형식으로 그녀의 집안에서 발생한 살인 사건과 불가사의한 일들을 후일담 형식으로 소개하는 일인칭의 서간체 소설이다. 클라라가 전하는 첫 번째 주요 사건은 그녀 아버지의 불가사의한 죽음이다. 자신이 신봉하는 교리만을 고집하며 외부 세계와 단절된 삶을 살던 그녀의 아버지는 자신이 손수 지은 성전에서 의문의 죽음을 맞이한다. 그러나 그가 사망한 원인은 이 소설의 마지막까지 밝혀지지 않는다. 작가 브라운은 클라라의 아버지가 인체 자연 발화 현상(Spontaneous Combustion)이라는 기이한 원인으로 의문사를 했을 가능성, 또는 신의 응징을 대행하는 어떤 외부인에게 타살되었을 가능성이 있음을 암시한다. 클라라와 시오도어는 그들 아버지의 사망 원인을 각각 다른 논리와 관점에서 규명하려고 하지만 실체적 진실은 소설 끝까지 의문으로 남는다. 아버지의 죽음에 이어 어머니도 잃게 된 클라라와 시오도어 윌랜드(Theodore Wieland) 남매, 그리고 시오도어의 아내 캐서린(Catherine)은 필라델피아 외곽 어느 지역에서 외부 세계와 단절된 그들만의 안락하고 전원적인 삶을 이어간다. 그러나 그들의 평화로운 삶은 복화술을 하는 카윈(Carwin)이라는 정체불명의 인물이 등장함으로써 위기를 맞이한다. 카윈이 등장한 이후부터 이들의 귀에는 이상한 음성이 들리기 시작하고 마침내 이들만의 평화로운 세계에 일련의 불가사의하고 비극적인 사건이 발생한다. 출처를 알 수 없는 그 목소리는 급기야 한 가정의 남편이며 네 자녀의 아버지인 윌랜드를 가족을 무자비하게 살육하는 끔찍한 살인자로 탈바꿈시킨다. 윌랜드는 그 음성이 지시하는 것을 신의 계시라고 맹신하고 그의 아내 캐서린과 4명의 자녀 그리고 하녀를 살해한다. 그 실체 없는 목소리는 또한 캐서린의 오빠 플레옐에게 클라라가 카윈에게 정조를 허락했다는 의혹을 불러일으켜 주변의 모든 이에게 불신과 갈등을 부추긴다. 살인죄로 무기징역형을 받은 윌랜드는 투옥되었으나 감옥에서 탈출하여 이번에는 클라라를 살해하려 한다. 바로 그 순간 카윈이 나타나 신의 목소리를 흉내 내어 윌랜드의 행동을 저지하고 클라라를 위기에서 구한다. 그리고 윌랜드가 정상적인 정신 상태를 되찾게 한다. 윌랜드는 자신이 저지른 행위가 불러온 참혹한 결과를 인식하고 자결한다.

『윌랜드』는 1798년 출간된 이후부터 20세기 초반까지는 비평가들로부터 찬사와 비난의 엇갈린 평가를 받았다. 그러나 20세기 중반 이후부터 이 소설은 미국의 소설 문학의 새로운 지평을 연 매우 중요한 작품이라는 호평을 받아왔다. 오늘날 브라운을 미국 소설의 선구자로 자리매김한 것에 대하여 이견을 제시하는 경우는 드물다.

『윌랜드』는 실제로 있었던 사건을 고딕 소설의 형식을 빌려 재구성한 소설이다. 예이츠 일가의 비극적인 사건이 발생한 것은 1781년이었지만 『윌랜드』의 시대적 배경은 프렌치-인디언 전쟁(1754~1763)과 독립전쟁(1775~1783)이 있었던 시기이다. 이 시기는 미국이 극심한 이념적 갈등으로 몸살을 앓던 격동기였다. 신생 국가로 발돋움하기 전후 시대를 살았던 당시 미국인의 정서에는 불투명한 미래에 대한 불안과 희망이 교차하고 있었다. 미국은 당시 여전히 지배력을 행사하던 보수적 종교관과 새롭게 유입된 계몽주의와 같은 진보적 사상이 서로 대립하며 충돌하는 이념적 소용돌이 속에 있었다. 미국 작가라는 자의식이 강했던 브라운에게 그러한 당대의 현실은 윌랜드 일가의 이야기를 일종의 역사적 알레고리로 그 의미를 확장시키는 데 기여했다고 볼 수 있다. 그가 『윌랜드』의 부제목을 "탈바꿈 - 미국 이야기"라고 명명한 이유도 이러한 맥락에서 살펴볼 필요가 있다.

『윌랜드』가 처음 발표되었을 때 많은 평자는 브라운이 인체 자연 발화, 복화술과 같은 비실제적인 현상을 통하여 이야기의 플롯을 전개하는 것에 대하여 혹평을 가했다. 실제로 그것이 스토리의 사실성을 훼손하여 이 소설을 멜로드라마처럼 만드는 것이 사실이다. 그럼에도 이들이 간과한 것은 『윌랜드』에서의 그러한 소설적 장치는 단순하게 독자들에게 흥미를 유발하려는 서술적 전략 이상의 중요한 기능을 수행한다는 점이다. 브라운은 『윌랜드』에서 인체 자연 발화와 복화술과 같은 서술적 장치가 초래한 불가사의하고 폭력적인 사건 자체에 대해서는 구체적이고 장황한 묘사를 피하고, 내레이터를 통한 최소한의 설명으로 이를 대신한다. 반면 같은 사건에 대해서 클라라, 시오도어, 플레옐과 같은 주요 인물들이 각각 어떤 논리와 관점으로 사건의 원인이나 진실을 규명하려고 하는지에 대해 독자들의 관심을 집중시킨다. 이 세 인물의 진실에 대한 반응과 접근 방법은 서로 이질적이며, 그들이 보여주는 각기 다른 생각은 전환기를 살았던 당시 미국인들의 불안정하고 불일치된 사유 방식을 대변한다.

시오도어 윌랜드는 그의 아버지와 마찬가지로 자신이 선택한 편협한 종교적 신념에 몰입되어 있는 인물이다. 차이가 있다면 그의 종교관은 과학과 문학, 정치, 철학에 대한 그의 관심과 연구로 그 경직성이 다소 완화되었다는 것이다. 그럼에도 선친의 침울한 성격과 강한 극기심을 물려받은 그는 자신이 신의 명령을 어겼다고 자책하고 두려워하며 신과의 직접적인 교감을 갈구한다. 따라서 그는 가족을 살해하라는 정체불명의 목소리를 신의 계시로 받아들이고 주저 없이 가족 살인이란 끔찍한 행위를 저지른다. 브라운은 윌랜드의 이러한 행위를 통하여 종교적 광신주의가 어떻게 한 인간을 비이성적으로 돌변하게 하여 사회적으로 위험한 존재가 되게 하는지를 보여준다. 그러나 브라운은 이 소설에서 윌랜드의 광신적인 종교관의 위험성을 경고함과 동시에 그 대척점에 있는 계몽주의자들의 이신론(理神論)에 대해서도 의심의 눈길을 보낸다. 즉 그는 성서에 등장하는 기적 또는 초자연적인 현상도 자연적 현상의 일부로 설명 가능하다는 이신론, 또는 계몽주의자들이 강조하는 인간의 이성이나 감각적 인식력에 대한 지나친 신뢰 또한 인간을 기만할 수 있음을 동시에 경고한다. 브라운은 플레옐을 통해 지식과 진리의 토대로서의 이성, 그리고 감각을 기초로 하는 인간의 인지력을 강조하는 존 로크(John Locke, 1632~1704)와 같은 계몽주의 철학자들의 논리와 인식론 또한 경직된 종교적 신념과 마찬가지로 진실을 호도할 가능성이 있음을 보여준다. 자유로운 사고와 감각의 인지력을 절대적으로 옹호하는 플레옐은 클라라의 집 근처 숲에서 카윈이 목소리를 조작해 꾸며낸 외설스러운 대화 내용을 엿듣는다. 그는 이 목소리의 주인공이 클라라가 틀림없다고 착각하고 그녀의 부도덕성에 대하여 확신함으로써 자신의 감각에 기만을 당한다.

 클라라는 시오도어와 플레옐이란 두 대척점의 중간 지점에 위치하는 인물이다. 그녀는 시오도어와는 달리 종교적인 믿음을 바탕으로 그녀 자신이 경험하는 초자연적인 현상을 무비판적으로 해석하거나 의심 없이 수용하지 않는다. 그녀는 플레옐처럼 감각을 기초로 한 인간의 인식력

또한 무조건적으로 맹신하지 않고 끊임없이 의심하는 인물이다.

퍼셀(Edwin S. Fussell)이 지적했듯이 『윌랜드』는 광신적인 심리, 유동적인 정체성, 사회에서 고립된 개인의 갈등과 같은 격변하는 과도기 미국인이 경험하는 내적인 변화를 그리고 있는 문화적인 텍스트이며, 역사적인 맥락으로 읽어야 하는 '미국 이야기'이다. 소설 시작 초반에 클라라가 전하는 그녀의 할아버지와 아버지의 이야기는 구대륙에서 종교적 자유를 찾아 미국으로 건너와 그들의 종교적 이상을 구현하려고 했던 청교도 조상들의 행적과 연속성을 가진다. 클라라의 조부는 독일의 어느 귀족 가문 출신으로 문학과 예술에 열정과 헌신을 다한 인물이었다. 그러나 그는 집안의 반대에도 불구하고 상인의 딸과 결혼하게 되고 클라라의 아버지를 유일한 아들로 두게 된다. 클라라의 아버지는 젊은 시절 런던에서 도제로 일하다가 카미자르라는 종파에 심취하여 모든 것을 버리고 자신의 종교적인 소명을 받들기 위해 미국으로 건너온다. 그는 최초로 미국으로 이민 온 윌랜드 가문의 후손이다. 그는 미국에서 인디언들을 개종시키라는 신의 명령을 따르려고 자신만을 위한 성전을 세우고 포교 활동을 시작하지만 성공하지 못한다. 그는 자신이 신의 뜻을 받들지 못한 것에 대하여 자책하며 좌절감 속에서 자신에게 다가올 죽음을 예고한다. 결국 그는 그의 성전에서 홀로 의문의 죽음을 맞이한다.

클라라와 시오도어의 아버지가 보여준 이러한 삶의 궤적은 17세기 초 구대륙을 버리고 신앙의 자유를 찾아 미국으로 건너와 '새로운 이스라엘', '언덕 위의 도시'(The City Upon a Hill)를 건설하려 했던 청교도 조상들이 경험한, 열망과 좌절로 점철된 식민지 시대 미국의 역사를 떠올리게 한다. 시오도어와 클라라 남매는 외부와의 접촉 없이 그들만의 작은 집단을 구축하고 그 안에서 아무런 규제도 받지 않는 자율적인 삶을 추구했다는 점에서 그들의 아버지와 닮은 점이 있다. 그들의 아버지는 스스로 세운 성전에서 알 수 없는 죽음을 맞이한다. 브라운은 클라라를 통하여 그가 외부 침입자에게 살해되었을 가능성을 암시한다. 브라운은 자신들의 세계에 갇혀 자율성을 누리던 클라라와 시오도어 또한 그들의 아버지처럼 카윈과 같은 외부인의 손쉬운 먹잇감이 될 수 있음을 보여준다. 그러나 클라라의 카윈에 대한 태도는 시오도어와 차이가 있다. 그녀에게 카윈은 경계의 대상임과 동시에 호기심 또는 호감을 불러일으키는 존재였다. 카윈에 대한 클라라의 이와 같은 양가적인 감정은 영국에서 미국으로 건너와 독립혁명의 당위성을 외치며 당시 식민지하의 미국인들의 결집을 자극한 토머스 페인(Thomas Paine, 1737~1736)과 같은 외부인에 대해 가진 당시 미국인들의 복잡한 감정과 유사성이 있다.

시오도어와 플레옐이 카윈에게 드러내는 불편한 반응은 『윌랜드』가 출판되었던 당시 많은 미국인이 가졌던 반이민자 정서 또는 미국 정부가 시행하려던 반이민정책과 무관하지 않을지 모른다. 독립혁명 이후 미국 이민자 수가 급격하게 증가하자 이들 때문에 자국의 문화적, 정치적, 종교적 정체성이 와해되지 않을까 불안해하고 있던 당시 대통령 애덤스(John Adams, 1735~1826)는 『윌랜드』가 발표된 해인 1798년에 이민자들을 통제할 목적으로 외국인규제법(Alien and Sedition Acts)을 의회에서 통과시켰다. 브라운과 플레옐에게 카윈은 영국 태생이지만 스페인 국적으로 귀화해 가톨릭으로 개종했을 뿐만 아니라 허름한 옷차림과 언행이 불일치하는 경향으로 경계해야 할 대상이었을 개연성이 크다.

카윈은 작가 브라운에게도 질문을 던지는 인물로서 또 다른 의미가 있다. 타인의 목소리를 흉내 내는 그의 복화술은 허구성을 바탕으로 하는 고딕 소설의 작가 브라운의 글쓰기 행위와 닮은 점이 있다. 브라운은 카윈의 실체 없는 목소리가 그 목소리를 듣는 인물들을 매료시키는 힘과 함께 그들을 기만하고 혼란을 부추기는 파괴적인 힘을 가진 두 얼굴을 하고 있듯이, 자신의 글 역시 그럴 수 있다는 사실을 작가 자신의 목소리를 전달하는 내레이터 클라라의 언술을 통해 우리에게 암시한다. 일인칭 내레이터 클라라 역시 긴박감을 주는 스토리 전개로 독자들을 매료시키는 힘을 지니고 있다. 그러나 상대가 없는 일방적인 증언과 같은 그녀의 내러티브는 완전한 신뢰성을 확보하는 데 있어서 한계가 있음을 보여준다. 클라라는 종종 내레이터로서의 신뢰성을 의심받는다. 특히 카윈을 비롯한 다른 인물들에 대한 그녀의 모호한 감정과 불안정한 태도에 대한 원인은 여전히 베일에 속에 가려져 있다. 최근 이 소설에 대한 정신분석학적인 접근이 주로 클라라의 성격 분석에 집중되고 있는 것도 그러한 이유에서이다.

  이외에도 브라운은 『윌랜드』에서 심리적, 철학적, 종교적, 정치적 제 문제에 대해 많은 질문을 던지면서도 그에 대한 해답을 유보한다. 일례로 카윈은 자신의 복화술이 캐서린과 클라라가 개입된 사건들에는 관련되었어도 윌랜드의 살인 사건과는 무관하다고 주장하지만, 이에 대한 진위는 여전히 밝혀지지 않는다. 그리고 클라라의 경험 가운데 초자연적인 현상이 개입되어 있을 가능성 여부, 그리고 이성적 판단의 타당성에 대한 작가의 입장 또한 모호하다. 브라운이 이 소설에서 당대의 독자에게 던지는 다수의 질문은 전환기의 혼란을 겪는 시대에 살았던 작가 자신도 해답을 찾기 어려울지 모른다. 그러나 최근 이 소설에서 발견되는 의미의 미결정은 독자들에게 더 창의적이고 참여적인 독서를 유도하려는 작가 브라운의 의도를 반영한다는 비평적 견해가 우세하다. 브라운 소설 세계의 이러한 선진적인 특징은 호손과 멜빌과 같은 후대 작가에게 커다란 영감을 줬다고 할 수 있다.

작가 연보

1771년 1월 17일: 필라델피아에서 부유하고 진보적인 퀘이커 교도인 엘리야 브라운과 메리 아미트 브라운 사이에서 난 6명의 자녀 중 넷째로 태어났다. 11세부터 16세까지 로버트 프라우드 필라델피아 프렌즈 라틴 스쿨(Robert Proud's Philadelphia Friends Latin School)을 다니면서 고전과 현대 문학에 익숙해졌다. 이때부터 계몽주의 사상을 기르게 되었다.

1786년: 15세가 되던 해 그는 8명의 친구와 함께 미문학(美文學) 혹은 순(純)문학 클럽을 의미하는 Belles Lettres Club을 창립, 정기적인 모임을 갖고 자살의 윤리성, 정부의 불완전성, 자유의 제한과 같은 이슈를 토론했다.

1787년: 가족의 권유로 필라델피아 변호사 알렉산더 윌콕스 문하에서 변호사가 되기 위한 사법연수를 시작한다.

1789년: 18세의 나이에 첫 작품인 *Rhapsodist*를 출판한다. 이 작품은 당시 저명한 문학지인 *Columbian Magazine*에 익명으로 소개됐다. 이외에도 노스캐롤라이나 주 관보에 "An Inscription for General Washington's Tomb Stone"이라는 시를 발표하기도 했다.

1793년: 6년간의 변호사 일을 그만두고 필라델피아와 뉴욕 시에서 문학에 발을 들여 전업 작가가 된다.

1798년: 여성의 권리와 이혼 문제 등을 주제로 다룬 실험적인 소설 *Alcuin*을 쓴 뒤 당시 인기 있던 고딕 소설을 미국화하는 작업에 착수한다. 필라델피아와 뉴욕을 오가며 일하던 브라운은 황열병이 창궐하던 1798년 7월, 뉴욕으로 이사해 정착했다. 같은 해 9월 친구가 황열병으로 사망

하자 그 뒤 18개월 동안 총 4편의 소설을 써 내는 왕성한 창작열을 보였다. 이 시기 발표된 작품은 *Wieland*(1798), *Arthur Merwyn* (1798~1799), *Ormond*(1799), 그리고 *Edgar Huntly*(1799)이다.

1799년 4월: *The Monthly Magazine and American Review* 창간. 편집을 맡음.

1800년: 필라델피아로 돌아와 저술 작업을 계속했다. 잡지 이름을 *The American Review and Literary Journal*로 변경, 1802년까지 발행했다.

1803년: *The Literary Magazine and American Register*라는 정기간행물을 시작했다. 이 간행물은 1860년까지 발간되었다.

1804년: 4년간의 교제 끝에 엘리자베스 린과 결혼, 슬하에 자녀 넷을 두었다.

1810년 2월 22일: 태어날 때부터 평생 병약하고 우울증에 시달린 브라운은 향년 39세의 나이에 결핵으로 사망했다. 사망 당시 그는 수많은 미발표 작품을 남겼다.

| 저역자 소개 |

지은이 찰스 브록덴 브라운(Charles Brockden Brown)

찰스 브록덴 브라운은 1771년 필라델피아의 퀘이커 교도 가정에서 태어났다. 후일 "미국 고딕 소설의 아버지"로서 미국 문학사에 큰 족적을 남긴 브라운은 작가의 삶을 선택하기 이전까지 수년간 변호사 사무실에서 시보로 일하면서 법을 공부했다. 법률가의 꿈을 접고 전업 작가가 되기로 결심하고 나서, 브라운은 뉴욕과 필라델피아의 문인들과 활발한 교류를 하며 습작에 몰두했다. 브라운의 그러한 노력의 결실은 미국 최초의 고딕소설 『윌랜드』(*Wieland*, 1798)를 시작으로 나타났다.

이후 브라운은 3편의 다른 장편소설 *Ormond* (1799), *Edgar Huntly*(1799), *Arthur Mervyn*(1799~1800)을 연속해서 발표하며 놀라운 창작력을 보였다. 경제적인 어려움 때문에 글쓰기와 문학 활동과 무관한 일을 병행해야 했던 그는 7편의 장편 소설을 비롯한 다수의 작품을 남기고 1810년 폐결핵으로 39세의 짧은 생을 마감했다.

옮긴이 황재광

현재 계명대학교 영어영문학과 교수로 재직 중.
계명대학교 영어영문학과에서 학사학위를 받은 후 교환학생으로 도미하여 뉴욕의 Long Island University에서 영문학 전공으로 석사학위를 받고 New York University(NYU)에서 같은 전공으로 Ph.D.를 받았다.
역서로는 『근대영미시선』, 『19세기 단편 걸작선』, 『하트 브레이커』, 『벤저민 프랭클린의 자서전』, 케이트 쇼팽의 『각성』, 거트루드 스타인의 『세 여자의 일생』이 있다.

한국연구재단 학술명저번역총서 서양편·769

윌랜드
탈바꿈 - 미국 이야기

1판 1쇄	2017년 6월 30일
원 제	Wieland: or The Transformation: An American Tale
지은이	찰스 브록덴 브라운(Charles Brockden Brown)
옮긴이	황재광
펴낸이	김진수
펴낸곳	**한국문화사**
등 록	1991년 11월 9일 제2-1276호
주 소	서울특별시 성동구 광나루로 130 서울숲IT캐슬 1310호
전 화	02-464-7708
팩 스	02-499-0846
이메일	hkm7708@hanmail.net
홈페이지	www.hankookmunhwasa.co.kr
블로그	http://blog.naver.com/hkm2012

책값은 뒤표지에 있습니다.

잘못된 책은 구매처에서 바꾸어 드립니다.
이 책의 내용은 저작권법에 따라 보호받고 있습니다.

ISBN 978-89-6817-539-8 03840

이 저서는 2015년 대한민국 교육부와 한국연구재단의 지원을 받아 수행된 연구임 (NRF-2015S1A5A7011704).

'한국연구재단 학술명저번역총서'는 우리 시대 기초학문의 부흥을 위해 한국연구재단과 한국문화사가 공동으로 펼치는 서양고전 번역간행사업입니다.